Bestsellers

Di Dominique Lapierre
nella collezione Oscar

*La città della gioia*
*Mille soli*

Di Dominique Lapierre e Larry Collins

*Alle cinque della sera*
*Gerusalemme, Gerusalemme!*
*«Parigi brucia?»*
*Il quinto cavaliere*
*Stanotte la libertà*

Di Dominique Lapierre e Javier Moro

*Mezzanotte e cinque a Bhopal*

DOMINIQUE LAPIERRE

# PIÙ GRANDI DELL'AMORE

Traduzione di Elina Klersy Imberciadori

OSCAR MONDADORI

Titolo originale dell'opera: *Plus grands que l'amour*


I edizione Omnibus maggio 1990
I edizione Oscar bestsellers marzo 1995

ISBN 88-04-39017-4

Questo volume è stato stampato
presso Mondadori Printing S.p.A.
Stabilimento NSM - Cles (TN)
Stampato in Italia - Printed in Italy

Ristampe:

15 16 17 18 19 20 21 22

2006 2007 2008 2009

www.cityofjoy.org

www.librimondadori.it

# PIÙ GRANDI DELL'AMORE

Solo la virtù concede un buon karma
e la più grande virtù è la compassione

BUDDA

*Ad Alvin, Ananda, Annie, Bandona, Barbara, Burt, Charles, Christine, Claude, Daniel, Danielle, David, Ellen, Flossie, Françoise, Frédéric, Gloria, Harold, Isabelle, Jack, Jacqueline, Jean-Claude, James, Joël, Josef, Joseph, Luc, Marcus, Marie-Noëlle, Martha, Marty, Mathilde, Michael, Mikulas, Pascal, Paul, Peng, Philippe, Pierre, Poumette, Prem, Richard, Robert, Ron, Samuel, Sonia, Sugar, Teresa, Terry, Willy...*
*e a tutti i ricercatori, i malati, i medici e i loro collaboratori, noti o anonimi, che affrontano ogni giorno la malattia e la sofferenza e si dimostrano anche più grandi dell'amore.*

*Benché questo libro sia frutto di una lunga e minuziosa inchiesta, non pretende di descrivere tutti gli avvenimenti della prodigiosa epopea umana e scientifica che tra il 1980 e il 1986 ha portato alla scoperta del virus responsabile dell'*AIDS *e alla creazione del primo farmaco efficace contro la malattia.*

*Poiché certi malati e le suore di Madre Teresa di cui parlo nel mio racconto mi hanno chiesto di conservare l'anonimato, ho cambiato la loro identità e alcuni particolari che li riguardano.*

*Non mi è stato possibile parlare di tutti coloro che hanno svolto un ruolo nel corso di quei drammatici anni. Vorrei però che questo libro rappresentasse un omaggio anche per loro e per tutti coloro che ogni giorno si adoperano affinché gli uomini siano infine al riparo da questo flagello.*

D.L.

## Prima parte

# LA CHIAMARONO
# “LA COLLERA DI DIO”

# 1

*Benares – autunno 1980*
*Una fragile figura sulle rive dell'immortalità*

Era lì. In quello scenario di fuoco, di fumo, di morte. In quel fetore di carne bruciata, in mezzo al balletto delle lettighe di bambù che portavano i defunti, nello stridente crepitio delle fiamme che divoravano i corpi. Sì, era lì, nell'acqua putrida a poche bracciate dalla riva infernale, tra i cadaveri galleggianti di cani e di topi, e a volte di uomini troppo poveri o troppo santi per essere bruciati, che compariva, semimmersa, la sua fragile figura. Con i grandi occhi orlati di kajal, l'anello scintillante alla narice, le trecce legate con un nastro, la camicetta di un giallo acceso che il Gange le incollava alla pelle, l'indiana Ananda, tredici anni, sembrava un mazzo di fiori offerto agli dei del fiume sacro. Il suo nome significava "la Gioia", ma il soprannome che le avevano dato non evocava nessuna idea di felicità. La chiamavano "il piccolo sciacallo del Gange". La sua riserva di caccia era la melma del grande canale purificatore sulle cui rive gli indù sperano, al momento della morte, di sottrarsi tra le fiamme al ciclo delle rinascite, trovando così la liberazione eterna. Assistita dai due fratellini, Ananda passava le giornate a frugare nel limo pestilenziale in cerca di qualche tesoro mescolato alle ceneri dei defunti, un anello, un ciondolo semicorroso, un dente d'oro, o semplicemente qualche pezzo di legno bruciacchiato.

Dall'alto della veranda del tempio che dominava la riva, il padre della ragazzina sorvegliava la pesca miracolosa. Ranjit Chowdhury era un ometto di quarantun anni dall'aria triste e i capelli lucidi di olio di senape. Prima di lui generazioni di Chowdhury si erano accoccolate sul cuscino di seta ricamato di fili d'oro che gli serviva da trono, davanti al quale si ergeva il simbolo del suo potere e del suo rango in città: un altarino a forma di vasca dove rosseggiavano le braci del fuoco sacrificale di cui era il guardiano. Ai piedi di quel fuoco e dei pilastri del tempio con le loro divinità scolpite, si stendevano i roghi funebri della città santa di Benares. Il padre di Ananda era l'addetto alle cerimonie che preparavano gli indù all'immortalità, il grande organizzatore della cremazione dei cadaveri. A causa di questa loro attività, lui e i suoi appartenevano alla casta dei *dom*, la più bassa, la più impura della gerarchia indù. La loro nascita è considerata talmente infame che quando muoiono non hanno il diritto di essere cremati su uno dei loro roghi. Vengono portati in un luogo molto lontano dalla città, dove si bruciano gli intoccabili.

Giorno e notte, lettighe di bambù portavano i defunti avvolti di bianco o di rosso che dovevano essere cremati sui roghi preparati dai domestici del padre di Ananda, addetti a tale funzione. Apparentemente insensibile al macabro spettacolo e all'odore di carne bruciata, c'era gente che andava e veniva da un braciere all'altro. Sulle scale i barbieri radevano accuratamente la testa dei parenti dei morti, le famiglie cantavano dei *mantra*, bramini panciuti discutevano il prezzo dei loro servigi sacerdotali. Mucche, capre, asini brucavano le ghirlande di fiori sulle lettighe mortuarie, cani color cenere esumavano ossa sfuggite alle cremazioni, nibbi neri scendevano in picchiata dal cielo per afferrare al volo qualche resto umano.

Ananda e la sua famiglia abitavano in una grande casa che dominava il Gange, attigua al palazzo del maragià di Jaipur. Le due tigri di pietra dipinte di giallo e di nero che ornavano la balaustra della sua terrazza sembravano schernire i due leoni di marmo che decoravano quella del vicino palazzo reale. Si raccontava che il maragià, esasperato dalla sfida, un giorno avesse voluto far espellere i suoi impuri vicini. Davanti al tribunale, l'avo di Ananda aveva ribattuto all'augusto principe: « Altezza, non siamo forse tutti e due dei re? Lei è il re della Vita, io il re della Morte! ». Il maragià di Jaipur perse la causa. Il bruciatore di cadaveri aveva vinto. Ormai gli sarebbe spettato il titolo di "Dom Ragià".

Secondo la tradizione indiana, la casa di Ananda ospitava anche i nonni, gli zii e le loro famiglie, in tutto una trentina di persone che vivevano dei guadagni delle cremazioni. Per accedere alle innumerevoli stanze, bisognava passare attraverso un intrico di scale e di cortili interni. Un lontano antenato aveva fatto costruire al centro della terrazza, dedicandolo al dio Rama, un tempio familiare piastrellato di bianco e d'azzurro, il cui cancello non si apriva mai. La famiglia del Dom Ragià poteva pregare solo all'esterno del santuario: in India, agli intoccabili è vietato avvicinarsi agli dei. Possono solo far suonare la campana per avvertirli della loro presenza.

In uno dei cortili viveva un caprone. Una volta all'anno, per la festa di Sayr Devi, una delle dee degli intoccabili, il padre di Ananda gli faceva affrontare altri caproni in una lotta senza quartiere. Se l'animale vinceva, lo immolava alla divinità. Gli altri cortili erano ingombri di cataste di bambù che servivano a fabbricare le lettighe mortuarie, e di ceppi di sandalo destinati alla cremazione dei ricchi. Il padre di Ananda doveva infatti provvedere a tutte le incombenze della sua carica. La vendita del legno di sandalo costituiva un reddito notevole. Secondo la statura del defunto, bisognava contare tra i sette e gli undici *mound* di combustibile, vale a dire fra i duecentocinquanta e i quattrocento chili di legna, il che rappresentava una spesa di circa quattrocento rupie, l'equivalente di poco meno di quarantacinquemila lire. Erano pochi a poter disporre di una simile somma. Gli altri si accordavano con il *dom* per una cremazione ridotta e i resti del corpo che non si erano potuti consumare per mancanza di fuoco venivano dispersi nel Gange.

Il padre e gli zii di Ananda si davano il turno per sorvegliare il fuoco sacrificale. L'impresa familiare lavorava giorno e notte impiegando una trentina di *coolies* e di addetti ai roghi, le cui fiamme non si spegnevano mai. La continua crescita della popolazione indiana si manifestava con un afflusso sempre maggiore di vecchi che, sentendo approssimarsi la fine, venivano a Benares per morirvi. Il risultato erano i frequenti ingorghi dei cortei funebri nella stradina che portava allo sportello del municipio dove i parenti dovevano obbligatoriamente dichiarare lo stato civile dello scomparso e la causa del decesso. Questo continuo passaggio costituiva la fortuna delle innumerevoli bottegucce del percorso, specializzate nella vendita di lenzuoli funebri, ghirlande, polvere di sandalo e altri articoli funerari. Alcune botteghe proponevano sontuosi tessuti di seta ricamati con fili d'oro, lusso che solo i ricchi potevano offrire ai loro morti. Al di sopra della folla che ingombrava la stradina, si scorgeva ogni tanto una lettiga sormontata da un baldacchino coperto di fiori. Un vecchio in tunica arancione vi riposava in posizione seduta. I portatori sottolineavano i loro *mantra* con dei colpi di gong. Quei defunti non erano clienti del padre di Ananda. Erano dei *sadhu*, santi uomini già liberati dal ciclo delle reincarnazioni, che venivano offerti al Gange senza essere bruciati.

La nonna di Ananda era una vecchia donna rattrappita che portava il sari di cotone bianco delle vedove. Ogni mattina, dopo le abluzioni, andava a raccogliersi davanti al ritratto del marito defunto che troneggiava sulla parete della stanza comune, in mezzo a una collezione di stampe che rappresentavano scene del Ramayana, la celebre leggenda epica dell'induismo. Sulla foto ingiallita si vedeva un bel vecchio con la barba bianca e un turbante rosso in testa. A parte il minuscolo pezzo di stoffa che gli nascondeva il sesso, era completamente nudo. In famiglia si vantavano spesso le imprese di questo singolare personaggio. Oltre che per il suo lavoro di bruciatore di cadaveri, a Benares era famoso per le sue esibizioni d'atleta e da fachiro. Gli capitava infatti di sollevare enormi blocchi di pietra oppure di rimanere sdraiato per ore su una tavola irta di chiodi. Ma il principale titolo di gloria se l'era guadagnato nell'esercizio delle sue funzioni professionali. Il 30 gennaio 1948, venendo a sapere dalla radio che il padre della nazione, il mahatma Gandhi, era stato assassinato a Nuova Delhi, si era precipitato sul primo treno per la capitale. Tutto il suo bagaglio consisteva in un'urna riempita di braci: così il rogo funebre della "Grande Anima" dell'India avrebbe potuto essere acceso con il fuoco sacro di Benares.

La madre di Ananda era una donna fragile con il viso butterato dal vaiolo che da bambina aveva rischiato di farla morire. La sua autorità era indiscussa poiché era lei a tenere i cordoni della borsa. Ogni sera il marito le consegnava docilmente il ricavato delle cremazioni che la donna rinchiudeva in un cofanetto di cui si diceva che fosse la sola a possedere la chiave. Alla madre, Ananda e i due fratellini dovevano portare il frutto delle loro ricerche nel Gange. Nessuno meglio di lei sapeva calcolare il peso di un dente d'oro, il valore di un frammento di gioiello. Quasi sempre accoglieva i figli con un rimprovero. « La nostra pesca non era mai abbastanza ricca » racconterà Ananda. « Povera mamma! Eppure lo sapeva che ormai la gente non lasciava quasi più niente di prezioso sui morti. L'oro e l'argento erano diventati talmente cari! »

Quell'autunno, la figlia del bruciatore di cadaveri aveva raggiunto il periodo della pubertà. All'annuncio dell'evento il padre si era affrettato ad affrontare la missione più sacra che spetti a un padre indiano: trovarle un marito. A onor del vero i genitori di Ananda pensavano al suo matrimonio fin da quando era nata. A tale scopo la madre l'aveva iniziata a tutte le incombenze domestiche, anche le più faticose. Per lei non c'erano stati né giochi né scuola, ma solo la custodia dei fratelli, le sfacchinate dell'acqua da attingere, i bucati, le faccende quotidiane, e ovviamente il recupero dei gioielli e della legna nel Gange.

Poco tempo dopo si presentarono infatti dal Dom Ragià molti signori che tennero con lui misteriosi conciliaboli. « Mia madre confermò i miei sospetti » dirà Ananda. « Quei visitatori erano gli inviati della famiglia del futuro marito al quale mio padre mi destinava. Venivano a discutere le condizioni finanziarie del mio matrimonio. Da noi, in India, sono negoziati ardui e interminabili. Io non riuscivo a sentire quello che si diceva sotto il grosso ventilatore a pale della stanza dove mio padre e i suoi interlocutori si erano rinchiusi. Le trattative non dovevano essere facili. Attraverso le pareti si sentivano frequenti scoppi di voce. »

Un giorno i visitatori si presentarono accompagnati da un uomo in *dhoti* bianco che portava dei rotoli di carta sotto il braccio. Era uno *joshi*, un astrologo che con il padre di Ananda e i suoi ospiti doveva studiare le carte del cielo per osservare la posizione dei pianeti e dire se la congiunzione degli astri alla nascita della fanciulla si conciliava con quella del ragazzo scelto per lei. Poiché l'esame si era rivelato positivo, lo *joshi* indicò il giorno e l'ora più propizi all'unione. Ananda non aveva avuto né l'occasione né il diritto di esprimere la propria opinione. Non aveva neanche intravisto colui che sarebbe diventato suo marito. Quella era la sorte delle ragazze indiane.

Quattordici giorni prima delle nozze, allorché il padre faceva portare alla famiglia d'acquisto i regali della dote, e gli operai stavano già costruendo il baldacchino di bambù drappeggiato di mussola sotto cui si sarebbe svolta la cerimonia, la fanciulla si accorse di avere sulla guancia, proprio accanto all'anello d'oro applicato alla narice, una macchia leggermente sporgente, grossa come un cece. Con la punta del dito la palpò, constatando stupita che era insensibile al tatto. Né la pressione dell'unghia né la puntura di uno spillo provocavano la minima sensazione. Sembrava che la vita avesse disertato quella parte della sua carne.

Ma "il piccolo sciacallo del Gange" non si sentì affatto ansiosa. C'era abituata. Da quando passava la metà del tempo nelle sue acque putride, il grande fiume purificatore non le aveva certo risparmiato l'epidermide. Brufoli, pustole, foruncoli le spuntavano in permanenza su qualche parte del corpo. La sua sorprendente resistenza aveva sempre avuto la meglio su quelle aggressioni, che scomparivano in due o tre giorni.

Poiché l'insolita macchia insensibile al tatto era più persistente del solito, la fece vedere alla madre, la quale la mandò subito a chiamare un *quack*, uno di quei guaritori da strada che con i loro decotti e unguenti alle erbe pretendono di guarire i mali più ribelli. Il vecchio indiano esaminò la guancia della ragazzina.

« Non esiste pomata per questa malattia » mormorò l'uomo. « È la lebbra. »

# 2

*Los Angeles - autunno 1980*
*Dei topi e il loro carnefice*

Ognuna delle sue giornate cominciava con un appuntamento d'amore. Appena entrato nel suo angusto laboratorio all'università di California di Los Angeles, il dottor Michael S. Gottlieb, trentadue anni, un placido gigante con capelli ricci e baffi biondi, estraeva dalla sua ventiquattrore le leccornie destinate ogni mattina alle compagne che da anni condividevano le sue speranze e le sue frustrazioni di ricercatore. Con gesti lenti, quasi religiosamente, tagliava a fettine le patate per offrirle ai suoi topi. Michael Gottlieb ne possedeva più di duecentocinquanta, tutte femmine, tutte scure e talmente grasse da far pensare a dei piccoli ratti. Le chiamava le sue "principesse". Appartenevano all'aristocrazia della specie, la famosa stirpe C3H, risultato immune da difetti, di una selezione genetica risalente a diverse generazioni, topi così intelligenti, così pronti alla cooperazione, così facili da manipolare che ispiravano amore e rispetto.

Eppure, ogni giorno, Michael Gottlieb torturava, mutilava, massacrava qualcuno di quei simpatici mammiferi, oggetto delle sue tenere attenzioni mattutine. Ne bombardava di raggi mortali la milza, il midollo, il timo, i linfonodi, organi che nel topo come nell'uomo producono o immagazzinano le cellule incaricate di proteggere il corpo contro le aggressioni esterne. Chiamate globuli bianchi o linfociti, queste cellule sono i soldati a guardia dell'organismo. Si mobilitano non appena compare un agente straniero, microbo o virus, ma anche un frammento trapiantato per sostituire un organo in crisi. Infliggendo simili supplizi ai suoi topi, Michael Gottlieb cercava di scoprire il modo di neutralizzare a colpo sicuro nell'uomo i fenomeni di rigetto che rendevano ancora così aleatori i trapianti di organi.

La sua specialità, l'immunologia, era lo studio del problema fondamentale dell'uomo: la sua capacità di difendersi contro i nemici subdoli e invisibili che ne minacciano in permanenza il corpo. In pieno sviluppo all'inizio degli anni '80, non si trattava peraltro di una materia completamente nuova. Già da due secoli, grazie all'inventore della vaccinazione, Edward Jenner, grazie a Louis Pasteur, Robert Koch e tanti altri scienziati, si sapeva che il corpo umano ha il potere di proteggersi spontaneamente. Ma i meccanismi che regolano e controllano tale sistema di protezione risultavano così sofisticati, così complessi, che si era dovuto attendere la nascita dell'immunologia cellulare nella seconda metà del ventesimo secolo per cominciare a scoprirne i segreti. Trovando il modo di far crescere le cellule in laboratorio, di coltivarle, di mantenerle in vita, negli anni '60 gli immunologi avevano aperto insospettati campi d'indagine.

Per un giovane medico ambizioso, impaziente di dare il proprio contributo alle conquiste scientifiche di fine secolo, si aprivano un'infinità di prospettive. « Ciò che mi affascinava nell'immunologia » riconoscerà Michael Gottlieb, « era la natura stessa del suo terreno di sperimentazione. Come la sociologia permette di capire le ramificazioni politiche e sociali di una cultura, l'immunologia fornisce le chiavi di un sistema. Un sistema con la sua logica, le sue leggi, le sue crisi, i suoi successi. Un sistema che si può imparare a manipolare, controllare, modificare. Non più alla cieca come si faceva una volta, ma con raffinatezze da orafo, ascoltando la musica delle cellule, decifrandone i dialoghi, assimilandone il meccanismo dei rapporti. E alla fine dell'indagine: un sogno. Il sogno di noi medici: prolungare la vita. »

La strada verso un simile sogno gli si era aperta dodici anni prima con l'arrivo in casa di un ospite inatteso. « Si trattava di un gatto » racconterà Michael Gottlieb, « un magnifico micio randagio battezzato Tabis. Mia madre l'aveva raccolto per la strada nella cittadina del New Jersey dove mio padre era professore di educazione fisica. Tabis aveva appena cominciato a prendere dimora e a fare le fusa sotto il nostro tetto che la testa mi si gonfiò come una zucca. Mi misi a lacrimare, a soffiarmi il naso, a starnutire. Indubbiamente ero allergico a Tabis. Mia madre, costernata, voleva cacciare fuori di casa l'animale, ma io glielo impedii. Nella mia grossa zucca era germogliato un interrogativo. Si poteva domare un'allergia, non subirne più i danni senza sopprimerne la causa? Nella fattispecie, senza separarsi dal gatto Tabis? »

Per Michael Gottlieb ci vorranno tre mesi di sofferenze, di sinusiti, di crisi di starnuti, di occhi gonfi, di eruzioni cutanee per riuscire a vederci chiaro. La risposta era positiva. « Contrariamente alla maggior parte delle allergie che si aggravano quando è presente la causa del male, il mio organismo aveva finito per desensibilizzarsi a contatto del nostro gatto » spiegherà Michael. « In altri termini, il mio corpo si era autoimmunizzato, o meglio ancora autovaccinato. »

Fu questo il primo incontro del futuro ricercatore con l'immunologia. « Un incontro che sarebbe stato decisivo per la mia carriera » dirà in seguito. « Perché ero stato il solo della famiglia a soffrire della presenza del gatto? Perché io e non gli altri? » Domande così stimolanti per la sua curiosità che poco dopo il giovane Michael si era ritrovato sui banchi della facoltà di medicina di Rochester.

In mancanza di una risposta, scoprirà l'amore nello sfondo poco romantico di un laboratorio, tra fiale e provette. Con le sue efelidi, il nasino all'insù e l'aria sbarazzina, la bionda Cynthia assomigliava un po' all'attrice Katharine Hepburn. Preparava una tesi in ematologia per specializzarsi nel campo delle trasfusioni sanguigne.

Se la loro comune passione li aveva spontaneamente riuniti intorno a un microscopio, le loro motivazioni non erano le stesse. L'interesse di Cynthia si cristallizzava sui vettori della vita, quei milioni di corpuscoli sferici, i globuli rossi, i quali portano ai tessuti l'ossigeno che vanno a raccogliere nei polmoni. « Da quando il patologo Karl Landsteiner aveva ottenuto, nel 1920, il premio Nobel per la scoperta dei gruppi sanguigni, sui globuli rossi si sapeva più o meno tutto. Ecco perché queste cellule mi sembravano così interessanti » dirà Cynthia. « Con loro mi sentivo padrona del gioco. Non rischiavano di tradirmi, di giocarmi qualche tiro, di cogliere in fallo le mie conoscenze. I globuli rossi erano dei buoni compagni, né troppo turbolenti né troppo complicati. »

Michael Gottlieb era invece affascinato dall'altra componente del sangue, i globuli bianchi, prodigiose fabbriche chimiche, guardiani dell'organismo le cui insufficienze sono responsabili di tanti disturbi mortali. Cercò di convincere Cynthia a seguirlo e ad aiutarlo nei suoi lavori. « È su questo punto che si deve mobilitare la ricerca » le spiegò. « Lo studio dei linfociti ha la precedenza su ogni altro, è la posta in gioco per tutti i futuri premi Nobel. Ma i miei sforzi per convincere Cynthia a lasciar perdere i suoi globuli rossi a favore dei miei globuli bianchi finirono col fallire. »

I due giovani assistenti di laboratorio riuscirono comunque a trovare un terreno d'intesa. Diventata la signora Gottlieb, Cynthia si laureerà e troverà lavoro in una banca del sangue. La campionessa dei globuli rossi poteva così offrire al suo campione dei globuli bianchi la possibilità di continuare gli studi, di diventare dottore in medicina, di scegliere infine una specialità. Contro ogni aspettativa finì con lo scegliere la cardiochirurgia, liquidando ciò che apparentemente aveva sempre preferito: la ricerca.

« Di colpo ero diventato allergico alla gelida astrazione dei laboratori, alla loro disumanità, alle provette, alle centrifughe, ai calcolatori, al materiale da film di fantascienza » racconterà Michael Gottlieb. « È vero che la conoscenza nasce nei laboratori, ma io avevo voglia di ascoltare i malati, di alleviare la sofferenza, guarire, salvare delle vite. Volevo essere medico. » Tale ambizione porterà lo studente nei blocchi operatori di cardiochirurgia dell'ospedale della sua università. « Era esaltante, simpatizzavo con un paziente e poi, bruscamente, sotto il bisturi, ne vedevo il cuore che bisognava collegare con una macchina per permettere al primario di ripararlo. La chirurgia fu per me una scuola di eccellenza, di perfezione tecnica, che faceva arretrare ogni giorno le frontiere dell'impossibile. Quale branca della medicina poteva vantarsi di salvare altrettante vite? »

Due anni dopo, una borsa di studio per la ricerca presso l'università californiana di Stanford, avrebbe permesso al giovane chirurgo di tornare al suo primo amore, ritrovando i complici di un tempo, i globuli bianchi, nel reparto del professore Henry Kaplan, uno degli specialisti mondiali nella cura delle leucemie. Lì conobbe il suo primo insuccesso scientifico vedendo morire di leucemia una giovane contadina dell'Iowa alla quale aveva praticato un trapianto di midollo osseo messo a punto sui suoi topi. « Fu un trauma terribile » ricorderà in seguito, « ma soprattutto una severa ammonizione contro la tentazione di applicare terapie non sufficientemente sperimentate. Tuttavia, nonostante la frustrazione e la tristezza, continuavo a provare come una sorta di orgoglio. L'orgoglio di lavorare all'apice della biologia umana, nel cardine di tutti i grandi problemi, il cancro, la leucemia, le disfunzioni cellulari inesplicabili. La consapevolezza di far parte dei pionieri mi aiutò a superare lo scoraggiamento. Bisognava fare tabula rasa e ripartire da zero. Avevo ancora tanto da imparare! »

Fu appunto per continuare a imparare che nel giugno del 1980 Michael Gottlieb chiederà di essere assunto come ricercatore e medico alla UCLA, l'università californiana di Los Angeles dove lavorava uno degli specialisti del trapianto del midollo osseo, il giovane professore Robert Gale, l'uomo che andrà in aiuto dei sovietici per tentare di salvare le vittime delle radiazioni del disastro nucleare di Chernobil. In quell'autunno del 1980, i lavori dei ricercatori dell'UCLA costituivano un prestigioso polo d'attrazione. Per il solo esercizio 1980-1981, circa seicento scienziati si suddivideranno una miniera di centotrenta milioni di dollari, mirabolante sovvenzione accordata per alcuni studi sul cervello, gli occhi, le affezioni cardiovascolari, le malattie infantili; per ricerche sui misteri del cancro e le alterazioni immunologiche; per il perfezionamento delle tecniche diagnostiche; ma anche per tutta una serie di studi che avrebbero permesso alla chimica, all'informatica e al nucleare di scendere in campo in previsione di nuove cure rivoluzionarie. In quello stesso autunno, due ricercatori dell'UCLA avevano già tentato il primo esperimento di terapia genetica sull'uomo, iniettando geni umani a malati di anemia mortale. Sempre in quell'autunno, l'équipe di Robert Gale annunciava che i suoi lavori sul trapianto del midollo osseo facevano sperare in una sopravvivenza di circa il sessanta per cento dei casi di leucemia fino ad allora mortali per quasi tutti i malati adulti.

Quella mattina, dopo aver sparpagliato nelle gabbie le fettine di patata, Michael Gottlieb si accingeva a sottoporre una parte dei topi a una nuova fase del programma di esperimenti fissato dal professor Gale, programma in base al quale dovevano essere sacrificati in una prova d'irradiazione massiccia dopo l'ablazione della milza. Interrogato sulle sevizie che faceva subire ai suoi cari topolini, risponderà: « La convinzione che un giorno queste sofferenze sarebbero servite all'uomo mi risparmiava stati d'animo penosi ».

Un colpo bussato alla porta concesse ai suoi topi un inatteso rinvio della condanna. Michael Gottlieb vide apparire sulla soglia del minuscolo laboratorio la faccia allegra del collega Howard M. Schanker. Howard Schanker, ventiseienne, interno in medicina, proveniva anch'egli dalla costa orientale. Aveva ottenuto una borsa di studio per uno stage alla UCLA sulla cura delle allergie. Diretto da Michael Gottlieb, lo stage comportava lavori pratici nei diversi reparti dell'ospedale universitario dove venivano curati malati che manifestavano alterazioni immunitarie. Non c'era nessuno come quel newyorkese per andare a curiosare nei sei piani dell'enorme edificio sperando di scovare un male fuori dell'ordinario.

« Di' un po', Mike! » Il tono era deciso, come di chi intenda assolutamente catturare l'attenzione dell'interlocutore. « Credo di aver scoperto al quinto piano un caso interessante. I colleghi del reparto hanno l'aria di essere completamente nel pallone. Hanno per le mani un tizio di una trentina d'anni. Gli hanno trovato un'eruzione di funghi nell'esofago. Non ha quasi più globuli bianchi. Pare che abbia perduto ogni difesa immunitaria. Ha veramente l'aria di una faccenda per te. Dovresti andare a vedere. Camera 516. »

Michael Gottlieb s'infilò il camice bianco. Erano circa le nove del mattino di lunedì 6 ottobre 1980. Cominciava l'avventura medica più spettacolare dei tempi moderni.

# 3

*Latroun, Israele - autunno 1980*
*La dolorosa metamorfosi del guerrigliero*

Come ogni notte, la campana dell'abbazia dei Sette Dolori di Latroun, sulla strada tra Tel Aviv e Gerusalemme, chiamava la comunità alla preghiera. Dal 31 ottobre 1890, quando diciassette religiosi francesi avevano raggiunto la biblica vallata d'Ayalon per fondarvi un monastero, il sonno dei trappisti era regolarmente interrotto da quello scampanellante invito notturno. Uscendo dal dormitorio con indosso una tunica bianca, la testa rasata coperta da un cappuccio nero, i monaci scendevano cantando verso il coro della chiesa che i loro predecessori avevano eretto con le loro stesse mani. Nel silenzio della notte le voci ripetevano: « Eccoci, o Signore, veniamo a glorificarTi ».

Un'analoga lode s'innalzava ogni notte dai monasteri e dai carmeli sparsi ai quattro angoli della terra, ovunque uomini e donne avessero rinunciato al tumulto del mondo per votarsi nella solitudine all'adorazione di Dio. La vocazione di questi cristiani d'elezione era ispirata non tanto dalla ricerca di una perfezione personale e dalla salvezza della propria anima, quanto dall'appello di Cristo agli apostoli: « Pregate per la salvezza dell'umanità, il Padre mio vi esaudirà ».

Poche comunità religiose si trovavano in un luogo minacciato come quello dove sorgeva l'abbazia dei Sette Dolori di Latroun. In meno di trent'anni, nel corso delle tre guerre che avevano opposto il giovane Stato d'Israele ai suoi vicini, i quieti campi di grano e le vigne che la circondavano come di una corona di prosperità, avevano visto cadere diverse migliaia di combattenti ebrei e arabi. Una tradizione di fuoco e di sangue che risaliva alla più remota antichità biblica. Proprio lì, in quella vallata davanti alle mura dell'abbazia, tremila anni prima Giosuè aveva fermato il sole per portare a compimento la vittoria sui cananei. Proprio lì Sansone aveva dato fuoco alle messi dei filistei e i soldati di Erode il grande avevano sconfitto i nemici dell'impero. Lì, più tardi, sarebbero periti i crociati di Riccardo cuor di leone, i fanatici del Saladino, i giannizzeri del sultano di Costantinopoli, i gurka e gli scozzesi del generale Allenby.

L'origine dei membri della piccola comunità rifletteva perfettamente quel turbolento retaggio. Accanto al padre priore, un francese venuto dalla natia Borgogna ormai da più di mezzo secolo, uomo dalla benevola faccia rotonda, c'erano un italiano, un iracheno di origine greca, un maltese, un copto egiziano convertito al rito romano, il figlio di un notabile palestinese di Gerusalemme, diversi maroniti libanesi. Il monaco più giovane, e ultimo in ordine d'arrivo, era una specie di arcangelo di venticinque anni, alto, fine, sottile come un fuscello.

Figlio maggiore di un ricco commerciante maronita rappresentante della Ford a Beirut, frate Philippe Malouf aveva conosciuto ogni lusso di un'adolescenza dorata. Dopo facili studi d'economia all'Università americana, si era fidanzato con una ragazza dell'alta borghesia. Le fate si erano dimostrate piuttosto generose con quel giovane viziato, che viveva in un paese tranquillo e senza problemi. Il caso volle che gli capitasse tra le mani una biografia di Charles de Foucauld, il libertino dell'alta società provinciale francese improvvisamente toccato dalla grazia e fattosi asceta tra le sabbie del Sahara. Più che una rivelazione, quel libro fu per Philippe Malouf il risveglio di una vocazione religiosa fino ad allora sopita. Abbandonò la propria casa sulle alture di Beirut per l'austero dormitorio del seminario di Bkerké vicino a Notre-Dame-du-Liban. La guerra civile avrebbe ben presto strappato i pii seminaristi allo studio dei misteri teologici e dei dogmi della fede. Come centinaia dei loro compatrioti, si ritrovarono mobilitati nei ranghi delle Kataiebs, le Falangi cristiane. Dopo qualche settimana in un campo di addestramento, Philippe Malouf e i suoi compagni erano stati mandati in aiuto dei villaggi cristiani della montagna del Chouf, che rischiavano di essere sterminati dai loro vicini drusi. Il coraggio di quei falangisti imberbi non aveva potuto compensare la loro inesperienza militare. Villaggi interi erano stati distrutti, le popolazioni sgozzate, i superstiti braccati sulla montagna. L'incubo era durato settimane. Per il campo cristiano la lezione era stata tremenda, al punto che i suoi capi non avevano esitato ad accettare un'insolita offerta dell'esercito israeliano.

Philippe Malouf si era così ritrovato al largo di Beirut in una notte senza luna, sullo yacht di un miliardario libanese che navigava a luci spente verso la vedetta israeliana che era venuta a prenderlo con i suoi compagni. Tre ore dopo i marinai ebrei sbarcavano a Haifa i loro "invitati" libanesi. Delle corriere li portarono a destinazione: un campo di addestramento.

Situato ai piedi delle colline della Giudea, in una grande pineta al riparo dagli sguardi, il centro di Beit Mashir era in grado di accogliere una cinquantina di reclute. Benché rudimentale, il suo equipaggiamento consentiva una formazione militare completa, in particolare per le operazioni di lotta antiterrorista. Alcuni tecnici della guerriglia che parlavano arabo inquadravano i sottufficiali israeliani incaricati dell'istruzione. Faceva parte del programma anche l'azione psicologica. Desiderosi di trasformare i loro ospiti in ammiratori d'Israele, gli organizzatori avevano rallegrato il loro soggiorno proiettando film sull'azione umanitaria dello Stato ebraico nei territori arabi occupati e in diversi Paesi del Terzo mondo. Conferenze politiche e culturali di eminenti professori dell'Università ebraica di Gerusalemme completavano il programma. Ma ai giovani libanesi non era consentito uscire dal campo per nessuna ragione, tranne che per assistere al culto domenicale nella più vicina chiesa cristiana.

Philippe Malouf si ricorderà a lungo della sua prima visita all'abbazia dei Sette Dolori di Latroun. « Che shock, che stupore nel penetrare in quel luogo di fede e di pace a meno di cinque chilometri dalle baracche dove ci insegnavano a uccidere e a distruggere. Tra quelle mura, tutto appariva solo gioia e beatitudine. I canti dei monaci, monocordi e ripetitivi, sembravano salire verso le volte della chiesa come un'interminabile offerta. Negli alleluia c'era una tale pienezza, una tale felicità che mi sentii come ipnotizzato. Capii che era lì che mi chiamava Cristo, nel cuore di quella Palestina che quasi duemila anni prima aveva fatto da sfondo alla Sua vita, alla Sua morte e alla Sua resurrezione. Sì, era proprio lì che doveva compiersi la mia vocazione. »

A Philippe Malouf furono necessari diversi mesi di pratiche e di attesa per poter tornare in Israele e varcare per sempre il cancello del monastero. Era ormai circa un anno che il giovane novizio in saio e con la testa rasata viveva l'austera regola d'umiltà, di povertà, di castità e di ubbidienza stabilita nel VI secolo da san Benedetto. Un anno di duro tirocinio, di lenta e talvolta dolorosa metamorfosi per fare dell'ex guerrigliero delle Falangi libanesi un uomo volto unicamente a Dio nel silenzio e nella preghiera, "alla ricerca delle cose del cielo".

« La maggiore difficoltà fu di abituarmi al modo di pregare dei monaci » dirà in seguito. « Per me, pregare era sempre stato un atto solitario e silenzioso. Alla trappa, si pregava in comune e ad alta voce. Ascoltando i miei fratelli salmodiare ininterrottamente gli stessi inni, finii per pormi la domanda sacrilega: questa continua ripetizione non rischia di trasformare le mie devozioni in un insulso ritornello? Un po' come i mulini da preghiera dei templi buddisti? »

Philippe Malouf decise di confidarsi con il suo superiore. Dopo averlo lungamente ascoltato, il priore gli rispose con un sorriso complice: « Ti suggerisco un trucco che un vecchio monaco mi ha insegnato quando sono arrivato alla trappa come giovane novizio. A ogni uffizio, mentre si cantano i salmi, scegliti un versetto. Uno qualunque. Per esempio: "Ascolta, Signore, il grido degli sventurati" oppure "mio Dio, concedi ai Tuoi figli la gioia e la speranza". Mentre continui a recitare la preghiera comune, pensa intensamente a queste parole. Rimuginale in ogni senso, proiettale nella mitologia biblica, immagina Gesù mentre diceva le stesse parole, poi i profeti e milioni di uomini prima di te. Cerca di capire a quali realtà di oggi corrispondono. Allora, vedrai, la tua preghiera diventerà meditazione».

Molti altri interrogativi avrebbero tormentato l'animo dell'apprendista monaco nel suo lento cammino verso la serenità suprema. Per esempio, la risposta del Signore all'instancabile preghiera del suo monastero per la salvezza dell'umanità. «Tutti noi avevamo consacrato le nostre vite alla preghiera. Tutti noi aspiravamo a conoscere ciò che Dio compiva su questa terra in virtù del nostro impegno, aspiravamo a cogliere ogni tanto qualche piccolo segno della Sua bontà. Ma non avevamo mai la soddisfazione di verificare l'efficacia dei nostri sforzi. Era frustrante.»

Il desiderio di Philippe Malouf venne parzialmente esaudito il giorno in cui il priore gli affidò la responsabilità della vendita del vino e dei liquori prodotti dalle vigne del convento. «Fu una meravigliosa occasione per ritrovare un contatto con il mondo esterno, per riallacciare un dialogo e ascoltare gli altri. Ogni giorno diecine di famiglie, pullman di turisti facevano sosta all'abbazia. Alla fine della settimana e nei giorni festivi, davanti al portone c'era sempre folla. I nostri prodotti erano famosi in tutto Israele e oltre. La bottega era sempre piena. Molti visitatori chiedevano di poter passeggiare nell'aranceto per ammirare, lungo i viali, i sarcofagi, i ruderi delle colonne romane, le vestigia trovate dai monaci dissodando o arando la terra.»

Un giorno Philippe Malouf ricevette la visita di due giovani americani che desideravano esaminare la raccolta di selci preistoriche conservate in un ripostiglio adibito a museo. Uno si chiamava Josef Stein, l'altro Sam Blum. La barba scura che andava a ricongiungersi ai capelli folti e ricci faceva assomigliare il ventottenne Josef Stein a un profeta della Bibbia. Originario di una città industriale della Pennsylvania dove i suoi genitori gestivano una tintoria, quel discendente di immigrati polacchi viveva dal 1972 a San Francisco. Lavorando di notte al casello del famoso ponte Golden Gate, di giorno aveva potuto seguire i corsi del City College, poi quelli del dipartimento di archeologia dell'università di San Francisco. Con la sua laurea in tasca, aveva ottenuto una borsa di studio per andare a fare scavi, insieme a un gruppo della Scuola americana di Gerusalemme, nella zona della città cananea di Gezer, situata a una diecina di chilometri dall'abbazia di Latroun. Nelle fosse degli ultimi scavi aveva incontrato Sam Blum, uno specialista di antichità bibliche della Columbia University di New York. Sam Blum, trentaduenne, era figlio di un rabbino di Brooklyn. Con i suoi occhiali rotondi cerchiati di ferro e un viso lungo e ossuto, assomigliava più a un anarchico che piazza bombe che non a un salvatore di civiltà scomparse.

I due americani erano tornati diverse volte all'abbazia per fotografare e fare schizzi dei pezzi più interessanti del piccolo museo, in particolare delle asce, dei coltelli e dei raschiatoi che risalivano a circa centomila anni prima. Poiché la loro curiosità non si limitava agli oggetti preistorici, Philippe Malouf gli fece vedere anche il suggestivo cimitero circondato di cipressi e di asfodeli dove riposavano, nella nuda terra, gli uomini che avevano concluso in quei luoghi la loro vita di preghiera.

In seguito, quando la malattia lo inchioderà in un letto d'ospedale a New York, Josef Stein ritroverà con gioia intensa il ricordo di quella visita. « Nessun oggetto emerso dagli scavi, nessun vestigio archeologico, nessuna pietra mi hanno mai emozionato come lo spettacolo di quella successione di nomi incisi su umili croci di legno. Quel giorno » dirà, « ho capito cos'è ciò che chiamiamo immortalità. »

# 4

*Benares – autunno 1980*
*« Figlia, il dio ti ha maledetta. »*

Un maremoto del Gange non avrebbe sconvolto l'universo del bruciatore di cadaveri di Benares più dell'annuncio della lebbra che aveva colpito la figlia Ananda. All'abiezione delle umili origini si aggiungeva ora una nuova degradazione che rendeva i Chowdhury esseri umani doppiamente impuri. Dalla notte dei tempi, l'India scagliava il suo anatema contro chi imputridiva nell'ignobile male. Secoli prima che Mosè l'associasse al peccato, gli Antichi a un castigo del cielo, il Medioevo alla morte civile, in Asia, dove probabilmente era nata, si abbattevano sulla lebbra i fulmini dei sani. Come un tempo in Europa si obbligavano i lebbrosi a camminare al suono di una campanella, a bruciare i loro abiti, a rinchiudersi dentro i lazzaretti, l'India moderna continuava a trattare i suoi lebbrosi come dei paria. Nessun indiano sano di corpo osava penetrare nei loro sordidi accampamenti lontani dalle città e dai villaggi. Nessun lebbroso entrava nelle case dei non lebbrosi. Eppure erano in cinque milioni a portare in giro piaghe e monconi nell'immensità del Paese.

La città santa di Benares era probabilmente quella con la maggiore concentrazione di malati. Per le centinaia di migliaia di pellegrini che accorrevano sulle rive del Gange liberatore, fare l'elemosina a coloro che consideravano i più maledetti fra gli uomini era un'ulteriore occasione per migliorare il loro *karma*, mettendo al proprio attivo le buone azioni compiute nella vita presente e nelle esistenze precedenti. Lo sapevano bene i lebbrosi, i quali tendevano le loro ciotole lungo le scale che scendevano al fiume, davanti alle piattaforme per la preghiera, all'ingresso dei santuari. Di notte si trascinavano fino al fiume sacro per lavarvi le loro piaghe e implorare gli dei di farli rinascere in un'incarnazione migliore. Era stato sicuramente il contatto prolungato con quell'acqua inquinata ad avere la meglio sulla resistenza ai microbi del "piccolo sciacallo".

Quello che accadde allora doveva restare per sempre impresso nella memoria della giovane Ananda. Come impazzito per l'incredibile notizia, il padre chiamò un risciò a pedali per andare a presentare le sue scuse ai parenti del fidanzato che aveva scelto per lei e disdire la cerimonia delle nozze. Al ritorno convocò la figlia davanti a tutta la famiglia riunita. Con la mano puntata verso la porta di casa, disse semplicemente:

« Figlia, il dio ti ha maledetta. Qui non c'è più posto per te. Vattene. »

Tirò fuori dalle pieghe del *longhi* qualche rupia che tese alla figlia. La moglie venne avanti con un fagottino contenente un po' di biancheria, qualche biscotto, due banane. Ananda lo prese e restò per un momento immobile, paralizzata dalla paura e dal dolore. Poi si diresse verso la porta. Prima di varcarne la soglia, si voltò. Tutti i membri della famiglia erano lì e la guardavano in silenzio: gli zii, le zie, i cugini, la nonna, e perfino il nonno con la barba bianca, dalla sua cornice sulla parete. Scorgendo i fratellini che singhiozzavano, ebbe voglia di tornare indietro. La dissuase lo sguardo severo della madre. Uscì, e scomparve nel brulichio della stradina.

Nello spietato contesto della società indù, una simile esclusione equivaleva a una condanna a morte. "Il piccolo sciacallo del Gange" sapeva di non poter bussare a nessuna porta dell'immensa città. A un'intoccabile era vietato il minimo contatto fisico con chiunque altro. Tutta la sua breve vita si era svolta nell'ossessione di non trasgredire la regola della segregazione. Doppiamente impura perché paria per nascita e figlia di un bruciatore di cadaveri, era stata attenta a non contaminare mai, neanche con la sua ombra, qualche indù di casta nella calca delle stradette, a non comprare mai un cartoccio di *muri* o un pizzico d'incenso se non lanciando i soldi al venditore, a non alzare mai gli occhi su chicchessia. Perfino sotto il tetto paterno non si era mai potuta sottrarre all'oppressione della sua condizione. I genitori l'avevano ostinatamente impregnata della maledizione del loro destino. Tenerezza, amore le erano stati negati. A lei che osava derubare i cadaveri era per di più rifiutata ogni speranza di far valere i suoi meriti per rinascere in un'incarnazione migliore. Non ci poteva essere *karma* più disastroso del suo.

Non essendo mai andata a scuola, Ananda non sapeva né leggere né scrivere. Grazie al lavoro del padre, il suo orecchio si era però familiarizzato con ogni specie di *sabir*. Oltre al bhojpuri, la lingua locale, sapeva molte parole in hindi, in urdu, in bengali, e perfino in gujarati e in marathi, poiché erano molti i ricchi indù di queste province che venivano a morire a Benares per conquistarvi la pace eterna. In compenso non conosceva la lingua degli ex colonizzatori dell'India, dato che nessun inglese era mai venuto a farsi cremare sui roghi di suo padre.

Il suo lavoro singolare e l'implacabile ambiente non avevano certo risparmiato la ragazzina. A tredici anni, come tanti giovani indiani, sapeva tutto o quasi tutto delle realtà della vita. Aveva visto e sentito i genitori accoppiarsi, e nelle sordide stradine intorno ai templi aveva assistito al commercio delle prostitute, dei travestiti, degli eunuchi. Aveva visto nascere, soffrire e morire. Un duro tirocinio che l'aveva preparata a tutti i traumi, temprata a tutte le sventure. Così almeno credeva. Giacché mai la piccola proscritta avrebbe potuto sospettare ciò che l'attendeva lasciando la casa paterna.

Dapprima vagabondò per un mese lungo le vie e sulle scale che scendevano al Gange, mendicò sui gradini dei templi, racimolò quello che poté trovare nei mucchi d'immondizia, rubò nei mercati. I vermi le gonfiavano il ventre in maniera ripugnante. Sciami di mosche si addensavano sulle piaghe delle sue membra scheletrite. Colonie di pidocchi si erano insediate nella sua zazzera inselvatichita.

Un giorno era talmente affamata che dovette decidersi ad andare davanti al cancello di un *mahajan*, un usuraio della via dei gioiellieri, per consegnargli l'anellino d'oro che ancora le brillava alla narice, in cambio di qualche rupia. Impietosito dalla sua miseria, invece delle quindici rupie che le spettavano, il vecchio usuraio posò sul bordo del banco un biglietto da venti rupie, l'equivalente di circa duemilaquattrocento lire. Quella piccola fortuna permise ad Ananda di sopravvivere ancora per dieci giorni nutrendosi di pezzi di canna da zucchero e di banane.

Una sera, esausta, si lasciò cadere su un marciapiede della stazione per tendere la mano. La provvidenza assunse quella volta il volto di un uomo mellifluo che aveva in capo la rassicurante bustina bianca dei sostenitori del partito del Congresso. Lo sconosciuto le mise in mano un'esorbitante elemosina, un biglietto da dieci rupie tutto sgualcito. Ananda non osò alzare gli occhi verso un simile benefattore.

« Non mi ringraziare, bambina » si affrettò a dire lo sconosciuto. « Sono io ad aver bisogno di te. »

Si accoccolò sui talloni e raccontò che la moglie era dovuta andare a Calcutta per assistere il padre morente. Non sarebbe tornata prima di due o tre settimane. Lui cercava qualcuno per occuparsi dei tre figli in tenera età durante la sua assenza.

« Abito qui accanto e tu faresti proprio al caso mio » spiegò senza mostrare nessun disgusto per l'aspetto spaventoso e la pelle nera che rivelava le umili origini della sua interlocutrice. « Ti darò quindici rupie alla settimana. »

"Deve essere il dio Ganesh in persona" pensò la ragazzina alzando timidamente il capo. Fece un cenno col mento, si alzò, e come un animale che ha trovato un padrone, seguì il provvidenziale sconosciuto.

Come tutti i grandi centri di pellegrinaggio, Benares era un luogo che si prestava a molti commerci profani. Uno dei più attivi e fiorenti era la prostituzione, in particolare quella delle bambine. Come in altri Paesi, la leggenda diceva che deflorare una vergine rinvigoriva la virilità e guariva dalle malattie veneree. Abbondavano quindi le case di piacere alle quali i fornitori accreditati procuravano le pensionanti. Di solito i fornitori compravano la loro sventurata mercanzia da famiglie poverissime, in particolare nel Nepal, dove organizzavano matrimoni fittizi con falsi sposi. A volte si accontentavano semplicemente di rapire le loro vittime.

Nella città santa dove ogni attività aveva fatalmente a che fare con il sacro, audaci ruffiani non esitavano a servirsi di certe feste religiose per iniziare le vittime alla loro vocazione di prostitute, prendendo a pretesto un rito. Per esempio, in occasione della festa di Mârg Pûrnîma, il plenilunio d'ottobre, quando si celebrava la gloria di Vishnu, il dio creatore di tutte le cose, e per Makara Sankrânti, al momento del solstizio d'inverno, quando si festeggiava la dea dell'amore carnale, del piacere e della fertilità.

« Il mio benefattore non mi portò verso il suo domicilio » racconterà Ananda. « Mi spinse sul sedile di un taxi e si sedette accanto a me. La macchina viaggiò per un pezzo nei sobborghi e finì per fermarsi davanti al cancello di un tempio. Nel cortile stavano accovacciate una ventina di povere ragazze, sorvegliate da uomini con una bustina bianca in testa. Tentai di scappare, ma due mani vigorose mi afferrarono e mi costrinsero a entrare nel cortile dove mi dissero di sedermi. In quel momento apparvero due matrone che ci distribuirono delle foglie di banano dentro le quali versarono un mestolo di riso e di *dal*. Avevo talmente fame che ingoiai tutto voracemente. Poco dopo gli uomini con la bustina bianca ci ordinarono di alzarci e ci spinsero dentro il tempio.

« Lì è cominciato l'incubo. Per due giorni e due notti, con le minacce o con le lusinghe, dei pandit pagati dai ruffiani ci spiegarono che il destino più luminoso per una fanciulla era di essere chiamata dagli dei a saziare di piacere gli uomini. Sottolineando i loro discorsi con colpi di gong, compiendo riti di ogni genere ai piedi delle innumerevoli divinità del santuario, quegli inquietanti brahmini non ci davano requie. Finirono per ammaliarci. In capo a quei due giorni eravamo stregate. Pronte a tutto. »

Ananda ignorava che nello stesso momento identiche sedute venivano praticate in molte altre città dell'India. Nel solo stato del Karnataka si calcola che ogni anno, in occasione di

Mârg Pûrnîma, siano avviate alla prostituzione tremila ragazzine.[1] Debitamente corrotta, la polizia chiude un occhio.

Una settimana dopo, vendute e rivendute, Ananda e le sue compagne furono rinchiuse come animali nelle sordide case di tolleranza d'argilla battuta, allineate come in una vera corte dei miracoli lungo tutta la via principale di Munshiganj, il quartiere popolare della prostituzione, dove l'amore si consuma per sole venti rupie, neanche duemilaquattrocento lire.

Stranezza del destino: né i rapitori né i clienti notarono sotto il trucco sfacciato della ragazzina la piccola macchia che era stata causa della sua sventura. Una notte, accendendo un bastoncino d'incenso, si fece cadere inavvertitamente un fiammifero acceso sul dorso della mano. Il contatto del fuoco non le provocò la minima sensazione di dolore. Se ne stupì e scoprì allora, intorno alla lesione provocata dalla fiamma, un'aureola brunastra, insensibile come la macchia sulla guancia. Spaventata, esaminò febbrilmente l'altra mano, le gambe, le cosce, il ventre. Ormai era decisa: il giorno dopo sarebbe scappata dall'inferno della via Munshiganj.

1 Cifra fornita dall'inchiesta pubblicata il 15 aprile 1989 nel periodico "India Today" (*N.d.A.*).

# 5

*Los Angeles – autunno 1980*
*Enigma nella camera 516*

La cosa era cominciata come una banale crisi di orticaria. Quella mattina, svegliandosi, Ted Peters, trentun anni, indossatore volante che lavorava per un'agenzia di moda di Westwood, il quartiere residenziale a ovest di Los Angeles, sentì delle piccole asperità sulla lingua e sulla parete interna della bocca. Allo specchio scoprì che tutta la cavità orale e la lingua erano ricoperte di una strana patina biancastra. Perplesso, Ted Peters fece qualche gargarismo con un prodotto antisettico. Aveva spesso sofferto di eruzioni cutanee, ma mai in bocca. Come molti ragazzi sessualmente molto attivi era soggetto a episodici attacchi di herpes. Inoltre aveva avuto diverse volte dei problemi venerei. Cure adeguate avevano sempre debellato i suoi malanni.

Dopo tre giorni, l'infezione orale persisteva e Ted Peters aveva sempre più difficoltà a deglutire. Il cibo gli si bloccava prima di arrivare allo stomaco. Gli faceva male perfino ingoiare un sorso d'aranciata. Ben presto i sintomi si aggravarono al punto che non riuscì a inghiottire più niente. Preoccupato, decise di consultare un medico.

Al pronto soccorso dell'ospedale dell'UCLA ritennero che il suo stato giustificasse analisi approfondite e lo fecero ricoverare. Un'endoscopia dell'esofago individuò un'infezione della parete provocata da *Candida*, minuscoli funghi di estrema virulenza. Fu soprattutto il forte deficit dei suoi globuli bianchi a mettere in guardia i medici. Era evidente che quel malato soffriva di una grave alterazione immunitaria. Una cura vigorosa fece rapidamente regredire l'infezione della bocca e dell'esofago. In compenso, nessun test, nessuna analisi permisero di capire perché gli mancassero tanti globuli bianchi. Nel reparto malattie infettive dell'ospedale dell'UCLA, Ted Peters divenne ben presto "l'enigma della camera 516".

« Se la malattia del ricoverato della camera 516 si fosse manifestata in qualche sperduto paesetto dell'Iowa, di sicuro nessuno ci avrebbe fatto caso » dirà Michael Gottlieb, il giovane immunologo che ogni giorno, in nome della scienza, torturava i suoi topi nel seminterrato dello stesso edificio. « I medici avrebbero semplicemente concluso: "Questo malato soffre di un male misterioso". Sarebbe morto e basta. Ma nell'ambiente scientifico di una grande università, un simile enigma non poteva non suscitare curiosità. Il che dimostra che, nella ricerca, il successo dipende dall'incontro tra un problema e un cervello fertile. »

Quella mattina dell'ottobre 1980, il "cervello fertile" di Michael Gottlieb, il nostro placido gigante baffuto che un collega aveva strappato alla quotidiana distribuzione di fettine di patate, era in ebollizione. « In un primo momento ho pensato a una preleucemia, oppure a una leucemia incipiente » confesserà. « Ma non avevo mai visto una leucemia associata a un'infezione da *Candida*. Poi ho pensato a una violenta alterazione della flora intestinale dovuta forse a un eccessivo uso di antibiotici, il che capita a volte con degli omosessuali iperattivi e perciò particolarmente esposti a malattie sessualmente trasmissibili. Dato che il malato della camera 516 affermava di non aver commesso abusi del genere, ho voluto sapere se l'infezione da funghi avesse un qualunque legame con la carenza di globuli bianchi risultante dalle analisi. Sia che ne fosse la causa o la conseguenza, una cosa era sicura: il caso si preannunciava come un vero rompicapo. »

Per tentare di trovare una pista, Michael Gottlieb fece fare innumerevoli test. Nessuno degli esami biologici inventati fino a quel momento dalla scienza fu in grado di fornire il minimo indizio. Neanche la meticolosa consultazione di migliaia di pagine di trattati in cui la medicina annota secoli di esperienza lo aiutò in alcun modo a orientare le sue indagini. Come capita a volte in patologia, la malattia dell'indossatore volante di Westwood «sembrava non corrispondere a nessun criterio attualmente noto».

Fu allora che Michael Gottlieb ebbe l'idea di affidare un campione del sangue di Ted Peters al biologo che occupava il laboratorio quasi di fronte al suo, nel seminterrato dell'ospedale. Originario del Missouri, Bob Schroff, un giovane di ventotto anni dai capelli rossi, si occupava di un programma di esperimenti rivoluzionari. Gli strumenti necessari a quella ricerca d'avanguardia erano delle proteine umane contenute in flaconcini che ogni settimana riceveva dal New Jersey per pacco postale. Messe a punto da ricercatori tedeschi e inglesi, la loro produzione era appena agli inizi e ancora talmente limitata che solo una ventina di biologi in tutta l'America potevano vantarsi di possederne alcuni campioni destinati a certe sperimentazioni mediche.

La denominazione dotta di tali proteine era "anticorpi monoclonali". Grazie alla scoperta di un laboratorio britannico erano in grado di unirsi a tutte le varietà di globuli bianchi. Una proprietà del genere ne faceva delle "testate autocercanti" di tutto rispetto visto che, lungi dall'essere una categoria omogenea, i linfociti (globuli bianchi) incaricati di difendere l'organismo contro gli attacchi esterni si compongono di una infinità di gruppi e sottogruppi, il che ne complica singolarmente l'approccio. I più numerosi, i linfociti di tipo T - così denominati perché dipendenti dal timo - si suddividono in diverse specie dotate di funzioni specifiche. I linfociti T4 sono in certo qual modo i direttori d'orchestra del sistema immunitario. In caso d'aggressione, sono loro a individuare l'agente straniero, a scatenare l'allarme e a mettere in moto le difese dell'organismo. Essi emettono dei segnali che attivano un altro gruppo di globuli bianchi, quello dei linfociti T8, i quali, dal canto loro, attaccano e uccidono le cellule infettate dagli agenti patogeni. Parallelamente i T4 producono delle sostanze che provocano la mobilitazione di un'altra classe di globuli bianchi, i linfociti B prodotti dal midollo (*Bone marrow* in inglese). I linfociti B sottopongono gli aggressori al fuoco nutrito dei loro anticorpi. Non appena l'infezione è stata domata, i "linfociti-uccisori" T8 ripongono le armi nel guardaroba e bloccano la proliferazione dei "linfociti-difensori" B, impedendo in tal modo che si scatenino in maniera ingiustificata, e riportano la calma sul campo di battaglia. Ma la natura, sempre diffidente, si circonda di precauzioni. Essa lascia di pattuglia nel sangue folti gruppi di "linfociti-direttori d'orchestra" pronti a suonare di nuovo le campane a martello al minimo allarme.

Fino alla fine degli anni '70, nessun microscopio, nessuna analisi biologica permetteva di differenziare in una goccia di sangue i diversi attori di questo complesso e sottile sistema di difesa, e ancora meno di conoscerne le eventuali e rispettive mancanze. L'invenzione degli anticorpi monoclonali veniva a colmare la lacuna. Rendendoli fluorescenti e introducendoli in un tubo contenente alcuni centilitri di sangue, si ottiene una "marchiatura" immediata e specifica di ogni specie di linfociti, in particolare dei famosi T4 e T8, che di conseguenza possono essere contati e studiati nel loro comportamento. Era una rivoluzione senza precedenti per progredire nella conoscenza dei meccanismi dell'immunità e individuare la causa delle malattie inesplicabili. In quell'ottobre 1980, il biologo del Missouri Bob Schroff era uno dei rari apprendisti stregoni al mondo che fosse in grado di padroneggiare questa nuova tecnologia.

Tre giorni dopo aver avuto il campione di sangue del malato della camera 516, la sua figura dinoccolata comparve sulla soglia del laboratorio di Michael Gottlieb. La sua aria imbarazzata preoccupò l'immunologo.

« Allora, non ha funzionato? »

« Anzi » ribatté Bob Schroff. « Ma i miei risultati sono così sconcertanti che ho paura di essermi sbagliato. È una tecnica così recente! »

« Ma cosa hai trovato? » chiese Gottlieb impaziente.

« Che il tuo 516 è un caso estremamente interessante. Non ne ho mai visto uno simile. Non ha quasi più linfociti T4. In compenso, il numero dei suoi T8 è incredibilmente alto. »

Michael Gottlieb aggrottò la fronte. Perché il malato aveva perso i "direttori d'orchestra" del suo sistema immunitario?

Perché i linfociti "uccisori" e "moderatori" si erano invece moltiplicati?

« È un risultato talmente insolito che vorrei tu mi dessi un nuovo campione di sangue » soggiunse Bob Schroff. « Desidero fare un controllo. »

Il secondo esame confermò il primo. Nel frattempo, guarito dall'infezione all'esofago, Ted Peters era stato dimesso. Qualche giorno dopo era di ritorno, questa volta con nuovi sintomi clinici inesplicabili: una grande spossatezza, tanto da aver fatto fatica a camminare dal taxi fino alla porta dell'ospedale; ripetute crisi di soffocamento al minimo sforzo che lo rendevano perfino incapace di allacciarsi da solo le scarpe. Sintomi a cui si aggiungevano una tosse secca, febbre alta, bruschi accessi di traspirazione, un calo di peso di diversi chili dal suo ultimo ricovero.

« Ho capito subito la gravissima natura di quelle complicazioni » racconterà Michael Gottlieb. « Ho chiesto una broncoscopia e un lavaggio alveolare dei polmoni. I medici del reparto si sono stupiti della mia impazienza. Mentre loro pensavano a una semplice polmonite, io sapevo che se non fossimo intervenuti urgentemente con i medicinali più aggressivi, il malato rischiava di morire. Gli esami confermarono le mie preoccupazioni. Non si trattava di una polmonite classica, ma di una pneumocistosi, una rarissima infezione parassitaria dei polmoni che si manifesta soltanto in soggetti privi di difese immunitarie. Ne avevo osservato qualche caso a Stanford, dove però le carenze del sistema immunitario avevano tutte una spiegazione clinica, come una chemioterapia anticancerosa, oppure un'inibizione provocata allo scopo d'impedire il rigetto di un trapianto d'organo.

« Mi precipitai alla biblioteca dell'UCLA per consultare il computer collegato alla banca centrale dei dati medici di Washington. Gli articoli sulle pneumocistosi pubblicati in tutto il mondo durante gli ultimi vent'anni mi dettero una spiegazione razionale del crollo immunitario che aveva fatto insorgere la malattia. Si trattava ogni volta di una irradiazione resa necessaria da un trapianto d'organo o da una deficienza genetica, come nel caso di quegli sventurati bambini "bolla" nati senza sistema di difesa immunitaria. Nessuno aveva mai segnalato un caso di pneumocistosi di diversa origine.

« Il mistero restava totale. Il crollo immunitario di Ted Peters non dipendeva da nessuna causa nota. »

# 6

*Benares - autunno 1980*
*Una fucina d'amore in riva al Gange*

A Benares tutti conoscevano il vecchio palazzo con le piccole guglie semidiroccate che dominava il fiume all'estremità della città. Sul frontone della maestosa facciata ormai corrosa dai monsoni, aveva sventolato per due secoli l'emblema rosso e oro dei maragià del Nepal. Ogni mattino all'alba il suo portone di ferro battuto si era aperto su un elefante ingualdrappato di velluto che sotto un baldacchino portava il signore del palazzo a pregare devotamente sulle rive del Gange.

Da molto tempo i principi del piccolo stato himalayano avevano disertato il palazzo. Una targa di legno al posto del blasone indicava ora il nome e l'attività dei loro successori: MISSIONARIE DELLA CARITÀ – CURE AI LEBBROSI.

Cure ai lebbrosi! Questo atto di compassione probabilmente simboleggiava meglio di ogni altro l'ideale di carità di colei che da più di trent'anni alleviava in India e nel mondo intero le sofferenze degli uomini. Il pensiero assillante di tutta la vita di Madre Teresa era stato quello di offrire un po' di pace e di conforto ai lebbrosi dell'India. Lei aveva curato le loro piaghe, nutrito il loro corpo, placato la loro anima. Aveva portato i morenti sulle braccia, aveva stretto al cuore i bambini. Le sue mani ne avevano lenito i dolori e il suo sorriso ne aveva fugato l'angoscia. Erano stati i suoi compagni, i suoi amici, coloro che le avevano insegnato la virtù del coraggio, della partecipazione, dell'umiltà. Le avevano dato alcune delle sue gioie più grandi.

Si era impegnata a servire i lebbrosi murati nei loro ghetti un giorno del 1957, rispondendo all'appello di cinque operai di una fabbrica di Calcutta. «Madre, ci aiuti! Siamo stati cacciati dal lavoro per via di questi segni» aveva supplicato uno di essi mostrando delle macchie sulla pelle all'altezza del tronco. Una settimana dopo, un furgoncino carico di medicinali, di latte in polvere, di sacchi di riso, si dirigeva verso i sobborghi più miserabili della grande città, verso le catapecchie dove i paria della lebbra nascondevano la loro disperazione, chiusi dentro ignobili accampamenti. A bordo c'erano Madre Teresa e tre delle sue suore, tre giovani indiane che indossavano come lei un sari bianco orlato d'azzurro, che ignoravano gli orrori di quella malattia, e ancor più l'atteggiamento rivendicativo, talvolta aggressivo, di coloro che ne sono colpiti. L'azione della fondatrice delle Missionarie della Carità non si limitava a curare qua e là le piaghe di alcune centinaia di lebbrosi. Con la sua prodigiosa capacità di risvegliare la parte migliore dell'uomo, lei invitò tutta la popolazione della città a unirsi a lei in una gigantesca questua a favore delle vittime della terribile malattia. Come emblema della sua iniziativa, scelse l'antico simbolo del male, una campanella simile a quella che i dannati di un tempo agitavano per avvertire i sani della loro impura presenza. Diffuso dai giornali, bene in vista sui manifesti e affisso sui fianchi del suo furgoncino, lo slogan della questua proclamava: "Tendiamo le mani ai lebbrosi". I risultati superarono ogni speranza e Madre Teresa poté creare altri dispensari mobili. Soprattutto poté fondare un'intera città riservata ai lebbrosi, "Shanti Nagar - La Città della pace", su un terreno offerto dal governo a trecento chilometri da Calcutta. A Shanti Nagar centinaia di famiglie ricominciarono un'esistenza quasi normale, scoprirono la pace e la speranza. Sullo slancio, la religiosa aprì da altre parti lebbrosari, dispensari, laboratori ronzanti di telai dove donne e uomini ormai finiti ritrovarono con il lavoro la loro dignità.

Il centro di Benares era una delle sue ultime creazioni. Ne aveva affidato la responsabilità a una delle operaie più brave della congregazione. Gli occhi a mandorla e i pomelli rosei davano a suor Bandona un'aria da statua cinese. Il suo nome significava "Lode a Dio". Nata tra le cime dell'Assam, dove il padre coltivava un misero appezzamento di terra, un giorno era finita con la famiglia nel sudiciume di una bidonville dei sobborghi di Calcutta. Per aiutare la madre rimasta vedova a provvedere ai quattro fratelli e sorelle, per anni aveva frugato fra i mucchi di spazzatura e recuperato oggetti metallici che rivendeva a un ferravecchio. Poi aveva lavorato in un cartonificio e, per finire, in un'officina metallurgica dove aveva tornito pezzi per i camion.

L'arrivo nella bidonville di un sacerdote francese venuto a servire i poveri aveva acceso la scintilla della sua vocazione d'amore e di carità. Correndo giorno e notte attraverso quel quartiere miserabile per assistere gli uni e gli altri, era diventata l'anima del comitato di mutuo soccorso fondato dal religioso. La sua memoria era lo schedario di tutti i dolori. Per il suo sguardo, il suo sorriso, la sua misericordia l'avevano soprannominata "Anand Nagar Ka Swarga Dut - L'Angelo della Città della gioia". L'incontro con le suore di Madre Teresa che ogni settimana andavano a curare i lebbrosi della bidonville l'aveva spontaneamente indotta a scegliere una vita al servizio degli altri. Benché allevata nella religione buddista, la pratica di valori cristiani come la partecipazione e il sacrificio l'aveva preparata ad abbracciare l'ideale delle Missionarie della Carità. Tre anni di noviziato dovevano definitivamente confermare il suo impegno. L'8 dicembre 1975, festa dell'Immacolata Concezione, le forbici di Madre Teresa avevano tagliato la sua lunga treccia nera, facendo per sempre della giovane buddista "una sposa di Cristo al servizio dei poveri".

Ogni mattina era lo stesso incubo, la stessa insostenibile visione della marea di cadaveri ambulanti che si accalcavano davanti ai cancelli. C'erano persone senza piedi né mani, rannicchiate su tavole a rotelle trascinate da spettri appena più validi, ciechi con il viso divorato fino all'osso, relitti dalle fasce sanguinolente che strisciavano per terra. C'erano donne che nascondevano le loro piaghe sotto la stoffa del *burqa* in cui erano avvolte come fantasmi dalla testa ai piedi, madri che stringevano i figli fra le braccia ridotte a moncherini, scheletri stralunati che avevano l'aria di appartenere già all'altro mondo. C'erano anche persone apparentemente sane, ma che una macchia, una vescica sospetta, una progressiva atrofia muscolare avevano di colpo gettato nel campo dei dannati. C'erano soprattutto corpicini gracili, dal ventre gonfio per i vermi, le ossa sporgenti sotto la pelle, le articolazioni scricchiolanti, le membra sottili come sarmenti. Anche se non tutti portavano impresse, o non ancora, le stigmate della lebbra, quasi tutti soffrivano di malattie gravi: tubercolosi ossea, enteriti croniche e avitaminosi per cui rischiavano la cecità.

A ogni istante spuntava tuttavia da tanta miseria qualche spettacolo comico o meraviglioso che faceva dimenticare l'incubo. Le buffonate dei malati che facevano leva sulle loro infermità, o le frottole dei narratori di professione, finivano sempre col suscitare il riso. La cosa più sorprendente restavano i giochi dei bambini in mezzo al putridume, oppure, quasi un miracolo, l'apparizione di una donna in sari, bella come la divinità di un tempio.

La maggior parte dei malati veniva da altre regioni e non era semplice capirsi in quella babele di voci, di grida, di richieste. Bihar, Bengala, Orissa, il sud: molti erano in cammino addirittura da anni. Avevano lasciato lembi di carne lungo la via, durante le loro soste qua e là, davanti ai templi o sui marciapiedi delle stazioni. Quasi nessuno aveva mai ricevuto alcun genere di cure.

I microbi che li corrodevano portavano il nome del medico norvegese che li aveva identificati alla fine del secolo scorso. I bacilli di Hansen prediligevano il caldo dei paesi tropicali e gli organismi debilitati. L'estrema virulenza di taluni ne faceva a volte degli agenti di contagio. Si era potuto calcolare che in dieci minuti di conversazione un lebbroso disseminasse intorno a sé duecentomila germi. L'habitat, i vestiti, le stoviglie in comune – in poche parole ogni tipo di coabitazione con individui malati – costituivano il più frequente veicolo di contagio. Un graffio, una puntura potevano bastare agli agenti infettivi per contaminare nuove prede. Ma erano microbi talmente pigri che spesso ci volevano mesi, magari anni, perché i loro bersagli preferiti - pelle, nervi, linfonodi, mucose del naso e della bocca, occhi, milza, fegato - subissero le prime devastazioni. Stranamente il bacillo non era direttamente responsabile delle orrende ferite, ma semmai il fatto che aggredendo i nervi addormentava ogni sensibilità. Anche i minimi traumi - contusioni, bruciature, tagli - diventavano allora causa di lesioni che degenerando portavano alla mutilazione.

Un arbusto che cresce nel sud dell'India aveva fornito per secoli il solo rimedio in grado di attenuare gli effetti del male: l'olio di chaulmoogra. Verso la metà del nostro secolo, la scoperta dei solfoni e poi quella degli antibiotici avevano rivoluzionato la cura della lebbra. Tranne che in caso di malattia irreversibile, la quotidiana assunzione di compresse portava di solito, dopo qualche mese, a spettacolari regressioni e spesso addirittura a guarigioni complete. La cura costava così poco che il francese Raoul Follereau, l'infaticabile apostolo dei lebbrosi, aveva scritto: "Datemi il denaro di un solo bombardiere atomico, e io guarirò i quindici milioni di lebbrosi del pianeta".

Guarire! Un sogno pazzesco per uno sparuto gruppo di religiose in sari, assalite dall'alba al tramonto dalla spaventosa realtà. Per tentare di orientarsi nel macabro corteo che sfilava davanti al tavolo delle medicazioni, suor Bandona e le sue compagne trascrivevano in un rudimentale schedario il nome dei malati e l'ubicazione delle lesioni. Ogni volta che un paziente tornava, ne consultavano la scheda. Poi, con pochi gesti rapidi e precisi, vincendo il fetore, strappavano le fasciature a brandelli, mettevano a nudo le piaghe, le disinfettavano con grandi spennellate di alcol iodato, applicavano polverine e unguenti e rifasciavano le ferite con garze e bende pulite. A volte dovevano incidere col bisturi la carne imputridita, liberare un nervo, amputare un osso roso dalla cancrena. Un vero lavoro da macellai, con il solo sostegno di qualche Ave Maria mormorata sottovoce. E la ricompensa di innumerevoli resurrezioni. Giacché molti di coloro che si accalcavano nella coda non presentavano più nessuna lesione. Erano i miracolati di quella fucina d'amore sulle rive del Gange.

In una soffocante mattina d'aprile, suor Bandona individuò una figura insolita nella ressa degli infelici che assediavano il dispensario. La figlia del bruciatore di cadaveri di Benares era riuscita a sfuggire ai suoi ruffiani.

# 7

*Los Angeles - autunno 1980-inverno 1981*
*Cinque casi assolutamente pazzeschi per un mago cinese*

L'ampia fronte stempiata incorniciata da ciocche grigie e ricciute e le guance rosee di Joel D. Weisman non avevano niente di californiano. Come Michael Gottlieb, anche il dottor Weisman, trentanovenne, proveniva dalla costa orientale degli Stati Uniti. Figlio di un maestro e nipote di un lavandaio rovinato dall'avvento delle lavanderie automatiche, era nato a New Brunswick nel New Jersey, nella stessa maternità di Michael Gottlieb. Ma i due uomini non avevano ancora avuto occasione d'incontrarsi. Joel Weisman, medico generico, divideva con alcuni colleghi uno studio in un palazzo del quartiere di Sherman Oaks, uno degli innumerevoli sobborghi di Los Angeles. Era un uomo cortese che tutti apprezzavano per la sua semplicità e la sua competenza. La saletta d'attesa decorata di felci arborescenti e di stampe astratte era sempre piena. Una clientela eclettica: persone anziane, mamme con bambini, adolescenti in maglietta e scarpe da tennis. Sui tavolini davanti ai sedili di skai nero facevano mostra di sé le allettanti copertine degli ultimi numeri della rivista "Being Well". In quell'autunno del 1980 proponevano dei servizi su una nuova cura per il colesterolo, un metodo basato sull'ipnosi per smettere di fumare, un'inchiesta sul dolore.

« Vedevo passare un po' tutte le infermità della vita, piccole e grandi » racconterà Joel Weisman, « gente che soffriva d'ipertensione arteriosa, di diabete, di gotta, di ulcera, di insignificanti laringiti o di colite. Era confortante poter dare sollievo, e quasi sempre guarire. Non vedevo quasi mai morire un paziente. Dovevo curare anche alcune delle malattie oggi classificate come "sessualmente trasmissibili". Era inevitabile in quel quartiere dove vivevano molti gay. » Il fatto che anche Joel fosse omosessuale faceva sì che il suo studio fosse molto ricercato dai gay. « Sapevano tutti che non davo giudizi, che con me non c'erano né tabù né barriere psicologiche, che ero lì solo per curare. »

Nel corso degli anni, tra i pazienti del dottor Joel Weisman era cresciuto il numero dei gay. Più che un omaggio alla sua competenza e alla sua discrezione, il medico vedeva nel loro afflusso l'effetto di una recrudescenza delle malattie sessualmente trasmissibili, che colpivano di preferenza quel gruppo a rischio. « A partire dagli anni 1977-1978, ho cominciato a ricevere sempre più uomini giovani che accusavano febbre alta, sudori notturni, diarrea, infezioni parassitarie di ogni tipo, e soprattutto con dei linfonodi ipertrofici, grossi come uova di piccione, nel collo, sotto le ascelle, all'inguine, dappertutto. L'infiammazione delle ghiandole era un chiaro segno di disturbi di tipo immunitario. Ogni volta temevo il peggio: cancro, leucemia. Fortunatamente i risultati delle biopsie recavano la scritta "benigno". Indubbiamente, le malattie rivelate da certe analisi non erano innocue. C'erano mononucleosi, epatiti, molti casi di herpes, non poche infezioni veneree. Grazie a Dio, i virus responsabili non uccidevano, per lo meno non ancora. Di solito la maggior parte dei sintomi scompariva dopo cure adeguate. Solo in pochi casi i pazienti continuavano ad avere dei linfonodi anormalmente gonfi. Si rassegnavano a vivere in loro compagnia! »

Una mattina dell'ottobre 1980, l'arrivo di un parrucchiere di West Hollywood nello studio di Joel Weisman offuscò brutalmente quel relativo ottimismo. Il giovane omosessuale di venticinque anni, senza nessun particolare precedente clinico, presentava un'affezione acuta della pelle, delle mucose e delle unghie. "L'epidermide è ridotta a una piaga viva" aveva annotato sulla sua scheda Joel Weisman. Sconcertato dall'estensione del male, si era attaccato al telefono per chiedere consiglio alla sola persona capace, a suo parere, di aiutarlo a guarire quel malato.

A Los Angeles tutto il corpo medico conosceva colui che era stato soprannominato "il medico dei medici". Si chiamava Peng Thim Fan. Era un cinese gioviale, di trentacinque anni, nato a Singapore il giorno in cui la guarnigione giapponese si era arresa ai soldati britannici di Mountbatten. Il dottor Peng Fan aveva fama di saper spiegare i casi più strani, quelli che non corrispondevano a nessuno schema, che si sottraevano a ogni logica, a ogni analisi, a ogni spiegazione razionale. Sotto i folti capelli neri perennemente arruffati si nascondeva il cervello di un mago della diagnosi. Non c'era nessuno come quel cinese ficcanaso per analizzare a fondo un caso incomprensibile e individuare insospettabili indizi in grado di far luce. Un famoso ospedale di Los Angeles un giorno l'aveva chiamato d'urgenza al capezzale di una donna, entrata in coma dopo che le era stato praticato con la TAC un banale esame al cervello. Il "dottore-detective" Peng Fan aveva salvato la paziente scoprendo la causa del coma: una rarissima e mortale allergia dovuta al mezzo di contrasto iniettato per rendere più leggibili le immagini della cavità cranica.

Strano destino quello del nostro cinese, figlio di un proprietario di piantagioni di hevea, premiato a diciotto anni come "migliore studente di Singapore". Appassionato di filosofia, aveva accettato una borsa di studio a Oxford. Ma invece di volare in Europa, era andato a studiare medicina in Canada. Sei anni a Winnipeg dovevano fargli venire in antipatia per sempre il clima freddo, e a venticinque anni finì per rifugiarsi sotto il sole californiano, subito dopo aver conseguito la laurea in medicina. Probabilmente nessun'altra specializzazione interessava tanti esseri umani come quella scelta dal dottor Peng Fan. La reumatologia si occupava delle affezioni infiammatorie delle articolazioni e dei vasi sanguigni, malattie la cui origine si ritrovava spesso in qualche alterazione delle funzioni immunitarie. Era una scienza ancora molto giovane che si arricchiva costantemente di nuove scoperte.

Dal 1975 Peng Fan insegnava reumatologia all'ospedale Wadsworth, un importante istituto che dipendeva dall'università di California di Los Angeles. Ogni venerdì pomeriggio, "il medico dei medici" riceveva a consulto i casi che esulavano da tutti gli schemi tradizionali. « Un giorno Joel Weisman mi presentò un uomo che soffriva di una vasodilatazione parossistica dei vasi dei piedi e delle mani » racconterà. « Il suo corpo era rosso come un gambero tirato fuori dall'acqua bollente. Si lamentava come un dannato. Ho finito per diagnosticare una eritromelalgia, un male facilmente curabile con l'aspirina, ma molto raro. »

Alla prima visita del parrucchiere malato, il mago cinese ammise di non essersi mai trovato davanti a un simile rebus. « È un caso assolutamente pazzesco. Un completo mistero, un enigma da far morire d'invidia Hitchcock. Per quale ragione un soggetto che non aveva mai sofferto del minimo calo immunitario poteva trovarsi improvvisamente in un simile stato di immunodepressione? »

Peng Fan si buttò con foga sul caso. Nessun indizio, nessun sospetto, nessuna ipotesi vennero trascurati dalle sue indagini. Sottopose il malato a veri e propri interrogatori polizieschi sperando di scoprire nel suo passato qualche informazione in grado di fornirgli una pista. Passò al setaccio tutta la letteratura medica, andando a rovistare perfino tra i suoi vecchi trattati di medicina cinese. Cercò il colpevole nelle malattie ignorate da tutti, come l'acrodermatite enteropatica i cui sintomi – infezione delle mucose, micosi delle unghie – rivelano una deficienza immunitaria dello stesso tipo. Poiché i disturbi che comporta sono dovuti a una massiccia carenza di zinco nell'organismo, prelevò alcuni capelli del malato e li fece analizzare. Il tasso di zinco era normale. Peng Fan inventò allora cure di ogni tipo, associando forti dosi di cortisone a nuove sostanze che avrebbero dovuto stimolare l'attività immunitaria. Dopo tre settimane di sforzi ostinati, il mago cinese dovette ammettere la sua impotenza.

Accaddero allora due cose che cambiarono drammaticamente la situazione. In primo luogo, l'aggravarsi dello sfortunato paziente in seguito a una complicazione polmonare. Poi, l'arrivo nello studio di Joel Weisman di un secondo malato con sintomi identici. Questa volta si trattava di un giovane pubblicista di Hollywood, anche lui gay, e anche lui senza nessun precedente clinico. I dottori Joel Weisman e Peng Fan scoprirono allora che la "polmonite" di cui soffrivano i loro pazienti era in realtà una pneumocistosi, la rarissima infezione parassitaria che il collega Michael Gottlieb aveva diagnosticato nel caso del malato della camera 516.

La notizia dei tre casi analoghi si diffuse in un lampo nell'olimpo medico. « Era a mala pena immaginabile » dirà Peng Fan. « In meno di un mese, tre uomini giovani erano stati vittime, nella stessa città, della stessa rarissima malattia. E in tutti e tre i casi non si era trovata nessuna spiegazione. »

Peng Fan e Joel Weisman si misero in contatto con Michael Gottlieb. « Il fatto che quello stregone di cinese mi annunciasse di essere completamente nel pallone come me stava proprio a dimostrare che avevamo per le mani qualcosa di nuovo » racconterà il giovane immunologo.

I tre uomini decisero di riunire i loro malati all'ospedale dell'UCLA. « All'inizio del 1981, l'arrivo di un quarto caso di pneumocistosi, questa volta un omosessuale negro, seguito poco dopo da un quinto caso, di colpo ha fatto pensare a una vera e propria epidemia » spiegherà Michael Gottlieb. « Intuivo che eravamo di fronte a una porcheria molto più grave del morbo del Legionario.[1] Bisognava avvertire d'urgenza tutti i medici americani. »

[1] 189 partecipanti a un'assemblea di ex combattenti dell'American Legion, che si era tenuta in un albergo di Philadelphia nel luglio 1976, erano stati colpiti da una misteriosa polmonite. 29 erano morti (*N.d.A.*).

# 8

*San Francisco-New York – autunno 1980*
*Milioni di orgasmi per una liberazione*

L'America e il mondo non lo sospettavano ancora, ma la grande festa era finita. Il male sconosciuto, che alla fine del 1980 stroncava cinque giovani omosessuali di Los Angeles, stava suonando la campana a morto di un'epoca. Un'epoca ardente e appassionata di movimenti e di lotte. Dal 1960 al 1970, milioni di negri, di donne, di giovani, di omosessuali si erano battuti perché nella più grande democrazia del mondo l'uguaglianza dei diritti non restasse lettera morta. Di tutti i movimenti di liberazione di quegli anni, nessuno aveva forse segnato più profondamente la società americana della "rivoluzione sessuale". Un giorno i sociologi ricercheranno sicuramente le cause reali di tale rivoluzione, ma non c'è dubbio che la scomparsa dei valori familiari tradizionali nel grande calderone della Seconda Guerra mondiale, la sdrammatizzazione delle malattie veneree grazie alla scoperta della penicillina, e soprattutto l'uso massiccio degli anticoncezionali da parte delle donne erano stati tutti fenomeni che avevano catalizzato l'esplosione liberatrice degli anni '60.

E niente fu più impressionante di quei diciassette milioni di uomini e di donne della comunità omosessuale americana che uscivano alla luce del sole e rivendicavano la loro diversità. La storia di questa minoranza era costituita, fino ad allora, da una serie di manifestazioni di oppressione e di intolleranza da parte di una società puritana che caldeggiava l'amore tra l'uomo e la donna, il matrimonio, la famiglia. L'emergere di un movimento politico per il riconoscimento del diritto di essere "gay" era incontestabilmente un fatto storico senza precedenti. Malgrado il loro attaccamento ai diritti dell'individuo, per i padri fondatori della società americana sarebbe stato impensabile che un giorno le loro leggi dovessero proteggere una minoranza che fondava la propria identità non sulla razza, la religione o la lingua, ma su una scelta sessuale.

Tutto ebbe inizio in una torrida notte estiva, il 29 giugno 1969, in un caffè di Greenwich Village. Lo Stonewall Inn era affollato della sua clientela abituale di giovani gay e di travestiti, quando una squadra di poliziotti fece irruzione nel locale per evacuarlo. Quella volta i rappresentanti della moralità pubblica non ebbero l'accoglienza prevista. Invece di scappare come al solito, i clienti bombardarono gli intrusi con bottiglie di birra e proiettili di ogni genere. Mentre le forze dell'ordine battevano in ritirata, fuori dal locale altri gay tentavano d'incendiare i loro veicoli. L'indomani sera una nuova irruzione della polizia fu accolta nello stesso modo, mentre i muri di Greenwich Village si coprivano di graffiti che proclamavano la nascita di un movimento rivoluzionario gay. Altre due notti di sommossa suggellarono definitivamente la loro legittimità. La notizia si diffuse con la rapidità del fuoco attraverso tutta l'America, nei campus universitari, nei bar, nelle saune, nei club, nei quartieri gay delle grandi città, e persino negli uffici e nelle fabbriche dove fino a quel momento tanti uomini e tante donne avevano dovuto vivere in segreto la loro omosessualità.

Una delle prime parole d'ordine lanciate dai capi del giovane movimento invitava tutti gli omosessuali a uscire dalla clandestinità e ad assumere apertamente la loro identità sessuale. L'appello fu ampiamente accolto, soprattutto tra i giovani e, all'inizio degli anni '70, in America si assisté a una gigantesca ondata migratoria dalle città e dai paesi interni verso le grandi città periferiche come New York, Los Angeles, San Francisco, Chicago, Boston, Atlanta, Houston. Ma il maggior polo di attrazione, la meta più ambita, diventò San Francisco, la luminosa ex capitale della corsa all'oro, situata sulla corona di colline dominanti il Pacifico.

San Francisco si era sempre dimostrata una città particolarmente accogliente e tollerante nei confronti di comunità più o meno emarginate dalla società tradizionale. Il suo porto, diventato il più importante della costa occidentale dopo le follie dei cercatori d'oro, aveva continuato ad attirare una popolazione di avventurieri in cerca di fortuna. La guerra ispano-americana, poi il secondo conflitto mondiale avrebbero fatto di San Francisco un enorme centro di transito per le operazioni navali e terrestri nel Pacifico. Tornata la pace, molte centinaia di migliaia di militari vi erano rimasti come civili. Numerosi ex soldati e marinai gay vi avevano deposto lo zaino. Nell'estate del 1968, mentre infuriava la guerra del Vietnam dividendo l'America, anche tutta una generazione di giovani pacifisti e di hippy aveva scelto "Frisco", la città più fraterna degli Stati Uniti, per affermare che solo l'amore poteva risolvere i problemi del mondo. San Francisco doveva ricordarsi a lungo di quelle folle di adolescenti in jeans e scarpe da tennis, venute da tutto il Paese per accamparsi nei suoi parchi e celebrare il culto della felicità.

Se la città aveva sempre annoverato una forte comunità omosessuale, il movimento di liberazione degli anni '70 avrebbe fatto di San Francisco la capitale gay degli Stati Uniti e probabilmente del mondo. Come un secolo prima il miraggio dell'oro aveva attirato migliaia di americani sulle sue colline, quello della libertà e della tolleranza inondò San Francisco di tutta una generazione di giovani emersi dalla clandestinità. Ne faceva parte anche Josef Stein, il futuro archeologo della Scuola americana di Gerusalemme. Come la maggior parte dei nuovi immigrati, era andato a vivere nel Castro, il principale quartiere omosessuale situato in pieno centro. Chiuso com'era, e uniformemente popolato, sarebbe stato presto soprannominato "The Gay Israel". Se anche New York, Chicago e Los Angeles avevano i loro quartieri prevalentemente omosessuali, il Castro di San Francisco costituiva in effetti la prima colonia esclusivamente gay creata dal movimento di liberazione omosessuale. Nel cuore di San Francisco, uomini e donne uniti soltanto dalla loro preferenza sessuale si accinsero a costruire un mondo a parte, una città nella città, dove potevano condurre una vita normale alla luce del sole, andare in ufficio, in banca, in piscina, dal medico, dal parrucchiere, in tintoria, cenare al ristorante, assistere a riunioni politiche, seguire cerimonie religiose senza incontrare qualcuno che non fosse gay. Nel Castro c'erano perfino una sinagoga gay, un tempio protestante gay, dei sacerdoti cattolici gay che celebravano matrimoni gay.

Per glorificare la loro liberazione, i gay americani avevano addirittura inventato dei Gay Holidays, feste nazionali gay, come il famoso Gay Freedom Day, la festa della libertà omosessuale che radunava ogni estate a San Francisco più di duecentocinquantamila tra abitanti della città e visitatori giunti da ogni parte del Paese per celebrare un gigantesco e scintillante carnevale. Dall'associazione delle lesbiche, che guidavano taxi a San Francisco, a quella dei cow-boy gay del Nevada, dalle organizzazioni di transessuali alle delegazioni di indiani americani gay, dai Fronti di liberazione sadomasochisti alle Leghe degli invalidi gay, tutta l'America celebrava in quei giorni, nella luce cristallina della città fraterna, il diritto di esibire liberamente gusti e preferenze.

La maggior parte degli omosessuali americani aveva fatto moderatamente uso di tale diritto. Ma c'era anche stata una minoranza di giovani omosessuali che in un'autentica esplosione di libido aveva folleggiato sfrenatamente per tutti gli anni '70, come sicuramente non era mai accaduto in nessun'altra società. Il Castro di San Francisco divenne un vero e proprio supermercato del sesso. Di giorno e di notte migliaia di giovani riempivano bar, ristoranti, negozi, librerie, e in file serrate percorrevano le vie in cerca di avventure. Tutto il quartiere era diventato un frenetico terreno di caccia. C'erano bar e sex club che ricevevano i clienti in certi palchi dotati di aperture attraverso le quali ci si poteva accoppiare con altri clienti senza neanche scomodarsi per far conoscenza. Per questo diritto allo scambio si pagavano solo tre dollari. Ma a San Francisco, come altrove, fu un altro tipo di locale a rappresentare la suprema espressione del sesso liberato. Le *bathhouses* erano dei club, e i più lussuosi disponevano di piscine, saune, vasche Jacuzzi, sale cinematografiche, piste da ballo, alcove private, sale per orge, e a volte perfino di camere di tortura sadomasochista attrezzate con frustini, catene, manette e altri strumenti che servivano a una pratica violenta dell'amore fisico. I Continental Baths di New York offrivano in più uno spettacolo permanente di varietà. Dal canto suo, la leggendaria Hot House di San Francisco poteva ospitare contemporaneamente diverse centinaia di clienti su tremila metri quadrati e quattro piani. Sopra l'immenso bar che occupava tutto il pianterreno pendeva un'altalena gigantesca. Per il proprietario di quel bordello di lusso essa era « il simbolo di tutti gli atti che il bambino ha paura di compiere, soprattutto se è un bambino con tendenze omosessuali ».

Poiché erano luoghi di riunione in cui vigeva il diritto di fare qualunque cosa con il proprio corpo, le *bath-houses* divennero i bastioni della liberazione omosessuale. Finirono così per moltiplicarsi. Il solo quartiere del Castro ne annoverò una buona diecina, che attiravano nelle stanze riservate alle orge migliaia di turisti venuti da tutta l'America. Un'inchiesta condotta nel 1975 dall'Istituto Kinsey rivelò che nelle *back rooms* dei bar, o nel torbido vapore delle saune, il quaranta per cento degli uomini interrogati aveva avuto almeno cinquecento partner durante gli ultimi dodici mesi, e il ventotto per cento più di mille. Molti adepti di quel culto dello scambio ammisero di aver avuto rapporti con venti-trenta partner in una sola serata. Questi record erano favoriti dall'alcol e da alcune sostanze chimiche, come il nitrito d'amile.

Dato che ogni eccesso ha sempre come corrispettivo un danno, i milioni di orgasmi della grande liberazione gay non dovevano tardare a manifestarsi sulla mappa sanitaria del Paese. Secondo una statistica del dipartimento della Sanità, fin dal 1973 i due terzi degli omosessuali erano stati almeno una volta colpiti da una malattia venerea, e benché appartenessero a una piccolissima minoranza erano responsabili del cinquanta-sessanta per cento di tutti i casi di sifilide e blenorragia. Nel 1978 un'altra statistica segnalava che in tre anni il numero delle epatiti e delle infezioni intestinali era raddoppiato. Nel 1980 il dipartimento della Sanità di San Francisco precisava che il sessanta-settanta per cento di tutti gli omosessuali della città era contagiato dal virus dell'epatite B. I dati relativi agli eterosessuali non erano meno preoccupanti. In cinque anni, dal 1971 al 1976, il numero dei casi di blenorragia era quasi raddoppiato nell'insieme del Paese, passando da 624.371 a 1.011.014. Tale cifra riguardava ovviamente solo i casi dichiarati. L'aumento dei casi di sifilide era anche più eloquente: dal 1960 al 1980, il numero dei malati era cresciuto del trecento per cento. Gli Stati Uniti spendevano ogni anno cinquanta milioni di dollari unicamente per curare negli ospedali psichiatrici le vittime delle complicazioni neurologiche dovute alla malattia.

Stranamente, i disastri provocati dalla liberazione dei costumi sembrava non avessero preoccupato né le autorità sanitarie, né il corpo medico, e neanche le vittime. Il giornalista Randy Shilts scriverà: "Beccarsi lo scolo è diventato uno scherzo. Andare al dispensario fa parte della routine. Ci si ritrova sempre un sacco di amici e si evocano insieme tutte le occasioni per cui siamo già venuti lì". Ma per un medico di quartiere, il dottor Joseph A. Sonnabend, con lo studio nella 12ma strada di Greenwich Village a New York, « quell'esplosione di malattie sessualmente trasmissibili non poteva restare innocente ».

Con la sua barba mal rasata, le vecchie scarpe da tennis, i jeans logori, Joseph Sonnabend assomigliava più a un barbone della Bowery che a un grande della medicina. Eppure il curriculum di quel timido quarantasettenne totalizzava otto pagine di riconoscimenti e una lista di articoli e di pubblicazioni scientifiche degne di un premio Nobel. Figlio di emigrati ebrei polacchi, nato in Africa del sud, si era specializzato giovanissimo nelle malattie infettive. Aveva curato i suoi primi malati sul ponte di una nave indonesiana che trasportava da Giakarta a Gedda duemila pellegrini diretti alla Mecca. Nel 1963 il grande scienziato britannico Alec Isaacs l'aveva chiamato al suo fianco nel laboratorio dove aveva appena scoperto l'interferone, una potente sostanza antivirale secreta dai globuli bianchi. Joseph Sonnabend aveva poi insegnato patologia delle malattie infettive in diverse università americane. Nel 1977 l'ufficio sanitario della città di New York l'aveva incaricato dell'insegnamento nel reparto delle malattie veneree. Due anni dopo Joseph Sonnabend apriva uno studio medico privato proprio nel cuore del quartiere gay di New York, dove tali malattie erano in prima linea.

« Era assolutamente pazzesco » constaterà. « C'erano molti medici che si erano stabiliti in quel settore particolarmente esposto. Come in una catena di montaggio curavano blenorragie, sifilidi, infezioni parassitarie. A quell'epoca gli antibiotici erano la panacea. Con una o due iniezioni di penicillina si guariva la sifilide. Costava solo venticinque o trenta dollari. Non si faceva nessuna ricerca approfondita e l'idea stessa di ricerca era del tutto estranea alla maggior parte dei medici curanti. La cosa più tragica era il loro rifiuto di assumere un ruolo di educatori con i pazienti. Il minimo suggerimento, il minimo avvertimento sui pericoli che correvano con il loro genere di vita potevano essere presi per un giudizio morale. Era il modo migliore per perdere la clientela. Comunque, sia nel caso dei medici curanti che dei responsabili del Center for Disease Control, il Centro di controllo delle malattie infettive d'Atlanta, o del dipartimento federale della Sanità, tutti ritenevano che fosse inutile, se non sciocco, cercare di modificare il comportamento della popolazione e che il solo atteggiamento realista consistesse nel guarire la gente al più presto possibile. Si preferiva dire: "Voi continuate a incularvi, noi ci occuperemo dei danni". »

Lo stato di salute dei primi clienti che suonarono alla porta del suo studio atterrì letteralmente il dottor Joseph Sonnabend. Se le comuni malattie veneree costituivano ancora la maggior parte dei casi, la natura particolare delle relazioni omosessuali aveva fatto insorgere una nuova patologia in cui rientravano affezioni talvolta gravissime e spesso simultanee come le epatiti virali acute, le spropositate eruzioni di herpes genitale, le parassitosi che colpivano circa l'ottanta per cento dei soggetti con più partner, le infezioni dovute a virus particolarmente aggressivi come il citomegalovirus che colpiva i polmoni e il tubo digerente. Ma Joseph Sonnabend intuiva che il pericolo maggiore era rappresentato dalle reiterate recidive. Alcuni dei suoi pazienti vantavano un primato di dieciquindici blenorragie, altri soffrivano a ripetizione di accessi di herpes, altri vivevano con linfonodi perennemente infiammati. « Per me, saltava agli occhi: il corpo umano non poteva subire tanti attacchi senza che qualcosa di fondamentale non smettesse di funzionare. »

Gli "Intercity infectious diseases rounds", convegni di specialisti delle malattie infettive che da vent'anni si tenevano ogni lunedì in un diverso ospedale di New York, confermarono i timori del medico di Greenwich Village.

« Dal 1978-1979, ci venivano presentati sempre più casi di infezioni virali multiple, di malattie dei linfonodi, di epatiti, di gravissime eruzioni cutanee » racconterà. « Ci venne esposto perfino il caso di un negro che aveva subito un attacco cerebrale. Per me, tutti quei sintomi erano manifestazioni di un unico e identico fenomeno: il crollo delle difese immunitarie.

« Nessuno aveva l'aria di rendersene conto, ma io me ne convincevo ogni giorno di più: stavamo assistendo ai primi fremiti di un cataclisma. »

# 9

*Boston – febbraio 1981*
*Una sindrome nuova e devastante*

La voce incalzante del dottor Michael Gottlieb al telefono non dava adito a dubbi. In quella mattina di febbraio del 1981, doveva convincere l'interlocutore che si trattava di un vero e proprio cataclisma.

« I malati che abbiamo ricoverato presentano tutti gli stessi segni clinici: una febbre inspiegabile, un calo di peso anormale, diarrea incontrollabile. A priori la cosa non è molto preoccupante, lo ammetto. Quello che è davvero strano è che tutti siano malati di pneumocistosi, una forma di polmonite rarissima e che ha origini ben specifiche. Tutti e cinque sono dei giovani omosessuali. La correlazione non mi pare peraltro evidente, dato che non si conoscono. Ma come lei sa, se non è diagnosticata e curata in tempo, la pneumocistosi comporta rapidamente la morte. Ho tutte le ragioni di credere che ci troviamo di fronte a una sindrome nuova e devastante. Forse altri individui sono già stati colpiti. Vorrei avere la possibilità di avvertire i miei colleghi attraverso il suo giornale. »

All'altro capo del filo, il dottor Arnold Relman ascoltava in un cortese silenzio. Era abituato a quel genere di appelli. Era un medico di cinquantasette anni che dirigeva a Boston la pubblicazione scientifica più prestigiosa degli Stati Uniti e forse di tutto il mondo, il "New England Journal of Medicine".

In centosessantotto anni di vita, questa pubblicazione aveva trattato tutte o quasi tutte le grandi questioni mediche, aveva rivelato la maggior parte delle scoperte scientifiche riguardanti la salute. A metà del secolo scorso aveva pubblicato il resoconto della prima anestesia generale con l'etere, poi la prima indagine clinica sui mezzi per guarire l'angina pectoris. Qualche decennio dopo aveva presentato il primo rapporto completo sulla leucemia nel bambino. Nel 1975 aveva redatto la prima lista dei casi comprovanti che l'ablazione totale del seno non era sempre necessaria per impedire l'estendersi del cancro. Basandosi sulle informazioni provenienti dalle località del Nevada dove avevano avuto luogo le prime esplosioni nucleari, aveva stabilito il bilancio più esauriente sui pericoli delle irradiazioni. L'angiografia coronarica, il trattamento dell'anemia perniciosa, l'uso di sostanze anticancerose come l'amigdalina e altri mille procedimenti terapeutici avevano trovato nelle sue pagine una valutazione clinica globale.

Era una rivista eclettica ed esauriente anche per quanto riguardava gli aspetti sociali e politici della medicina. Nell'indice degli argomenti trattati l'anno prima, apparivano servizi sull'uguaglianza del diritto all'aborto, la responsabilità della pubblicità per i prodotti farmaceutici, l'uso dell'amianto nella costruzione delle scuole, la protezione sanitaria nella Cina comunista, il ruolo delle tazze dei WC nella diffusione della blenorragia, i diritti del malato, i rischi nelle centrali nucleari, l'incidenza delle lesioni al polso nell'uso dei pattini a rotelle.

Poteva capitare che il giornale si sbagliasse, ma tutti riconoscevano con quanta cura scegliesse gli articoli e con quanto rigore controllasse le informazioni. Ogni giovedì, le sue duecentoventicinquemila copie venivano lette religiosamente dalla maggior parte dei quattrocentomila medici americani e da diverse migliaia di loro colleghi stranieri. Si leggeva il "New England Journal of Medicine" anche nei corridoi del Congresso e negli uffici di Wall Street. Era citato alla televisione e nei grandi giornali e trasmesso via satellite alle pubblicazioni del mondo intero tramite le telescriventi delle agenzie di stampa. Il sommario di ogni numero rischiava d'influenzare la terapia di milioni di malati e di orientare le cure praticate da centinaia di ospedali e cliniche. In Borsa, le sue pagine sui vari medicinali avevano il potere di portare alle stelle le azioni delle società farmaceutiche o di provocare il loro crollo. In poche parole, era una delle bibbie incontestate del mondo medico americano. A parte il premio Nobel, una firma sulle sue pagine rappresentava il massimo riconoscimento per ricercatori e medici.

Più di quattromila testi e relazioni di esperimenti arrivavano ogni anno sulla scrivania del suo direttore. Ne venivano accettati meno di quattrocento, neanche uno su dieci. Una selezione così severa dimostrava la ferma intenzione di non fare da cassa di risonanza a tutto ciò che poteva apparire sensazionale o prematuro. Il "New England Journal" inoltre, ostentava la massima prudenza all'annuncio di una nuova epidemia. Aveva aspettato sei mesi e l'avvertimento ufficiale del dipartimento della Sanità per decidersi a dare notizia dell'epidemia provocata da assorbenti interni che aveva colpito migliaia di donne. E altrettanto per fare il punto sul famoso morbo del Legionario, responsabile di numerosi decessi.

« Ha sottoposto i suoi cinque malati a esami immunologici? » si sentì chiedere seccamente Michael Gottlieb dal dottor Arnold Relman.

Eminente nefrologo, formatosi alla scuola delle prestigiose università della costa orientale, il direttore del "New England Journal of Medicine" conosceva le regole del gioco.

« Naturalmente! » assicurò l'immunologo californiano.

« Quali? » incalzò Arnold Relman, che voleva essere sicuro di non avere a che fare con uno di quei medici eccentrici o poco scrupolosi che bombardano regolarmente la sua pubblicazione di pseudoscoperte a effetto.

Michael Gottlieb enumerò la lista dei test biologici a cui aveva sottoposto i suoi pazienti e precisò perfino le tecniche d'indagine utilizzate. Ma Arnold Relman restava scettico.

« È proprio sicuro che non si tratti semplicemente di una banale leucemia? » chiese ancora. « Ha fatto dei prelievi del midollo osseo? »

Nonostante la convinzione con cui il giovane immunologo sosteneva la sua causa, il male misterioso che nel suo ospedale stava stroncando cinque giovani omosessuali californiani non riusciva a suscitare l'interesse del responsabile della prima rivista medica del mondo. Adducendo i lunghi mesi che occorrevano al suo giornale prima di poter pubblicare il testo meno importante, Arnold Relman finì per consigliare a Michael Gottlieb di comunicare le sue osservazioni al Centro di controllo delle malattie infettive di Atlanta. Il suo bollettino settimanale sarebbe stato il mezzo più efficace per far conoscere al più presto la sua scoperta alla comunità medica. Ciò non toglie che in seguito il "New England Journal of Medicine" « possa eventualmente riconsiderare la faccenda » concluse.

# 10

*Benares – primavera 1981*
*Rivolta nel palazzo del maragià*

Non fu difficile per suor Bandona indovinare da dove venisse la ragazzina che si era infilata in mezzo alla calca degli sventurati che assediavano il dispensario. La zazzera arruffata, lucida di olio di senape, il trucco sfacciato, il nauseabondo odore di *patchouli*, l'espressione da animale braccato, tutto denotava in lei una fuggitiva della via Munshiganj, la via dei bordelli. Ignorando le proteste dei lebbrosi, la fece uscire dalla fila. Suor Bandona dovette ricorrere a riserve di dolcezza per addomesticare la selvatica creatura e strapparle qualche parola. A spizzichi, finì per sapere che i suoi "datori di lavoro" la stavano cercando per riportarla indietro a forza, punirla, forse lapidarla. Ananda singhiozzava con il viso tra le mani. E su una di esse la religiosa vide all'improvviso il segno.

« Sorellina, fammi vedere la mano » disse amorevolmente.

Era una lesione caratteristica. L'esame al microscopio di una secrezione nasale avrebbe confermato la diagnosi di lebbra. La malattia era in piena evoluzione. Senza una terapia urgente, i danni rischiavano di essere irreversibili.

Suor Bandona accarezzò i capelli unti della giovane lebbrosa.

« Non aver più paura, sorellina, ti terremo con noi per curarti e guarirti. Qui nessuno verrà a farti del male. »

"Il piccolo sciacallo del Gange" chinò il capo. Un'intoccabile non era abituata a sentire parole del genere. Dopo un lungo silenzio osò alzare gli occhi. « Non capivo molto bene che cosa mi stesse succedendo » confesserà in seguito. « Era come se il mio *karma* si fosse bruscamente rivestito di tutto l'oro dei *mahajan.* »[1]

La guarigione della giovane lebbrosa fu lunga e difficile. Nonostante un'energica terapia ai solfoni, la malattia cominciò ad aggravarsi. Ananda sentì dei formicolii, degli improvvisi accessi di prurito, la sensazione che dei parassiti le si muovessero sotto l'epidermide, che un liquido le colasse sotto la pelle. Sul corpo constatò la comparsa di palline rugose e secche al centro. I disturbi durarono mesi prima di scomparire. La pelle della malata assunse l'aspetto della carta di seta. L'epidermide, nel punto in cui si erano manifestate le prime due macchie, tornò a essere sensibile al contatto di uno spillo, poi al semplice sfioramento di un dito. Era il segno che aspettava suor Bandona: la lebbra stava per essere vinta.

Un altro male ben più subdolo minava tuttavia la giovane indiana. Nonostante l'universo d'amore e di carità che la circondava, essa conservava i suoi riflessi di bambina maledetta. Stava sempre attenta a non contaminare gli altri con il suo contatto, teneva perennemente gli occhi bassi, trasaliva come un animale braccato appena la chiamavano, andava a mangiare accanto ai cani rognosi. La tenerezza di suor Bandona scivolava su di lei come la pioggia del monsone. Lo spiegherà in seguito: « La maledizione del mio *karma* era troppo forte. Mi impregnava ogni fibra della pelle di un nero ancora più nero del mio colore. Gli dei mi avevano fatta paria. Dovevo restare assoggettata alla loro volontà. Ero nata colpevole. Non avevo il diritto di essere amata ». Alla sua convinzione si aggiungeva una diffidenza viscerale. Troppe erano state le batoste, troppi i tradimenti per non temere che nella bontà delle suore non ci fosse qualche malefico secondo fine. Non era già stata crudelmente ingannata dalla "generosità" di uno sconosciuto sul marciapiede di una stazione? Non aveva sentito denunciare tante volte le manovre dei cristiani per convertire gli indù alla loro fede?

[1] È detto *mahajan* chi presta denaro a interesse (*N.d.A.*).

Un giorno andò nel piccolo laboratorio dove molte altre donne povere confezionavano sacchetti di latte in polvere e di farina di *dal* per le madri lebbrose. In quella stanza vide per la prima volta una fotografia di Madre Teresa che teneva in braccio un bambino abbandonato durante l'esodo dal Bangladesh: un documento che aveva reso celebre in tutto il mondo il volto del futuro premio Nobel per la pace. « Il suo sguardo così pieno di gioia e di tenerezza sembrava chinarsi su tutta la sofferenza dell'umanità » dirà Ananda. « Quel ritratto non aveva bisogno di didascalie, di spiegazioni o di commenti. Non si poteva che guardare quella donna, lasciarsi penetrare dalla sua espressione, sentire la tristezza, la vergogna e il bisogno d'amare che salivano dal fondo del cuore. »

Un serio incidente avrebbe fatto perdere definitivamente alla giovane intoccabile i suoi riflessi di diffidenza. Accadde nella grande sala a volte dove si ammucchiavano una trentina di lebbrosi in condizioni gravi. L'anticamera della morte più che un'infermeria. Un insopportabile odore di putrefazione e di etere saliva dai corpi coperti di mosche. Suor Bandona e Ananda erano appena entrate portando un'altra barella su cui giaceva un corpo inerte al quale era stata amputata una gamba. Non essendoci un posto libero, la religiosa si fermò davanti a uno dei malati che sembrava meno grave degli altri.

« Alì » mormorò, « bisogna che tu ceda il tuo giaciglio a uno dei tuoi fratelli che sta molto peggio di te. »

Il lebbroso si sollevò sui monconi e osservò brontolando il corpo del nuovo malato. A quel punto accadde l'incidente. Fu talmente repentino che le due donne lasciarono cadere la barella. Spuntando dall'oscurità, rasoterra, uno spettro seminudo, senza piedi né mani, si era buttato sul pagliericcio.

« Questo letto è per me! » urlò respingendo con la fronte il corpo del suo occupante. « Aspetto da giorni che questo qui se ne vada per mettermi al suo posto. Levatevi dai piedi, brutte carogne! »

Precipitandosi su suor Bandona, la colpì con una testata alle ginocchia. Poi, afferrando tra i monconi una gamella, si mise a tambureggiare rumorosamente per terra. Un altro lebbroso, un barbuto con un buco al posto del naso, afferrò a sua volta una scodella e si unì al baccano. Fu il segnale. La rivolta si propagò rapidamente a tutti i paglericci. Una caterva di bastoni, di stampelle, di sputi, di brandelli di bende volò verso le due donne. Dalle bottiglie che andarono a spaccarsi contro le pareti, si sprigionò un nauseante odore di disinfettante. Un proiettile andò a colpire l'immagine di Cristo in croce appesa al muro dietro il paglericcio di Alì. Delle voci scandivano: « Siamo uomini, non cani! ». Altre: « Vogliamo un ospedale, non un lazzaretto! ».

Crebbe il frastuono degli utensili, delle grida, delle ingiurie, il bombardamento di oggetti. Con la mano contratta sul crocifisso di metallo che le pendeva dal rosario, suor Bandona se ne stava immobile come una statua di fronte all'orda scatenata. Terrorizzata, Ananda si era messa al riparo dietro un pilastro. Sentì allora una voce dominare il tumulto. Incredibilmente calma, più serena che mai, ora suor Bandona brandiva alto sopra le teste il crocifisso del rosario. « Oh, Dio d'amore, abbi pietà dei Tuoi figli che soffrono » salmodiava. « Oh, Dio d'amore, concedi loro la Tua pietà. »

Sconcertati, i rivoltosi parvero esitare. Il frastuono si calmò, poi cessò di colpo. I volti prima contratti dall'odio espressero una curiosità inquieta. Come li avrebbe puniti la superiora? I lebbrosi la videro venire avanti. Passando lentamente tra le file di paglericci, chiese a ogni malato di ripetere dopo di lei la preghiera che avrebbe recitato. Ananda si ricorderà a lungo dello spettacolo « di quegli indù, di quei musulmani e di quei cristiani torturati dalla sofferenza che recitavano insieme, una frase dopo l'altra, nella pace ritrovata, le parole del Padre Nostro ».

La scena aveva sconvolto la giovane intoccabile. Attraverso suor Bandona, scopriva un Dio d'amore. Ma scopriva soprattutto che anche lei, come quei lebbrosi, meritava di essere amata.

Qualche giorno dopo, l'istigatore della rivolta, l'uomo barbuto senza gambe, agonizzava. Nonostante la volontà di vivere, il suo organismo devastato non aveva potuto resistere alla setticemia fulminante che lo stava uccidendo. Né suor Bandona né alcun altro nel lebbrosario erano riusciti a sapere come avesse fatto a rimanere nella sala senza che nessuno ne notasse la presenza. Aveva vissuto per settimane acquattato dietro il pagliericcio di Alì, nutrendosi di insetti e di rifiuti. Dopo l'ammutinamento, suor Bandona aveva fatto aggiungere un pagliericcio per lui. Quando si manifestò la cancrena, lo portò lei stessa col risciò a pedali all'ospedale statale che si trovava all'altro capo della città. Si batté come una leonessa per farlo ricoverare e curare. Ma né il medico né l'infermiere vollero accettare quel cadavere vivente senza mezzi né famiglia. Disperata, dovette riportarlo al lebbrosario. Morì qualche giorno dopo e il suo corpo – o almeno quello che ne restava – fu portato al rogo degli intoccabili, a monte del fiume. Per tutta l'agonia, suor Bandona e le sue compagne si erano date il cambio al suo capezzale per risparmiargli quella che secondo Madre Teresa è la sofferenza più crudele: la solitudine.

Ci voleva la fede delle nostre giovani indiane per subire quel confronto con la morte senza scoraggiarsi. Bisognava soprattutto credere con tutta l'anima che la morte, come affermava Madre Teresa, era « un evento banale, il semplice ritorno di una persona al Dio che l'ha creata ». Nessuna certezza del genere le aiutava ad affrontare quotidianamente l'altro mistero, quello della vita. Per suor Bandona, non c'era da vergognarsi se a volte ci si confessava « vinte davanti alle suppliche, le grida, la disperazione, la follia dei malati, se si abbassavano le braccia davanti al calvario di tanti innocenti, se si cedeva davanti a tanta ingiustizia e a tanta sventura ». Per superare la rivolta e lo scoraggiamento, Madre Teresa proponeva alle sue sorelle un'unica arma: la preghiera. « Pregate » le scongiurava, « seguitate a pregare sempre. Senza preghiera niente fede, senza fede niente amore, senza amore niente dono di sé, senza dono di sé niente vero aiuto agli sventurati. » E insisteva su una preghiera dell'anima, continua e silenziosa.

Silenziosa! Nel frastuono di Benares, solo l'idea sembrava un'autentica chimera. Per creare un angolino dove raccogliersi, le suore si erano fatte la cappella in una stanza appartata che gli architetti del palazzo avevano destinato a tutt'altro uso. Nessun rumore, a parte quello, in lontananza, della biancheria sbattuta dai *dhobi* sulle rive del Gange e il grido stridulo dei pipistrelli, turbava la pace dell'ex bagno turco delle concubine del maragià del Nepal. Un semplice tavolo con un cero fungeva da altare. Dietro, sulla parete a mosaico, era appeso un Cristo in croce. Accanto alla testa coronata di spine, un'iscrizione: HO SETE. Sotto i piedi trafitti dai chiodi, un'altra iscrizione diceva: "Ciò che fate al più umile dei miei, lo fate a me".

Ogni giorno la piccola comunità si riuniva in quella stanza per ascoltare la messa del mattino e ricevere l'Eucaristia dalle nerissime mani di un giovane prete che veniva dal Kerala, una provincia del sud. Suor Bandona recitava poi i salmi del giorno che le compagne riprendevano in coro. Potevano essere inni di gioia, di fiducia, d'amore, o grida di sofferenza, di recriminazione, di dolore, ma ogni versetto evocava una realtà che tutti in quel luogo vivevano duramente. Seguiva poi una pausa d'adorazione silenziosa. Dopo di che le suore si prosternavano, faccia a terra, per pronunciare l'invocazione che Madre Teresa faceva dire quotidianamente alle Missionarie della Carità sparse in tutto il mondo. « Cristo Gesù, Tu che hai mostrato tanta compassione per le moltitudini sventurate; Tu che ti sei chinato sui lebbrosi, i ciechi, i malati, gli storpi, gli affamati, i derelitti, i prigionieri; Tu che li hai curati e hai parlato loro con amore, hai dato la speranza, hai promesso la bontà del Padre; Cristo Gesù, soccorrici. Aiutaci a diffondere la Tua misericordia. »

Una mattina d'aprile, suor Bandona scorse una figura nascosta nell'ombra in fondo alla cappella.

« Ananda! » esclamò sorpresa.

L'ex "piccolo sciacallo del Gange" prese la mano della religiosa e le fece vedere la guancia guarita.

« Sono venuta a ringraziare il tuo buon Dio » disse sorridendo per la prima volta.

La metamorfosi spirituale dell'ex lebbrosa, il suo slancio di gratitudine verso il Dio delle sue benefattrici non ebbero seguito. Ananda non sarebbe tornata nella cappella. Suor Bandona tuttavia non smise di sperare: l'esempio di carità e d'amore offerto ogni giorno in quel lebbrosario avrebbe ben finito per far scoprire il cristianesimo alla giovane indù. Come la religiosa aveva potuto constatare di persona all'epoca della sua conversione, bisognava lasciar fare al tempo. La fede non viene concessa, ma si acquisisce per contagio. Per il momento Ananda la rifiutava e ciò era dovuto alla sua ancestrale incapacità d'intoccabile di sentirsi uguale agli altri. Per quanto le suore moltiplicassero le dimostrazioni d'affetto, per quanto la trattassero come una di loro, le stigmate di paria di Ananda restavano indelebili. Non c'era giorno, o atto, che ne fosse risparmiato e non offrisse il pretesto a qualche crisi.

Erano crisi che si manifestavano sempre in occasione di lavori che spettavano tradizionalmente agli intoccabili. Lei che era stata allevata nella credenza che nessuna fatica fosse troppo abbietta per le sue mani impure, che aveva passato l'infanzia contaminandosi a contatto dei morti, che aveva compiuto i lavori ingrati più ripugnanti come vuotare le latrine vicine ai roghi paterni, lei condannata a non poter accedere ai santuari degli dei indù, ora si mostrava riluttante a prendere una scopa o uno straccio per aiutare le suore a pulire il lebbrosario che l'aveva accolta. « Era una ribellione naturale » spiegherà suor Bandona. « Come ogni paria improvvisamente strappato alla propria condizione, Ananda immaginava di ridiventare ai nostri occhi un'intoccabile quando le chiedevamo di occuparsi di un morto o di lavare le latrine. Un'appartenente al brahmanesimo - molte di noi erano indù di casta elevata - compiva invece spontaneamente quei lavori, poiché facevano parte del suo impegno al servizio di Cristo. »

Ci vollero diversi mesi per disinnescare la ribellione di Ananda, per farle accettare di lavare e poi di vestire la spoglia di un lebbroso. Quel giorno, il cuore della giovane indiana ebbe come una rivelazione. « Anch'io sono la sorella di tutti » si disse. « Anch'io ho il diritto di amare e di essere amata da tutti. »

Per l'instancabile suor Bandona quella prima vittoria fu solo una tappa del grande progetto che accarezzava: far capire ad Ananda che Cristo l'amava ancor più degli altri Suoi figli. Non disperava di aiutarla a penetrare nel più grande segreto, quello dell'amore di Dio. Anche in questo caso, il mezzo più sicuro per raggiungere l'obiettivo era l'esempio. Ma il valore dell'esempio doveva sfuggire ancora per molto tempo alla giovane intoccabile.

« Perché perdi tanto tempo a chiuderti in cappella senza fare niente? » chiese un giorno a suor Bandona. « Quel tempo sarebbe talmente più utile ai lebbrosi! »

La religiosa cercò una risposta che potesse colpire l'immaginazione di Ananda.

« Perché sono sposata con Dio. Perciò una parte del mio tempo la devo consacrare al mio sposo. »

Suor Bandona sapeva che la nozione di nozze divine era familiare a tutti gli indiani. La *bhakti*, la filosofia religiosa induista non univa forse in un amore appassionato gli adepti di Vishnu e di Krishna ai loro dei, non li sottometteva alla loro volontà « come la donna che ama è sottomessa all'amante? » Di conseguenza, la necessità di condividere la propria vita con lo sposo era un concetto che l'ex piccola lebbrosa poteva capire facilmente.

La religiosa sfruttò abilmente il parallelo. Nessuno si sognerebbe di accusare un uomo di « perdere tempo con la propria moglie » spiegò. Il tempo che ciascuno consacra all'altro è indispensabile all'armonia di una coppia. Due esseri che fossero incapaci di trovarlo si allontanerebbero fatalmente l'uno dall'altro. Lo stesso valeva per lei e per le sue compagne del lebbrosario. Anche se ogni loro gesto era da mattina a sera una testimonianza d'amore verso il Dio-sposo, loro dovevano testimoniargli che lo amavano anche in modo disinteressato ed « essere capaci di dare ogni giorno un'ora o due per Lui e con Lui, senza aspettarsi niente in cambio ».

Come sperava suor Bandona, quell'immagine finì per scuotere la giovane indiana. Una sera, dopo che si era inginocchiata nella cappella del lebbrosario per l'ora d'adorazione, la religiosa sentì un fruscio di passi sul marmo dell'ex bagno turco. Si voltò e vide Ananda con il capo coperto da un velo di cotone bianco. Le fece cenno di avvicinarsi. Indicando Cristo in croce sulla parete, disse con voce chiara:

«Eccoci, Signore, siamo qui. Siamo sfinite dalla stanchezza, stiamo morendo di sonno, ne abbiamo fin sopra i capelli dei lebbrosi, ma siamo qui, per stare con Te, per dirti semplicemente che ti amiamo.»

# 11

*Atlanta – primavera 1981*
*Un commando di "superagenti" molto particolari*

Sandy Ford depose il ricevitore e rilesse attentamente la lista dei medicinali che aveva trascritto nel registro. Aggrottò le sopracciglia. "Mio Dio!" pensò, "un'altra richiesta di pentamidina!" Quella mattina arrivava da New York. Era la sedicesima, mentre in tutto l'anno precedente non ne aveva registrata neanche la metà. La pentamidina era uno dei pochi medicinali che agisse su quel tipo di polmonite parassitaria che Michael Gottlieb aveva diagnosticato in cinque giovani omosessuali di Los Angeles. Fino ad allora era stata una malattia così poco diffusa che l'unico a produrre pentamidina, il laboratorio inglese May & Baker, non aveva giudicato redditizie le spese necessarie alla sua omologazione ufficiale per poterla mettere in vendita sul mercato americano. Come qualche altro farmaco in grado di combattere affezioni rarissime in Occidente, quali la malattia del sonno o il colera, la pentamidina era diventata una "orphan drug", una medicina orfana. Con un simile appellativo, negli Stati Uniti era reperibile in un solo posto, il Parasitic Disease Drug Service, il Servizio farmacologico delle malattie parassitarie, dove lavorava Sandy Ford.

L'ente era uno degli ingranaggi della più impressionante organizzazione inventata dall'uomo per difendersi contro la malattia e la morte, il Center for Desease Control, il Centro per il controllo delle malattie, più comunemente noto con le iniziali CDC. La sua sede, un edificio a sette piani di mattoni rossi, occupava un intero quartiere della periferia di Atlanta. Dall'atrio, in cui troneggiava un'imponente testa marmorea d'Igea, la mitologica dea della salute, si accedeva a un vero e proprio alveare dove in centinaia di uffici e di laboratori si affaccendavano più di quattromila specialisti con l'unico compito di migliorare e proteggere la salute del popolo americano. Tra di essi c'erano epidemiologi, microbiologi, entomologi, fisici, chimici, tossicologi, medici, dentisti, ufficiali sanitari, farmacisti, veterinari, consulenti pedagogici, esperti di statistica, professori di scienze sociali, esperti dell'ambiente e dell'igiene industriale. La loro sfera d'azione si estendeva ai campi più impensabili.

Prevenzione degli incidenti sul lavoro o rischi relativi all'ambiente, pianificazione familiare, giocattoli a rischio, problemi alimentari, consumo del tabacco, controllo epidemiologico internazionale: i compiti di quell'esercito di tecnici e di scienziati abbracciavano praticamente ogni aspetto della salute. Ma l'organizzazione di Atlanta si era conquistata fama internazionale soprattutto in materia di prevenzione e di controllo delle malattie infettive e delle epidemie. Il Centro per il controllo delle malattie, al quale si ricorreva in ultima istanza, riceveva ogni anno dall'America e da tutto il mondo circa settantamila prelievi di sangue o di organi contaminati da malattie la cui diagnosi era ancora misteriosa. Era il più grande allevamento di microbi e di virus del mondo, una specie di zoo dell'invisibile dove si conservavano esemplari di agenti infettivi praticamente scomparsi, come quello del vaiolo, oppure molto recenti come quello delle infezioni emorragiche dell'America del sud, della febbre di Lassa, di Marburg o di Ebola. Con le sue gigantesche banche di sieri e di tessuti contenenti più di duecentocinquantamila campioni di malattie registrate, il CDC rappresentava la memoria collettiva di tutte le endemie umane. Sia che riguardassero la malaria di Trinidad, i ceppi del colera africano, le encefaliti del Texas, la poliomielite, il tifo o l'influenza, tutti i campioni figuravano in un catalogo elettronico che li classificava in più di duecentocinquanta categorie sotto etichette diverse con la dicitura "disponibile", "uso limitato" o "posterità".

Questo FBI specializzato nella caccia ai microbi e ai virus era nato nel marzo 1942, tre mesi dopo l'attacco giapponese a Pearl Harbor. Si chiamava allora Ufficio di controllo del paludismo nelle zone belliche. La sua base era ad Atlanta dove la malaria, endemica nel sud degli Stati Uniti, rappresentava una grave minaccia per i numerosi campi d'addestramento militare che si trovavano nella regione. A poco a poco era diventato responsabile anche della dengue, altra malattia propagata da una zanzara, poi della febbre gialla e del tifo. Nel 1945, le sue installazioni si erano arricchite di un laboratorio il cui compito era di stanare le malattie tropicali che i GI avevano riportato dai teatri d'operazione della Seconda Guerra mondiale.

Il ritorno alla pace avrebbe dovuto porre termine alle attività dell'organizzazione. Ma l'esistenza di uno staff altamente specializzato nei problemi della sanità piacque talmente ai governanti di Washington, che l'Ufficio fu mantenuto. Nel 1946 fu denominato Centro delle malattie trasmissibili e rapidamente dotato di una complessa infrastruttura di laboratori attrezzati per lo studio dei batteri, dei parassiti, dei funghi, dei bacilli, dei microbi e dei virus. Nel 1947 la peste e altre malattie animali suscettibili di trasmettersi all'uomo entrarono a far parte della sfera delle sue competenze.

Nel 1951, la creazione di un servizio informazioni sulle epidemie, l'Epidemiology Intelligence Service, trasformò il centro in un vero e proprio ufficio per la ricerca con il compito di lottare contro tutti gli agenti che potevano minacciare la salute delle popolazioni. La sua punta di diamante era un corpo di un centinaio di giovani medici scelti, di veterinari, di ufficiali sanitari assunti per due anni e sottoposti a una formazione intensiva. I detective dell'EIS dovevano essere disponibili giorno e notte, pronti a prendere l'aereo per qualunque località degli Stati Uniti o del mondo, dove ci fossero da braccare i colpevoli di ogni nuova epidemia.

Battezzato nel 1980 con il suo nome attuale, il CDC di Atlanta aveva seguitato a moltiplicare i suoi interventi in tutti i campi. « La nostra missione consiste nell'identificare ed eliminare nella misura del possibile le malattie e i decessi inutili » dichiarava il suo direttore Bill Foege, uno dei primi a risolvere il problema del vaiolo nel Terzo mondo. « Ciò significa che dobbiamo sorvegliare il sud a causa dei rischi di encefalite equina, di dengue, di febbre gialla; sorvegliare le frontiere, l'arrivo di aerei e navi; sorvegliare l'improvvisa comparsa di malattie respiratorie e infettive che ogni anno causano la morte di centinaia di migliaia di americani.»

Una "hot line", un telefono rosso, rispondeva ventiquattr'ore su ventiquattro a ogni richiesta di assistenza. L'avvelenamento di tre newyorkesi che avevano mangiato un salmone affumicato avariato, l'asfissia di una coppia della Virginia il giorno dopo aver derattizzato la casa, un'epidemia di febbre reumatica acuta tra i marinai della base di San Diego, la contaminazione da batteri resistenti al Trimethoprim di centocinquantasette visitatori di una fiera della Carolina del nord, erano tutte circostanze che mobilitavano il CDC, e i suoi segugi effettuavano ogni anno più di milleduecento inchieste. Quasi tutte riguardavano incidenti localizzati di scarso rilievo, ma un buon centinaio di casi giustificava invece un intervento massiccio, come quella famosa epidemia che a Philadelphia, nel 1976, causò la morte di ventinove veterani dell'American Legion.

I medici-detective del CDC fecero parte dei numerosi specialisti chiamati a scoprire i responsabili della tragedia. Inviarono quindi più di tremilacinquecento questionari, interrogarono centinaia di congressisti, gli impiegati dell'albergo dove si era svolto il raduno, gli abitanti e i frequentatori del quartiere. Spulciarono i bollettini della meteorologia, il piano di distribuzione delle camere, il programma delle diverse manifestazioni. Analizzarono l'acqua, il ghiaccio, il cibo; esaminarono in laboratorio gli utensili, le stoviglie, l'impianto di condizionamento, gli insetti, la polvere. Ma per le numerose vittime riuscirono a trovare un solo denominatore comune: la malattia stessa. Diventò l'epidemia più celebre dei tempi moderni. Dopo quattro mesi di sforzi assidui, gli inquirenti dell'organizzazione medica più prestigiosa del mondo non erano nemmeno riusciti a sapere quale fosse la natura dell'agente infettivo responsabile dell'epidemia. Una tossina? Un fungo? Un batterio? Un bacillo? Un virus?

Dopo aver sfiorato il rischio di una fine poco gloriosa, l'inchiesta ebbe una spettacolare impennata. Due ricercatori che lavoravano in laboratori senza finestre identificarono infine nei tessuti delle loro cavie il responsabile: un banale batterio che si era scelto come habitat le turbolenze dei condotti di aria condizionata dell'albergo dove si erano riuniti i congressisti. La scoperta della *Legionella pneumophilia* permise di dare un nome a molti altri casi di polmonite mortale di origine inesplicabile.

La storia del CDC non era disseminata soltanto di vittorie. Quell'anno c'era stato anche un fiasco clamoroso. Convinti che stesse per scoppiare un'epidemia mortale di peste suina trasmissibile all'uomo, i suoi responsabili avevano fatto vaccinare più di cinquanta milioni di americani. Ora, non soltanto l'epidemia non ci fu, ma diverse centinaia di persone si ritrovarono paralizzate in seguito all'inoculazione del vaccino. La vicenda era degenerata in uno scandalo politico e si era conclusa con il licenziamento del direttore del CDC. Dal canto suo, lo Stato si era visto condannare al versamento di più di cento milioni di dollari alle vittime di quell'inopportuna campagna di vaccinazione.

A parte un'epidemia di febbre e di eruzioni cutanee constatate in donne che si servivano di una certa marca di assorbenti interni e l'improvvisa comparsa nell'Ohio di casi di enterite tra i consumatori di marijuana, da un pezzo non era accaduto niente di tanto spettacolare da dover ricorrere al fiuto dei detective di Atlanta. Per il dottor Harold Jaffe, membro dell'Epidemiology Intelligence Service, un flemmatico californiano, la sola preoccupante minaccia che alla fine del nostro secolo pesava sulla salute del popolo americano sembrava « la maggiore resistenza dello scolo agli antibiotici », minaccia che monopolizzava l'attività di un collega, il trentasettenne dottor James W. Curran, Jim per gli amici.

Jim Curran dirigeva al CDC il settore che si occupava delle inchieste sulle malattie veneree. Occhi curiosi, bassa statura, l'aria di chi è perennemente in agguato, il nostro dottore incarnava il perfetto prototipo dei supersegugi dell'organizzazione. Aveva consacrato la maggior parte della carriera a combattere i disastri della blenorragia, un flagello che colpiva ogni anno circa un milione di americani. Tra le numerose pubblicazioni scientifiche che l'infezione gli aveva ispirato, c'era uno straordinario studio comparato sulla resistenza immunitaria ai gonococchi. Affinché il suo lavoro fosse il più meticoloso possibile, non aveva esitato a scegliersi due tipi di campioni esattamente agli antipodi: prostitute e suore.

Il buon vecchio "scolo" non sarebbe rimasto a lungo il principale oggetto d'interesse degli esperti dell'organizzazione. Al CDC come negli studi medici, in quella primavera del 1981 altri segni indicavano che il fronte delle malattie sessualmente trasmissibili cominciava a muoversi. Ogni giorno il telefono rosso di Atlanta squillava per segnalare qualche preoccupante osservazione. All'inizio d'aprile la telefonata di un dermatologo newyorkese fece l'effetto di una piccola bomba. Il dottor Fred Siegal dichiarava di avere in cura diversi giovani omosessuali affetti da feroci crisi di herpes perianale. Le ulcerazioni si propagavano ad altre parti del corpo. Disarmato, chiedeva al CDC quale fosse la strategia raccomandata dagli esperti in casi del genere.

Qualche giorno dopo altri due SOS avrebbero finito di mettere Jim Curran e il suo staff sul sentiero di guerra. Il primo veniva da Los Angeles. Non essendo riuscito a convincere il più grande giornale scientifico americano della scoperta di una nuova epidemia, il dottor Michael Gottlieb supplicava il CDC di pubblicare d'urgenza sul suo bollettino la descrizione dei cinque casi di giovani omosessuali che stavano morendo di pneumocistosi nel suo ospedale dell'UCLA. Ovviamente il bollettino di Atlanta non aveva né il largo pubblico né il prestigio del "New England Journal of Medicine". Ma il "Morbility and Mortality Weekly Report", il Rapporto settimanale di morbilità e di mortalità - era questo il titolo del fascicoletto di una ventina di pagine che ricevevano ogni settimana i cinquantasettemila abbonati - era un insostituibile strumento d'informazione sui problemi sanitari del Paese. Ogni fascicolo presentava una tabella con il numero e la causa dei decessi avvenuti durante la settimana nelle centoventuno maggiori città degli Stati Uniti. Altre tabelle elencavano i casi di tutte le malattie infettive. Si venivano a sapere cose stupefacenti, come per esempio la sorte di quegli otto americani che nei primi dieci mesi del 1980 erano stati colpiti dalla lebbra, la repellente malattia per cui la giovane indiana Ananda Chowdhury era stata maledetta dalla famiglia.

Il MMWR aveva informatori in ogni piccolo centro d'America e la varietà degli argomenti trattati ne faceva un osservatore universale. Vi si poteva trovare il rapporto di un dentista della Virginia che segnalava un allarmante tasso di erosione dentaria tra i nuotatori partecipanti alle competizioni. L'inchiesta dei segugi del CDC aveva permesso di stabilire che l'acqua della piscina locale conteneva una concentrazione di acido mille volte superiore al normale. Vi si scopriva che dopo una bufera di neve nel Colorado, negli ospedali di Denver si erano dovute amputare quattordici dita infortunate a causa degli sgombraneve a turbina. Che dei medici di Puertorico, della Florida e del Texas avevano constatato con sorpresa in settantadue esuli haitiani di sesso maschile un improvviso rigonfiamento delle ghiandole mammarie, la cui causa era probabilmente uno squilibrio ormonale dovuto al subitaneo miglioramento dell'alimentazione.

La metà dei casi di malattia o di decesso presentati dal bollettino dipendeva appunto da intossicazioni dovute a prodotti alimentari. Come la comparsa della psittacosi tra gli allevatori di tacchini dell'Ohio e dell'asma tra i lavoratori addetti all'inscatolamento di granchi in Alaska. Non si contavano più i casi di avvelenamento alimentare, di febbre tifoidea o di salmonellosi rivelati dal giornale dei medici-detective di Atlanta. Un simile eclettismo non impediva al MMWR di avere delle preferenze. La prevenzione delle epidemie costituiva uno dei primi obiettivi del CDC. Praticamente non c'era numero che non dedicasse almeno un articolo a qualche sindrome riguardante la collettività, come l'epidemia di tifo provocata da scoiattoli volanti, di rabbia tra i ratti delle regioni della costa orientale, di epatite virale in un villaggio messicano della Sierra Madre, o il famoso morbo dei Legionari di Philadelphia.

Debitamente controllate dal rappresentante del CDC a Los Angeles, le osservazioni del dottor Michael Gottlieb rappresentavano un indiscutibile scoop per il modesto bollettino d'Atlanta. Esse furono pubblicate il 5 giugno 1981 con il titolo "Casi di pneumocistosi - Los Angeles", a pagina 2 del tomo 30, fascicolo 21, un numero che diventerà storico per essere stato il primo al mondo a parlare di una malattia che l'umanità avrebbe presto scoperto con terrore sotto il nome di "AIDS". La storia minore non dimenticherà peraltro che il redattore capo del MMWR non ritenne opportuno dedicare la copertina del bollettino all'argomento, preferendo un articolo su due turisti americani che durante le vacanze ai Caraibi avevano contratto la dengue, febbre eruttiva benigna trasmessa da una zanzara.

Le quarantasei righe del rapporto presentato da Michael Gottlieb non contenevano in realtà molte informazioni sensazionali: si trattava di giovani omosessuali che non si conoscevano, che avevano tutti un pesante trascorso di malattie sessualmente trasmissibili, che inalavano tutti sostanze tossiche e che soffrivano tutti di pneumoscistosi, la famosa polmonite parassitaria che colpiva soltanto gli organismi privi di difese immunitarie. Tuttavia Michael Gottlieb precisava di primo acchito che si trattava di un'affezione gravissima poiché due dei malati erano già morti.

Il secondo SOS che in quella primavera del 1981 mobilitò immediatamente Jim Curran e le sue truppe arrivò invece dalla capitale dell'est degli Stati Uniti, New York. Un primario della facoltà di medicina della New York University, il dottor Alvin E. Friedman-Kien, annunciava una subitanea epidemia di un'altra malattia rarissima. Era una malattia che non assomigliava a quella di Los Angeles, se non in quanto colpiva a sua volta giovani omosessuali il cui sistema di difesa immunitaria era stato annientato da una causa inesplicabile.

# 12

*Latroun, Israele – primavera 1981*
*Due corpi precipitano insieme nell'abisso*

"Alleluia, alleluia!" scrisse frate Philippe Malouf ai genitori nel Libano. "Dio è stato buono con me: mi ha voluto proprio nel cuore della Sua creazione." Con queste semplici parole, l'ex guerrigliero delle Falangi cristiane esprimeva la felicità di poter realizzare la propria vocazione monastica nell'abbazia dei Sette Dolori di Latroun, al crocevia delle più antiche strade dell'umanità. Da quando passava le sue giornate fuori delle mura per coltivare le vigne del priorato e venderne i prodotti ai visitatori, non passava settimana senza che il vomere dell'aratro non strappasse alla terra qualche selce preistorica, qualche frammento di tavoletta cananea, prova che Dio aveva realmente scelto quel luogo come culla della Sua creazione. Con l'aiuto di frate Antoine, un giovane iracheno con la barbetta rossa, originario di Ur, la città natale di Abramo, Philippe Malouf aveva trasferito in un locale più grande il piccolo museo che aveva trovato al suo arrivo. Ogni sera, dopo i vespri, si piazzava lì con le sue reliquie per montarle su degli zoccoli di gesso. Le etichettava, le raggruppava secondo le epoche su ripiani dove si erano succedute generazioni di bottiglie di chablis e di muscadet.

Le frequenti visite dei due archeologi americani che si dedicavano ai loro scavi in una zona vicina all'antica città di Gezer, aiutavano Philippe Malouf a orientarsi nel turbine delle civiltà, di cui gli oggetti portati alla luce perpetuavano il ricordo. Scambiavano pezzi, confrontavano le rispettive scoperte. La domenica, Josef Stein e Sam Blum avevano preso l'abitudine di assistere alla messa solenne cantata dai monaci sotto le volte ogivali della chiesa di pietra bianca. Il frate addetto alla foresteria, un gigante tutto ossa che sembrava uscito da un quadro di Zurbarán, li invitava poi a pranzo nella stanza riservata agli ospiti di passaggio, le cui pareti color verde pallido avevano come unico ornamento un crocifisso di legno d'ulivo. Le specialità del menu - porri in pinzimonio e coniglio alla senape - erano probabilmente uniche in tutto l'Oriente. Una tazza di caffè turco preparato e servito a regola d'arte, seguito da un bicchierino di brandy o di crema di menta distillati negli alambicchi dell'abbazia, completavano quegli insoliti banchetti domenicali. Nei giorni di festa, Philippe Malouf era autorizzato dal priore ad accompagnare i suoi due amici fino a Gezer « per un favoloso tuffo di qualche ora negli strati della Storia ».

La bianca collina emergeva dalla pianura come una fortezza. Sentinella sulla famosa Via Maris, la strada che da tempi immemorabili aveva collegato per millenni l'Occidente all'Oriente, la città eretta su un'altura si trovava nel cuore di una delle più antiche patrie dell'uomo. La zona di Gezer aveva sempre stuzzicato la curiosità degli archeologi. Josef Stein, Sam Blum e il gruppo della Scuola americana di Gerusalemme avevano programmato una serie di scavi in quel sito eccezionale per portare alla luce un trentesimo livello d'insediamento. Aiutati nelle loro erculee fatiche da un centinaio di operai arabi ed ebrei, avevano scavato un pozzo profondo trenta metri. Per sgomberare le tonnellate di terra e di cocci, avevano creato un sistema di argani e costruito uno dei più audaci intrecci di impalcature mai realizzato in un terreno di scavi.

« Cristo è resuscitato! » Nessuna Pasqua era mai stata foriera di tante promesse. Dopo aver celebrato nella chiesa dell'abbazia il mistero della resurrezione del Salvatore al quale aveva consacrato la propria vita, frate Philippe Malouf si accingeva a celebrare in un luogo sacro della Storia la resurrezione delle opere mortali delle sue creature. Per la sua visita pasquale al cantiere di Gezer, gli amici archeologi gli avevano riservato due sorprese. In primo luogo lo scavo che aveva appena portato alla luce un piazzale cananeo in cui si trovavano dieci stele di pietra e un'ampia vasca monolitica, patente dimostrazione che la città era stata nell'antichità un prestigioso centro religioso. La seconda sorpresa era una scoperta di grande importanza. Raggiungendo il trentesimo livello d'insediamento, Josef Stein e Sam Blum avevano messo in luce l'ingresso di una galleria. Scavata nella roccia per settanta metri, essa conduceva a una gigantesca caverna a forma di cattedrale sotterranea nella quale abbondava un tesoro la cui presenza spiegava perché gli uomini preistorici avessero fondato una città in quel luogo. E perché milioni di altri uomini avessero continuato ad abitarvi per millenni. Il tesoro era l'acqua.

La visita cominciò con una foto ricordo. Strana trinità, quella dei tre uomini di origine così diversa che posavano fianco a fianco. Tra Josef Stein, con la barba da profeta biblico e Sam Blum, con gli occhiali cerchiati di ferro da militante anarchico, stava Philippe Malouf che con l'aureola della tonsura e la tunica bianca assomigliava a un'immagine sacra. Facevano pensare all'Antico Testamento e alla Rivoluzione con il Messia al centro. Con Sam Blum in prima posizione, i tre amici cominciarono a scendere. L'ingresso della galleria si trovava una trentina di metri più in basso. Ogni tanto un frammento di roccia si staccava dalla parete per andare a frantumarsi con fragore metallico contro i tubi dell'impalcatura. «Era come un cantico venuto dalla notte dei tempi» dirà il monaco. Fu allora che avvenne la tragedia.

Tutto accadde così rapidamente che Josef Stein non riuscì mai a ritrovare l'ordine reale delle immagini che gli passarono davanti agli occhi. «Ebbi l'impressione che un sandalo di Philippe s'impigliasse nelle pieghe della tunica» dirà. «Gli era scivolato un piede. Perso l'equilibrio, precipitò nel vuoto. Tentò di aggrapparsi alla scala, ma non riuscì ad afferrarne le sbarre. Cacciò un grido. Rendendosi conto del dramma che si svolgeva proprio sopra la sua testa, Sam tese una mano verso di lui per tentare di arrestarne la caduta. Ma nel precipitare Philippe lo urtò e gli fece perdere a sua volta l'equilibrio. Sentii due urli e vidi i miei amici scomparire insieme verso l'abisso.»

# 13

*New York – primavera 1981*
*Le strane macchie viola di un medico viennese*

Il medico newyorkese aveva di colpo sgranato i suoi occhietti neri. Il trentaseienne dottor Alvin E. Friedman-Kien non aveva mai visto una tale proliferazione di lesioni. Tutto il viso del malato – fronte, guance, naso, labbro superiore, mento – era costellato di strane placche irregolari di un colore violaceo. Sembrava una maschera da buffone d'opera. Eppure Alvin Friedman-Kien doveva esserci abituato. I disturbi di cui si occupava la sua specializzazione erano sempre visibili a occhio nudo. Era stato del resto quest'aspetto della dermatologia ad attirarlo verso una branca della medicina meno prestigiosa di altre. Le forme e i colori l'avevano sempre affascinato. Da quando aveva otto anni si era messo a dipingere, a scolpire, a modellare oggetti. La visita di un laboratorio di biologia marina, qualche anno dopo, aveva orientato verso la scienza il suo gusto per le creazioni della fantasia. Stupefatto dal prodigioso pullulare della vita acquatica, il ragazzino si era appassionato allo studio dei pesci. Così aveva cominciato a collezionarne di ogni genere, dai più comuni ai più rari. Aveva instancabilmente osservato al microscopio la ricchezza e la diversità delle scaglie, aveva esaminato ogni millimetro quadrato della pelle, sezionato anche la più piccola pinna. La sua vocazione per la biologia animale era nata dal magico spettacolo degli acquari. Tuttavia, al momento di avviarsi a una carriera, Alvin Friedman-Kien aveva deciso di diventare medico, abbandonando la fauna acquatica a vantaggio della specie umana. Sui banchi della facoltà di medicina di Yale, incontrò il maestro che avrebbe influenzato la scelta della sua specializzazione, il celebre biochimico e dermatologo Erren

Learner che da poco aveva risolto il mistero della formazione dei pigmenti della pelle.

Vent'anni dopo, diventato a sua volta dermatologo e ricercatore di chiara fama, l'ex collezionista di pesci rossi era titolare della cattedra di dermatologia e di microbiologia della celeberrima facoltà di medicina dell'università di New York, sulle sponde dell'East River. Mescolando strettamente l'attività del medico e la ricerca del virologo in laboratorio, era stato uno dei primi a utilizzare l'interferone, la potente sostanza antivirale secreta dai globuli bianchi, nel trattamento di malattie considerate fino ad allora incurabili. I suoi esperimenti sull'aciclovir avevano dimostrato l'efficacia dell'unico farmaco in grado di combattere uno dei flagelli derivati dalla liberazione sessuale, quella "febbre rossa" che gli americani bollano con una H maiuscola, l'Herpes. Nella primavera del 1981 i suoi studi su un vaccino per combattere la crudele malattia erano talmente avanzati da fare incontestabilmente di lui un premio Nobel in potenza. Ma quella mattina d'aprile, la vita professionale di Alvin Friedman-Kien avrebbe subito un improvviso ribaltamento in un'altra direzione.

Il malato che si era seduto nel suo studio era un giovane attore di Broadway. A parte le lesioni cutanee, sembrava in perfetta salute.

« Dottore, è orribile: non riesco nemmeno più a nascondere queste macchie sotto il trucco » gemette sfiorandosi il viso.

Una sola occhiata era bastata allo specialista per diagnosticare il male. Le forme e il colore viola di quei segni sulla pelle erano assolutamente tipici di una malattia ben nota. Ma tutta la sua esperienza di medico lo induceva a escludere il verdetto. Sapeva che quella malattia non colpiva mai persone giovani e che la zona in cui si manifestava era limitata quasi esclusivamente al cuore dell'Africa e al perimetro del Mediterraneo. Il dermatologo viennese che l'aveva descritta per la prima volta nel 1872 e le aveva dato il suo nome, non avrebbe mai potuto sospettare la risonanza che quella scoperta avrebbe suscitato un secolo dopo. I cinque casi di ulcerazione cutanea a evoluzione mortale che quell'anno il professor Moritz

Kaposi aveva presentato in Austria all'Accademia reale di medicina, sarebbero diventati un giorno i prototipi di un particolare genere di cancro della pelle, una delle manifestazioni tipiche dell'AIDS.

Il sarcoma di Kaposi era rimasto a lungo talmente raro, salvo in Africa, che uno specialista come Alvin Friedman-Kien ammetteva di non averne praticamente osservato più di una diecina di casi in tutta la carriera. Colpiva sempre uomini anziani, di origine ebraica o latina, che venivano esibiti negli ospedali e durante le lezioni universitarie come esemplari eccezionali. L'evoluzione della malattia era così lenta che quasi sempre i malati morivano per altre cause. Ed ecco che quella mattina d'aprile il viso tumefatto di un giovane attore di teatro veniva a modificare tutti i dati. La sera stessa una biopsia confermava la diagnosi, lasciando il medico profondamente perplesso.

Ciò che accadde nelle settimane seguenti resterà nella memoria di Alvin Friedman-Kien come « un susseguirsi di immagini da film dell'orrore ». Un giorno ricevette la telefonata di un collega, medico generico. « Ho un malato con dei segni cutanei stranissimi » gli spiegò. « Non ne ho mai visti di simili. Lo può ricevere? » Il dermatologo ricorderà per un pezzo che quella visita rappresentò per lui un trauma. « In meno di quindici giorni mi ero trovato di fronte a due casi di una malattia rarissima. In piena New York. Ed erano due americani nel fiore degli anni. »

La seconda vittima del sarcoma di Kaposi era un giovane arredatore di successo della Quinta Strada. I primi sintomi della malattia risalivano a parecchi mesi. Era stato ricoverato in seguito a una brusca diminuzione di peso accompagnata da febbre violenta, sudori notturni e una diffusa infiammazione dei linfonodi. La milza era raddoppiata di volume e si era dovuto procedere alla sua ablazione. Nessun esame era riuscito peraltro a precisare l'origine dei disturbi. Qualche giorno dopo, quando stava per essere dimesso, si era scoperto sulle gambe delle strane macchie bluastre. Il medico di guardia aveva alzato le spalle. « Deve aver sbattuto da qualche parte. Sono solo banali contusioni. » Il giovane arredatore era tornato a casa. Due settimane dopo, macchie analoghe gli comparivano sul busto, il collo, le braccia, il viso e perfino in bocca. Spaventato, si precipitò dal medico curante. Sentendosi disarmato davanti a un'affezione del genere, questi aveva chiamato il dermatologo Alvin Friedman-Kien.

Con lo stesso ardore con cui a Los Angeles il dottor Michael Gottlieb si era messo a studiare la sua misteriosa epidemia di pneumocistosi, l'ex collezionista di pesci rossi si mise a spulciare i circa cinquecento casi di sarcoma di Kaposi descritti dal 1872 nella letteratura medica mondiale. Poi sottopose i suoi due pazienti a un interrogatorio spietato. Entrambi erano omosessuali molto attivi. Non si conoscevano e non condividevano gli stessi partner, ma il loro pesante quadro clinico era identico: sifilide, blenorragia, parassitosi, herpes, epatite B. Inoltre tutti e due facevano uso di *poppers*, droghe a base di nitrito d'amile, così chiamate perché i loro flaconi fanno *pop* quando si stappano, e che hanno tra l'altro la proprietà di dilatare i vasi sanguigni, in particolare quelli del pene e della mucosa anale.

Per giorni interi Alvin Friedman-Kevin cercò un indizio che potesse spiegare l'origine della tragica malattia. Scrisse a tutti i medici gay di New York noti per la loro numerosa clientela omosessuale. Chiese se avessero rilevato dei segni viola sull'epidermide di qualcuno dei loro pazienti. Le risposte furono negative. Alvin Friedman-Kien stava per lasciar perdere quando lo chiamò un cancerologo del suo stesso ospedale per informarlo che nei due anni precedenti erano stati curati nel suo reparto molti casi diversi di cancro che peraltro presentavano dei segni cutanei simili a quelli dei suoi due pazienti. Erano tutti degli omosessuali sotto i quarant'anni e nessuno era sopravvissuto. Nessun dermatologo era stato chiamato a consulto. «Era aberrante» protesterà Alvin Friedman-Kien. «Per colpa dell'incredibile compartimentazione fra i reparti di un grande ospedale, un'epidemia era passata inosservata!»

Dominando la collera, il medico newyorkese si precipitò al telefono. Se aveva già provocato tanti disastri tra gli omosessuali della sua città, il sarcoma di Kaposi non poteva non essersi manifestato anche da altre parti. Chiamò dei colleghi a Chicago, a Los Angeles, a San Francisco. Come c'era da aspettarsi, dei malati con macchie viola erano effettivamente andati a farsi visitare in diversi ospedali.

A San Francisco, un giovane cancerologo del General Hospital aveva addirittura scoperto sulla pelle e nella bocca di un omosessuale di ventidue anni che si prostituiva e che svolgeva la sua attività nelle saune della città, un'eruzione di pustole analoghe. All'università, nessun corso aveva preparato il ventottenne dottor Paul Volberding ad affrontare una patologia del genere. Nato in una fattoria del Minnesota, quell'atleta di un metro e ottanta, vigoroso come un giocatore di rugby, aveva scelto l'oncologia per aver passato l'infanzia a scrutare, al di là dei terreni di famiglia, gli edifici di vetro di uno dei templi della cura del cancro, la Mayo Clinic, celebre in tutto il mondo. Era la prima volta che un malato con quel genere di lesioni si era presentato nel suo reparto. Sconcertato, Paul Volberding chiamò in aiuto uno dei dermatologi più famosi di San Francisco.

Il quarantacinquenne dottor Marcus A. Conant, lui stesso gay, era uno specialista delle malattie sessualmente trasmissibili. Negli anni '60, quando migliaia di giovani del movimento hippy colonizzavano le alture d'Ashbury Park per fare l'amore, viaggiare nel paradiso dell'LSD, manifestare contro la guerra del Vietnam, e proclamare il diritto alla felicità, Marcus Conant aveva curato gratuitamente alcune delle vittime di tante intemperanze. Oggi solo la cresta di una collina separava il suo ambulatorio nell'ospedale universitario di California dalle vie calde del Castro, il quartiere omosessuale dove anche lui abitava. I protagonisti degli eccessi di cui tale quartiere era teatro riempivano quotidianamente la sua sala d'attesa. Ma neanche lui aveva mai visto un caso simile a quello che Paul Volberding gli chiedeva di esaminare.

La diagnosi che fece lo lasciò di sasso. Come ogni dermatologo, sapeva che il sarcoma di Kaposi era rarissimo e colpiva solo gli uomini oltre la sessantina. Marcus Conant e Paul Volberding interpellarono i colleghi della costa occidentale.

Michael Gottlieb, l'immunologo che nel bollettino del CDC di Atlanta aveva rivelato che i giovani omosessuali di Los Angeles erano colpiti da una strana epidemia di polmonite mortale, confermò che diversi casi di sarcoma di Kaposi, riguardanti malati dello stesso tipo, erano stati per l'appunto diagnosticati nel suo ospedale. A Stanford, non lontano da San Francisco, per questo genere di cancro della pelle era addirittura morto un giovane redattore dell'"Advocate", un giornale molto noto della costa occidentale. Non fu difficile per Alvin Friedman-Kien censire in pochi giorni una trentina di casi identici. Anch'essi riguardavano tutti giovani omosessuali molto attivi.

La natura visibile delle lesioni rendeva molto difficile l'accettazione della malattia. Quasi tutti la vivevano come una vera e propria lebbra. Chi ne aveva i mezzi andava a nascondersi nella camera di una clinica privata. Altri restavano rintanati in casa. Altri ancora tentarono di suicidarsi. Molto spesso il tumore non si limitava all'epidermide, ma aggrediva anche i tessuti degli organi interni come faringe, esofago, intestino, polmoni. I medici erano disarmati. Nessuna cura aveva avuto un effetto efficace e duraturo. Neanche la chemioterapia o la radioterapia.

Bastarono pochi mesi perché uno dei malati di Alvin Friedman-Kien non fosse più che un relitto, una specie di cadavere nel letto di un ospedale sulle sponde dell'East River. Una settimana prima che morisse, mentre si disperava per la sua impotenza di fronte al dolore, il dermatologo ebbe una delle più grandi emozioni della sua vita. Entrando nella camera del paziente, si trovò davanti un uomo atletico e allegro, e non più il moribondo che curava da mesi. Pensò di essere vittima di un'allucinazione. In realtà si trattava del gemello del malato di cui ignorava l'esistenza. Dieci anni prima i due fratelli avevano litigato e da allora non si erano più rivisti. Alvin Friedman-Kien stentò a nascondere la sorpresa. Di colpo lo invase un profondo senso di colpa. "Mio Dio" si rimproverò, "se avessi saputo che aveva un gemello, avrei potuto tentare un trapianto del midollo. Forse avrebbe salvato questo poveretto restituendogli le difese immunitarie."

Da allora, il dermatologo non dimenticherà mai di controllare se ogni nuovo paziente non abbia un gemello.

Più tardi, Alvin Friedman-Kien rimpiangerà la relativa lentezza con cui il Centro di controllo delle malattie d'Atlanta reagì al suo appello. Passarono sei settimane prima che Jim Curran arrivasse a New York con uno staff di medici-detective per controllare le sue prime constatazioni. Stranamente, né Jim Curran né i suoi colleghi parlarono al medico newyorkese dell'epidemia scoperta da Michael Gottlieb all'altro capo dell'America. I responsabili del CDC avranno ancora bisogno di diverse settimane per stabilire un rapporto tra i due fenomeni. Il 4 luglio 1981, un mese dopo la rivelazione dell'epidemia di polmonite che colpiva gli omosessuali di Los Angeles, un secondo articolo del bollettino di Atlanta faceva scoppiare un'altra bomba nell'ambiente medico internazionale. Il testo, intitolato "Sarcoma di Kaposi e pneumocistosi negli omosessuali maschi - New York e California", passava in rassegna i primi ventisei casi censiti da Alvin Friedman-Kien. Era firmato da lui e da diversi medici curanti che avevano collaborato ai suoi sforzi. Pubblicando l'articolo, la direzione del CDC aveva lanciato insieme un grido d'allarme rivolto a tutto il corpo medico, ingiungendogli di "mettersi in stato d'allarme davanti alla minaccia del sarcoma di Kaposi, della pneumocistosi e di altre malattie suscettibili di colpire gli omosessuali maschi in condizioni di immunodepressione".

Ma ad Atlanta come a New York, Los Angeles, San Francisco, dove erano state identificate le prime vittime di quello che pareva proprio un nuovo flagello, all'inizio dell'estate 1981 nessuno era in grado di dare la benché minima risposta alla sola vera domanda: perché quegli omosessuali maschi si trovavano in condizioni di immunodepressione?

# 14

*Parigi – estate 1981*
*L'ultimo viaggio dello steward dell'Air France*

Il celebre bollettino della superpolizia dei microbi di Atlanta, il "MMWR" – Rapporto settimanale di morbilità e di mortalità – aveva in Francia un fedele abbonato. Con la folta e riccia capigliatura, l'inseparabile casco da motociclista in mano, l'eterna Gauloise in bocca, il trentaseienne dottor Willy Rozenbaum faceva pensare più a un cantante rock che a un autorevole rappresentante dell'establishment medico piuttosto convenzionale del Paese di Louis Pasteur. Ma anche se sembrava che una chitarra elettrica o un manubrio di grossa cilindrata gli si addicessero più di uno stetoscopio, quell'uomo sempre a caccia di qualche novità era un caso davvero degno di nota.

Aveva iniziato la carriera a ventitré anni nel reparto di rianimazione di un ospedale la cui vocazione era di riportare in vita i morenti. All'ospedale Fernand-Widal, centro antiveleni della regione parigina, confluivano i casi più gravi di intossicazioni accidentali e i suicidi da avvelenamento. Creata negli anni '50 per mantenere in vita i poliomielitici che soffrivano di insufficienza respiratoria, la rianimazione offriva prospettive esaltanti a un giovane medico che sognava di prolungare la vita e, inconsciamente, di elargire una sorta d'immortalità. « Era favoloso » dirà Willy Rozenbaum. « Pensate un po': ridare la vita a un essere in condizioni di morte apparente, essere in grado di resuscitarlo, fare i conti con la morte. » Il nostro apprendista medico era fortunato. I progressi più spettacolari delle tecniche di rianimazione erano stati fatti da qualche anno nel campo degli avvelenamenti. Grazie a essi era possibile salvare la vita nel novantacinque per cento dei casi.

Il suo primo "miracolo" ebbe l'angelico volto di una madonna del Botticelli. Tutto il reparto si era innamorato di Véronique tanto da farne la propria mascotte. A sedici anni la ragazza aveva deciso di morire. Per maggior sicurezza aveva ingoiato una scatola intera di topicida, e poiché si trattava di un prodotto non più in commercio, era stato impossibile determinarne l'esatto antidoto. Un disastro. Il piccolo corpo inerte portato dall'ambulanza non aveva una probabilità su un milione di tornare in vita: coma profondo, collasso respiratorio, circolatorio, renale, paralisi totale. Dopo sei mesi di cure intensive in un groviglio di tubi, sonde, cavi collegati a macchine di ogni genere, Véronique era finalmente tornata sulla terra. Nonostante i gravi postumi – perdita dell'udito e di un rene – era potuta uscire dall'ospedale.

Willy Rozenbaum l'aveva rivista. Aveva cercato di capire le ragioni che l'avevano spinta all'insano gesto, ma davanti al suo incredibile desiderio di vivere, aveva smesso d'indagare. «Tutto in Véronique esprimeva la vita. Era guarita.» Un giorno, però, uscendo dal cinema, gli aveva chiesto di aiutarla a morire, questa volta però senza fallire il colpo. L'aveva costretta a dargli delle spiegazioni e lei aveva finito per confessargli che se anche c'erano tante belle cose sulla terra, ce n'erano tante altre per cui non valeva la pena di vivere. Quel desiderio di morte insegnò una verità essenziale all'apprendista medico. «Véronique ha contribuito a farmi ammettere l'idea che la morte fa parte del nostro destino» spiegherà. «Che la battaglia a volte fantasmatica del medico per una immortalità impossibile è una battaglia sterile. Come dice Freud, è sempre la morte ad avere l'ultima parola.»

Il dottor Willy Rozenbaum non si rassegnerà mai a perdere una vita, ma non dimenticherà il messaggio della piccola mascotte del Fernand-Widal. «Migliorare la qualità dell'esistenza non è meno importante che accanirsi a prolungarla.» Non gli sfuggivano i limiti del potere di un rianimatore. «I prodigi della rianimazione tossicologica permettono di salvare dei corpi» dirà. «La gente ne viene fuori, ma non sempre nelle migliori condizioni per quanto riguarda la qualità della vita. Nella maggior parte dei casi la sofferenza persiste.»

Per superare il problema, Willy Rozenbaum deviò su un'altra via che giudicò di primo acchito « fantastica come la rianimazione ». Con le malattie infettive penetrava in effetti in una delle sfere più gratificanti della medicina, una delle poche dove, secondo le statistiche, si ottiene quasi il cento per cento delle guarigioni dopo l'avvento degli antibiotici. « Il diabete, l'ipertensione, l'insufficienza renale, sono mali che si curano ma non si guariscono » aggiungerà. « Mentre dopo un'infezione, anche la più grave, si può sempre riprendere una vita normale. »

Poco tempo dopo si offrì all'ex rianimatore un'occasione eccezionale per dare alla materia che lo interessava un contributo originale. Lo studio statistico delle malattie infettive, ossia l'analisi di un problema sanitario non più in termini individuali ma in termini collettivi, in una parola l'epidemiologia, non faceva ancora parte degli interessi della medicina francese. Enorme lacuna che l'arrivo di Willy Rozenbaum sulla sua Kawasaki 1000 davanti alla porta di un padiglione dell'ospedale parigino Claude-Bernard avrebbe parzialmente colmato una mattina di febbraio del 1979. I suoi unici strumenti: qualche esame di statistica e di informatica dato in fretta, i suoi trentatré anni, e l'ambizione di dotare una delle prime medicine del mondo dell'arma vitale per la salute pubblica che ancora le mancava.

Con il suo aspetto arcigno e i lugubri padiglioni che si susseguivano come le baracche di un campo di prigionia, l'ospedale che accoglieva Willy Rozenbaum non evocava esattamente un tempio della scienza medica moderna. Il figlio del vignaiolo di cui portava il nome aveva peraltro scoperto, nel secolo scorso, una delle funzioni essenziali del corpo umano, ossia la capacità del fegato di immagazzinare l'energia necessaria ai muscoli. Oltre che per il nome, l'ospedale Claude-Bernard andava famoso anche per un'altra ragione. La sua specializzazione nella cura delle malattie infettive e tropicali ne facevano uno dei centri di patologia microbica e parassitaria più importanti d'Europa, dove generazioni di militari, di funzionari, di missionari, di coloni sopravvissuti alle avventure imperialistiche francesi si erano curati per i danni che il soggiorno nei Paesi d'oltremare aveva provocato al loro organismo. C'era poi stata l'esplosione della moda dei viaggi e del turismo verso terre lontane con l'inevitabile bagaglio di patologie nuove e diverse. In poche parole, l'ospedale Claude-Bernard rappresentava un eccezionale laboratorio di studio per chi sognava di immagazzinare nella memoria dei suoi computer i dati individuali e collettivi delle infezioni che vi venivano curate.

Avido di approfittare dell'esperienza e dei metodi seguiti all'estero, Willy Rozenbaum aveva fatto naturalmente un pellegrinaggio alla Mecca dell'epidemiologia mondiale, il CDC d'Atlanta. Fu lì che si abbonò al "MMWR", il Rapporto settimanale di morbilità e di mortalità. Era uno dei rari lettori francesi di quello straordinario bollettino che scorreva come un breviario. « Niente è più eccitante del ricevere ogni settimana il bollettino sanitario collettivo di un immenso Paese come gli Stati Uniti, di scoprirvi tutte le sue miserie grandi e piccole » farà poi osservare. « Niente di meglio per farti venire una voglia matta di occuparti di ricerca e per tenerti all'erta. In ciascuna delle nostre riunioni di bibliografia, mi affrettavo a comunicare ai miei colleghi le osservazioni più originali del bollettino. Ahimè, facevo quasi sempre un buco nell'acqua! All'inizio degli anni '80, i francesi ignoravano ancora l'epidemiologia. »

Il flagello del secolo avrebbe scosso la loro apatia.

Come tutti i martedì, il dottor Willy Rozenbaum non resisté al piacere di aprire la busta scura intestata al dipartimento americano della Sanità. A giudicare dall'articolo di fondo, il numero del "MMWR" del giugno 1981 prometteva poche sorprese. Il fatto che durante le vacanze ai Caraibi due turisti americani avessero contratto la dengue, febbre eruttiva poco pericolosa trasmessa da una zanzara, non costituiva certo un avvenimento di portata mondiale. Willy Rozenbaum stava per abbandonarne la lettura quando il suo sguardo fu attratto dall'articolo seguente in cui si riferiva che cinque giovani omosessuali di Los Angeles erano stati colpiti da una misteriosa polmonite. Ecco una notizia che poteva essere degna d'interesse. Da medico bene informato, Willy Rozenbaum conosceva l'esistenza di quella polmonite parassitaria. Sapeva che durante la Seconda Guerra mondiale aveva colpito i bambini denutriti del ghetto di Varsavia. Sapeva anche che a volte colpiva i neonati prematuri. Sapeva infine che i suoi parassiti potevano manifestarsi in malati immunodepressi, quelli le cui difese immunitarie contro le infezioni erano alterate o diminuite. Non si era forse constatato negli anni '60 che i trattamenti immunodepressivi utilizzati nella lotta contro il cancro e nel trapianto di organi avevano favorito l'insorgere della malattia? Ma che cosa ci poteva essere in comune tra i bambini di Varsavia, i prematuri, i cancerosi, i trapiantati e i cinque omosessuali di Los Angeles?

Willy Rozenbaum rimuginava fra sé questa domanda quando l'infermiera fece entrare il primo paziente della giornata. Era un uomo di circa trent'anni, steward dell'Air France. Lo accompagnava un amico. Aveva febbre alta e una diarrea cronica. Tossiva.

« Dottore, ho passato tre settimane di vacanza sul Nilo » annunciò. « Mi devo essere beccato qualche sporca malattia laggiù. »

Willy Rozenbaum lo interrogò. La diarrea si era manifestata in Egitto ed era risultata ribelle a una prima cura. Durante la consultazione lo steward segnalò che l'Air France lo aveva destinato alle linee dell'America del nord e che faceva frequenti viaggi a New York e a Los Angeles.

Rozenbaum vedeva sfilare centinaia di malattie intestinali che si manifestavano dopo soggiorni in paesi tropicali: dissenteria, amebiasi, tifo... Era una delle specialità dell'ospedale Claude-Bernard. Ma disturbi del genere, associati a una tosse secca, tenace, ribelle, erano invece un fatto nuovo e singolare. Auscultò attentamente il paziente e tornò a sedersi alla scrivania. Perplesso, stava riflettendo in silenzio quando lo sguardo gli cadde sulla copia del "MMWR" aperta davanti a lui alla seconda pagina. « Ebbi come un lampo. La presenza dell'amico e l'evocazione dei suoi frequenti scali a Los Angeles mi fecero collegare il suo male a quello dei giovani omosessuali americani di cui avevo appena letto il resoconto. Decisi di vederci chiaro. »

Willy Rozenbaum chiamò in aiuto uno dei suoi colleghi, il pneumologo Charles Mayaud, e fece ricoverare lo sfortunato steward per sottoporlo a un lavaggio alveolare dei polmoni, tecnica sofisticata che permette di raccogliere i microbi annidati nell'apparato polmonare. Dopo aver ripetuto diverse volte gli esami, ci fu il verdetto, categorico. Il paziente soffriva della stessa malattia dei cinque giovani omosessuali ricoverati a dodicimila chilometri di distanza: una pneumocistosi senza causa apparente.

Il medico parigino doveva quindi affrontare una sfida identica a quella del collega americano Michael Gottlieb: trovare la causa del male. A Parigi come a Los Angeles, nella fattispecie il postulato era lo stesso: quel genere di polmonite parassitaria poteva svilupparsi solo su un terreno privo di difese immunitarie per ragioni del tutto particolari. Nel loro caso, non potendo spiegare tale deficienza, i dottori Willy Rozenbaum e Charles Mayaud si orientarono verso un possibile cancro del sistema linfatico, in altri termini dei globuli bianchi, il cui calo poteva apparentemente essere chiamato in causa.

Mentre facevano test e analisi, si ricordarono di diversi malati che in passato avevano presentato gli stessi sintomi. Tutti erano morti per cause sconosciute. Era molto probabile che la malattia dei cinque omosessuali di Los Angeles non fosse né americana né nuova, ma *antica e mondiale*.

# 15

*Atlanta – estate 1981*
*Le autopsie molto particolari della bella Martha*

Jim Curran si agitava come un forsennato. La solita burocrazia. Era difficile per lo scontroso medico dagli occhi di lince, cacciatore di microbi del CDC, scuotere l'apatia della gigantesca organizzazione e lo scetticismo di molti suoi colleghi per i quali « quella storia di finocchi era una montatura che sarebbe scoppiata come un palloncino ». Per lui era un problema semplice e insieme straordinariamente complesso. Che fare per bloccare immediatamente l'estendersi dell'epidemia? Esisteva un germe colpevole come nel caso di intossicazione alimentare? Che cosa avevano in comune gli omosessuali che potesse fornire un indizio? La prima cosa alla quale aveva naturalmente pensato era, come per l'epidemia di epatite B, l'esistenza di un virus sessualmente trasmissibile. Ci sarebbe stato poco da rallegrarsi, giacché non c'è niente di più difficile che neutralizzare un virus. Bisognava cercare nei famosi *poppers* di cui sembrava che molti malati avessero fatto uso? Potevano essere il denominatore comune delle diverse infezioni? Il fatto che gli omosessuali s'incontrassero soprattutto in luoghi particolari come saune, discoteche, sale interne di certi bar, implicava una responsabilità dell'ambiente?

Stranamente, l'organizzazione di Atlanta, tanto vigile ed efficace, sembrava poco attrezzata per cercare una risposta a domande così disparate. L'epidemia pareva sfuggire alla tattica investigativa abituale. Non era la risultante di un problema esclusivamente venereo, o virale, o tossicologico, o ambientale, ma probabilmente un miscuglio di tutti e quattro insieme. Perciò Jim Curran intendeva fare appello agli specialisti di diverse discipline e raggrupparli in una forza comune.

Quella mattina di luglio si coronavano i suoi primi sforzi. Lo stato maggiore del CDC si era radunato al gran completo nella sala delle conferenze del direttore generale per decidere la creazione di una "Task Force", una speciale forza d'intervento contro la subdola epidemia. Vi si trovavano riuniti epidemiologi, cancerologi, immunologi, virologi, parassitologi, tecnici dell'ambiente, esperti di malattie veneree e croniche, informatici, e perfino dei sociologi.

Dopo aver affidato la direzione a Jim Curran, la nuova Task Force prese immediatamente una prima decisione. Per poter agire efficacemente, bisognava conoscere tutti i parametri del male da combattere. Era questo il principio base dell'epidemiologia. Gli inventori di questa giovane scienza avevano messo a punto una tecnica di studio detta "Case control study" - Studio comparativo dei casi. Essa permetteva di mettere a confronto un gran numero di vittime di una data malattia con un gran numero di persone sane, nell'intento di scoprirne le differenze. Tra l'altro era stato così che il CDC aveva stabilito un nesso di causalità tra il consumo del tabacco e il cancro del polmone. Il mezzo utilizzato era un questionario di diverse diecine di pagine. Dall'entità dei soggetti affrontati e dalla pertinenza di ogni domanda dipendeva il successo dell'inchiesta.

Tuttavia, in quella mattina di luglio, né Jim Curran né nessun altro dei suoi colleghi si sentivano in grado di elaborare un questionario del genere. « Non avevamo abbastanza elementi sui malati » ammetterà il dottor Harold Jaffe, il placido californiano dell'Epidemiology Intelligence Service. « Non sapevamo da che parte cominciare. Nessuno di noi aveva ancora visto da vicino quella nuova malattia. La prima cosa da fare era scendere in campo per incontrare le vittime, parlare con loro e sapere in che modo vivessero. »

Una diecina di membri della Task Force presero il volo da Atlanta diretti verso i punti caldi dove aveva cominciato a infierire la malattia: Los Angeles, San Francisco, New York, Miami. Accompagnato da un ufficiale sanitario locale, Harold Jaffe poté così incontrare diversi malati a San Francisco e a Stanford. La prima cosa che lo colpì furono le condizioni di quegli uomini. Erano veramente sulla soglia della morte. Eppure quasi tutti si erano sempre preoccupati della loro salute, del loro regime alimentare, del loro peso. Non avevano mai trascurato di fare sport. Erano tutti molto giovani. Quasi tutti appartenevano a famiglie agiate e avevano un lavoro invidiabile. Come avevano fatto a ridursi in quel modo, ad avere l'aspetto di malati di cancro in fase terminale?

Un'altra cosa che lasciò stupefatto l'inviato di Atlanta fu lo scoprire fino a che punto quegli uomini fossero stati sessualmente attivi. « Avevano avuto centinaia, migliaia di partner. Dato che avevano i mezzi per viaggiare, avevano soddisfatto la loro libido in ogni angolo degli Stati Uniti. » I suoi colloqui confermarono infine l'uso massiccio di diverse sostanze tossiche, in particolare dei *poppers*. « A sentire i miei interlocutori, sembrava che quei *poppers* avessero tutte le virtù » racconterà Harold Jaffe. « Non soltanto dilatavano i vasi sanguigni del pene e della mucosa anale, ma diminuendo la pressione arteriosa procuravano un'euforia che prolungava l'orgasmo. » Nessun ricordo doveva rimanere impresso nella sua memoria d'investigatore più di una scappata in un bar di San Francisco dove diversi malati gli avevano detto che si trovavano i migliori *poppers* della città, quelli che non facevano venire il mal di testa. Il bar era uno dei covi sadomasochisti della città californiana. Non era un posto molto invitante, così decorato di catene e strumenti di tortura, e frequentato da una fauna di uomini barbuti bardati di tute di cuoio, stivali e cinture chiodate. Harold Jaffe esitò prima di entrare. Sentiva gli sguardi ostili che fissavano il suo abito da giovane funzionario. Finì per farsi strada fino al banco.

« Mi dia due o tre flaconi della sua roba migliore » chiese imbarazzato al barista.

Questi aprì il frigorifero che gli troneggiava alle spalle e prese diverse fiale con la sigla di Burroughs Wellcome Co., la prestigiosa ditta farmaceutica che le produceva per i malati di angina pectoris. Tirò fuori anche tre flaconcini piccoli come campioni di profumo con l'etichetta Disco Roma, il *popper* più ricercato. Harold Jaffe si mise il tutto in tasca, pagò trenta dollari e uscì in fretta dal locale. « Avevo una sola paura » racconterà ridendo. « Che quei fottuti *poppers* mi esplodessero in valigia durante il viaggio di ritorno e diffondessero nell'aereo il loro ripugnante odore di banana marcia. » Appena arrivato ad Atlanta, Harold Jaffe si affrettò a farne omaggio agli esperti di tossicologia del CDC perché li analizzassero.

La messe di informazioni che Jim Curran era andato a raccogliere a New York prometteva di essere altrettanto utile per redigere il questionario atteso dalla sua Task Force. L'infaticabile medico-detective fece sistematicamente visita a tutte le persone colpite dal sarcoma di Kaposi che gli aveva segnalato il dermatologo Alvin Friedman-Kien. « Non avevo ancora mai visto quel tipo di cancro della pelle » racconterà. « Le macchie viola erano impressionanti, tanto più che molti malati sembravano miracolosamente in buona salute. L'attore di Broadway era, in particolare, splendido e atletico. Il caso volle che entrambi fossimo cresciuti negli stessi sobborghi di Detroit. Avevamo frequentato le stesse scuole, la stessa chiesa. Mi raccontò che dramma avesse provocato laggiù la sua omosessualità. Non riuscivo a credere che tutti quei brutti segni che aveva sul viso fossero la diretta conseguenza della scelta di vivere la propria diversità. Si era sforzato di ridere facendomeli vedere su tutto il corpo. La malattia non si presentava ancora con l'orrendo aspetto che avrebbe assunto qualche settimana o qualche mese dopo, ma già sapevo che non c'era affatto da ridere. »

Tornato ad Atlanta, Jim Curran fece cercare nei registri di Sandy Ford, la giovane donna responsabile del Parasitic Disease Drug Service, tutte le richieste di pentamidina, il farmaco contro la pneumocistosi che il CDC era il solo a distribuire in America. L'inchiesta permise di ritrovare le tracce di numerosi omosessuali deceduti dal 1979 al 1981. Permise soprattutto di constatare che tutti avevano vissuto a New York, Los Angeles, San Francisco e Miami, il che faceva supporre che l'epidemia fosse nata nelle quattro città. Il capo della Task Force cominciò poi a far studiare dai corrispondenti locali del CDC gli archivi della Sanità delle diciotto maggiori città americane per censire tutti i casi di pneumocistosi e di sarcoma di Kaposi identificati nei tre anni precedenti. Infine fece telefonare ai responsabili di una trentina di ospedali in tutta l'America, oltre che a molti medici privati, per essere sicuro che non un solo caso di pneumocistosi o di sarcoma di Kaposi sfuggisse al controllo dell'organizzazione.

Quella mattina di settembre erano esattamente le cinque quando il telefono squillò nella camera da letto di una giovane donna che abitava nei sobborghi di Atlanta. Svegliata di soprassalto, la dottoressa Martha Rogers sollevò il ricevitore. La bella georgiana bruna di ventisei anni era uno degli ultimi medici-segugi assunti dall'Epidemiology Intelligence Service del CDC. La chiamata veniva da Fort Lauderdale, in Florida. All'altro capo del filo una voce maschile annunciò:

« Prenda il primo aereo. È appena morto. »

Martha Rogers e i suoi colleghi della Task Force aspettavano quella chiamata da diversi giorni. Il CDC era stato infatti avvertito dall'ospedale di Fort Lauderdale che un paziente di trentacinque anni sul punto di morire per un sarcoma di Kaposi ormai esteso aveva donato il suo corpo alla scienza. Era un'occasione unica. Martha Rogers era stata scelta per partecipare all'autopsia ed effettuare dei prelievi sui diversi organi colpiti dal tumore. L'analisi dei tessuti raccolti avrebbe forse fornito dati fondamentali sulle cause dell'epidemia. Gli esperti di Atlanta, presa visione della cartella clinica del malato, avevano stabilito una prima lista che la giovane donna doveva completare sul posto, nell'eventualità che durante la dissezione fossero apparse lesioni sconosciute.

La scappata di Martha Rogers in Florida durò una sola giornata, ma diede ottimi risultati. La sera, per tutto il volo di ritorno verso Atlanta, la giovane donna non perse d'occhio per un istante la valigetta di skai blu posata sul sedile accanto a lei. I passeggeri delle Delta Airlines sarebbero rimasti sbalorditi se avessero saputo che dentro quell'innocuo bagaglio c'era una scatola isotermica contenente due occhi, dei pezzi di cervello, d'intestino e di fegato, un frammento di esofago, diversi lembi di epidermide, un pezzettino di lingua e una provetta piena di sangue, in poche parole tutto un armamentario di campioni tra cui poteva nascondersi la chiave di uno dei maggiori enigmi della patologia moderna. Il ritardo dell'aereo fece sì che Martha Rogers non potesse portare il suo prezioso involucro ai laboratori del CDC. Fu così che quei corpi del reato, testimoni essenziali per la ricerca, passarono la loro prima notte lontano dal corpo del loro sfortunato proprietario, nel congelatore domestico, tra due vasetti di budino alla fragola destinati ai bambini della dottoressa Rogers.

# 16

*Gerusalemme - autunno 1981*
*« Che cosa ho fatto, Signore, per meritare questo castigo? »*

Una mosca sul soffitto. Tutto l'universo di Philippe Malouf si riduceva alla sola visione di un insetto che si spostava su dei pannelli bucherellati. C'era da impazzire con quel soffitto bucherellato. Da quanti giorni? Quante notti? Il giovane monaco aveva perso la nozione del tempo. Ventidue giorni di coma e quattro settimane di un sonno interrotto da semirisvegli finché non si era reso conto delle sue condizioni. Non provava più nessuna sensazione dalla nuca alla punta dei piedi. Il corpo non gli apparteneva più. Non poteva dare ordini alle membra, né tossire, né ingoiare, né starnutire, né mangiare, né parlare, a parte qualche suono onomatopeico rivolto in un soffio a un visitatore o a un medico. Per diversi giorni aveva potuto pensare solo confusamente a quanto gli era successo. Poi, una sera, aveva riconosciuto la grossa testa barbuta di Josef Stein sopra di sé. L'archeologo americano si sforzava di sorridere e perfino di scherzare: « E io che credevo che il tuo buon Dio desse le ali ai suoi angeli! ». Allora il giovane monaco aveva fatto la scoperta più crudele: non poteva neanche più ridere.

Quanto alle ali, Philippe Malouf non aveva potuto far niente per frenare la sua caduta nel pozzo di scavo. Sam Blum, l'altro americano, era stato più fortunato. Una tavola che sporgeva dal secondo livello aveva provvidenzialmente bloccato il suo tuffo nel baratro. Se l'era cavata con due costole e una clavicola rotte. Il figlio del rabbino aveva ringraziato alla rinfusa il Dio d'Israele, i suoi profeti e tutte le divinità che le anime degli Antichi avevano adorato nel corso dei tempi in quel luogo santo.

Josef Stein non poteva dimenticare l'urlo di Philippe mentre precipitava, poi il rumore sordo del suo corpo che si disarticolava in fondo allo scavo. Le grida d'aiuto, la folle discesa nel pozzo, la sistemazione di un argano, l'arrivo di un'ambulanza con la stella di David e dei barellieri in calzoncini, a torso nudo, la barella rinforzata e assicurata alla puleggia dell'argano, la lenta risalita del ferito incosciente lungo pareti millenarie, il trasporto all'ospedale della Hadassah di Gerusalemme, la porta del pronto soccorso che si richiude, tutte immagini che si sovrapponevano nella memoria dell'americano come in un caleidoscopio surrealista. Infine la visione del chirurgo che spunta dal blocco operatorio, la maschera verde pallido che gli pende sotto il mento, la fronte imperlata di sudore, una sigaretta già accesa in bocca, pallido e stanco, visibilmente poco incline alle confidenze e che annuncia con tono neutro, come per sdrammatizzare la cosa insostenibile:

« Frattura delle cervicali 4 e 5, con schiacciamento del canale midollare. Paralisi di tutti gli arti. »

« Definitiva? »

La barba di Josef Stein e la sua emozione avevano come smorzato la domanda. Il chirurgo aveva aspirato una boccata di fumo poi l'aveva lentamente ributtata fuori.

« Allo stadio attuale delle nostre conoscenze, temo di sì. »

L'angoscia sommerse ben presto il corpo inerte. Un'angoscia incontrollabile fatta di mille fenomeni che emergevano a livello cosciente con il solo battito del sangue nelle tempie come sottofondo: un improvviso senso di soffocamento, un calo di pressione, una sensazione di freddo o di caldo, l'impossibilità di sudare, una sensazione di degradazione e d'impotenza davanti alla perdita di controllo dei bisogni corporali. E ancora più dolorosa, l'umiliazione di ritrovarsi nudo, esposto, esibito davanti a uno stuolo di sconosciuti.

Sconvolto dall'angoscia del giovane monaco, il priore del monastero di Latroun cercò parole che gli dessero, così almeno sperava, un po' di conforto. Puntando la grossa mano callosa verso i tetti a terrazza dei sobborghi di Gerusalemme che si scorgevano dalla camera, gli ricordò che « lassù, a poche centinaia di metri oltre la collina, Colui che era venuto sulla terra per riscattare gli uomini aveva vissuto il martirio della Passione». Ma nella sua passione, il cervello del trappista si smarriva in quei giorni in un pensiero assillante del tutto estraneo al suo rapporto con il Cristo del Golgota, benché molto umano. Per quanto rigirasse il problema in tutti i sensi, non riusciva a trovare le parole per formularlo. Una sera finì per confidare il suo tormento a Josef Stein. I due amici ascoltavano la voce lontana di un muezzìn arabo che invitava alla preghiera dall'alto di un minareto.

«Di' un po', Josef» chiese senza preamboli, «credi che non potrò mai più avere erezioni?»

All'angoscia seguì un periodo di rivolta, che i medici considerarono come una manifestazione positiva della resistenza e dello spirito combattivo del malato. Come Giacobbe aveva maledetto il Creatore per una notte intera, le imprecazioni del monaco si rivolsero dapprima al Dio di misericordia di cui aveva voluto essere servitore. «Che cosa ho fatto, Signore, per meritare questo castigo? Perché proprio io?» Non riuscendo a trovare nella fede una risposta che lo appagasse, la disperazione dell'ex guerrigliero delle Falangi libanesi si volse contro coloro che lo circondavano e lo curavano. Insulti, grida, rimproveri, minacce: nella cameretta di fronte a Gerusalemme ribollì per diverse settimane un magma di violenze verbali che nessuno osava più affrontare.

A quel punto una complicazione mise in pericolo la vita del ferito. Costrette all'immobilità, alcune parti del corpo sempre a contatto del letto cominciarono a necrotizzarsi. In quelle zone, prive di sangue e quindi di ossigeno a causa della prolungata compressione, comparvero delle profonde piaghe da decubito, potenziali focolai di infezioni irreversibili. Con medicazioni urgenti e frizioni ogni quattro ore, medici e infermiere lottarono senza tregua per bloccare la necrosi dei tessuti e prevenire nuove lesioni. Tanto accanimento e tanta dedizione non potevano lasciare insensibile il monaco ribelle. Meditando su tutto ciò che da ventiquattro anni aveva costituito il tessuto connettivo della sua esistenza, vi cercava disperatamente la forza di accettare la sua situazione. I frati del monastero venivano a turno ad aiutarlo in quello sforzo portandogli il conforto dell'Eucarestia e il sostegno della loro preghiera. Fu peraltro una visita inattesa a provocare lo shock decisivo di cui aveva bisogno per mutare la rivolta in un inizio di accettazione.

Quel pomeriggio non aveva sentito il furtivo scivolare di due ruote di gomma sul linoleum della camera. Improvvisamente, all'estremità del guanciale, aveva scoperto il viso di una ragazza con la fronte cinta da una benda scarlatta che tratteneva una folta capigliatura di ricci neri. La luminosità dello sguardo e il sorriso esprimevano una gioia e una forza così intense che il monaco ne fu imbarazzato. « In camera, era entrata la Vita » dirà. « Una leva che la ragazza faceva funzionare con la bocca le permetteva di dirigere la poltrona elettrica a rotelle. Le sue mani inerti sui braccioli dimostravano che anche lei era tetraplegica. Sulle ginocchia aveva una bottiglia. "*Shalom!*" mi disse allegramente. "Mi chiamo Ruth, come la donna della Bibbia. Ti ho portato una bottiglia di vino per bere alla tua guarigione. Non viene da Latroun ma dal monte Carmelo. Sentirai com'è buono!" Poi con le labbra afferrò di nuovo la leva, la poltrona fece dietro front e lei uscì dalla camera. »

Un minuto dopo la giovane israeliana era di ritorno, accompagnata da un'infermiera che portava un vassoio con la bottiglia e due bicchieri pieni di vino del Carmelo.

« *L'chaïm*, Philippe! Alla vita! »

L'infermiera immerse una cannuccia nel primo bicchiere, l'avvicinò alle labbra del monaco che aspirò una lunga sorsata. Lo invase una vampata di caldo, cancellando di colpo il sapore di latta arrugginita che gli grattava la lingua dal momento dell'incidente. Gli occhi gli si bagnarono di lacrime. Tentò di parlare, ma folgorato dall'emozione non riuscì a dire parola. Bevve un altro sorso di vino sotto lo sguardo intenerito di una Ruth sorridente.

« Grazie, sorellina » disse chiudendo gli occhi, « la tua visita è il regalo più bello. »

Philippe Malouf venne a sapere la sera stessa della tragedia che aveva spezzato la vita di Ruth. Membro di un kibbutz che si trovava all'estremo nord della Galilea, una notte era di pattuglia lungo la frontiera libanese quando due pallottole sparate a bruciapelo da un fedayin le avevano fracassato la colonna vertebrale.

Quella settimana, un secondo avvenimento avrebbe contribuito a reinserire timidamente il giovane trappista nel mondo dei viventi. Ritenendo che le fratture cervicali si fossero consolidate, i medici decisero di farlo sedere per la prima volta sul letto. Dopo avergli somministrato un potente cardiotonico per sostenergli il cuore, un infermiere si accinse a raddrizzargli pian piano il busto. I suoi occhi che per settimane avevano avuto come unico orizzonte il soffitto bucherellato, manifestarono di colpo una grande paura cercando nuovi punti di riferimento. « La stanza ondeggiava in tutti i sensi come se mi trovassi a bordo di un aereo che eseguiva una serie di looping » racconterà Philippe Malouf. Colto da una violenta nausea, si mise a vomitare. Dovettero rimetterlo sul letto d'urgenza. Ci furono nuovi tentativi il giorno dopo e nei giorni seguenti finché, progressivamente, poté superare la prima tappa della rinascita.

# 17

*Atlanta - autunno 1981*
*Cinquecento domande per una pazzesca inchiesta*
*sui misteri della libido*

Era il questionario più dettagliato, più fantasioso, più audace che avessero mai concepito i cervelli della giovane scienza dell'epidemiologia. Il dottor Jim Curran e i membri della sua Task Force del CDC avevano letteralmente superato se stessi per mettere a punto quel piccolo capolavoro che avrebbe loro permesso, almeno lo speravano, di trovare la soluzione del rebus che li assillava. Tutta l'esperienza acquisita durante le innumerevoli inchieste del passato sulle malattie veneree, le epatiti A e B, e altre malattie infettive, aveva costituito la base di partenza per l'elaborazione dell'imponente questionario. Uno studio realizzato quattro anni prima da due ricercatori gay sul comportamento sessuale e le abitudini di circa cinquecento omosessuali americani aveva fornito inestimabili dati elementari su quell'ambiente ad alto rischio, ora minacciato da gravissimi pericoli. L'inventario di tutti i casi di pneumocistosi e di sarcoma di Kaposi diagnosticati negli Stati Uniti all'inizio dell'autunno 1981 - una quarantina - e la loro descrizione per quanto possibile precisa, avevano completato il fascicolo preparatorio.

Jim Curran aveva inoltre requisito il professor William Darrow, grande specialista per gli studi sociologici sui gruppi sessualmente a rischio. I lavori dello scienziato quarantacinquenne sulla dimensione sociale dei fenomeni della libido facevano testo. Egli aveva dedicato vent'anni della sua vita ad analizzare i costumi dei recidivi della sifilide, della blenorragia e di altre infezioni veneree. «Per me non c'è ombra di dubbio» affermò, «è chiaro che questa funesta epidemia si trasmette per via sessuale.» Per convincersene o eventualmente scovare altri fattori, Jim Curran e la sua équipe ritennero indispensabile sottoporre ogni malato e il maggior numero possibile di omosessuali sani a un esauriente interrogatorio composto da circa cinquecento domande. La loro lista riempiva le ventitré pagine del documento il cui nome in codice era: "CDC Protocollo 577".

La prima parte del questionario si proponeva di catalogare l'interessato dal punto di vista economico e sociale. Era bianco, nero, ispanico, indiano americano, nativo dell'Alaska, indigeno di un'isola del Pacifico o di quale altra origine? Il suo guadagno lordo era inferiore ai diecimila o superiore ai trentamila dollari annui? Era celibe o sposato? Era già stato sposato, una o più volte? Per quanti anni aveva frequentato la scuola, inferiore e superiore, e l'università? Che lavori aveva svolto negli ultimi dieci anni? Durante l'attività professionale o le vacanze, era stato esposto a prodotti chimici industriali, agricoli, radioattivi, a defolianti? Dove aveva abitato negli ultimi dieci anni? In quali Paesi aveva viaggiato? Aveva posseduto animali domestici? Quali? In che periodo? Questi animali avevano avuto malattie insolite? Ne erano morti? Il soggetto faceva abitualmente uso di bevande alcoliche? Occasionalmente, regolarmente? Birra, vino, cocktail? Qual era la quantità giornaliera, da quanti anni? Fumava? Quante sigarette al giorno, da quanti anni? Aveva precedenti di cancro in famiglia? Tra nonni, genitori, sorelle, fratelli? Che tipo di cancro? Quando? E, continuando a indagare nello stesso senso, aveva coabitato nei tre anni precedenti con una persona, uomo o donna, partner sessuale o meno, che fosse stata colpita da un cancro, o che fosse stata ricoverata per un'infezione, o avesse avuto un inesplicabile calo di peso, associato o meno a febbre?

In un crescendo, l'interrogatorio ricostituiva minuziosamente le malattie del soggetto anteriori alla manifestazione specifica della sua malattia attuale. Il soggetto era stato colpito da sifilide, da blenorragia, da uretrite non venerea, da herpes o da verruche genitali? Quante volte? A quando risaliva l'ultima infezione? In che zona erano apparse le lesioni? Sul pene, all'esterno o all'interno del retto? Il questionario insisteva inoltre su tutte le vecchie patologie di origine intestinale – salmonellosi, amebiasi, epatiti... – sulle eruzioni cutanee, le infiammazioni dei linfonodi, le polmoniti che avevano richiesto il ricovero, i tumori cancerosi. Domande dettagliate riguardavano la natura dei farmaci utilizzati negli ultimi dieci anni. Si trattava di penicillina, e in tal caso sotto forma di iniezioni o di capsule; di ampicillina in pillole, di tetraciclina in compresse, di prodotti specifici per le amebiasi come il Flagyl, la oxichinolina e l'Humatin; di cortisone, di Ascabiol contro i pidocchi e la scabbia, o di ogni altra medicina di cui il soggetto era pregato di ricordarsi fornendo dati e dichiarando con quale frequenza ne avesse fatto uso.

Messo al corrente del fatto che la malattia attuale poteva essere collegata al consumo di stupefacenti, si pregava quindi il soggetto di rivelare se avesse assunto tali sostanze, e in caso affermativo, quando e in che forma: iniezioni, sigarette, inalazioni, o pillole ingerite per via orale? Seguiva l'enumerazione dei principali prodotti per procurarsi paradisi artificiali: marijuana, cocaina, eroina, anfetamine, barbiturici, LSD, Quallude (metaqualone), "polvere d'angelo", ecc. I *poppers*, talmente apprezzati dai gay per le loro virtù "sessualmente stimolanti", erano naturalmente oggetto di un'indagine particolare, riguardante tra l'altro la frequenza e i luoghi dove se ne faceva uso: saune, discoteche, bar, librerie, cinema particolari, WC, giardini pubblici... e l'origine della loro fabbricazione. Si trattava di fiale o di flaconi? Con o senza etichetta? Qual era stata la marca preferita? I flaconi di Bolt, di Bullet, di Disco Roma, di Hardware, di Head, di Highball, di Hit, di Kryptonite, di Locker Room, di Pig Poppers, di Quicksilver o di Rush? Oppure l'interessato aveva preferito qualcosa di tipo diverso che ancora non si trovava nei computer del CDC di Atlanta, e in tal caso come si chiamava questo *popper*?

Ma, inutile dirlo, le voci su cui i medici-detective del CDC si erano soffermati con particolare attenzione erano quelle relative al comportamento sessuale. La parte dell'inchiesta riguardante tale argomento informava immediatamente i soggetti interrogati che con ogni probabilità la loro malattia era dovuta alla specifica natura dei loro rapporti sessuali. Per "rapporti sessuali", il questionario intendeva "l'intromissione del vostro pene nella bocca, nella vagina o nell'ano di un partner; oppure l'intromissione di un pene nella vostra bocca, o nel vostro ano". Posti tali principi, veniva passato in rassegna fin nei più intimi particolari il catalogo sia delle pratiche omosessuali sia di quelle eterosessuali. C'erano domande talmente crude che certi investigatori avrebbero forse esitato a porle. La dottoressa Martha Rogers, la giovane donna che aveva portato dalla Florida i primi campioni di organi e di tessuti prelevati a un malato deceduto di sarcoma di Kaposi, ammetterà che le ripugnava chiedere ai suoi interlocutori se preferissero introdurre il pene o la lingua nel retto dei partner, e quale fosse la rispettiva percentuale di tali pratiche.

I responsabili del CDC non avevano lasciato niente al caso. Per prevenire eventuali inosservanze degli investigatori, avevano fatto opera di "desensibilizzazione preliminare". Il che consisteva nel ripetere l'interrogatorio con uno degli specialisti di malattie sessualmente trasmissibili, esperti di vecchia data e abituati a descrivere tutte le fantasie della libido omosessuale. Fu così che Martha Rogers ebbe la sorpresa di trovarsi di fronte al direttore della Task Force in persona, Jim Curran, che recitava la parte di un gay superattivo. « Ero talmente emozionata nel trovarmi davanti al capo per fargli domande così intime che mi ci vollero diversi minuti prima di riuscire ad aprir bocca. Per liberarmi, inventava le risposte più scabrose che avrei potuto sentire. »

L'avventura della prima grande inchiesta organizzata per ricercare le cause dell'ignoto flagello che colpiva gli omosessuali americani, ebbe inizio il 1° ottobre 1981. Una cinquantina di malati – alcuni già in punto di morte – e circa duecento omosessuali sani, ma dal comportamento a rischio, avrebbero partecipato all'operazione "Protocollo 577". Erano tutti volontari messi in contatto con il CDC da medici privati e da reparti di malattie veneree di diversi ospedali. L'inchiesta era circoscritta a quattro città – Los Angeles, San Francisco, New York e Miami – dove la malattia si era manifestata per la prima volta. Vi fu aggiunta Atlanta, perché in un piccolo centro della Georgia venne scoperto inaspettatamente un sarcoma di Kaposi, questa volta in un ragazzo che aveva solo tredici anni. « Un caso incomprensibile » dichiarerà Jim Curran. « Talmente strano che forse ci poteva fornire la chiave di tutto l'enigma. Con il cancro di quell'adolescente, ci sentivamo come poliziotti in cerca di un assassino che avesse ammazzato dieci prostitute sempre con una calza di seta e che un giorno, di colpo, avesse deciso di ammazzare l'undicesima con un coltello da cucina. Quella pista imprevista ci prospettava un nuovo approccio della malattia che cercavamo d'identificare. »

Per molti lustri, le seicentocinquantacinque camere del vecchio albergo dell'Upper East Side erano state l'inespugnabile baluardo della virtù delle giovani americane di buona famiglia che soggiornavano a New York. Il Barbizon Hotel for Women non ammetteva clienti maschi. La presenza di ogni elemento del sesso forte doveva limitarsi esclusivamente al salone del pianterreno. Ma qui come altrove, la rivoluzione sessuale e l'evoluzione dei costumi avevano finito per far vacillare quel bastione della rispettabilità newyorkese. Dal giorno di San Valentino del 1981, l'hotel Barbizon accettava clienti di entrambi i sessi.

Jim Curran aveva pensato che le sue camere, dove continuava ad aleggiare un profumo discreto di virtù, sarebbero state una cornice perfetta per le indagini medico-sessuali dell'operazione "Protocollo 577". Dividendo il Paese in due, aveva affidato l'inchiesta sulla costa occidentale al dottor Harold Jaffe, e si era riservato la supervisione di quel pezzo forte che era New York. Tra le sue truppe c'era la giovane donna che aveva sottoposto a un addestramento personale particolarmente spinto. La dottoressa Martha Rogers non dimenticherà mai la sua avventura newyorkese. « Ogni sera, quando avevo prelevato l'ultima secrezione anale dell'ultimo visitatore gay della giornata, mi precipitavo al telefono per chiamare mia madre » racconterà. « Le dicevo tutto. La povera donna, che abitava in un minuscolo centro nel cuore della Georgia, era combattuta tra la fierezza di avere una figlia che apparteneva a un'istituzione prestigiosa come il CDC e l'orrore delle strane cose che stava facendo. »

La mattina a colazione, mentre assaporava le uova strapazzate al bacon, l'infaticabile capo di Martha Rogers rileggeva minuziosamente i questionari riempiti il giorno prima. Dopo le sue verifiche, a volte non mancavano i rimproveri.

« Ma via, Martha, avrebbe dovuto chiedere a questo tizio con quanti partner ha fatto l'amore la settimana scorsa. Dividere per 52 il numero totale dei partner di un anno intero non ci dà necessariamente la cifra esatta dei suoi scambi durante l'ultima settimana. Non dimentichi, Martha, che il minimo particolare può avere un'importanza vitale. »

Poiché le sue indennità di funzionario non gli permettevano di frequentare i grandi alberghi californiani, a San Francisco il dottor Harold Jaffe e il suo staff scesero al Best Western, un albergo piuttosto modesto nella parte bassa di Market Street. Nel suo gruppo c'era anche Mary Gynan, una giovane specialista appartenente alla divisione delle malattie virali del CDC. L'incessante andirivieni dei visitatori, tutti giovani e chiaramente gay, finì per attirare i sospetti del proprietario del motel. Cosa diavolo potevano combinare nelle loro camere quei clienti dall'aria rispettabile, che pretendevano di essere medici di un ente statale? Per quanto la permissiva città californiana chiudesse un occhio su tutte le perversioni, c'erano pur sempre dei limiti. Un pomeriggio il proprietario prese il passe-partout e fece irruzione nella camera di Mary Gynan. Quale non fu il suo stupore nel trovare la giovane donna « china sul posteriore di un bel ragazzo biondo, intenta a raccogliere su un batuffolo di cotone le secrezioni del suo culo ».

L'assoluta mancanza di precauzioni durante interventi del genere avrebbe poi ossessionato i membri dell'operazione "Protocollo 577". « Eravamo inconsapevoli del pericolo » riconoscerà Harold Jaffe. « Non portavamo né guanti né maschera e le nostre camere fungevano da ambulatori. » Per molto tempo Mary Gynan resterà traumatizzata dal ricordo del sangue che le schizzò addosso quando uno dei soggetti sani al quale stava facendo un prelievo di sangue, svenne inaspettatamente.

La sollecitudine nel rispondere alle domande, anche alle più intime o più compromettenti, come quelle sull'uso degli stupefacenti, meravigliò gli investigatori. « Pareva che le persone interrogate presentissero l'orrore che incombeva, che volessero aiutarci a bloccarlo » osserverà Harold Jaffe. Non gli sarebbero mancate molte altre sorprese. Un giorno che interrogava un robusto barbuto con un completo di cuoio costellato di borchie, e gli chiedeva dove avesse l'abitudine di praticare i suoi giochi erotici, si sentì dare il nome di diversi grandi alberghi della città. Divertito dall'espressione stupita del medico, il barbuto precisò: « Cosa vuole! Solo alberghi del genere hanno camere abbastanza grandi perché possa tirare fuori tutto il mio materiale ». L'uomo non si fece pregare per spiegare che era uno dei massimi esponenti del sadomasochismo a San Francisco. Per i loro giochi erotici lui e i suoi partner si servivano di tutta una collezione di uniformi militari e di strumenti che richiedevano effettivamente molto spazio.

Quando la malattia inchiodava a letto uno dei soggetti da interrogare, gli investigatori si recavano a casa sua o all'ospedale. Martha Rogers si ricorda di essere dovuta uscire in tarda serata « per andare a trovare in fondo a Manhattan un poveraccio che il sarcoma di Kaposi aveva reso tutto variopinto. Sembrava un pagliaccio da circo ». Era tornata a piedi per le vie deserte stringendosi in fondo alla tasca « come il tesoro dell'Arca perduta, la scatoletta contenente le testimonianze della malattia che lo stava uccidendo ». A Los Angeles, Harold Jaffe svolse diversi interrogatori in splendide ville hollywoodiane. « Era un po' imbarazzante arrivare così in casa della gente e fare tutte quelle domande indiscrete sul bordo della piscina » confesserà. « Un giorno, uno degli ospiti particolarmente interessato dall'inchiesta si tolse le mutande e cominciò a masturbarsi davanti a me per farmi omaggio di un campione del suo sperma. »

Ogni sera, prima di andare a letto, gli inviati del CDC radunavano in una scatola isotermica piena di ghiaccio tritato, le provette di sangue e i diversi prelievi pazientemente raccolti.

L'indomani mattina si presentavano con il loro prezioso pacco allo sportello dell'ufficio postale più vicino. Quando l'impiegato chiedeva quale fosse il valore della merce rispondevano invariabilmente: « Nessuno ». Come calcolare in dollari il valore di provette e vetrini che forse nascondevano il colpevole di una tragedia di cui nessuno valutava ancora l'entità?

# 18

*Calcutta - inverno 1981*
*« Ovunque ci siano uomini che soffrono »*

54-A Lower Circular Road. Solo una modesta targa di legno segnala l'ingresso del quartier generale dell'impresa fondata da Madre Teresa. La costruzione grigia di tre piani nel cuore di Calcutta è diventata uno degli edifici più noti dell'immensa città, uno dei più visitati da tutti gli indiani o gli stranieri che sono venuti in pellegrinaggio alle fonti della creazione della celebre religiosa. Aperte in permanenza, le finestre danno su una rumorosa fiumana di tram stracarichi, di camion, di macchine, di risciò tirati dagli ultimi uomini cavallo del pianeta. Sui marciapiedi sconnessi vive tutta una popolazione di senzatetto avvolti nel *dhoti* come in un lenzuolo funebre, di rivenditori di rottami e di pezzi d'automobile. Davanti alle fontane a colonnette, grappoli di bambini nudi sguazzano nei canaletti di scolo, mentre a ogni angolo di strada venditori di tè, di frittelle e di riso soffiato smerciano ai più poveri il pasto quotidiano.

Si entra nell'edificio da una porta di legno che dà su una stradetta costantemente affollata di mendicanti, di lebbrosi, di donne scheletriche che portano in braccio bambini famelici. Per suonare si tira una cordicella collegata a una piccola campana. A ogni scampanellata compare il viso di una giovane suora indiana in sari bianco orlato d'azzurro. Attraversando un cortiletto con una grande statua della Vergine che apre le braccia, si arriva a una scala. Al primo piano c'è una cappella, una vasta sala occupata solo dall'altare, ma dove si avverte sempre la presenza vibrante della fede e della preghiera. Come in quella del lebbrosario di Benares, sulla parete di fondo si legge: HO SETE.

La donna che in India e in ogni altra parte del mondo placa la sete di Cristo crocifisso, viene diverse volte al giorno a inginocchiarsi su un vecchio sacco di juta rattoppata e chiede a Dio forza e ispirazione per poter continuare la sua crociata a favore dei poveri, dei derelitti, dei lebbrosi, dei disperati, dei paria, dei reietti di tutte le razze, di tutte le caste, di tutte le credenze. È qui, in questo posto che serve anche da dormitorio e da studio, che Madre Teresa ha preparato al loro sacerdozio d'amore a servizio dei più poveri le migliaia di ragazze venute da ogni parte dell'India e del mondo per prendere il velo bianco orlato d'azzurro delle Missionarie della Carità. La grande costruzione al 54-A della Lower Circular Road ospita più di un centinaio di novizie. Di primo mattino, dopo aver ricevuto l'Eucaristia e cantato i salmi, escono dal convento a due a due, con il rosario in mano, e in tram, in autobus, in treno o spesso a piedi vanno nei lazzaretti, nelle scuole, negli orfanotrofi e nei dispensari della congregazione. Quando quelle fragili figure si disperdono attraverso la città, pare che al loro passaggio si propaghi una sorta di onda di generosità, una vibrazione foriera di speranza per tutti gli sventurati della città disumana: « Siamo qui, vi amiamo, non abbiate più paura ».

Nell'inverno del 1981 erano passati ventinove anni da quando Madre Teresa era venuta a vivere in quell'edificio con qualche allieva del vecchio convento dove aveva insegnato geografia. Il proprietario, un magistrato musulmano, gliel'aveva venduto per una cifra irrisoria dopo una lunga meditazione in una moschea vicina. Al prete incaricato della transazione, il santo uomo dell'Islam si era contentato di spiegare: « Ho ricevuto questa casa da Dio. A Dio la restituisco ».

Qualche settimana dopo, una piccola processione guidata da Madre Teresa era uscita dal convento per recarsi a piedi alla cattedrale cattolica di Nostra Signora del Rosario. Nella navata illuminata dai ceri, davanti all'arcivescovo di Calcutta e a tutti i dignitari del clero locale, le prime diciotto novizie avevano pronunciato i voti, impegnandosi solennemente a « cercare nelle città e nei villaggi di ogni parte del mondo, anche dove peggiore sia l'abiezione, i più poveri dei poveri allo scopo di curarli, di aiutarli, di andare assiduamente a visitarli, di vivere l'amore di Cristo per loro, e di far sì che corrispondano al Suo immenso amore».

Da quel giuramento era nato l'ordine delle Missionarie della Carità che oggi conta più di tremila suore che lavorano nei circa quattrocento centri esistenti in novantadue Paesi, fra i quali anche Cuba, l'Unione Sovietica e ben presto la Cina e l'Albania. Da allora, l'8 dicembre di ogni anno, festa dell'Immacolata, delle giovani suore indiane[1] dalla pelle scura, sempre più numerose, lasciano in processione la casa madre di Lower Circular Road per andare a pronunciare i voti e rinnovare lo stesso giuramento. L'indomani, un camion porta le nuove Missionarie della Carità alla stazione di Howrah o all'aeroporto di Dum Dum. Canti, risa, grida e qualche pianto accompagnano quelle partenze, che significano separazioni di anni, verso ogni punto del mondo dove ci siano uomini che soffrono. Per un po' la grande casa di Lower Circular Road sembra senza vita, la cappella è immersa nel silenzio e nel cortile non risuona più lo stesso rumore metallico dei secchi del bucato mattutino. Ma la nave ritrova presto un nuovo equipaggio. Fra non molto altre postulanti in sari bianco affluiranno da ogni parte. Mentre quasi tutti gli ordini religiosi soffrono di una crisi di vocazioni, Madre Teresa non può neppure accettare tutte le ragazze che si accalcano alla porta dei suoi noviziati.

Una mattina di dicembre del 1981, qualche giorno prima di Natale, una fragile indiana con un'ampia gonna di cotone rosso si presentò al 54-A di Lower Circular Road. La suora portinaia riconobbe subito la religiosa dagli occhi a mandorla che l'accompagnava. Ananda, l'ex piccola lebbrosa dei roghi di Benares, aveva espresso a suor Bandona il desiderio di entrare nella grande famiglia delle Missionarie della Carità.

[1] Tranne rarissime eccezioni, le postulanti straniere non possono compiere il noviziato a Calcutta, ma devono andare a Roma, a San Francisco, a Washington, a Tabora in Tanzania, a Tayuman nelle Filippine o a Zabarow in Polonia (*N.d.A.*).

Era una candidatura senza precedenti in una congregazione di cui erano entrate a far parte solo giovani cristiane cresimate. Madre Teresa, che nessuna sfida riesce a scoraggiare, vide l'occasione per « portare un'anima in più a Cristo, e attraverso di Lui agli uomini sofferenti in cui Egli s'incarna ». Per un certo periodo liberò suor Bandona dalla responsabilità del lebbrosario di Benares per affidarle l'educazione religiosa della sua protetta. Un compito che aveva già cominciato a Benares e che ora avrebbe proseguito a Calcutta. Ci volevano ancora tatto e prudenza. In quell'ambiente di donne di nascita superiore alla sua, l'ex lebbrosa rischiava a ogni istante di essere ripresa dai vecchi dèmoni del passato. Bandona lo sapeva: le sue stigmate di paria erano lì, a fior di pelle, pronte a ricomparire alla minima umiliazione reale o supposta. Perfino in quel luogo, trenta secoli d'intoccabilità non si potevano cancellare con un colpo di bacchetta magica.

Prima di ricevere l'acqua e il sale del battesimo e affrontare poi i misteri del Vangelo, Ananda dovette imparare il linguaggio che cementa in una stessa espressione il pensiero e la parola di compagne di origine così diversa. Presso Madre Teresa, per le preghiere e per qualsiasi attività si fa ricorso all'inglese. L'analfabetismo favorì paradossalmente la giovane postulante, la quale compensò la sua mancanza d'istruzione con una fantastica memoria uditiva, come quegli uomini risciò che conoscono a memoria dodicimila versi del *Ramayana*, l'Iliade dell'India. In poche settimane Ananda riuscì a capire e a dire l'essenziale.

Imparare a leggere e a scrivere era stata invece tutt'altra impresa. La ragazza non aveva un cervello programmato per quel genere di esercizi. Il suo patrimonio genetico non aveva previsto che gli occhi della figlia di un bruciatore di cadaveri un giorno potessero aver bisogno di decifrare qualcosa di stampato sulla carta. A ciò si aggiungeva una viscerale mancanza d'interesse per quanto era scritto. A che cosa poteva servire un libro, quell'oggetto inanimato senza nessuna funzione pratica? Un attrezzo, un utensile per accedere alla conoscenza? Era un concetto troppo estraneo alla sua mentalità, perché Ananda potesse sentirsi minimamente motivata. La sua educatrice non disperava comunque di riuscire a risvegliarne la curiosità con la pazienza e la dolcezza. A sostenere i suoi sforzi intervennero due elementi. Prima di tutto l'esempio delle altre postulanti che facevano continuamente risuonare i tre piani del convento delle loro letture ad alta voce. Poi, da parte di Ananda, la scoperta ogni giorno più approfondita di quel Dio che ispirava la fede delle suore. L'idea di Dio non era certo estranea alla giovane intoccabile. Ma era un'idea piuttosto folcloristica, un guazzabuglio di migliaia di personaggi dalle molteplici incarnazioni, ora dèmoni, ora spiriti, di forma animale o umana, nati da una mitologia fantastica più incline ad accendere la fantasia che a suscitare una credenza fiduciosa e personale. Indubbiamente il lungo soggiorno presso le suore del lebbrosario di Benares l'aveva familiarizzata con la nozione di un Dio unico « che ama ciascuna delle Sue creature come il più caro dei Suoi figli ». Suor Bandona pensava che niente più della scoperta dei testi che raccontano le opere straordinarie del figlio del falegname di Nazareth e riferiscono il messaggio della Sua parola, avrebbe spinto la sua allieva a imparare a leggere. Ananda si mise all'opera, spulciò a una a una le lettere di ogni versetto del Vangelo, s'impregnò della loro sintassi, senza tentare sul momento di capirne il senso. Fu una lunga prova, un'esperienza eccezionale negli annali della comunità.

Ma un giorno, nel coro delle giovani voci delle postulanti, Madre Teresa poté distinguerne una nuova. La voce, timida e maldestra, della giovane sopravvissuta ai roghi di Benares che decifrava le parabole.

# 19

*Atlanta - autunno 1981*
*La chiamarono "la Collera di Dio"*

L'operazione "Protocollo 577" condotta dal CDC terminò nel dicembre del 1981. Cominciò allora lo spoglio della messe di informazioni raccolte dai segugi di Atlanta interrogando cinquanta malati e duecento omosessuali sani. Le pile di documenti emessi dai computer che dovevano digerire, decifrare e analizzare le migliaia di risposte dei duecentocinquanta questionari finirono col coprire di una marea di carta le scrivanie del dottor Jim Curran e di tutti i membri della sua Task Force. « La cosa che ci colpì immediatamente esaminando i primi risultati » osserverà il dottor Harold Jaffe, « fu il constatare a che punto i soggetti colpiti fossero stati sessualmente molto più attivi dei soggetti sani. Benché avessero anche fatto un maggior uso di *poppers*, la cosa ci parve in definitiva secondaria rispetto alla differenza di numero degli scambi sessuali. Fummo subito quasi certi che tutto congiurasse a favore di un'epidemia trasmessa per via sessuale. »

Ma trasmissione di che? L'ipotesi di un virus pareva la più probabile. Un virus che distruggeva il sistema immunitario e lasciava le vittime disarmate davanti a quelle affezioni definite "opportuniste" in quanto, per manifestarsi, approfittano del calo delle difese dell'organismo. Si conosceva un certo numero di tali malattie, come la pneumocistosi dei primi casi diagnosticati a Los Angeles e il sarcoma di Kaposi dell'attore newyorkese.

Nella sua lunga e implacabile caccia agli invisibili nemici che minacciano il genere umano, la capitale dell'epidemiologia mondiale non investirà mai tanti mezzi come nel tentativo di identificare il misterioso virus. Utilizzerà tutto ciò che il genio e la fantasia dei suoi medici-detective avevano concepito e inventato per obbligare certe cellule a rivelare la presenza degli agenti che le infettavano. Ogni campione biologico, ogni secrezione, ogni goccia di sangue, di sperma, di urina arrivati nei pacchi postali degli investigatori verranno sottoposti al vaglio dei microscopi, dei reagenti, dei computer, delle centrifughe, dei contatori elettronici.

Con gran sollievo della famiglia, inorridita dalla natura della sua missione a New York, a fine ottobre Martha Rogers era tornata ad Atlanta per organizzare e coordinare la ripartizione degli elementi dell'inchiesta raccolti sul posto, tra le innumerevoli branche del CDC. I diversi laboratori che davano la caccia ai virus dell'herpes si misero subito al lavoro. Uno di essi era specializzato nel rilevamento e lo studio dell'herpes simplex, una varietà del virus che attacca soprattutto le mucose degli organi genitali e genera talvolta lesioni talmente devastanti da essere mortali. Si tratta di un virus che aggredisce anche i polmoni, l'apparato digestivo, e perfino il cervello e le fibre nervose. Un altro laboratorio si dedicava esclusivamente allo studio del famoso citomegalovirus così diffuso tra gli omosessuali. Pur rivelandosi quasi sempre benigno, studi recenti avevano peraltro accertato i suoi inquietanti legami con il sarcoma di Kaposi. Temendo che un'inesplicabile mutazione fosse all'origine della sua improvvisa virulenza, i ricercatori si affrettarono a fare una massiccia coltura dei prelievi d'urina inviati da Martha Rogers. Speravano che lo studio comparato di quei virus da allevamento e di vecchi ceppi dello stesso virus immagazzinati nei congelatori del CDC potesse fornire un indizio.

Un altro laboratorio, specializzato in un virus che aveva il nome dei due scienziati britannici che l'avevano scoperto, si accanì a dimostrare la sua colpevolezza. Si sapeva che il virus di Michael A. Epstein e di Y. Barr è responsabile della mononucleosi infettiva. Si sapeva altresì del suo rapporto con certi tipi di cancro dei linfonodi, del naso e della gola. Un quarto laboratorio che invece lavorava sul virus della varicella, malattia benigna nel bambino, ma che nell'adulto può provocare quel terribile herpes zoster che colpisce perfino gli occhi, si dedicò a un'identica ricerca. Dal canto suo la divisione delle malattie parassitarie si dedicò al sistematico esame dei microrganismi suscettibili di trasmettere la pneumocistosi, e alla ricerca degli innumerevoli parassiti che in molti casi possono attaccare pericolosamente il sistema nervoso centrale, provocando malattie come la toxoplasmosi, l'aspergillosi e la criptococcosi. Altri gruppi che studiavano soprattutto le infezioni amebiche e le epatiti s'interessarono ai microbi e ai batteri rilevati nella patologia dei malati interrogati.

Fu un titanico sforzo che durò più di otto settimane ma che doveva rivelarsi infruttuoso. Anche se la presenza di innumerevoli agenti infettivi fu evidenziata diverse volte, di per sé nessuno poteva essere giudicato responsabile dello scatenarsi dello strano flagello. Non riuscendo a scovarne il colpevole, i medici-detective di Atlanta gli inventarono almeno un nome, GRID, le quattro iniziali di una perifrasi un po' barbara, *Gay Related Immuno Deficiency*, deficienza immunitaria collegata all'omosessualità.

Molti medici curanti e infermieri che avevano avuto a che fare con quella malattia particolarmente orribile gli preferirono, quell'autunno, una denominazione più immaginifica. La chiamarono *The Wrath of God*, la Collera di Dio.

# 20

*Bethesda, Maryland, USA – autunno 1981*
*Indifferenza verso "una strana epidemia da finocchi"*

Se ne conoscono circa un migliaio. Sono i più accaniti nemici della creazione divina. Da quando il mondo è mondo, i virus – queste minuscole particelle di morte – hanno annientato più uomini, animali e vegetali di tutte le catastrofi naturali e i conflitti della storia messi insieme. La pelle mummificata di Ramsete II, butterata dal vaiolo, dimostra come già fossero devastanti nella più remota antichità. Bisognerà aspettare il nostro secolo e la padronanza delle tecniche d'indagine cellulare per individuare quei corpuscoli infinitamente piccoli. Incapaci di riprodursi da soli, per sopravvivere hanno bisogno della complicità delle cellule che aggrediscono. Li attira tutto ciò che è vivente, nessuna cellula si salva dalla loro avidità. Da quando, nel 1952, due biologi americani hanno scoperto che il materiale genetico di questi portatori di morte si compone di acidi nucleici analoghi a quelli delle cellule sane, lo studio dei virus – la virologia – ha fatto fare un balzo prodigioso alla biologia molecolare, la giovane scienza che si sforza di scoprire i misteri della vita.

L'immagine e il campo d'azione dei virus sono innumerevoli come le famiglie cui appartengono. A essi viene attribuito più del sessanta per cento di tutte le malattie infettive. Aggrediscono quasi tutti gli organi e tutte le funzioni. Tra quelli che provocano i danni più correnti, c'è per esempio il grazioso papovavirus a forma di diamante intagliato, responsabile sia delle semplici verruche che di ripugnanti tumori cancerosi; c'è anche l'adenovirus delle infezioni respiratorie con le sue sei piccole antenne che incastonano un bel nocciolo sfaccettato, il temibile virus dell'herpes a forma di ruota dentellata; il poxvirus del vaiolo contenuto in una custodia merlata, il rhabdovirus della rabbia peloso come un bruco, e, microscopico sole, il myxovirus dell'influenza e degli orecchioni. Si trova anche un virus particolarmente piccolo a forma di losanga, il poliovirus, responsabile dell'ultima grande epidemia che aveva terrorizzato l'America e una parte del mondo prima della comparsa dell'AIDS, la poliomielite.

Il dottor Jim Curran e i suoi medici-detective del CDC erano troppo giovani per aver personalmente partecipato alla lotta contro la poliomielite, ma conoscevano tutte le diverse fasi dell'incubo che aveva preceduto la vittoria finale. Nel momento in cui ricevevano diecine di SOS per un nuovo flagello, lo spettro della terribile estate americana del 1953 diventava per loro un drammatico esempio. Un'estate di panico. Il poliovirus aggrediva le sue vittime attraverso le vie intestinali o respiratorie. Qui si moltiplicava prima di andare a invadere, nei casi più gravi, il sistema nervoso centrale distruggendo al suo passaggio i neuroni motori del midollo spinale e del cervello. Interi fasci muscolari si fondevano o scomparivano a vista d'occhio. I sessanta chili di un adolescente potevano ridursi della metà in meno di una settimana. I primi sintomi della malattia si manifestavano con una rigidità della parte inferiore del dorso e del collo. Seguiva poi uno stato di stanchezza generale accompagnato da nausee, ronzii all'orecchio, disturbi motori nelle membra. Dopo di che comparivano violenti dolori in tutto il corpo e febbre alta. Questi ultimi sintomi confermavano il temibile verdetto.

Ogni settimana i giornali pubblicavano le statistiche. In sei mesi il poliovirus aveva stroncato circa cinquemila americani. Ufficialmente le vittime ammontarono in poco tempo a sessantamila. Non erano tanto le cifre a terrorizzare, quanto il fatto che non si potesse mai prevedere dove e quando si sarebbe manifestata l'epidemia. Si sapeva soltanto che prediligeva i bambini. Veniva chiamata "paralisi infantile" e faceva impazzire d'angoscia i genitori. Quell'estate gli ospedali americani si erano riempiti di migliaia di corpicini inerti davanti ai quali la scienza medica si riconosceva tragicamente impotente. La sola cura per attenuare gli effetti della malattia consisteva nell'iniettare la gammaglobulina, un estratto del sangue che contiene anticorpi. Ma le riserve erano talmente ridotte che si era dovuto limitarne la somministrazione alle donne incinte e alle persone sotto i trent'anni che potevano essere state contaminate. A New York l'assedio dei genitori al dipartimento della Sanità per ottenere fiale di gammaglobulina per i propri figli durò ventisette ore. Nell'intento d'impedire gli abusi e il mercato nero, la distribuzione era stata affidata agli incorruttibili dell'Ufficio della mobilitazione nazionale. Ma la speranza riposta nella preziosa sostanza crollò nel giugno 1953 quando venne pubblicato un articolo scientifico che ne dimostrava l'inefficacia.

Se certe vittime della poliomielite avevano potuto essere salvate, quante altre ne erano morte? Senza contare quelle che restavano con tutte le membra paralizzate, o potevano muovere un solo braccio, le dita di una mano, o soltanto gli occhi. L'America aveva scoperto nei giornali le fotografie di quei piccoli martiri zoppicanti tra due stampelle, le gambe morte sostenute da stecche metalliche, o rannicchiati tra i braccioli di una poltrona a rotelle, colorito livido, lineamenti tirati, sguardo spaventato, il corpo inerte parzialmente nascosto sotto una coperta. Altre immagini avevano mostrato alla nazione incredula quei cassoni a forma di bara dove alcune vittime del poliovirus lottavano contro la morte in un polmone d'acciaio.

Fu un periodo di gemiti, di pianti, di rivolta, prima della rassegnazione. Improvvisamente, a metà di quella crudele estate, un medico sconosciuto aveva ridato al Paese un po' di speranza. Il dottor Jonas E. Salk, un newyorkese di quarant'anni, figlio di un impiegato nel ramo dell'abbigliamento, annunciava di aver ottenuto in laboratorio la formazione di anticorpi contro tre varietà del virus della poliomielite. Partendo da questo risultato, aveva messo a punto un vaccino che aveva sperimentato su se stesso, sulla moglie e i tre figli prima d'inocularlo a centosessantuno bambini. Da un giorno all'altro, la foto di quell'uomo semicalvo e con le orecchie a sventola era comparsa sulle prime pagine di tutti i giornali.

Jonas Salk era diventato il personaggio più celebre degli Stati Uniti, il benefattore adulato di una nazione traboccante di riconoscenza. Anche se in seguito altri scienziati scoprirono nuovi vaccini più efficaci contro il poliovirus, Jonas Salk sarebbe rimasto nella Storia come colui che era riuscito a cancellare l'incubo.

L'instancabile ometto che quella mattina del settembre 1981 attraversava al volante di una macchina a noleggio i lussureggianti boschi autunnali del Maryland non aveva dubbi: ventotto anni dopo il dramma della poliomielite, un flagello altrettanto tragico si stava abbattendo su un'America ancora inconsapevole. Nel portadocumenti posato accanto a lui si ammucchiavano tutte le prove che aveva riunito con i suoi segugi di Atlanta: rapporti di analisi, microfotografie, diapositive, bilancio dei duecentocinquanta interrogatori del "Protocollo 577". « Come epidemiologo la mia prima missione era di convincere d'urgenza i ricercatori e i laboratori che si trattava effettivamente di una nuova epidemia » racconterà, « e che per trovarne quanto prima il colpevole, tutti noi dovevamo impostare realisticamente i nostri lavori. »

Jim Curran era un uomo che andava diritto allo scopo, oltre che un pragmatico. Ai sedicenti dogmi della ricerca medica preferiva la semplice vecchia filosofia del celebre fuorilegge dell'ovest americano, Willy Sutton. « La sapete la teoria di Sutton? » era solito chiedere. A quelli che ignoravano la risposta, spiegava con un sorriso malizioso: « Quando gli chiedevano perché svaligiasse le banche, Willy Sutton rispondeva: "Perché i soldi sono lì". » Per il capo dei medici-detective di Atlanta, "lì" voleva dire lo sperma e il sangue degli omosessuali americani.

In quell'autunno del 1981 la logica del suo ragionamento non aveva ancora suscitato la minima eco nel mondo dei ricercatori né tra i funzionari di Washington che dovevano assegnare i finanziamenti. Per il momento, la direzione del prestigioso "New England Journal of Medicine" non aveva neanche ritenuto opportuno riferire nelle sue pagine le varie grida d'allarme lanciate dai primi testimoni dell'epidemia nel modesto rapporto settimanale del CDC. Dal canto loro, i grandi giornali e gli altri mass media, di solito ghiotti di scoop riguardanti la medicina, erano di una sorprendente discrezione. Come se quella malattia fosse un vergognoso castigo riservato a una minoranza colpevole. D'altro canto, perché allarmarsi? Grandi personalità scientifiche non predicevano forse che se i soggetti a rischio avessero sospeso l'uso dei famosi *poppers* e diminuito l'attività sessuale, con ogni probabilità l'epidemia sarebbe scomparsa come era venuta?

Essendo in perfetto disaccordo con tale pronostico, quella mattina d'autunno del 1981 il dottor Jim Curran si era perciò messo in viaggio, per recarsi nel più vasto complesso medico-scientifico che l'uomo avesse mai creato.

Nel campus di centosessanta ettari di Bethesda, una cittadina a meno di mezz'ora dal centro della capitale degli Stati Uniti, in uno scenario campestre di prati, alberi centenari e cespugli di fiori, hanno sede i tredici istituti nazionali incaricati di salvaguardare la salute del popolo americano. Tra gli istituti del cancro, del cuore e dei polmoni, nonché quelli che si occupano di oculistica e di gerontologia, di diabete, di artrite e di malattie della pelle, l'insieme comprende quattro divisioni, undici centri di ricerca, millequattrocentoventi laboratori ultramoderni, un ospedale all'avanguardia, dotato di cinquecentoquaranta letti e la biblioteca medica più importante del mondo, con molti milioni di volumi, più di duemilacinquecento periodici internazionali e una banca elettronica di dati scientifici che uno qualunque dei quattrocentosettantamila medici americani può consultare giorno e notte. Nel campus lavorano a tempo pieno circa quattordicimila persone, tra cui duemilatrecento titolari di diplomi di studi superiori e circa mille medici. Si tratta probabilmente della più impressionante concentrazione di cervelli che esista al mondo.

Questo prodigioso complesso disponeva per il 1981 di un bilancio di circa sei miliardi di dollari, vale a dire il quadruplo di quello delle Nazioni Unite. Un quarto di quella miniera d'oro spettava all'organizzazione che monopolizzava la lotta ufficiale contro *the dread-disease*, quel cancro che terrorizzava l'America. Da quando nel 1971 il presidente Richard Nixon aveva fatto votare una legge il cui obiettivo era l'eliminazione totale del flagello che ogni anno causava la morte di circa un milione di americani, il National Cancer Institute rappresentava la punta di diamante di una mobilitazione senza precedenti.

Nelle proprie sedi o nei laboratori associati, il NCI svolgeva un imponente programma di ricerche volte a scoprire le cause della malattia e a definirne i metodi di prevenzione, nonché quelli diagnostici e terapeutici. Grazie alle sue inesauribili risorse finanziarie, forniva a università, ospedali, centri di ricerca indipendenti, a organismi pubblici o privati di ogni tipo, oltre che a gruppi di medici, i mezzi per realizzare studi specifici. A molti scienziati, sia americani sia stranieri, assegnava borse di studio individuali e sovvenzioni. Collaborava con un'infinità di associazioni, di industrie e di organismi professionali impegnati in attività educative. La manna distribuita dal NCI per la ricerca contro il cancro ammontava ogni anno a diverse centinaia di milioni di dollari, facendo dell'istituto americano il primo animatore e promotore mondiale della lotta contro la malattia. Con la sua banca di dati che raccoglieva, classificava, immagazzinava e distribuiva tutti i risultati ottenuti quotidianamente nel mondo, il NCI aveva infine un ruolo essenziale nella divulgazione delle informazioni, permettendo ai ricercatori e ai medici di tutti i Paesi di tenersi costantemente al corrente dei minimi progressi.

Indiscutibilmente, nell'autunno 1981 non era proprio tutto idilliaco nel campus di Bethesda. Le lotte d'influenza, le rivalità personali, gli interventi politici paralizzavano o seppellivano molte ambizioni. Le promesse di una vittoria imminente e decisiva, regolarmente lanciate dai responsabili, non si erano realizzate, e lo scopo che il piano del presidente Nixon si era prefisso nel 1971, dieci anni dopo sembrava un obiettivo ancora lontano. La malattia-terrore continuava inesorabilmente a popolare i cimiteri. C'erano stati peraltro immensi progressi nella conoscenza dei suoi meccanismi e nei metodi terapeutici, tanto che l'Istituto nazionale del cancro aveva fieramente intitolato uno degli opuscoli destinati a tranquillizzare un'America perennemente inquieta: "1971-1981 - Il decennio delle scoperte".

L'epidemia di pustole cancerose comparse sulla pelle di un numero sempre maggiore di giovani omosessuali faceva sbiadire brutalmente l'attestato di benemerenza di quegli ultimi dieci anni. Dalla metà del 1981, alla divisione del NCI che si occupava di terapie giungevano appelli di medici che segnalavano un anormale aumento dei casi di sarcoma di Kaposi e richiedevano con urgenza mezzi d'intervento. Voci supplichevoli di molti malati si erano presto unite al coro degli SOS. Dopo qualche esitazione, in settembre le autorità di Bethesda avevano finito per prendere contatto con il Centro di controllo delle malattie di Atlanta. Il CDC propose un incontro di tutti i medici che in quel momento avevano in cura malati colpiti dal sarcoma di Kaposi o da pneumocistosi infettiva, le due affezioni che avevano rivelato la strana epidemia.

Quella mattina di fine settembre, il dottor Jim Curran andava quindi a incontrarsi con i primi testimoni del flagello ben presto noto in tutto il mondo sotto il nome di AIDS. Il nostro medico, sia pure abituato alla scarsa esperienza dei suoi colleghi in materia di epidemiologia, doveva serbare di quel confronto un ricordo piuttosto amaro. « Il mio obiettivo era di dimostrare che l'epidemia di pneumocistosi infettiva e quella di cancro della pelle erano le risultanti di un'unica e identica malattia » racconterà. « Nessuno mi volle credere. Per la semplice ragione che i cancerologi non avevano nessuna familiarità con le malattie infettive, e che gli specialisti di malattie infettive non avevano nessuna esperienza di cancro. Gli uni e gli altri non si conoscevano. Era quasi incredibile: chiusi nella loro specialità, rifiutavano di ammettere che manifestazioni così diverse potessero essere originate da una stessa e identica causa. »

Quel primo confronto con la massima autorità americana in materia di ricerca contro il cancro non fu negativo come era parso. Ciononostante, Jim Curran non si faceva molte illusioni. Pur avendo timidamente socchiuso la porta, l'Istituto nazionale del cancro restava una pesante macchina sottoposta al volere di innumerevoli comitati che ne stabilivano la politica e le scelte scientifiche e mediche. Per il momento, nel campus di Bethesda nessuno pensava che fosse il caso « d'impegolarsi in quella piccola epidemia da quattro soldi » mentre c'erano argomenti di studio urgenti e ben più importanti, come il cancro del seno e quello dei polmoni. A entrare in gioco c'erano anche altre considerazioni più sottili. Non si sussurrava forse in certi laboratori che un alto personaggio di Bethesda, anche lui omosessuale, stesse conducendo un'attiva campagna perché la prestigiosa istituzione non s'immischiasse in quella storia?

Ma Jim Curran non era uomo da scoraggiarsi facilmente. Sapeva che nei cubi di cemento del complesso scientifico disseminati tra boschetti di *dogwoods* e cespugli di azalee, c'erano cervelli in grado di risolvere il suo mistero. Al sesto piano dell'edificio numero 37, in mezzo a uno scacchiere di laboratori sperimentali, nell'ufficio 6A09 lavorava un biologo di origine italiana e di grande talento.

Robert Gallo era uno degli scienziati più ambiziosi della ricerca medica americana. Aveva solo trentacinque anni quando nel 1972 era stato nominato capo del Laboratory of Tumor Cell Biology, il laboratorio di biologia delle cellule tumorali, dell'Istituto nazionale del cancro. In quel momento era all'apice della gloria. Identificando il primo retrovirus associato a un tumore maligno umano, Robert Gallo aveva in effetti aperto nuove vie alla conoscenza dell'azione degli agenti microscopici che minacciano la vita umana. La sua scoperta rivoluzionaria era probabilmente fondamentale per l'avvenire dell'umanità come lo era stata, a suo tempo, quella di Pasteur quando aveva isolato il virus della rabbia, o quella di Koch quando aveva scoperto il bacillo della tubercolosi. Ma quello che si chiedeva Jim Curran era come convincere l'eminente scienziato a giocarsi la reputazione, e magari la carriera, in una vicenda che tanti personaggi autorevoli si ostinavano a considerare una « strana epidemia da finocchi. »

# 21

*Bethesda, USA - inverno 1982*
*Un genio che assomiglia a una fiera*

Se ne può essere gelosi, o addirittura odiarlo, ma si finisce sempre per soccombere al suo fascino. Con quel suo sorriso irresistibile, la mascella da grande predatore, la folta capigliatura appena brizzolata, i pantaloni sformati, la cravatta negligentemente annodata, a quarantacinque anni il dottor Robert C. Gallo assomiglia più a un eterno studente che a un grande della scienza. Questo figlio di immigrati italiani è tra i personaggi più affascinanti del campus di Bethesda e forse di tutta la comunità scientifica americana. Dietro gli spessi occhiali senza montatura, il suo sguardo può essere ora arguto ora ridente, o all'improvviso talmente serio da ipnotizzare l'interlocutore più scettico. Seduttore dagli estri imprevedibili, dà l'impressione di riflettere su diverse cose contemporaneamente, ed è ciò che più colpisce in lui. Temuto e adulato dalla piccola consorteria di scienziati internazionali che gli si affollano intorno, egli ha fatto della sua unità di ricerca sui tumori sperimentali uno dei fari della scienza virologica americana e mondiale. Chi ha la fortuna di appartenere alla sua unità, pubblica sulle grandi riviste scientifiche più articoli della maggior parte dei ricercatori di altri laboratori. Lavorare con Robert Gallo offre l'opportunità di trovarsi alle fonti della scoperta scientifica, d'immergersi in un flusso ininterrotto di idee originali, di tuffarsi tra un ribollire di ipotesi e di intuizioni con cui vengono regolarmente a confrontarsi alcuni dei più grandi cervelli del mondo.

Scienziato di genio, ha la forza e l'originalità che gli consentono di spaziare in tutto il mondo, di conoscere personalmente centinaia di altri ricercatori, di accogliere davanti ai microscopi e alle centrifughe dei suoi laboratori i visitatori e spesso i transfughi più validi di altri laboratori. Il gusto della pubblicità, associato a un'insuperata capacità di mettersi alla portata del giornalista meno preparato ha fatto di lui il preferito dei mass media. La disinvoltura hollywoodiana davanti alle telecamere, il dono di saper rendere accessibili a tutti i fenomeni biologici più complessi con dimostrazioni infantili, l'arte consumata con cui ottiene i favori delle pubblicazioni scientifiche contribuiscono a farne un caso a parte nell'ambiente della ricerca medica della nostra epoca. Ma tante qualità non sarebbero bastate a farne un personaggio, se alla fine del nostro secolo non avesse contribuito ad arricchire il patrimonio della conoscenza medica e scientifica con la fondamentale scoperta per cui, nel novembre del 1982, gli verrà conferita la prestigiosa onorificenza del Lasker Award.

All'origine della sua carriera c'era stata una tragedia. La sorella minore alla quale era affezionatissimo si era ammalata ed era morta a tredici anni.

«Non sapevo che Judith fosse malata» racconterà. «Nessuno me l'aveva detto. La malattia era apparsa durante le vacanze al mare. Si manifestò con brividi, febbre, una grande spossatezza. I miei genitori pensarono a una semplice influenza. Una sera, tornando da scuola, mi precipitai in camera sua. Judith non c'era più. I miei genitori l'avevano fatta trasportare all'ospedale universitario di Boston dove allora si stavano sperimentando nuovi farmaci. La domenica dopo mi portarono da lei. Non ero mai entrato in un ospedale. Un'infinità di medici si succedevano al suo capezzale, la palpavano, l'esaminavano come una vera cavia. Le facevano trasfusioni di sangue e interminabili flebo di sostanze chimiche di cui si sperimentavano le virtù curative. Le nausee che le procuravano erano tali che non poteva assorbire più niente. Il suo viso era ogni giorno un po' più incavato. La cosa più impressionante era il colore giallo assunto dalla sua pelle. Aveva finito per assomigliare a una lugubre maschera teatrale. Il suo stato tuttavia migliorò e i medici autorizzarono i miei genitori a riportarla a casa. Andammo a prenderla tutti insieme la domenica dopo. Poi ebbe una ricaduta.

« Un giorno, quando entrai in camera sua, fece uno sforzo per tirarsi su e tendermi le braccia. Ricadde subito, sfinita, sul guanciale. Mi voleva parlare, ma le sue labbra si misero a tremare. Un fiotto di sangue le uscì di bocca. Il trattamento chimico le aveva distrutto le piastrine del sangue e aveva un'emorragia dopo l'altra. In seguito seppi che era stata la terza o quarta malata al mondo a essere curata con la chemioterapia. Ma a quell'epoca non esistevano piastrine sotto forma concentrata per rimediare ai danni provocati dalla nuova terapia. Morì qualche settimana dopo. Soltanto il giorno della sua morte, mentre eravamo tutti in lacrime intorno al suo corpo esangue, sentii pronunciare per la prima volta il nome del male che l'aveva uccisa. La mia sorellina Judith era morta di leucemia. Fu il primo shock della mia vita e segnò la fine della mia giovinezza. »

La tragedia fece piombare la famiglia Gallo in un tale abisso di disperazione che il padre perse quasi la ragione. Trascurando la fabbrica, dove durante la guerra aveva assemblato le lamiere metalliche delle Liberty Ships che trasportavano in Europa i soldati e le armi della vittoria, per mesi si accampò sulla tomba della figlia. Tornato a casa, vagava per notti intere da una stanza all'altra baciando le foto di Judith che aveva appeso dappertutto. Tormentato da un senso di colpa, cercò di trasferire sul figlio l'affetto che non aveva avuto tempo di dare alla figlia, viziandolo oltre i limiti del ragionevole.

Niente poteva placare il dolore del ragazzo e soprattutto la sua rivolta. « Avevo visto mia sorella morire circondata da tutti quei papaveri chini su di lei » s'indignerà, « da tutti quegli scienziati che venivano dai loro laboratori a osservarla come una cavia. Li avevo visti mentre le iniettavano interi flaconi di sangue e dei loro famosi farmaci. Nonostante tutto il loro sapere, non erano riusciti a guarirla. *Non ne sapevano abbastanza.* »

Rendendosi conto della sua frustrazione, un amico di famiglia pensò di aprire al giovane Gallo una via alla quale lui non aveva mai pensato. Il dottor Marcus Cox era lo specialista di anatomia patologica dell'ospedale Saint-Mary di Waterbury, cittadina del Connecticut dove i genitori del ragazzo si erano stabiliti arrivando dall'Italia. Era stato lui a scoprire nelle sue provette l'implacabile malattia di cui era morta Judith. Con il cervello sempre all'erta, curioso non meno che diffidente di fronte alle novità della scienza, rimetteva sempre tutto in discussione. Di un cinismo incisivo, non risparmiava a nessuno le sue critiche. In poche parole, era un maestro ideale per un ragazzo dotato, ma crudelmente deluso dal suo primo contatto con il mondo dei medici.

Quando era al liceo, Robert Gallo passava le vacanze seguendo religiosamente il dottor Cox nel suo lavoro quotidiano all'ospedale Saint-Mary. Grazie alla sua specialità, egli era in condizioni ideali per valutare la competenza dei colleghi: era lui infatti a esaminare i prelievi patologici e a praticare le autopsie. «Non c'era niente che sfuggisse a quello Sherlock Holmes del bisturi e del microscopio» affermerà Robert Gallo. «Poteva dire all'istante se un certo medico avesse curato a dovere un paziente, oppure no. La mia vocazione nacque durante quell'apprendistato. Assai prima di varcare la soglia dell'università, avevo deciso di diventare medico. Ma il feroce giudizio che Marcus Cox dava della professione medica mi distolse tuttavia dall'idea di curare dei malati. Ero sempre furente contro coloro che non erano stati capaci di salvare mia sorella. Ciò che soprattutto volevo, era occuparmi di ricerca, saperne di più, sempre di più per aiutare la scienza a vendicare Judith.»

Vendicare Judith. Un'esaltante ambizione alla quale il giovane Robert Gallo avrebbe peraltro rinunciato iniziando gli studi di medicina. «Ero ancora troppo traumatizzato dalla morte di mia sorella per interessarmi subito all'universo delle cellule. Bastava la parola leucemia per farmi venire la pelle d'oca.» In un primo momento si orientò quindi verso una disciplina priva di risonanze emotive. L'incontro con uno dei più grandi biologi di quell'epoca, il danese Allan Preslav, lo avrebbe ben presto ricondotto verso il suo primo obiettivo. Allan Preslav dirigeva un istituto di biologia cellulare all'università di Philadelphia. Avendo avuto modo di apprezzare i doni di quel brillante studente, lo fece entrare nel suo gruppo.

Robert Gallo si affezionò al nuovo maestro « dall'apparenza così poco scandinava con la sua natura vulcanica, effervescente, appassionata ». Un'estate, il ricercatore gli affidò un esperimento su alcune cellule del midollo osseo, esperimento che si risolse in un fiasco. Il giovane Robert si coprì di vergogna. Ciononostante il primo passo era fatto. Era entrato definitivamente nell'universo delle centrifughe e delle provette. Per farsi perdonare, propose di ricercare le cause per cui i malati polmonari cronici non producono abbastanza globuli rossi. L'originalità dello studio gli consentì di firmare con fierezza il suo primo articolo scientifico. Convinto che quel discepolo avesse tutte le qualità per riuscire, Allan Preslav lo mandò a fare l'internato all'università di Chicago, centro famoso per l'insegnamento della biologia cellulare, vivaio di premi Nobel.

L'ospedale di questa università convogliava da tutta l'America i casi più strani e più disperati, il che permise al giovane interno di fare amicizia con le personalità più diverse come Jesse Owens, l'atleta negro che aveva vinto i cento metri alle Olimpiadi di Berlino davanti ad Adolf Hitler, e la sconvolgente cantante di gospel Mahalia Jackson; oppure d'incontrare la vedova di Enrico Fermi, uno dei pionieri della bomba atomica. La sera e la domenica Robert Gallo abbandonava la giovane moglie Mary Jane e il piccolo Marcus (un nome che era un omaggio al caro dottor Marcus Cox) per chiudersi in un laboratorio e continuare la ricerca sulle cellule del sangue. Per quella sua ostinazione finì col meritarsi uno spettacolare trasferimento al NCI, l'Istituto nazionale del cancro di Bethesda, vicino a Washington, dove venne assunto come ricercatore. Aveva appena compiuto ventotto anni: il suo viso bruno da mediterraneo su cui spiccavano i denti bianchi e appuntiti da giovane lupo, poteva ben illuminarsi di un sorriso di trionfo.

Poiché per il momento non c'era posto in un laboratorio di biologia, Robert Gallo fu assegnato a un reparto dove in passato aveva giurato di non rimettere più piede, il reparto dei bambini leucemici dell'ospedale annesso all'istituto di ricerca. Erano trascorsi sedici anni dalla morte della sorella, sedici anni durante i quali numerose terapie messe a punto proprio nel campus di Bethesda erano riuscite a frenare l'ecatombe provocata dal cancro del sangue. Per una strana combinazione, uno degli artefici di quei progressi era una donna che a suo tempo aveva avuto in cura Judith. Nei suoi archivi aveva una sorpresa per il nuovo venuto. Un giorno gli proiettò una serie di diapositive nelle quali si vedevano i linfociti malati della sua sorellina stroncata dalla leucemia.

Fu un trauma e una rivelazione. Dopo anni d'intimità con i globuli rossi, Robert Gallo decise di scoprire i misteri dei globuli bianchi, quei protettori della vita la cui carenza condanna gli uomini a morire.

La sua scelta coincideva con l'avvento di una nuova era della ricerca medica. C'erano due motivi per cui i ricercatori avevano allora a disposizione nuovi strumenti di conquista. Da un lato i giganteschi finanziamenti che potevano essere dedicati alla lotta contro il cancro da quando le malattie infettive erano state debellate dagli antibiotici. Dall'altro, la rivoluzione recentemente avvenuta nel modo di affrontare la biologia cellulare. Dalla fine degli anni '50, si conoscevano quasi tutti i segreti della vita delle cellule. Si sapeva come farle crescere, coltivare, riprodurre in laboratorio. E soprattutto la padronanza di un banale materiale, la plastica, permetteva ai ricercatori di dotarsi di strumenti su misura per moltiplicare gli esperimenti e ampliare all'infinito il campo delle loro conoscenze. Materia plastica e biologia cellulare si erano coniugate per dar vita all'industrializzazione delle attrezzature per la ricerca, aprendo così a un maggior numero di tecnici e di laboratori nuovi orizzonti di studio.

L'anno che il giovane Robert Gallo passò tra i bambini leucemici dell'Istituto nazionale del cancro fu un'esperienza decisiva. « Alla facoltà di Chicago avevo lavorato solo su cellule fisiologicamente normali » racconterà, « e di colpo mi trovavo di fronte a cellule completamente impazzite, cellule in pieno delirio, cellule suicide.» Appena ebbe il posto in un laboratorio di ricerca, si organizzò. «Avevo la fortuna di trovarmi al centro di un prodigioso serbatoio di cervelli impegnati in una frenetica competizione» dirà. «Mi affrettai ad approfittare di quel vantaggio per stabilire tutta una serie di relazioni professionali. Una partita a tennis con un ricercatore cinese, ex collaboratore di un premio Nobel per la biologia molecolare, doveva aprirmi nuovi orizzonti. "Dammi retta, Bob" mi consigliò un giorno il cinese tra un set e l'altro, "il miglior modo per studiare le cellule cancerose umane è prendere a modello dei tumori animali provocati da virus."»

Virus! Il cinese aveva pronunciato la magica parola che ossessionava tanti cancerologi. Robert Gallo invece alzò le spalle. «Non avevo mai avuto un briciolo d'interesse per la virologia» ammetterà candidamente. «Non avevo mai lavorato con dei virologi. Non sapevo assolutamente niente di quei dannati piccoli dèmoni e trovavo molto ingenuo chi aveva osato farne la propria specialità.»

Eppure, quante speranze aveva suscitato l'ipotesi di un'origine virale di molti tipi di cancro! Da quel giorno del 1910 in cui un americano che si chiamava Francis Peyton Rous aveva annunciato di avere inoculato dei tumori cancerosi ai polli, la fantasia dei ricercatori si era scatenata. Quarant'anni dopo, la scoperta di un virus responsabile della leucemia nei topi confermava la possibile origine virale di certi cancri. Ipotesi sostenuta dagli esperti più autorevoli. Nel 1962, il responsabile del dipartimento delle malattie infettive dell'Istituto americano della Sanità non esitava ad affermare che «il cancro umano può anche essere provocato da virus» e che in tal caso «deve essere considerato come una semplice malattia infettiva». Tale convinzione aveva dato vita a uno speciale programma di ricerche sostanziosamente finanziato.

Da allora un'intera generazione di scienziati avrebbe cercato d'identificare quei microscopici portatori di morte per poter poi combatterli con vaccini appropriati. Debellando la poliomielite, Jonas Salk aveva dato un esempio che giustificava ogni ambizione. Tra i vari centri di ricerca nacque una concorrenza sempre più accanita, che per tutti gli anni '60 fu all'origine di una pletora di sedicenti scoperte sul ruolo dei virus nel cancro umano. Ma furono solo fuochi di paglia. Tutt'al più si era potuto evidenziare che qualche virus era stato un cofattore nel manifestarsi di alcuni tumori. Per esempio, il virus all'origine delle mononucleosi infettive, descritto dai medici inglesi Michael A. Epstein e Y. Barr, appariva coinvolto anche nella formazione di linfomi o del cancro rinofaringeo. Coinvolti altresì i papillomavirus nel tumore del collo dell'utero e il virus dell'epatite B nel cancro del fegato.

In compenso nessuno era mai riuscito a dimostrare la minima colpevolezza diretta di una famiglia del tutto particolare di virus – i retrovirus – che aveva continuato a incuriosire gli scienziati da quando, nel 1910, era stato scoperto il primo retrovirus in un tumore canceroso del pollo. Le modalità d'azione dei retrovirus violano effettivamente tutte le leggi della biologia. Tali leggi, che governano i meccanismi di riproduzione della vita, seguono un processo immutabile perfettamente noto. Al centro del nucleo di ogni cellula si trova un acido nucleico detto DNA[1] che trasmette l'informazione genetica di cui costituisce il supporto a un altro acido detto RNA.[2] Per parte sua, questo secondo acido converte l'informazione ricevuta in proteine specifiche necessarie alla vita e all'attività delle cellule. Poiché i virus convenzionali sono dotati di un sistema biologico analogo, il loro DNA può mescolarsi al DNA delle cellule che essi aggrediscono. Moltiplicandosi, le cellule ospiti riprodurranno automaticamente i virus che albergano. Non possedendo un acido DNA, ma soltanto un acido RNA, i retrovirus sono costretti dal canto loro a fare appello a un intermediario esterno per riuscire a farsi accettare dal DNA delle cellule che vogliono invadere, in modo che esse li possano riprodurre.

Si dovette attendere il 1970 perché venisse scoperto tale in-

[1] Si tratta un doppio filamento di acido desossiribonucleico avvolto a formare una scala elicoidale. Nel 1962 il biochimico americano James Dewey Watson, insieme ai colleghi inglesi Maurice H.F. Wilkins e Francis H.C. Crick, ottenne il premio Nobel per la medicina e la fisiologia grazie alla scoperta della struttura molecolare del DNA a doppia elica (*N.d.A.*).

[2] Filamento d'acido ribonucleico (*N.d.A.*).

termediario.[1] Si trattava di un enzima che fu chiamato "trascrittasi inversa" in quanto permette ai retrovirus di compiere un'operazione inversa rispetto all'abituale meccanismo di riproduzione virale convertendo il loro unico acido RNA in acido DNA senza il quale non potrebbero moltiplicarsi. L'enzima è la "firma" che attesta la presenza di un retrovirus in un organismo. La sua scoperta fornì un incomparabile strumento di ricerca. La semplice individuazione della sua presenza bastava a dimostrare che si aveva a che fare non con un virus ordinario, bensì con un retrovirus.

Robert Gallo vide in quella "firma" biologica lo strumento di cui aveva bisogno per avallare la sua intuizione e mirare a un nuovo obiettivo: dimostrare che i retrovirus esistono non soltanto negli animali ma che aggrediscono anche il genere umano. Questa sua impostazione del problema doveva suscitare uno scetticismo generale nel campus di Bethesda dove nessuno credeva all'esistenza di retrovirus umani. Una delle ragioni addotte dai suoi colleghi sembrava indiscutibile: i più potenti microscopi elettronici non ne avevano mai individuato la traccia in cellule umane malate. Constatazione che poteva rendere perplessi dal momento che quando si manifestava nell'animale, quel tipo di virus proliferava con estrema abbondanza. Con conseguente dogma ufficiale: se i retrovirus avessero aggredito anche l'uomo, già da tempo se ne sarebbe individuata l'esistenza.

L'idea geniale di Robert Gallo fu di considerare l'ipotesi inversa. Perché non immaginare dei retrovirus talmente subdoli e discreti che nessun microscopio era ancora riuscito a individuarli? Insensibile alle prese in giro, il focoso ricercatore si buttò a capofitto. Cominciò con lo studiare tutti i rapporti, articoli, documenti di veterinari e virologi noti o meno che trattavano di malattie inesplicabili e in primo luogo di leucemie manifestatesi in gatti, scimmie, mucche, scoiattoli, e per-

[1] Scoperta realizzata da tre giovani ricercatori americani, David Baltimore, Renato Dulbecco e Howard Temin, e grazie alla quale ottennero il premio Nobel per la medicina nel 1975 (*N.d.A.*).

fino canguri. La sua conclusione fu che nel mondo animale esisteva una quantità di altri retrovirus che non erano ancora mai stati catalogati. La loro attività diventava a volte così segreta che era virtualmente impossibile scoprirli. Perfino la "firma" della loro trascrittasi inversa si rivelava illeggibile.

A Robert Gallo, il "pescatore del mar Morto" non furono risparmiati nuovi sarcasmi e prese in giro. I suoi colleghi non volevano demordere: non esistevano altri retrovirus se non quelli la cui esistenza aveva potuto essere scientificamente dimostrata nel pollo, nel topo e nel gatto. « Se un giorno mi daranno il premio Nobel » dirà più tardi il ricercatore ricordando le sue peripezie, « sarà per tutte le frecciate che mi sono beccato. Non ho partecipato a una riunione, un convegno, una conferenza scientifica senza essere messo ferocemente alla gogna. »

La dimostrazione dell'esistenza di retrovirus umani trovava uno dei principali ostacoli nella reiterata impossibilità d'individuarne la "firma" nelle cellule cancerose. Per quanto il nostro ricercatore mettesse le cellule a coltura, le coccolasse, le circondasse di ogni cura possibile, esse rifiutavano di dividersi e di riprodursi in quantità sufficiente per rivelare una presenza virale nel loro nucleo.

Scoraggiato, Robert Gallo fu sul punto di rinunciare quando la fortuna gli venne in aiuto sotto forma di un articolo scientifico apparentemente di scarso valore. Un laboratorio dell'università della Pennsylvania aveva estratto da una pianta una proteina, la fitoemagglutinina, che agiva in modo sorprendente su certi globuli bianchi. Al suo contatto, i linfociti crescevano bruscamente, si dimostravano incredibilmente attivi e si dividevano. Gallo constatò che quella proteina vegetale stimolava in particolare i linfociti T, i globuli bianchi che devono mobilitare le difese dell'organismo contro le aggressioni esterne. Notò soprattutto che in presenza di tale proteina, quella particolare categoria di globuli bianchi si metteva a secernere una specie di nutrimento cellulare particolarmente dinamico. Chiamò quel fattore di crescita specifico dei linfociti T interleukina-2. Che fosse quello il fertilizzante miracoloso di cui aveva bisogno per obbligare delle cellule umane cancerose a riprodursi in modo massiccio e costringerle a rivelare l'eventuale "firma" di un retrovirus?

Nel 1980, cinque anni dopo che il resto della comunità scientifica di Bethesda ebbe abbandonato ogni ricerca sulla possibile origine virale di certi tipi di cancro, il fratello della piccola Judith annunciava che due ricercatori del suo laboratorio, Bernard Poiesz e Frank Ruscetti, avevano evidenziato il primo retrovirus umano. Le cellule che avevano permesso quel prodigioso risultato provenivano da un gruppo di malati colpiti da una varietà poco comune di leucemia che causava una proliferazione anarchica dei loro linfociti T. Il primo di quei malati, un ex giocatore negro di pallacanestro abitava in una fattoria dell'Alabama; la seconda era una donna, anch'essa negra, che abitava a New York, ma originaria dei Caraibi; il terzo, un marinaio irlandese, che si era ritirato a Boston. Robert Gallo venne a sapere che quel marinaio aveva navigato per gran parte della sua vita nei mari del Giappone e aveva frequentato le case chiuse di Kyushu. L'informazione gli parve particolarmente interessante in quanto, nel 1977, uno scienziato giapponese che si chiamava K. Kiyoshi Takatsuki aveva portato a conoscenza del mondo scientifico diversi casi di una leucemia identica nelle isole meridionali del Giappone. Secondo il ricercatore nipponico, era una leucemia che si trasmetteva attraverso il sangue, il sesso e in modo congenito da madre a figlio. La triplice trasmissione implicava la presenza di un agente infettivo. Poco dopo la stessa leucemia doveva manifestarsi in Africa. Evidentemente quell'agente stava già infettando un certo numero di individui in tutto il mondo.

Robert Gallo gli inventò un nome: HTLV (H per human, umano, T per linfocita T, L per leucemia e V per virus)[1]. L'apparizione di quella sigla di quattro iniziali segnava il principio di una nuova era per la comprensione del meccanismo con cui si sviluppano certi tipi di cancro umani e altre affezioni inesplicabili che decimano l'umanità. Il "pescatore del

[1] *Human T-cell Leukemia Virus* o *Human T Lymphotropic Virus*. Nel 1982, Robert Gallo scoprirà un secondo retrovirus umano della stessa famiglia del primo. I due virus si chiameranno quindi rispettivamente HTLV-1 e HTLV-2 (*N.d.A.*).

mar Morto" poteva risollevare il capo e godersi «la valanga di onorificenze che poco dopo si abbatté su di me e sulla mia équipe invece di tutte le pedate nel sedere che c'eravamo presi fino a quel momento». In particolare, il 19 novembre 1982 gli verrà conferito il Lasker Award, la più prestigiosa onorificenza medica degli Stati Uniti. A darle il nome era stato un re della pubblicità degli anni '20 che aveva lanciato le sigarette Lucky Strike convincendo tutta l'America a fumarle. Quando fu al tramonto, il miliardario americano aveva lasciato perdere le sigarette e la pubblicità per dedicarsi a una lotta appassionata contro il cancro.

Qualche anno dopo, Robert Gallo sarà insignito una seconda volta, cosa mai accaduta, del Lasker Award per i suoi eccezionali lavori di scienziato.

# 22

*Bethesda, USA – inverno-primavera 1982*
*« Per l'amor del cielo, non si adagi sugli allori! »*

Che fosse un oscuro presagio? Un freddo siberiano si era abbattuto sul campus di Bethesda ammantato di neve. Ma quel giorno di febbraio del 1982, l'instancabile dottor Jim Curran avrebbe sfidato i ghiacci polari per andare a prendere la parola davanti al comitato dell'Istituto nazionale del cancro che aveva il compito di assegnare i finanziamenti per la ricerca. Sperava naturalmente di sedurre i finanziatori, ma soprattutto quel personaggio circondato di gloria che era Robert Gallo, anche lui invitato a esporre all'uditorio la rivoluzionaria scoperta del primo retrovirus umano.

Il fascicolo del capo dei medici-detective di Atlanta si era fatto drammaticamente più pesante dopo l'ultimo tentativo di far aderire alla sua crociata i ricercatori di Bethesda. Secondo i registri del CDC, le vittime ammontavano ora ufficialmente a duecentodue. Le più importanti pubblicazioni della stampa medica, con in testa il "New England Journal of Medicine" di Boston e il "Lancet" di Londra, si erano decise finalmente a rompere il silenzio. Cinque articoli firmati da cinque gruppi di ricercatori avevano rivelato che esistevano certe analogie tra le diverse manifestazioni dell'epidemia. Le conclusioni giustificavano ogni timore: in pochi mesi il tasso di mortalità aveva raggiunto il quaranta per cento.

Il primo malato identificato a Los Angeles dal dottor Michael Gottlieb nell'ottobre 1980, quello che veniva definito "l'enigma della camera 516", era morto nel maggio seguente. Anche gli altri casi di cui si era parlato nel rapporto pubblicato dal bollettino settimanale del CDC erano deceduti in seguito alle complicazioni dovute al crollo del loro sistema immunitario. Il giovane attore di Broadway non era riuscito per molto tempo a nascondere sotto il trucco le devastazioni del cancro cutaneo che aveva finito per stroncarlo. Perfino a Bethesda un uomo era morto nella primavera del 1981 nel reparto del dottor Samuel Broder, il giovane direttore del programma di oncologia clinica dell'Istituto nazionale del cancro. In questa unità d'avanguardia sono ammessi solo i casi eccezionali che possano essere utili alla ricerca medica. Sam Broder ricordava ancora inorridito « quel cadavere vivente di trentun anni colpito da infezioni mai viste ». A decesso avvenuto, lui e i suoi assistenti si erano augurati « di non dover mai rivivere una simile tragedia ». Dopo otto mesi di agonia, anche lo steward dell'Air France curato all'ospedale Claude-Bernard di Parigi era deceduto in seguito a un ultimo attacco virale, che questa volta aveva interessato il cervello. « Appena riuscivamo a comprendere le cause di un'infezione, ce n'era subito un'altra anche più grave che rimetteva tutto in discussione. » Ogni giorno il giovane medico faceva la stessa constatazione. « C'era decisamente un abisso tra la nostra attività medica abituale e quella situazione del tutto nuova. »

Dopo dodici mesi di intensa attività, Jim Curran non aveva più dubbi. Solo un virus poteva essere responsabile di quella "nuova situazione". Era questa la tesi che quel giorno andava a difendere davanti ai consiglieri dell'Istituto del cancro. Aveva fatto il viaggio nella speranza di costringerli a dare urgentemente il via a un programma di ricerca nazionale. Per sostenere la sua dimostrazione contava su un unico documento, il quadro statistico che risultava da una diapositiva fatta ad Atlanta, più eloquente di qualunque discorso. Esso rivelava che la principale differenza tra gli omosessuali malati e gli omosessuali sani interrogati dai suoi colleghi del CDC consisteva nel numero di partner sessuali dei primi e dei secondi durante un identico periodo. Per i malati, si trattava di un numero da dieci a dodici volte superiore. Secondo Jim Curran e la sua équipe, quella era la prova indiscutibile della trasmissione di un agente infettivo, probabilmente un misterioso retrovirus che i loro supermicroscopi non erano riusciti a individuare. « Sapevo con che ostilità sarebbe stata accolta la mia ipotesi virale » ammetterà in seguito Jim Curran. « Effettivamente, per i ricercatori e i medici niente è più difficile del dover combattere un virus. »

L'accoglienza delle personalità di Bethesda gli parve fredda come il manto di neve che quel giorno ricopriva la campagna del Maryland. Perfino il proverbiale entusiasmo mediterraneo di Robert Gallo era completamente raggelato. Volgendosi impetuosamente verso il prestigioso scienziato, Jim Curran cercò comunque di farlo sorridere. « Per l'amor del cielo, non si adagi sugli allori » lo scongiurò additando un punto immaginario oltre le pareti della stanza, « le garantisco che laggiù c'è un virus mortale che se ne va tranquillamente a spasso. »

« Quella storia era indubbiamente strana, ma la ricerca non è fatta di cose strane? » dirà più tardi Robert Gallo per giustificarsi di essere rimasto sordo alle suppliche dell'inviato del CDC. « In realtà, la ragione per cui non volevo assolutamente essere immischiato era che mi sembrava una storia a sensazione, con tutti gli aspetti torbidi e un po' ripugnanti che ciò implica. Il CDC aveva fatto una magnifica indagine poliziesca, ma per un laboratorio di ricerca fondamentale come il mio, già impegnato in diversi studi importanti e di lunga durata, era impensabile bloccare tutto per lanciarsi in quella vicenda di omosessuali con innumerevoli partner. »

I medici-detective di Atlanta avrebbero presto scoperto che quel punto di vista era condiviso da quasi tutti i grandi centri di ricerca. A un atteggiamento di principio si aggiungevano considerazioni di ordine pratico. Robert Gallo e la maggior parte dei suoi colleghi sentivano con certezza di trovarsi di fronte a un caso talmente complesso che esistevano poche possibilità di intervenire proficuamente. « I malati sembravano colpiti da tante di quelle infezioni diverse che pareva impossibile trovare la causa precisa della loro malattia » dirà Gallo. « Allora, perché rompersi la testa su un caso insolubile? » C'era infine un terzo motivo, forse più imperioso degli altri, che spiegava il rifiuto dei ricercatori in quei primi mesi di epidemia: la paura. La paura d'introdurre un misterioso agente mortale sotto le cappe dei loro laboratori. Il premio

Nobel David Baltimore, uno degli scopritori dell'enzima trascrittasi inversa, che aveva permesso a Robert Gallo d'identificare il primo retrovirus umano, annunciò che rifiutava di accogliere nel suo laboratorio del Massachusetts Institute of Technology di Boston, il minimo prelievo di tessuto o di sangue proveniente da un malato di AIDS. A tutt'oggi non è ritornato sulla sua decisione.

Quasi tutti i centri americani di biologia molecolare si dimostrarono altrettanto pusillanimi. Robert Gallo difenderà in seguito il loro atteggiamento sottolineando il reale pericolo che rappresenta il fatto d'introdurre in un ambiente di lavoro un agente infettivo la cui azione sia totalmente sconosciuta. « Come sapere se quel virus già così devastante non ti salterà addosso al primo esperimento, se non si trasmette chiacchierando o scambiando una semplice stretta di mano? Inoltre c'erano anche tutti gli altri microrganismi responsabili delle innumerevoli infezioni che avevano colpito le vittime di un'epidemia assolutamente anomala, in seguito al drastico calo delle loro difese immunitarie. Agenti che forse non avrebbero infettato soggetti in buona salute come lei e me. Ma con che diritto assumere il rischio? » A sostegno della sua tesi difensiva, Gallo rivelerà che in passato diversi ricercatori di Bethesda erano morti per contaminazione da virus nei loro laboratori peraltro superprotetti.

Esattamente otto settimane dopo il rifiuto da parte dell'*establishment* di Bethesda, una nota del responsabile della farmacia del CDC informava Jim Curran di un fatto nuovo in grado di capovolgere la posizione della comunità scientifica nei confronti dell'epidemia. Un medico di Denver, nel Colorado, richiedeva l'invio urgente di pentamidina per uno dei suoi malati, anche lui colpito da una gravissima pneumocistosi. A differenza delle analoghe richieste che il CDC, in quanto distributore esclusivo negli Stati Uniti, aveva ricevuto da meno di un anno, questa volta il farmaco non era destinato a un soggetto privo di difese immunitarie in seguito a un trapianto d'organo o a un omosessuale vittima della nuova epidemia. Il malato di Denver che soffriva di quella rarissima forma di polmonite non rientrava in nessuna delle solite categorie. Non frequentava *bath-houses*, non era un tossicomane, non fiutava *poppers*. Era un pacifico padre di famiglia di cinquantanove anni, da sempre vissuto nello stesso quartiere borghese di una città all'interno dell'America, e mai sottoposto alla minima cura immunodepressiva. In poche parole, non c'era niente nel suo organismo che potesse aprire le porte alla mortale invasione parassitaria da cui era colpito. Niente, se non un'anomalia del suo patrimonio genetico che lo esponeva a un particolare rischio di contaminazione. Era emofiliaco.

Quella mattina d'aprile del 1982 la notizia suscitò una vivissima emozione tra i medici-detective del CDC di Atlanta. Jim Curran si rese immediatamente conto di tutte le sue implicazioni. Il malato di Denver apparteneva al piccolo gruppo di americani - erano circa ventimila - che per una scarsa coagulabilità del loro sangue venivano sottoposti periodicamente a trasfusioni di fattori coagulanti allo scopo di evitare emorragie talvolta fatali. Per garantirne la tolleranza e rispettare i regolamenti sanitari americani, questi prodotti sanguigni, messi in commercio all'inizio degli anni '60, dovevano provenire da un gruppo di almeno mille donatori diversi. In realtà quasi tutti gli stock contenevano il sangue di diecimila-ventimila donatori sparsi in tutte le regioni degli Stati Uniti. Con una media di dieci trasfusioni annue, a ogni emofiliaco veniva quindi trasfuso in un anno il sangue di circa duecentomila donatori. Il prodotto veniva peraltro filtrato in maniera rigorosa così da evitare ogni rischio di contaminazione da parte di agenti infettivi come batteri o microbi. I soli elementi viventi che potessero superare ogni barriera erano i virus.

« L'emofiliaco di Denver ci permetteva di superare una tappa decisiva » racconterà Jim Curran. « Ci forniva, quella volta, la prova tassativa dell'origine virale dell'epidemia di AIDS. Ormai nessun ricercatore avrebbe potuto adottare la politica dello struzzo davanti alle nostre affermazioni e alla fondatezza della nostra ipotesi. Tanto più che gli emofiliaci rappresentavano un soggetto di studio particolarmente interessante. Dato che i prodotti sanguigni iniettati erano di origini così diverse, tra gli emofiliaci e i malati sottoposti a trasfusioni sanguigne ordinarie c'era un rapporto analogo a quello che intercorreva tra gli omosessuali con più partner e i gay con rapporti sessuali normali. »

Erano appena passate tre ore dall'appello di Denver, che un medico-detective prendeva un aereo diretto in Colorado. Per dieci giorni il dottor Dale Lawrence sottopose il malato, i membri della sua famiglia e i suoi medici a implacabili verifiche. Controllò minuziosamente tutti i parametri dei bilanci immunologici, prescrisse nuove biopsie polmonari, passò al vaglio tutti i campioni di concentrato sanguigno trasfuso nel paziente durante i cinque anni precedenti. Il suo meticoloso lavoro gli permise di confermare che quel padre di famiglia aveva esattamente la stessa malattia che colpiva gli omosessuali.

Meno di una settimana dopo, il Centro di controllo delle malattie di Atlanta veniva a conoscenza di un secondo caso analogo. Si trattava di un emofiliaco di ventisette anni, originario di una cittadina del nordest dell'Ohio dove aveva sempre vissuto. Il dottor Dale Lawrence riprese l'aereo. Indagando con l'accanimento di un segugio dell'FBI, interrogò tutti i conoscenti del giovane. Parlò con genitori, fratelli, sorelle, ex compagni di scuola, compagni di sport, di lavoro, amichette. Cercò di scoprire se avesse una vita segreta. Frugò nel passato senza trascurare il minimo particolare. Sapendo che gli emofiliaci a volte ricorrono agli stupefacenti per calmare i dolori articolari, interrogò il malato su questo punto. Ma anche quella volta il caso era assolutamente chiaro. Solo le trasfusioni di concentrato sanguigno potevano essere all'origine della malattia.

Il dottor Dale Lawrence era appena tornato ad Atlanta quando una terza notizia esplosiva mise di nuovo in fermento il CDC. Un medico di Westchester County, un sobborgo residenziale di New York, comunicava che una biopsia praticata sui polmoni di uno dei suoi pazienti, un pensionato di sessantadue anni, aveva rivelato una massiccia infezione da *Pneumocystis carinii*, gli agenti abituali della pneumocistosi. Come nei due casi precedenti, anche quel malato era un emofiliaco regolarmente sottoposto a trasfusioni di prodotti sanguigni.

La storia della medicina non ricorderà i nomi delle tre vittime innocenti. Eppure il loro sacrificio « sconvolse completamente i dati della sfida » dirà Jim Curran. Nonostante le terrificanti implicazioni che assumeva all'improvviso l'estendersi del flagello, il capo dei medici-detective di Atlanta era trionfante. La comunità scientifica che aveva disdegnato la sua « strana epidemia da finocchi », sarebbe dovuta finalmente scendere dall'Olimpo ed entrare nell'arena dato che, oltre ai ventimila emofiliaci, circa tre milioni e mezzo di americani erano sottoposti ogni anno a trasfusioni sanguigne. Scoprire l'agente infettivo diventava per il Paese un imperativo prioritario. Ma c'era da effettuare anche tutta un'altra serie di interventi di emergenza: si doveva inventare un test di rilevamento, sottoporre tutta la produzione di sangue e di composti sanguigni a drastici controlli, mettere a punto sostanze e terapie antivirali, oltre che un vaccino. Un compito gigantesco che avrebbe richiesto montagne di dollari e la collaborazione dei migliori cervelli.

I responsabili del centro di Atlanta decisero d'inaugurare quella tappa decisiva dando all'epidemia una nuova denominazione. Sensibili alla giusta indignazione degli ambienti omosessuali che giudicavano infamante l'aver introdotto la parola "gay" nella designazione della malattia nota fino allora come GRID,[1] battezzarono il flagello AIDS,[2] quattro lettere che non molto tempo dopo sarebbero risuonate come la maledizione della fine del nostro millennio.

[1] *Gay Related Immuno Deficiency* - Deficienza immunitaria legata all'omosessualità (*N.d.A.*).

[2] *Acquired Immuno Deficiency Syndrome* - Sindrome da immunodeficienza acquisita (*N.d.A.*).

Seconda parte

# LA VITTORIA DEI MAGHI DELL'INVISIBILE

## 23

*Anversa - inverno 1982*
*Anelli di una catena d'amore per accerchiare il mondo*

Era stata una giovane donna bella, ricca, destinata a tutte le lusinghe di una sorte dorata. Figlia di notabili dell'alta borghesia di Anversa, era cresciuta nell'opulenza discreta di una di quelle case che Rubens aveva tanto amato dipingere. L'alta statura della ragazza e il suo stile sportivo contrastavano con la finezza del volto illuminato da due immensi occhi color pervinca. A diciotto anni, Jacqueline de Decker era uno dei partiti più affascinanti del regno del Belgio. La sua bellezza e il suo rango facevano girare non poche teste. Nell'età in cui le ragazze del suo ambiente sognavano l'ebbrezza delle feste da ballo a fianco di qualche principe azzurro e l'evasione verso le spiagge dorate della Costa Azzurra, ogni giorno lei preferiva chiudersi per lunghe ore in una cappella e ascoltare la voce interiore che la invitava a seguire una vocazione ben diversa.

Convinta che Dio le ordinasse di prendere il velo per andare in India a curare i poveri e i lebbrosi, fece la valigia e andò a bussare alla porta del convento delle Suore Missionarie di Maria. Liete di accogliere quella giovane dell'alta società, le suore vollero offrirle una cena principesca. Ma la scatola di salmone aperta in suo onore era avariata. Durante la notte Jacqueline fu sul punto di morire. Interpretando come un segno quell'avvelenamento, all'alba si trascinò nella stanza della madre superiora e le annunciò che tornava a casa. « Ero decisa a consacrarmi a Dio e a partire per l'India a curare i poveri del Vangelo » dirà, « ma restando nel mondo. »

Un gesuita belga, amico del vescovo di Madras, cercava delle volontarie per creare un centro medico sociale in una miseranda regione del Tamil Nadu. Sette ragazze di Anversa avevano già formato un gruppo al quale Jacqueline de Decker aderì con entusiasmo. I panzer di Hitler che invadevano l'Europa posero bruscamente fine al suo bel sogno. Mentre sul Belgio si abbattevano miseria e sofferenza, Jacqueline e le sue compagne si affrettarono a prendere il diploma d'infermiera ed entrarono nella Croce Rossa. Quattro anni sotto le bombe e negli ospedali sovraffollati costituirono un duro tirocinio per l'ideale di carità della giovane infermiera. Per la sua instancabile dedizione, alla Liberazione fu salutata come un'eroina. Diversi notabili si davano già un gran daffare con i suoi genitori, sognando di dare in moglie ai loro figli quell'angelo vestito di bianco e ricoperto di medaglie. Jacqueline non pensava minimamente al matrimonio. La guerra aveva disperso il gruppetto delle amiche con cui aveva deciso di andare in India a servire i poveri. Molte erano morte sotto i bombardamenti, una era entrata in convento, le altre si erano sposate. Jacqueline rimaneva la sola pronta a partire per la grande avventura. Il 31 dicembre 1946 s'imbarcò su una nave in partenza per Madras.

All'arrivo venne a sapere che il gesuita belga grazie al quale aveva deciso di recarsi in India, era morto proprio il giorno in cui lei aveva lasciato Anversa. Si ritrovò così completamente isolata. Per due anni, indossando come le contadine un sari di cotone, visse in mezzo ai poveri che curò nel dispensario improvvisato di un villaggio vicino a Madras. Accontentandosi ogni giorno di un piatto di riso condito con peperoncino e di qualche bicchiere di tè, dormendo per terra in una casupola fatta di assi e infestata da topi e scarafaggi, unica europea nel raggio di chilometri, Jacqueline de Decker condivise la vita di sofferenza e di privazioni dei contadini senza terra, dei disoccupati, dei tubercolosi, dei lebbrosi. Duro tirocinio, che nonostante una fede a tutta prova sopportava difficilmente nel suo totale isolamento affettivo e morale. Tanto più che la presenza di quella straniera bianca in una simile corte dei miracoli suscitava a volte reazioni ostili.

In un giorno di grande scoraggiamento, andò a piedi fino a Madras per cercarvi il conforto spirituale di un sacerdote. Un missionario le parlò di una suora europea che aveva lasciato il suo convento a Calcutta per fondare un nuovo ordine religioso la cui vocazione era, come la sua, di « vivere nelle bidonville tra i più derelitti, curare i malati e i morenti, educare i bambini di strada, occuparsi dei mendicanti, dare un tetto ai diseredati ». Due giorni dopo la giovane infermiera belga scendeva da un vagone di terza classe nella grande metropoli del Bengala. Dopo diversi giorni di ricerca, trovò infine quello che voleva dalle suore di una missione medica americana che aveva sede a Patna, nella vicina provincia del Bihar. Prima di immergersi nella miseria e nelle sofferenze delle bidonville, la futura Madre Teresa era andata lì per imparare qualche rudimento di pronto soccorso e di cure mediche.

Quella donna minuta di trentotto anni, dal sorriso luminoso, viveva in India già da diciannove anni. Nata a Skopje, allora in Albania, figlia di un ricco imprenditore, Agnes Boiaxhiu era stata chiamata giovanissima alla vita religiosa. A diciotto anni, prendendo il nome di Teresa in omaggio all'umile "fiorellino di Lisieux" per cui nutriva un culto fervente, era entrata nell'ordine irlandese di Loreto. Il 6 gennaio 1929 sbarcava da un battello a vapore su una banchina di Calcutta che, dopo Londra, era la più grande metropoli dell'Impero britannico. Per sedici anni, sotto il velo nero delle religiose della sua congregazione, aveva insegnato geografia alle ragazze di buona famiglia in uno dei conventi più ricercati della capitale del Bengala. Fino a quel 10 settembre del 1946, quando nel treno che la portava per il ritiro annuale a Darjieeling, sulle pendici dell'Himalaya, un nuovo appello di Dio aveva sconvolto la sua esistenza. Una voce le era risuonata nel cuore. « Era un ordine. Dovevo abbandonare le comodità del mio convento, rinunciare a tutto, e seguirLo, LUI, Cristo, nei tuguri, per servirLo attraverso i più poveri dei poveri. »

La sua superiora, l'arcivescovo di Calcutta, tutta la gerarchia ecclesiastica avevano tentato di farla desistere da quel progetto, di convincerla che il nuovo "appello" era probabilmente un'allucinazione dovuta al clima opprimente, alla tensione che regnava nella città devastata dalle sommosse che coinvolgevano le varie comunità durante la lotta per l'indipendenza del Paese. Suor Teresa si era mostrata irremovibile, aveva scritto a Roma e dopo un'attesa di circa due anni aveva ottenuto il permesso del Santo Padre. L'8 agosto 1948 aveva varcato il portone del convento e cambiato l'abito monacale con il sari di cotone meno caro di tutto il bazar. Al dispensario delle suore infermiere americane, il suo primo impatto con la malattia e la sofferenza non era stato molto glorioso. Alla vista del sangue, era svenuta. Ma a poco a poco la sua indomabile volontà e la sua fede l'agguerrirono al punto di poter affrontare le incombenze più penose. La sera, esausta, si ritemprava con la preghiera e la contemplazione, inginocchiata davanti al crocifisso della cappella della missione.

Fu lì che la conobbe Jacqueline de Decker. Un incontro che nessuna delle due avrebbe mai dimenticato. Avevano tante cose da dirsi, tante emozioni da condividere. I duri anni che la giovane belga aveva passato da sola ad alleviare le miserie dei poveri contadini dei dintorni di Madras offrivano a Teresa l'inestimabile frutto di un'esperienza vissuta dall'interno. Dal canto suo, Teresa proponeva a Jacqueline un progetto a lunga scadenza: la creazione di una congregazione religiosa unicamente consacrata al servizio dei più poveri tra i poveri. La sua speranza era di attirare anime generose che desiderassero condividere il suo ideale di povertà. Alcune ex allieve le avevano già fatto capire che si sarebbero unite a lei. Nel frattempo doveva stabilire le regole della nuova comunità, sottoporle a Roma e pregare perché una bolla del papa l'autorizzasse a fondare l'ordine delle suore Missionarie della Carità, che oltre ai tre voti abituali di povertà, castità e ubbidienza ne avrebbe pronunciato un quarto, quello di "mettersi completamente e con tutto il cuore al servizio gratuito dei poveri".

Entusiasta alla prospettiva di vivere il suo ideale non più da sola, ma in mezzo a un gruppo, Jacqueline de Decker aderì immediatamente al progetto di Teresa. Sarebbe stata la sua prima compagna. Ma il destino doveva decidere altrimenti. Mentre si accingeva a seguire la nuova amica nelle bidonville di Calcutta, si ritrovò improvvisamente paralizzata da insopportabili dolori alla colonna vertebrale. All'origine del male c'era forse un trauma subito a quindici anni tuffandosi in piscina. Nonostante le assidue cure, il suo stato si aggravò tanto da far temere per la sua vita. Non molto tempo dopo fu necessario rimpatriarla in Belgio.

Jacqueline de Decker giurò a Teresa di tornare non appena si fosse ristabilita. Sulla nave che la riportava ad Anversa, la sensazione del fallimento fu talmente forte che più volte pensò di buttarsi in mare. "Diventata inutile, non avevo più che un'idea: farla finita. Dio mi aveva chiamata in India e io L'avevo tradito" scriverà più tardi. "Seguitavo a pregarLo, ma non sentivo più la Sua presenza. Se avevo ancora un compito su questa terra, il Signore doveva darmi un segno."

Spiò l'invio di quel segno durante tutti i mesi di sofferenza trascorsi negli ospedali della sua città natale, dove i chirurghi la operarono più volte sottoponendola a quindici trapianti nel tentativo di risparmiarle una paralisi totale. Un vero martirio. Furono mesi di dolori intollerabili, dopo di che si ritrovò imprigionata dalla nuca alle anche in un busto di gesso. Quando si rese conto che non sarebbe mai potuta tornare in India per lavorare con la sua amica Teresa, le scrisse una lettera straziante, il disperato addio di una donna che vedeva svanire il suo sogno, il senso della sua vita.

Un po' di tempo dopo ricevette un aerogramma su carta azzurra con il timbro della posta centrale di Calcutta. In poche righe Madre Teresa le esponeva un progetto unico nella storia dei rapporti tra gli uomini: la creazione di una confraternita che al di sopra delle terre e degli oceani intrecciasse i legami di una comunità mistica tra coloro che soffrono nel corpo e hanno bisogno di agire e coloro che agiscono e hanno perciò bisogno della preghiera degli altri. "Oggi voglio farti una proposta che ti colmerà di felicità" scriveva Teresa alla sua amica belga in quella notte d'ottobre del 1952. "Vuoi essere la mia sorella gemella e diventare una Missionaria della Carità a parte intera? Con il corpo in Belgio, ma con l'anima in India. Unendoti spiritualmente ai nostri sforzi, parteciperai con l'offerta delle tue sofferenze e la tua preghiera al nostro lavoro nelle bidonville. Il nostro compito è gigantesco e ho bisogno di molti operai. Ma ho anche bisogno di anime come la tua che soffrano e preghino per il successo della nostra impresa. Vuoi accettare di offrire le tue sofferenze alle tue sorelle qui in India perché abbiano ogni giorno la forza di compiere la loro opera di misericordia?"

Non era forse quello il segno che attendeva? Jacqueline de Decker accettò con fervore e volle anche reclutare altri handicappati desiderosi di condividere lo stesso ideale. Un ideale che sarebbe riuscito a far convivere i due grandi misteri della fede cristiana, quello del potere redentore della sofferenza, e quello della "comunione dei santi" che aspira a riunire tutte le anime di buona volontà. Nacque così l'Associazione dei malati e dei sofferenti affiliata alle Missionarie della Carità, una catena "i cui anelli d'amore avrebbero accerchiato il mondo come un rosario". Tra i suoi primi membri c'erano ventisette handicappati gravi e incurabili, che intendevano tutti offrire l'agonia del loro corpo perché avesse successo il lavoro quotidiano delle prime ventisette giovani suore - venticinque indiane e due europee - che avevano seguito Madre Teresa nelle bidonville di Calcutta. Trentacinque anni dopo c'erano migliaia di malati, incurabili e invalidi, uniti attraverso la preghiera e l'offerta della loro sofferenza alle suore che si prodigavano nei tuguri, nei lebbrosari, nei dispensari, negli orfanotrofi, nei lazzaretti creati da Madre Teresa in tutto il mondo.

Nonostante l'età e la tirannia del dolore, dal suo modesto appartamento nei sobborghi di Anversa Jacqueline de Decker animava quella comunione universale, raccogliendo ogni mattina le manciate di lettere costellate di francobolli del mondo intero che il postino le aveva infilato sotto la porta.

Una mattina d'inverno del 1982, a suscitare la sua emozione fu una lettera che proveniva da Gerusalemme. Incapace di scrivere, il suo autore, frate Philippe Malouf, l'aveva dettata a uno dei suoi amici.

*Cara Jacqueline, sorella mia,*

*Perché una rosa sia bella, dicono, bisogna a volte sacrificare qualche ramo del rosaio,* cominciava il giovane monaco libanese dell'abbazia dei Sette Dolori di Latroun, in Israele. *Da quando un incidente mi ha tolto l'uso degli arti, non ho sentito salire in me la linfa di quella rosa. Anzi, mi sono lasciato andare a gridare di collera, a singhiozzare di ribellione. Neanche con l'affetto di tutti quelli che mi circondano sono riuscito a superare il mio handicap, a trovare in Dio la forza di accettare ciò che avevo umanamente perduto.*

*Tuttavia, dopo che nella mia camera d'ospedale è venuta a trovarmi una giovane israeliana, anche lei paralizzata e ridotta in una poltrona a rotelle, mi sono sentito pervaso dalla speranza. La ragazza mi ha invitato a brindare "alla vita". Mi ha scrollato di dosso l'amarezza, ha spazzato via la mia rabbia. Ho sentito che dovevo non più subire, ma accettare infine la mia disgrazia, realizzarmi per altre vie. Tuttavia, quando sono tornato al monastero, il mondo è crollato di nuovo, i dèmoni della rivolta hanno ricominciato a tormentarmi. Rivolta contro Dio creatore della vita, rivolta contro i sani intorno a me. Il mio handicap mi distoglieva da tutto ciò che era vivente. Mi rendeva egoista, mi faceva concentrare su me stesso, aboliva tutto il resto. Eppure volevo lottare contro lo sfacelo.*

*Quante volte ho cercato di fare appello alla fede per pensare a Cristo in croce? Una voce allora mi diceva: "Non sprecare la tua sofferenza. Non ti puoi più muovere, non puoi più partecipare al lavoro degli uomini, ma tu hai Dio, e con Lui puoi salvare il mondo...".*

Philippe Malouf raccontava poi che un amico archeologo americano gli aveva portato il numero di "Life Magazine" dedicato a Madre Teresa di Calcutta, dove tra l'altro si parlava dei malati e dei sofferenti che univano le sue Missionarie della Carità a migliaia di volontari in tutto il mondo. Aveva subito scritto alla religiosa che gli aveva risposto con la sua grafia nitida e rotonda. Nelle frasi si alternavano considerazioni pratiche e messaggi spirituali. "Sul suo letto di dolore lei può fare molto più di me che sto in piedi" aveva affermato di primo acchito. Poi, con fermezza, aveva ricordato al giovane monaco che la sofferenza è una scuola di eroismo e di santità.

L'aveva esortato a superare la prova, a offrirla con la preghiera a una delle sue suore. "Ha bisogno di lei per trovare la forza di adempiere il suo compito volto a servire i poveri di Dio." Madre Teresa aveva concluso suggerendo al suo corrispondente di scrivere ad Anversa alla persona incaricata di "maritare" ciascuna delle suore al proprio sostegno spirituale.

Jacqueline de Decker rilesse diverse volte la lettera del monaco infermo e la mise sopra la pila della corrispondenza da smaltire. Poi tirò fuori da un fascicolo un foglio di carta sul quale una responsabile della casa madre delle Missionarie della Carità di Calcutta aveva scritto i nomi delle ultime religiose entrate nella congregazione. Il primo era quello di una ragazza originaria di Benares che era stata destinata a una delle istituzioni in grado di mettere più a dura prova tra quelle create da Madre Teresa, il lazzaretto del Cuore Puro di Calcutta, ultima tappa sulla terra dei moribondi raccolti per le strade della disumana città. Visto il suo doloroso passato, quella novizia avrebbe avuto certamente bisogno di un solido sostegno spirituale. Jacqueline de Decker scrisse il nome di frate Philippe Malouf accanto a quello dell'ex "piccolo sciacallo del Gange". Anziché prendere il nome di un santo o di una santa della cristianità, Madre Teresa le aveva suggerito di conservare nella vita religiosa quello che i genitori le avevano dato alla nascita. La figlia del bruciatore di cadaveri si chiamava adesso suor Ananda, sorella Gioia.

## 24

*Bethesda, USA – estate 1982*
*I "musicisti" dell'edificio 37*

Quel ragazzo alto dalle ciocche ribelli, che arrivava direttamente da Parigi al campus di Bethesda in un'afosa mattina di luglio, non era l'inviato di nessuna autorità scientifica, di nessun gruppo di ricercatori, di nessuna associazione di medici. Solo l'intuito l'aveva indotto a saltare su un aereo e ad attraversare l'Atlantico: voleva convincere lo scopritore del primo retrovirus umano a gettarsi a corpo morto nella lotta contro l'AIDS. Il dottor Jacques Leibowitch, trentatré anni, figlio di un famoso dentista parigino, oltre che attore e cantante di cabaret a tempo perso, aveva esordito nella vita agitando una bacchetta da direttore d'orchestra. Abbandonato rapidamente il leggio per le sue scarse doti musicali, si era ritrovato sui banchi della facoltà di medicina di Parigi. A vent'anni, mentre finiva il secondo anno, un biologo americano amico di famiglia l'aveva invitato negli Stati Uniti per le vacanze estive. Oltre al Nuovo mondo, il giovane Leibowitch aveva scoperto l'universo della ricerca medica. Nessuna delle belle americane di cui ogni sera andava a caccia tra i tavolini all'aperto del café Figaro al Greenwich Village, avrebbe mai immaginato che quel dongiovanni latino aveva passato la giornata ad accoppare ratti per estrarre dal loro fegato le cellule destinate alle ricerche di un laboratorio della New York University. « Un'esperienza illuminante » dirà.

Come Robert Gallo aveva scoperto così crudelmente quando gli era morta la sorella, Jacques Leibowitch tornerà convinto che « per poter curare bene, prima di tutto bisogna imparare in che modo funzionano le cose, conoscere i misteri della vita. » Esisteva una chiave, ed era la biologia cellulare, una disciplina giovane quasi come lui. Laureatosi in medicina a Parigi, ripartirà alla volta di Harvard, negli Stati Uniti, per dedicarsi a tale materia. Due anni infernali passati a coltivare, cucinare e triturare cellule fino alla nausea. Tornato in Francia, andrà a insegnare immunologia all'ospedale universitario Raymond-Poincaré di Garches.

Quando seppe della strana epidemia tra gli omosessuali americani, la fantasia del nostro inguaribile ficcanaso si scatenò immediatamente, facendogli ricordare che qualche anno addietro aveva curato diversi casi analoghi. In particolare gli tornò in mente quello di un immigrato portoghese, Felix Pereira, un camionista di trentadue anni che veniva da Lisbona. Nell'agosto 1977, tre anni e mezzo prima che il dottor Michael Gottlieb scoprisse a Los Angeles il malato della camera 516, i medici parigini avevano già constatato in quel paziente la stessa sorprendente quantità di sintomi clinici: infezione da funghi *Candida albicans* nella bocca e sulla parete dell'esofago, eruzioni cutanee in diverse parti del corpo, tosse secca, ribelle, inesplicabile. In un primo momento quei disturbi avevano indotto Jacques Leibowitch e i suoi colleghi a diagnosticare una polmonite da parassiti *Pneumocystis carinii*. La situazione si era aggravata a causa di ascessi al cervello che avevano comportato serie complicazioni neurologiche. Le diverse manifestazioni del male si associavano a una massiccia deficienza dei globuli bianchi T4 che evidenziava una grave alterazione delle difese immunitarie. Alla fine Felix Pereira era tornato nel suo Paese, dove era deceduto il 10 marzo 1980 dopo un anno di agonia.

Rimasto a quell'epoca del tutto inesplicabile, ora il suo caso si chiariva brutalmente. Non c'erano dubbi: per Jacques Leibowitch «quell'uomo era morto di AIDS». Ma contrariamente ai casi registrati oltre Atlantico, Felix Pereira non era né omosessuale, né drogato, né emofiliaco. Come era stato colpito dalla malattia? Il giovane immunologo parigino si mise in cerca di una pista. Rifece il percorso del malato. Prima di emigrare in Francia, Felix Pereira era stato per cinque anni autista di taxi a Maputo, capitale del Mozambico, e a Luanda, capitale dell'Angola, allora colonie portoghesi. Dopo innumerevoli indagini, Jacques Leibowitch stabilì un rapporto con altri due casi, due donne morte nella stessa epoca a Parigi, vittime entrambe di affezioni analoghe. Aveva finalmente trovato la pista che stava cercando. Se quelle donne non avevano nessun punto in comune con gli omosessuali americani, ne avevano almeno uno con l'autista portoghese: tutte e due erano vissute a lungo nello Zaire, altro paese africano. Angola? Mozambico? Zaire? Più di tre anni prima di dilagare nel Nuovo Mondo, l'epidemia era forse nata nel continente africano?

Parallelamente, Jacques Leibowitch venne a sapere che certi ricercatori avevano individuato in alcuni soggetti africani la presenza dell'HTLV, il primo retrovirus umano scoperto da Robert Gallo. C'era solo un passo da fare per ritenerlo responsabile anche dell'AIDS, sia pure in forma leggermente diversa. L'impetuoso immunologo parigino non esitò a farlo. «Non era affatto un'idea pazzesca» dirà in seguito. «Se il retrovirus HTLV provocava certe leucemie moltiplicando anarchicamente i globuli bianchi, si poteva benissimo concepire che una sottile modificazione genetica del virus potesse invece comportare la morte dei linfociti infetti, come nel caso dell'AIDS. Era una deduzione allettante.»

La sua ipotesi gli apparve ancora più convincente quando scoprì il caso di un giovane geologo francese morto nel 1979 in un'isola dei Caraibi che aveva stretti rapporti con l'Africa. Qualcuno poteva forse sorridere, ma a ventiquattro anni Claude Chardon era arrivato vergine al matrimonio ed era così innamorato della moglie che non aveva mai guardato un'altra donna. Come altri giovani francesi aveva ottenuto di sostituire il servizio militare con la "cooperazione", ossia di lavorare all'estero nella sede di un organismo francese. Inviato ad Haiti, dedicava i suoi fine settimana a scoprire con la moglie le meraviglie di quella perla delle Antille. Un giorno, su una strada piena di tornanti, il loro autista perse improvvisamente il controllo della macchina e andò a sbattere contro un albero. Gravemente ferito, il geologo fu trasportato all'ospedale francese di Port-au-Prince dove fu sottoposto a una immediata trasfusione di sangue. Le otto dosi che gli furono iniettate provenivano da otto donatori indigeni diversi. Morì tredici mesi dopo e solamente in seguito si capì che si era trattato di AIDS.

In quel nuovo caso il dottor Jacques Leibowitch vide una tale conferma della sua intuizione che decise di chiamare immediatamente il 496.60.07 a Bethesda. Gli risposero che Robert Gallo non c'era, ma la sua segretaria, Louise Burkhardt, prese nota del suo messaggio, un messaggio sibillino sotto forma di equazione: « Africa - Haiti - Eterosessuali - Trasfusioni - HTLV = AIDS ». Jacques Leibowitch aveva poi lasciato il suo numero telefonico « caso mai il professor Gallo mi volesse richiamare ».

Il messaggio-rebus aveva fatto centro. Pur essendo ancora riluttante all'idea d'immischiare il suo laboratorio nella faccenda dell'AIDS, Robert Gallo richiamò l'immunologo francese e gli suggerì di andare a trovarlo a Bethesda.

Quel giorno d'estate del 1982, la valigetta isotermica che Jacques Leibowitch posò sulla scrivania dell'illustre scienziato americano non conteneva nessuna delle specialità gastronomiche di cui Robert Gallo era così ghiotto. Niente camembert di Normandia, niente *foie gras* del Périgord, ancor meno *rillettes* di Le Mans, bensì un regalo inestimabile per il capo di un laboratorio di ricerca. Allineata meticolosamente c'era tutta una serie di provette e di flaconi che contenevano un vero tesoro. Prima di partire per l'America, Jacques Leibowitch aveva fatto razzia nei congelatori degli ospedali parigini per procurarsi campioni di sangue di tutti i malati che si supponevano morti di AIDS.

Erano lì le prove del reato, in quella valigia portata al celebre virologo da un anonimo collega. « L'irruzione di quel personaggio pieno di contagioso entusiasmo, e la presenza dei suoi preziosi campioni fecero seriamente vacillare le mie reticenze » ammetterà Robert Gallo. « "Bob, Bob!" mi diceva. "Bisogna far presto! Prestissimo! Lei deve decidersi a fare il grande passo, mettercela tutta, e trovare quel maledetto virus!" »

Mettercela tutta! Come immaginare ragionevolmente che il prudente Robert Gallo si sarebbe precipitato a testa bassa all'inseguimento di un ipotetico virus? Ma il diffondersi dell'epidemia al di fuori della comunità omosessuale e i campioni clinici portati da Jacques Leibowitch finirono per vincere le sue esitazioni. Alla prima riunione di lavoro con la sua "orchestra", avrebbe proposto a uno dei suoi musicisti di decifrare la partitura dell'AIDS.

Quel giorno non c'era un leggio vuoto sotto il livido neon del piccolo auditorio che si trovava al centro del silenzioso universo di congelatori, centrifughe e microscopi dell'edificio 37 del campus di Bethesda. Un universo protetto dove la nozione di malattia, agonia, morte restava astratta come un dipinto di Mondrian, dove si poteva passare un'intera vita a manipolare virus assassini senza mai vedere con i propri occhi il mostruoso spettacolo dei loro misfatti. Un universo a mille miglia dal campo di battaglia, ma un universo abitato da alcuni maghi dotati del potere di salvare più vite di tutti i medici della terra messi insieme.

Il maestro prese il suo solito posto davanti alla lavagna e contemplò l'équipe eterogenea che aveva radunato nel corso degli anni: uomini e donne di ogni età e di ogni origine richiamati dal suo prestigio, tutti uniti dalla stessa folle passione per le invisibili particelle che costituiscono la trama misteriosa della vita. Assomigliavano più a una banda di studenti o di *kibbutznikim* che a un'élite di cervelli, ma era fiero di loro. Stranamente ne facevano parte pochissimi suoi compatrioti. « Alla mistica della ricerca fondamentale i giovani americani preferiscono oggi i mirabolanti stipendi offerti dai laboratori farmaceutici privati e dalle società di biotecnologia » deplorava spesso. I primi violini, i solisti, i tenori, le prime donne erano quasi tutti stranieri: tedeschi, cinesi, finlandesi, francesi, indiani, giapponesi, pakistani, svedesi, ecc. Nella loro specialità, tutti dei veri campioni, o quasi.

Nessuno sapeva studiare a fondo un virus e farne parlare i geni meglio dell'affascinante cinese di trentacinque anni che si chiamava Flossie Wong-Staal. Dottoressa in biologia molecolare, ricercatrice di alto livello, in dieci anni era diventata l'alter ego del maestro e uno dei principali solisti della sua orchestra. Esattamente come Syed Zaki Salahuddin, un pittoresco pakistano senza molti diplomi, ma un tale mago nell'arte di far crescere e coltivare cellule ritenute incoltivabili che dicevano fosse capace di costringere i sassi a riprodursi. C'era anche un altro artista della vita invisibile, il ceco Mikulas Popovic, uno scienziato venuto dal freddo, un genio talmente ossessionato dalla segretezza e dalla paura di essere spiato che aveva trasformato il suo laboratorio in un vero bunker. Per farla breve, non mancavano certo gli ingegni al sesto piano dell'edificio 37. Erano addirittura così numerosi che per il loro maestro non sarebbe stato difficile distaccarne uno dai lavori in corso perché si dedicasse a quel rompicapo rappresentato dal misterioso flagello.

Robert Gallo aspettò che fossero esauriti tutti gli argomenti all'ordine del giorno per svelare le sue intenzioni. Schizzò succintamente un quadro di ciò che si sapeva dell'epidemia e sostenne la tesi di una possibile trasmissione virale. « Il fatto che l'agente dell'AIDS aggredisca gli stessi linfociti del nostro retrovirus HTLV permette di supporre che si tratti di un retrovirus della stessa famiglia » dichiarò. Altre analogie confermavano la fondatezza di tale ipotesi. Recenti lavori sul retrovirus che provoca leucemie rare avevano confermato che anch'esso si trasmetteva per via sessuale e per contaminazione sanguigna, e che inoltre infieriva nei Paesi africani dove erano stati individuati casi di AIDS. La tesi della loro parentela era avvalorata dagli studi del veterinario Max Essex. Specialista della leucemia nel gatto, l'eminente ricercatore dell'università di Harvard aveva constatato che l'agente infettivo di questo cancro del sangue nell'animale era più o meno identico al retrovirus responsabile della stessa malattia nell'uomo. C'era solo una leggera differenza per quanto riguardava l'involucro. « Qualunque sia il numero di retrovirus esistenti in natura, è logico immaginare che essi appartengano a famiglie affini e che quello dell'AIDS sia una variante secondaria del virus che noi abbiamo già identificato » concluse Robert Gallo.

L'eminente scienziato non prospettava a cuor leggero quel

primo passo verso l'epidemia. Quell'estate correvano le voci più incredibili sul pericolo che rappresentava la manipolazione di un virus così misterioso. Sapeva che alcuni centri di ricerca avevano visto calare vertiginosamente il numero dei loro effettivi appena erano arrivati i primi campioni di sangue contaminato. Già, quando nel suo laboratorio si era diffusa la voce che probabilmente i ricercatori si sarebbero dovuti occupare dell'AIDS, non si erano più trovati candidati per certi posti vacanti riservati ai tecnici. Sapeva anche che le condizioni di sicurezza delle installazioni non corrispondevano alle norme ottimali, ma pochi laboratori possedevano allora le costosissime attrezzature di massima sicurezza P4 riservate alla manipolazione di grandi concentrati di virus ritenuti altamente contaminanti. In attesa di meglio, lui e la sua équipe sarebbero stati quindi costretti ad accontentarsi delle loro vecchie cappe da lavoro a flusso d'aria sterile. Robert Gallo prese comunque una precauzione. Ordinò che nessuno si servisse di siringhe o di altri strumenti di vetro, dato che una puntura d'ago, un infimo taglio potevano comportare una contaminazione fatale. Sarebbe stata utilizzata solo la plastica.

Per una ragione che in seguito attribuirà « alla tenace mancanza di una vera motivazione » che quell'estate lo aveva come bloccato, Robert Gallo affidò l'operazione AIDS a un timido biochimico di cinquantadue anni d'origine indiana, più che altro specializzato in compiti amministrativi. Lanciato dal suo capo su una via che si rivelerà erronea, incapace d'intuire il diabolico genio dell'avversario che doveva individuare, praticamente abbandonato a se stesso, il povero Prem S. Sarin fu, suo malgrado, all'origine di un insuccesso che umiliò il celebre laboratorio di virologia.

# 25

*Parigi – autunno 1982 – inverno 1983*
*Uno stilista di moda in aiuto degli uomini di scienza*

Per quanto l'energico medico dalla folta capigliatura ricciuta si desse un gran daffare, i ricercatori francesi dimostravano la stessa indifferenza dei loro colleghi americani nei confronti di quella "strana epidemia da finocchi". Eppure il dottor Willy Rozenbaum conduceva una vigorosa crociata per sensibilizzare i responsabili della Sanità nel Paese di Louis Pasteur. Posto davanti al dramma dello steward dell'Air France – il primo caso ufficiale di AIDS in Francia – aveva preso subito l'iniziativa di creare un rudimentale centro di controllo nel suo padiglione dell'ospedale Claude-Bernard che assomigliava alla baracca di un lager. Cominciò a mettere in guardia tutti gli specialisti di malattie infettive che conosceva: pneumologi, dermatologi, immunologi. Poi si rivolse all'Associazione dei medici gay di Parigi. Quel passo gli lascerà un ricordo piuttosto amaro. « I medici omosessuali mi hanno accolto con diffidenza » racconterà. « Temevano che la politica si appropriasse del fenomeno AIDS. Non c'era magari il rischio che i "benpensanti" si coalizzassero ancora una volta contro l'omosessualità? Come spiegargli che non si poteva continuare a fare la politica dello struzzo, che ci trovavamo di fronte a una malattia mortale e che si dovevano a ogni costo diffondere le informazioni? Fortunatamente con la mia arringa riuscii a ottenere l'attiva collaborazione di coloro che molto spesso erano i primi a constatare i disastri provocati dalla nuova epidemia. »

Parallelamente, il fantasioso Willy Rozenbaum organizzò una sorta di *brain-trust* anti-AIDS con un gruppetto di esperti tra cui figuravano diversi cancerologi. Il caso volle che una delle figure più dinamiche del gruppo fosse Jacques Leibowitch, il giovane immunologo che era andato negli Stati Uniti per convincere Robert Gallo a mettersi finalmente a caccia del virus dell'AIDS. Dal momento che era diventato amico dell'illustre virologo, Jacques Leibowitch consentiva ai colleghi parigini di stabilire un prezioso legame con la ricerca medica americana che aveva a disposizione il miglior potenziale umano e materiale in grado di affrontare un problema così complesso. In Francia, i grandi laboratori che avessero esperienza di retrovirus si potevano contare sulle dita di una mano. Willy Rozenbaum e Jacques Leibowitch li contattarono l'uno dopo l'altro. Adducendo altri lavori in corso, rifiutarono in coro di collaborare.[1]

Il primo medico francese dell'AIDS non si scoraggiò. L'invito dell'Istituto Pasteur perché andasse a parlare dell'epidemia davanti a una quarantina di clinici, virologi e immunologi non significava esattamente che il celebre centro di ricerca fosse stato colto da un subitaneo interesse per quella malattia. L'incontro era stato organizzato da un ex compagno d'internato ben disposto nei suoi confronti. Willy Rozenbaum colse l'occasione per sensibilizzare i ricercatori francesi. Con foga giovanile dipinse a fosche tinte un quadro del misterioso flagello e insisté sul pericolo della sua espansione. Serbando per ultima l'informazione con cui sperava di conquistare l'uditorio, espose minutamente le ragioni che permettevano d'individuarne il colpevole quasi a colpo sicuro. In quel celebre istituto, dove da circa un secolo si erano combattute tante battaglie contro i microbi e le loro devastazioni, pensava che bastasse pronunciare la parola retrovirus perché succedesse qualcosa.

« C'è un retrovirologo in sala? » chiese all'improvviso, squadrando gli astanti.

Non si alzò nessuna mano. I tre principali specialisti che avrebbero potuto rispondere all'appello non erano stati informati della conferenza del dottor Rozenbaum.

[1] Ivi compreso il professor Dominique Stehelin, dell'Istituto Pasteur di Lille, uno dei padri della scoperta degli oncogeni, i geni che permettono la trasformazione delle cellule normali in cellule anormali cancerose (*N.d.A.*).

Con la sua espressione bonaria, le guance rosee, la voce lenta e posata, uno degli assenti faceva pensare più a un notaio di provincia che a uno scienziato animato dalla passione per la ricerca. Direttore dell'unità di oncologia virale all'Istituto Pasteur di Parigi, il professor Luc Montagnier, cinquant'anni, era l'antitesi vivente dell'americano Robert Gallo. Una sola cosa univa i due scienziati: Montagnier, come Gallo, aveva la convinzione che i retrovirus fossero responsabili di innumerevoli malattie umane, tra cui, in particolare, il cancro.

Fin dal 1975 egli aveva creato all'interno della sua unità un laboratorio di ricerca dedicato allo studio dei retrovirus umani. Con due ricercatori, due tecnici e una modesta attrezzatura, era un laboratorio che aveva l'aria di un parente povero se confrontato con il centro di Robert Gallo a Bethesda. Partendo dai retrovirus responsabili della leucemia e di altri cancri nei topi, il piccolo gruppo cercava identici agenti patogeni nell'uomo, in particolare per quanto riguardava il cancro al seno. I suoi lavori non avevano ancora dato risultati.

L'irrompere dell'AIDS sulla scena della virologia mondiale non focalizzò subito l'attenzione di quel piccolo gruppo di ricercatori francesi. I visi sfigurati dalle pustole viola del sarcoma di Kaposi, i polmoni divorati dal *Pneumocystis carinii*, i cervelli distrutti dalla toxoplasmosi, tutto l'orrore che ossessionava i giorni e le notti di Willy Rozenbaum e dei suoi colleghi erano solo una vaga e lontana astrazione per il personale del laboratorio.

Verso la metà di novembre del 1982, due telefonate fecero sì che Luc Montagnier e i suoi collaboratori si ritrovassero al centro della tragedia. Il primo fu un SOS di Paul Prunet, direttore scientifico della branca dell'Istituto Pasteur che si occupava della fabbricazione e della vendita dei vaccini e dei sieri del celebre centro di ricerca. L'alto funzionario temeva che l'agente dell'AIDS potesse contaminare i suoi prodotti. Il vaccino contro l'epatite B recentemente messo a punto dall'istituto conteneva in effetti grandi quantità di plasma comprato negli Stati Uniti e in Africa, due zone in cui il virus assassino colpiva ogni giorno un numero sempre maggiore di vittime. La posta in gioco non poteva sfuggire a Montagnier, il quale promise di riflettere sul problema.

La sua riflessione fu breve perché ricevette una seconda chiamata, questa volta da parte di una giovane e bella donna che in passato era stata sua allieva. Françoise Brun-Vézinet, trentaquattrenne, figlia di un medico generico, dirigeva il laboratorio di virologia dell'ospedale Claude-Bernard, incarico in virtù del quale manipolava per tutto l'anno la maggior parte dei virus responsabili delle patologie infettive che erano la specialità dell'ospedale. Si dava il caso che da diciotto mesi uno dei suoi più solerti fornitori di campioni sanguigni e di tessuti infetti fosse il dottor Willy Rozenbaum, il quale lavorava nello stesso ospedale. Non un solo malato che presentasse i sintomi dell'AIDS usciva dal suo ambulatorio senza che un po' del suo sangue, della sua pelle o dei suoi linfonodi non finisse immediatamente da Françoise Brun-Vézinet. Durante tutto il 1982 si erano entrambi ostinati a scoprire in che misura i diversi virus fossero all'origine della malattia. Con così scarsi risultati che la giovane donna aveva infine proposto al collega di fare appello a Luc Montagnier di cui aveva seguito i corsi sui retrovirus all'Istituto Pasteur. Le sembrava infatti ragionevole associare ai medici che si occupavano in prima persona della malattia un laboratorio di ricerca fondamentale che studiasse i retrovirus.

Il dado era ormai tratto: otto settimane dopo l'America, la Francia entrava timidamente in competizione per scoprire l'agente responsabile dell'AIDS.

Sul finire del 1982, le notizie d'oltre Atlantico non erano tali da indurre all'ottimismo i ricercatori francesi. L'inchiesta segnava il passo. I medici-detective del CDC di Atlanta non erano riusciti a incriminare nessun virus conosciuto. Dal canto suo, il virologo indiano dell'edificio 37 di Bethesda non aveva ancora trovato niente che confermasse l'eventuale colpevolezza dell'HTLV scoperto dal suo capo. Ciononostante, l'équipe dell'Istituto Pasteur intendeva seguire la stessa pista. Ma contrariamente al ricercatore indiano che su ordine di Gallo si era buttato a capofitto sulle complesse manipolazioni di quel tipo di ricerca, i francesi decisero di procedere a piccoli passi. Vollero innanzi tutto conoscere meglio il loro avversario, e da questa scelta germoglierà un'idea originale dalle conseguenze incalcolabili. Poiché era tipico del virus incriminato introdursi nei linfociti per riprodursi al loro interno prima di distruggerli e perire con loro in un medesimo olocausto, era meglio cercare il virus agli inizi che non nella fase acuta della malattia, vale a dire quando con ogni probabilità era ancora perfettamente vivo e attivo, e quindi più facilmente individuabile.

Qualche giorno prima di Natale, un ragazzo biondo che indossava pantaloni e un giubbotto di pelle si presentò all'ambulatorio che il dottor Rozenbaum aveva aperto all'ospedale Pitié-Salpetrière. Per la sua professione, lo stilista di moda Christian Brunetto aveva avuto occasione di soggiornare spesso a New York. Dichiarò senza reticenze la sua omosessualità, ammise di avere un numero non indifferente di partner e di essere stato colpito di frequente da malattie veneree. Ma solo quando si fu sciolto la sciarpa di seta il medico capì il motivo della sua venuta. Christian Brunetto temeva di avere l'AIDS. Alla base del collo aveva un linfonodo grosso come un uovo di piccione. Una visita approfondita rivelò la presenza di altri linfonodi ipertrofici sul resto del corpo. I timori del paziente sembravano giustificati.

« Sarebbe bene fare una biopsia di questo nodulo » gli disse il medico palpandogli il collo. « Il più presto possibile. »

Pronunciando quelle parole, Willy Rozenbaum si rese conto che quel serbatoio di cellulle infettate di recente gli metteva probabilmente a disposizione lo strumento ideale di ricerca da offrire a Luc Montagnier e all'équipe dell'Istituto Pasteur, uno strumento che avrebbe forse permesso di realizzare ciò che Robert Gallo e il suo superlaboratorio non erano ancora riusciti a fare: isolare l'agente responsabile della mortale epidemia.

# 26

*Calcutta – autunno-inverno 1982-1983*
*Un'anticamera coronata di guglie prima della Casa del Padre*

Nessun virus noto o ignoto, nessuna nuova epidemia giustificavano la presenza dei centosettanta uomini e donne che giacevano lì, nella luce trasparente della vecchia costruzione coronata di guglie. Il freddo, dopo la fornace tropicale dell'estate e le cateratte del monsone, portava di continuo altri moribondi, vittime del flagello più antico del mondo: la miseria. A Calcutta erano trecentomila a vivere per la strada, senza nessun riparo, cibandosi di bucce o di rifiuti pescati tra i mucchi di spazzatura. A chi non aveva più famiglia, il lazzaretto di Madre Teresa offriva l'ultima speranza di non lasciare questo mondo come una bestia, di essere curato, di sentire parole compassionevoli.

A pochi passi dal tempio dedicato alla dea Kâlî, la sanguinaria divinità patrona della città, al centro di un quartiere d'induismo militante, c'era la Casa del Cuore Puro, la prima creazione della "santa di Calcutta". Quella mattina di novembre del 1982, la religiosa si preparava a celebrarne il trentesimo anniversario. Per tre giorni, nella piccola Renault bianca guidata dal vecchio autista musulmano Aslan, anche lui un superstite del lungo viaggio al termine dell'orrore, Madre Teresa aveva fatto il giro dei conoscenti locali per invitarli ai festeggiamenti. In un andirivieni ininterrotto, Mercedes e Ambassador deponevano davanti alla stretta porta del lazzaretto cesti traboccanti di verdura, frutta, pesce, carne e dolci, oltre ai pacchi di biancheria e di abiti. Indossando il sari delle feste, le donatrici accompagnavano spesso quelle montagne di regali. Altri doni provenivano da associazioni, club, negozi, industrie.

L'interno dell'ospizio era addobbato a festa. Ghirlande di garofani indiani, mazzi di gelsomini, decorazioni di petali di rosa sul pavimento facevano quasi dimenticare con il loro profumo e i loro allegri colori l'odore di disinfettante e il tremendo spettacolo delle file di corpi rannicchiati sui pagliericci. Nell'anticamera, tra la corsia degli uomini e quella delle donne, la religiosa aveva fatto erigere un altare per la celebrazione della messa. La tovaglia che lo copriva era opera dei lebbrosi di uno dei suoi ospizi. Quel luogo in cui regnava di solito una calma serena era animato come un alveare. Le quattro novizie addette al lazzaretto si dedicavano alacremente alla pulizia mattutina dei ricoverati. Su certi visi, la pelle traslucida degli zigomi era tesa fino a strapparsi. Alcuni corpi giacevano rigidi quasi prefigurando la morte, e gli occhi stralunati nelle orbite incavate sembrava che già guardassero l'altro mondo. Le bocche di altri malati restavano spalancate in uno strano sogghigno. Qualche mano si tendeva al passaggio delle suore, in cerca di un contatto amorevole, ma anche in un saluto riconoscente.

Quei relitti erano stati raccolti lungo i binari di una stazione, sui gradini di un tempio, sull'orlo di un marciapiede, lungo la strada. Nessun ospedale li avrebbe accettati. Quasi tutti erano poveri contadini che le catastrofi climatiche, frequenti nella regione, avevano un giorno sospinto verso la città miraggio. Il trauma era stato tremendo. L'aria inquinata, la mancanza di un tetto, il vivere accampati alla meglio su un pezzo di marciapiede tra gli insetti e i ratti, l'acqua infetta delle rare fontane, gli sbalzi di temperatura tra il giorno e la notte, la necessità di diventare bestie da soma e tirare carichi disumani per guadagnare quanto bastava appena per sopravvivere ancora un giorno, avevano vinto la resistenza della maggior parte di quegli sventurati. Un giorno erano crollati per non rialzarsi più. Privi di ogni difesa immunitaria a causa della denutrizione, non avevano potuto resistere agli attacchi della tubercolosi, della dissenteria, del tifo, del colera. Non essendo più sostenuta dai muscoli, la loro pelle si screpolava, poi finiva per cadere a brandelli, mentre il corpo si riempiva di piaghe infette. Finché non veniva a mancare il fabbisogno energetico del cervello, quei relitti disintegrati riuscivano a parlare, a gemere, a supplicare. Ma ben presto cadevano in uno stato di sonnolenza interrotto da fremiti convulsivi, fin quando, stroncati, quei cadaveri viventi sprofondavano nel coma. Da dieci a quindicimila indigenti di Calcutta morivano così ogni anno tra l'indifferenza quasi generale. Nel 1982, il loro numero era da trenta a quaranta volte superiore a quello delle vittime dell'AIDS in Occidente.

Tali cifre rappresentavano solo una realtà approssimativa, giacché Madre Teresa strappava migliaia di moribondi all'oblio dei marciapiedi. In quella mattina di festa, un numero scritto nel registro delle ammissioni rivelava meglio di qualunque discorso l'entità della sua opera di salvataggio. All'alba, un camion della nettezza urbana aveva portato l'ultimo indigente raccolto a partire dal 1952. Era il numero 52.410.

Il gruppo incaricato delle cure ai malati si era arricchito quell'autunno di una nuova recluta. Ananda, l'ex "piccolo sciacallo del Gange", aveva intrapreso il secondo anno di noviziato. Con una buona volontà e un coraggio che suscitavano l'ammirazione di tutte le sue compagne, la ragazza aveva superato a una a una tutte le difficoltà. Ora sapeva parlare, leggere e scrivere in inglese, quanto bastava per poter partecipare pienamente alla vita della comunità. Si era piegata all'implacabile disciplina delle Missionarie della Carità e all'austerità della loro esistenza. Aveva imparato ad alzarsi alle quattro e mezzo del mattino per leggere il libro di preghiere e cantare barcollando dal sonno i salmi dei profeti.

Ma la metamorfosi della giovane intoccabile era impressionante, soprattutto dal punto di vista spirituale. Tenera e paziente, suor Bandona, la sua benefattrice di Benares, si era impegnata a fondo per farle scoprire i valori della vita religiosa, per farle intravedere la grandezza di quel Dio d'amore di cui presto sarebbe diventata la "sposa". Non era stato facile convincere una giovane indiana a negare la fatalità di un *karma* maledetto, aiutarla a liberarsi dalla corazza di disprezzo e d'impurità di cui si sentiva irrimediabilmente prigioniera, convincerla che il Dio del Vangelo l'amava quanto e forse più di tutte le altre Sue creature, e che lei non doveva temerLo, bensì abbandonarsi alla Sua misericordia. Per portarne a compimento l'educazione, una mattina Bandona attraversò a piedi la città con la sua protetta fino alla porta del lazzaretto del Cuore Puro.

## Racconto di suor Gioia, l'ex piccola lebbrosa di Benares

« Quando sono entrata nella grande corsia piena di moribondi, ho provato un'immediata repulsione. Ho avuto voglia di tornare indietro e di scappare. Bandona mi ha trattenuta per la mano. "Non aver paura" mi ha detto, "tutti questi uomini sono nostri fratelli. Tu sei la loro sorella. Hai il diritto di toccarli, di servirli, di alleviare le loro sofferenze. Gesù ama ciascuno di loro con lo stesso amore con cui ama te." Ma io vedevo già negli occhi di alcuni di loro che mi avevano riconosciuta. Erano dei brahmanici e di certo avevano visto che io, invece, ero una paria. Mi avrebbero respinta, picchiata, sputato in viso. Ne ero sicura. Nella corsia c'erano delle suore e delle volontarie che ripulivano i pagliericci dagli escrementi. In un angolo ce n'erano altre che lavavano e rivestivano un morto. Di sicuro mi avevano portata lì per fare quegli sporchi lavori. Ah, che colpo! Improvvisamente tutto il mio passato d'intoccabile mi ripiombava addosso. Volevo scappare. Bandona ha cercato di farmi ragionare. Mi ha fatto vedere un povero scheletro tutto ripiegato su se stesso come un feto. Era un indù. Respirava appena. E lei mi ha detto: "Guarda quell'uomo. E di' a te stessa che stai vedendo Cristo."

« A quel punto è arrivata suor Paul, la responsabile del lazzaretto. Bandona le ha parlato in bengali e suor Paul mi ha sorriso. Mi ha presa per mano e mi ha chiesto di accompagnarla nella corsia delle donne. Emanava da lei una forza così tranquilla e rassicurante che ho avuto voglia di seguirla. Ho salutato Bandona. Da quel momento il lazzaretto del Cuore Puro è diventato la mia nuova casa.

« Suor Paul ci lavorava da quattordici anni. Era una donna

robusta che veniva dal sud. Le piaceva ridere e cantare. Ogni tanto si fermava tra due malati, prendeva il rosario e recitava una diecina di Ave Maria. Non c'era nessuno come lei per farti dimenticare che quasi tutta quella gente era lì per morire. Aveva l'aria di conoscere ciascuno personalmente e non passava mai accanto a qualcuno senza toccargli le mani e dirgli qualche parola. Non c'era bisogno che si sforzasse, perché appena appariva c'erano tante mani che si alzavano spontaneamente verso di lei. I morenti la chiamavano *Mâ*, Madre. Suor Paul sosteneva che quel contatto fisico guariva più di tutte le cure mediche, che quel modo di dare amore a degli sventurati che forse non erano mai stati amati in vita loro era più efficace delle iniezioni. Aveva ragione. Anch'io l'ho constatato più di una volta. Il semplice tocco di una mano, il suono di una voce premurosa potevano avere un effetto miracoloso. Ma non sempre funzionava. Certi morenti si chiudevano in un silenzio totale e preferivano tenere gli occhi chiusi, come se, avendo perduto il gusto di vivere, non volessero vedere più niente della vita. Che tremenda impressione!

« Quasi sempre si ignorava tutto di quelle persone: passato, dialetto, religione, età. Qualcuno ce le aveva portate, e basta.

« Un giorno è venuta una signora in taxi per affidarci uno di quei disgraziati. L'aveva trovato dalle parti della grande stazione di Howrah. Era tutto macchiato di lubrificante. Aveva la pelle che se ne andava a brandelli, e sotto si vedevano apparire grandi placche bianche. Non doveva avere più di trent'anni e non pronunciava che una sola parola: "Pakistan". È morto dieci giorni dopo senza aver detto altro. Suor Paul sapeva intuire d'istinto l'origine di un moribondo sconosciuto. Le bastava un niente: un tratto del viso, l'aspetto generale, un certo modo di comportarsi. Per esempio, il modo di soddisfare i propri bisogni naturali era un indizio rivelatore. Permetteva di identificare quelli che erano vissuti in una capanna o in una casa e che suor Paul chiamava le *house persons*. Gli altri, quelli che avevano conosciuto solo i marciapiedi, erano le *street persons*. I primi domandavano sempre di essere accompagnati al gabinetto, o chiedevano un secchio. Gli altri si insudiciavano senza ritegno.

« Dato che conosceva qualche parola di una quantità di lingue e di dialetti, suor Paul riusciva quasi sempre a risvegliare un ricordo, a ottenere una risposta alle sue domande. A parte i bengalesi, molti dei nostri ricoverati venivano da altre regioni, a volte lontanissime come il Karnataka, il Kerala e il Nepal. Identificarne la religione era difficile. Se mancava ogni segno esterno, la barbetta, per esempio, nel caso dei musulmani, come sapere se un individuo portato lì in coma era indù, musulmano, buddista, o magari cristiano? Era una cosa importante quando morivano, perché i riti funebri e la destinazione dei cadaveri erano diversi. Nel caso degli uomini c'era però un modo per distinguere i musulmani: nel dubbio, suor Paul guardava se il defunto era circonciso.

« Molte persone arrivavano in un tale stato di sfinimento da non poter ingerire nessun cibo. Allora erano necessarie delle fleboclisi d'acqua e zucchero, per evitare che si disidratassero completamente e morissero in poche ore. Suor Paul non disperava mai. "*Babu, babu*, piccolo padre, ti devi sforzare di vivere", diceva piano a quelli che avevano abbandonato la lotta, "solo Dio ha il diritto di riprenderti la vita, tu no. E finché Dio non ha deciso di aprirti la porta del Suo paradiso, devi restare con noi." Le capitava di dover ricominciare tre o quattro volte prima di suscitare una reazione. Ma raramente i suoi tentativi andavano a vuoto. Il primo segno da cui appariva che le sue parole avevano raggiunto lo scopo era un gesto naturale di sopravvivenza: la bocca si apriva per accettare un po' di cibo. Gli occhi, invece, si aprivano solo più tardi. Quella vittoria era per noi un momento di festa. Andavamo subito a prendere degli indumenti puliti per vestire di nuovo il malato, uomo o donna, che aveva infine scelto di vivere. Lo lavavamo, gli tagliavamo le unghie, gli facevamo la barba e gli lisciavamo i capelli, insomma ci curavamo di lui in mille modi possibili.

« Queste "resurrezioni" offrivano il pretesto a festeggiamenti particolari. Una suora o uno dei volontari venuti ad aiutarci si precipitavano al bazar vicino per comprare dei *rasa gula*, squisiti dolciumi al latte molto zuccherati, o un vasetto di *doi*, lo yogurt locale. Capitava anche che suor Paul mandasse a prendere un pacchetto di *bidi*,[1] e lei stessa accendeva la sigaretta e la metteva tra le labbra del suo protetto. Mi sono sempre stupita del benefico effetto di una sigaretta. Sembrava che grazie a essa l'uomo che pochi istanti prima voleva morire, tornasse a varcare la soglia della vita.

« I ricoverati del lazzaretto non erano tutti in punto di morte. Molti erano arrivati da soli con la speranza di trovare un tetto e rimettersi in sesto per qualche giorno, soprattutto all'epoca del monsone. Non era sempre facile capire quali fossero coloro che avevano veramente diritto di precedenza. Bisognava essere sempre vigili, e in quella città di diversi milioni di abitanti dove c'era tanta miseria, il fatto di dare asilo a centosettanta persone rappresentava davvero una goccia d'acqua nell'oceano. Ma come dice sempre Madre Teresa: "Se non esistesse, quella goccia d'acqua mancherebbe all'oceano". Suor Paul aveva trovato un sistema infallibile per individuare gli scrocconi: ne esaminava i capelli. In India, uomini e donne si frizionano i capelli con l'olio di senape e bisogna essere proprio indigenti per non rispettare questo rito. Tutti quelli che avevano tracce d'olio sulla testa dovevano lasciare il posto ai più poveri di loro.

« Benché il lazzaretto del Cuore Puro non fosse veramente un dispensario, ma piuttosto un luogo di ricovero, di riposo e di pace dove attendere la morte, noi avevamo l'abitudine di dare qualche medicina ai più malati e a quelli che pativano dolori insopportabili. Un armadietto metallico conteneva la nostra farmacia e i medici stranieri che venivano ad aiutarci si stupivano sempre dello scarso numero di medicinali che avevamo. Mi hanno detto che esistono circa diciottomila specialità farmaceutiche nella sola Francia. Noi, a Calcutta, utilizzavamo soltanto una diecina di farmaci e qualche compressa di vitamine, di ferro e di minerali per le anemie più gravi.

« Avevamo un registro per annotare i medicinali da somministrare ai malati con l'indicazione del numero che li distingueva. Al lazzaretto, si conosceva ogni persona dal numero

[1] Piccole sigarette artigianali indiane (*N.d.A.*).

del paglericcio. Si diceva: “Il 57 ha strappato la flebo”, oppure “La 24 è morta”. Serbavamo i coperchi delle scatole di tonno inviate da un ente di carità italiano e ce ne servivamo come contenitori per le compresse da distribuire. Chissà come se ne sarebbe meravigliato il loro fabbricante! Il medico volontario indiano addetto al lazzaretto scriveva personalmente le prescrizioni sul registro. In linea di massima veniva due volte alla settimana. Ogni tanto passava anche qualche dottore volontario straniero. Per noi le loro visite erano preziose, perché nessuna delle novizie addette al lazzaretto aveva una formazione medica. Non faceva parte dell'insegnamento previsto da Madre Teresa per le suore e so che certe persone a volte glielo rimproveravano. Fortunatamente c'era suor Paul per istruirci. Lei aveva imparato tutto dopo tanti anni a contatto con migliaia di poveri. Nessuno come lei sapeva infilare al primo colpo la flebo nella vena di un braccio sottile come un fiammifero. Con gente ormai scheletrica, era davvero un'impresa. Per quanto m'insegnasse pazientemente i segreti della sua tecnica, non sono mai riuscita a diventare altrettanto abile. Preferivo le vene dei piedi: si rompono meno facilmente di quelle delle braccia. Ma pare che sia pericoloso per i malati, perché si possono formare dei grumi di sangue e così può partire un embolo.

« Il lazzaretto si animava veramente solo alla distribuzione dei pasti. Su quasi tutti i materassi si vedevano corpi prostrati sollevarsi quando si avvicinavano le marmitte fumanti di riso con il loro profumo di zafferano. Per i volontari stranieri di passaggio era sempre motivo di stupore. Riscoprivano l'importanza di un elemento vitale di cui non si rendevano più conto perché per loro non rappresentava l'angoscia di ogni giorno: il cibo.

« Paradossalmente accadeva che alla fine della loro povera vita fossero molti quelli che non manifestavano neanche più la voglia di nutrirsi, come se lo stomaco gli si fosse chiuso per sempre. Allora si doveva essere molto prudenti perché i primi bocconi rischiavano di provocare nausea, un brutale calo di pressione, diarrea, vomito. Solo piccolissime dosi di un alimento di facile digestione – un po' di riso, una patata schiacciata – suddivise nel corso della giornata, permettevano di far ripartire il motore. A volte non bastavano neanche queste precauzioni. Dopo anni di privazioni, lo shock era troppo forte e c'era gente che moriva bruscamente ai primi bocconi.

« Nonostante questi incidenti, per noi novizie come per i volontari i pasti erano occasioni gratificanti per approfondire i nostri legami con coloro che servivamo. Quasi tutti i ricoverati non avevano più la forza di alimentarsi da soli. Bisognava farli mangiare con il cucchiaio, molto lentamente. Sguardi traboccanti di gratitudine ci ricompensavano della nostra pazienza. Mi hanno sempre fatto pensare che l'atto che compivamo fosse forse più importante del cibo in se stesso.

« Stranamente dovevo constatare che gli uomini erano molto più sensibili delle donne ai nostri gesti di tenerezza; apprezzavano di più il fatto di essere coccolati, circondati da affetto. Di conseguenza erano anche più esigenti, più difficili; volevano più attenzioni, più cure. Mentre le donne sembravano meno toccate dalla nostra compassione. Erano anche più dure, più resistenti alla sofferenza. Suor Paul spiegava questo fenomeno con il fatto che nel nostro Paese le donne sono abituate fin dall'infanzia ai lavori più faticosi, e che viene loro inculcata l'idea di una sottomissione totale alla volontà e ai capricci maschili. È un'educazione che ne rafforza il carattere, mentre le cose troppo facili infiacchiscono quello degli uomini.

« Al lazzaretto le giornate erano lunghe, spesso spossanti, ma non mancavano quasi mai le soddisfazioni. Che felicità vedere che dopo tante cure un moribondo finiva col sollevarsi, come resuscitato, sorridente, e poi un giorno salutava inchinandosi e se ne andava camminando, senza aiuto. Soprattutto quando si trattava di un adolescente arrivato qualche settimana o qualche mese prima in uno stato di denutrizione che non lasciava speranze. Ma suor Paul stava attenta che questi miracoli quotidiani non ci distogliessero dal nostro compito fondamentale, quello assegnatoci da Madre Teresa: aiutare i nostri protetti a raggiungere in pace la Casa del Padre.

« Gli amici stranieri di passaggio ne erano sempre sorpresi.

Nel lazzaretto la morte era così naturale che sembrava la continuazione della vita. Non c'erano né pianti, né gemiti, né ribellione: solo la serena accettazione del passaggio nell'aldilà. Quello che soprattutto li colpiva era il fatto che apparentemente non ci fosse angoscia. Dicevano che da loro la morte non era vissuta in quel modo, che non osavano mai guardarla in faccia, che era sempre un motivo di ribellione, che aveva l'aspetto repellente di uno scheletro con una falce in mano, che era solamente un'ingiustizia, un terribile castigo, uno scacco definitivo.

« Suor Paul spiegava che in Occidente la morte fa paura perché laggiù la gente non sa dove andrà a finire. Diceva anche che quando si è avuta la fortuna di vivere bene sulla terra e non si crede al regno dei Cieli, è normale che la morte ispiri paura. Invece da noi, in India, la gente è convinta che sarà più felice dopo la morte. Soprattutto i poveri, ai quali Dio potrà solo concedere una vita migliore. In ogni modo, qualunque sia la loro religione, gli indiani hanno una tale fede che accettano la volontà divina.

« Le agonie erano comunque una prova per tutti quelli che lavoravano al lazzaretto, perfino per suor Paul. Lei sapeva d'istinto quando per un moribondo era venuta l'ora. A quel punto veniva trasportato in una specie di alcova tra la corsia degli uomini e quella delle donne, al riparo dagli sguardi di chi passava. Lo lavavamo e lo rivestivamo di un *longhi* nuovo. Suor Paul mandava a prendere al bazar una ghirlanda di garofani indiani che gli mettevamo intorno al collo come in un giorno di festa. Poi ci davamo il cambio al suo capezzale per tenergli la mano, asciugargli la fronte, confortarlo, pregare. Suor Paul aveva un modo particolare di parlare ai moribondi. Si estasiava per la fortuna che avevano "di tornare a casa" e descriveva la vita meravigliosa che li attendeva in Paradiso, a cominciare dalla profusione di cibo che vi avrebbero trovato. Quando i moribondi erano coscienti, posso assicurare che quel discorso li aiutava ad andarsene in pace. Le loro dita ci stringevano le mani con una forza straordinaria, poi la stretta si allentava bruscamente. Era finita.

« La preparazione del morto richiedeva pochi minuti. Avvolgevamo il corpo in un lenzuolo di cotone bianco. Se si trattava di un indù, suor Paul mandava qualcuno ad avvertire uno dei brahmani del tempio vicino dedicato alla dea Kâlî. I becchini della casta dei dom, la casta della mia famiglia, venivano allora a prendere il morto con una lettiga per portarlo al rogo funebre in riva all'Hooghly. Nel caso di un musulmano, suor Paul telefonava a un'organizzazione che si occupava dei defunti senza famiglia. Qualche ora dopo una camionetta veniva a ritirare il cadavere e lo trasportava alla fossa comune del cimitero musulmano di Gobra. Quanto ai rari cristiani, c'era la nostra ambulanza che li portava alla cripta del lazzaretto nel cimitero di Tollygunge, a sud della città.

«È vero, nella Casa del Cuore Puro la morte era solo una formalità. La mia infanzia trascorsa tra il fumo e l'odore dei roghi mi aveva certamente preparata più di ogni altra ad accettarla come tale. Ciò non toglie che a volte, davanti alla crudeltà di certe agonie, mi cogliesse una specie di collera. Non dimenticherò mai quella di un giovane musulmano di vent'anni ridotto uno scheletro, con il corpo coperto di piaghe. Era stato trovato nel gabinetto di un treno proveniente da Madras. La regola era che non ci si ostinasse inutilmente a curare un moribondo, ma io mi ero veramente battuta per tentar di salvarlo. Non so quanti flaconi di siero gli ho trasfuso nelle vene, né quanti antibiotici, vitamine, ferro gli ho fatto mandar giù. Con quelle sue orecchie a sventola e i capelli crespi assomigliava un po' al mio fratellino, quello con il quale mi tuffavo nel Gange per cercare i denti e i gioielli d'oro dei ricchi defunti cremati. Si chiamava Abdul. Ma aveva sofferto troppo: il suo motore non aveva più la forza di ripartire. Restavamo insieme per ore. Non voleva lasciare le mie mani. Mi chiamava: "*Didi*, Grande Sorella".

«Ogni sera, quando per noi veniva il momento di tornare al convento all'altro capo della città, Abdul era colto da una crisi di disperazione. Si aggrappava al mio sari con una forza insospettabile in un corpo così indebolito. "Non mi abbandonare, Grande Sorella" supplicava. Una sera i suoi gemiti mi hanno particolarmente sconvolta. Ho fatto il più grande gesto d'amore che potessi fare per lui. Ho staccato dalla mia spalla il piccolo crocifisso di metallo che mi aveva dato Madre Teresa quando mi ero fatta novizia.

« "Tieni, piccolo fratello" gli ho detto mettendoglielo nel cavo della mano, "è la cosa più preziosa che possieda al mondo. È come se la tua 'grande sorella' restasse con te."

« Il suo viso si è subito disteso.

« "*Didi*, ora te ne puoi andare" ha mormorato.

« L'indomani, quando sono tornata al lazzaretto, Abdul era morto. Teneva il crocifisso tra le mani piegate sul petto. Sono caduta in ginocchio e mi sono messa a singhiozzare.

« Stavo ancora piangendo quando ho sentito su di me la mano di suor Paul. Mi portava una lettera coperta di francobolli stranieri con il mio nome battuto a macchina. Un giovane monaco libanese mi scriveva da Israele. Desiderava offrire le sue preghiere e le sue sofferenze di paralitico per aiutarmi a essere forte e coraggiosa nel mio lavoro di serva dei poveri di Dio. »

## 27

*Parigi - inverno 1983*
*Una buona nottata al caldo per le ospiti dell'assassino*

Christian Brunetto, lo stilista di moda, giaceva tranquillamente addormentato sul tavolo operatorio. Appena il chirurgo ebbe terminato l'ablazione del linfonodo, la dottoressa Françoise Brun-Vézinet, capo del laboratorio di virologia dell'ospedale Claude-Bernard, se ne impadronì per suddividerlo a fettine. Raccogliere il maggior numero di biopsie faceva parte del suo lavoro, che fosse giorno, notte o un fine settimana. Andava in tutti gli ospedali della regione parigina, ovunque un pezzettino di carne prelevato d'urgenza da un malato o da un morto potesse permettere l'immediata diagnosi di un tumore, lo studio di cellule cerebrali ancora calde, la scoperta di un virus responsabile di una malattia del tutto inesplicabile.

La giovane donna mise ciascuno dei frammenti dentro diversi flaconi. Avrebbe mandato i primi due ai laboratori di anatomia patologica e di batteriologia dell'ospedale e si sarebbe tenuta il terzo per i suoi test virologici personali. Quanto al quarto, quello più grosso, era il regalo che con il dottor Willy Rozenbaum intendeva fare al professor Luc Montagnier, di cui aveva seguito i corsi sui retrovirus, e ai suoi collaboratori dell'Istituto Pasteur. Per assicurarsi che il prezioso campione della ghiandola infetta non subisse danni durante il trasporto, l'aveva immerso in una soluzione sterile. Restava un ultimo frammento che non era destinato a nessun esperimento e a nessuna manipolazione. Esso costituiva la memoria del linfonodo infetto prelevato quel giorno allo stilista parigino. Conservato nelle profondità di un congelatore, sarebbe diventato uno dei valori del capitale di una banca di cellule.

Fra un anno, fra dieci anni, forse fra un secolo, scienziati in possesso di nuove conoscenze avrebbero potuto risvegliarlo dal suo sonno glaciale per costringerlo a svelare qualche segreto che le tecniche attuali non consentivano di fargli confessare.

Venti minuti dopo, Françoise Brun-Vézinet posteggiava la sua Alfa Romeo rossa sotto gli ippocastani centenari dell'Istituto Pasteur di Parigi. Se c'era un posto al mondo dove gli uomini erano riusciti a svelare i misteri delle infezioni, era proprio quella fucina di scoperte nel cuore della capitale francese. Lì, tra quei muri, erano state vinte le grandi epidemie, la difterite, il vaiolo, il colera, il tifo, la peste, il tetano, la febbre gialla, la tubercolosi, la poliomielite, lì erano stati messi a punto i primi farmaci antinfettivi e i sulfamidici. Lì era stato scoperto il parassita del paludismo, che uccideva ogni anno un milione di bambini. Lì era stato dimostrato che i protozoi erano i responsabili delle parassitosi, lì erano stati evidenziati i principi dell'immunità cellulare, il ruolo difensivo degli anticorpi e quello degli antistaminici nel trattamento delle allergie. Lì era stata codificata l'azione dei geni e il loro modo di manifestarsi negli organismi viventi.

Era appena l'una del pomeriggio quando la giovane donna arrivò al laboratorio del suo ex professore nell'edificio attiguo a quello dove Louis Pasteur aveva trascorso gli ultimi anni di vita e dove ora riposava in una tomba di marmo. Era appunto il giorno in cui iniziava il corso di virologia diretto da Luc Montagnier. Solo a fine giornata potrà mettere personalmente in coltura le cellule del linfonodo dello stilista che presentava i segni premonitori dell'AIDS.

Da quando, a dodici anni, si era divertito a fare i suoi primi esperimenti chimici nella cantina della casa paterna di Châtellerault, Luc Montagnier era sempre stato posseduto dal dèmone della sperimentazione. Passava le domeniche a distillare profumi o a preparare fuochi del Bengala. Stabilitosi a Parigi per studiare medicina e laurearsi in scienze, quel provinciale nato da un padre alverniate e da una madre che veniva dal Berry, aveva preferito, con le sue lauree in tasca, il microscopio del ricercatore allo stetoscopio del medico. Per quella sua vocazione si era ritrovato, a ventitré anni, in un laboratorio della Fondazione Curie dove avrebbe scoperto l'affascinante universo della biologia cellulare allora in pieno rinnovamento. Nuove tecniche di coltura delle cellule e dei virus inventate in America stavano offrendo alla ricerca strumenti rivoluzionari. Sbalordito, il giovane scienziato aveva deciso di dedicarsi allo studio dei linfociti, quei globuli bianchi che un giorno avranno un ruolo così importante nella sua vita.

Uno degli aggressori più violenti dei globuli bianchi, il virus dell'afta epizootica, incubo degli allevatori di bovini, fornì a Luc Montagnier l'argomento della sua tesi di dottorato in medicina. Fu così che la sua carriera si orientò definitivamente verso la virologia. Una borsa di studio gli permise di penetrare in uno dei grandi templi scientifici del momento, l'istituto britannico di Carshalton. A fianco di un inglese francofilo fumatore di Gitanes, che si chiamava Kingsley Sanders, avrebbe assistito in quel centro agli esordi di una disciplina ancora recente destinata a un fantastico avvenire, una scienza che trascendeva lo studio della sola vita delle cellule per interessarsi alla natura stessa del loro patrimonio genetico: la biologia molecolare. Poiché costituiscono dei sistemi biologici relativamente semplici, i virus erano un oggetto privilegiato di studio, dato che permettevano ai pionieri della biologia molecolare di avanzare a passi da gigante. Il giovane Montagnier poté dare un personale contributo agli sforzi dei suoi maestri evidenziando certi meccanismi di riproduzione di un virus che uccideva i topi in meno di quarantott'ore. Una modesta prodezza che gli dette la legittima soddisfazione di firmare un articolo pubblicato dalla celebre rivista scientifica britannica "Nature".

Dopo Carshalton, Glasgow. Il lungo soggiorno oltre Manica permetterà al ricercatore francese di entrare in contatto con i più grandi cervelli del tempo e di fargli acquisire la padronanza dell'inglese, lingua ormai indispensabile nell'ambito scientifico. Luc Montagnier passò gli otto anni seguenti ad accumulare le prove contro dei virus ritenuti responsabili di certi tipi di cancro. I suoi sforzi ostinati gli erano valsi l'onore di entrare, a quarant'anni, all'Istituto Pasteur di Parigi.

Essere "pasteuriano" vuol dire appartenere a un ordine che ha una sua anima, un suo stile, una sua unità. Che ha anche i suoi clan. Ragion per cui certi pasteuriani non avrebbero voluto che il nome del loro prestigioso istituto venisse immischiato in un'epidemia dai connotati sgradevoli. Eppure, dirà in seguito Luc Montagnier, « se c'era una ricerca in sintonia con la vocazione di Louis Pasteur era proprio quella dell'AIDS. Non c'è dubbio che se fosse stato vivo si sarebbe lanciato per primo, e con tutta la sua energia, in quell'avventura ». Cento anni dopo, il caso volle che il laboratorio di Luc Montagnier dovesse perpetuare quella vocazione.

Era un compito duro. Fra tutte le sfide lanciate dalla natura ai virologi, l'identificazione di un retrovirus umano era forse quella più ardua. In effetti, in circa un secolo di ostinate ricerche, si era potuto smascherare nell'uomo uno solo di quei "supervirus", la cui azione aveva modalità così complesse: l'HTVL, responsabile di certe rare leucemie, scoperto da Robert Gallo nel 1977. Luc Montagnier aveva già coltivato miliardi di cellule che presumibilmente accoglievano virus del genere. Ne conosceva i gusti, i capricci, gli alimenti preferiti. Uno dei suoi frigoriferi era rifornito di fiale piene di cibi e di salse di cui andavano pazze, in particolare un sapiente miscuglio di sali minerali, calcio, magnesio e siero fetale. Una vera squisitezza della gastronomia cellulare, quel siero! Come i grandi vini, aveva i suoi millesimi e la sua denominazione controllata. Si diceva che il migliore venisse dalla Nuova Zelanda. Il ricercatore disponeva inoltre di un potente stimolante estratto da un fagiolo, che moltiplicava le forze. Questa sostanza si fissava alla superficie delle cellule e mimava il segnale della loro mobilitazione in caso di aggressione.

Volendo cominciare senza indugio una ricerca di cui conosceva l'importanza, appena finiti i corsi, Montagnier si chiuse nel suo laboratorio per mettere in coltura le cellule del linfonodo infetto che gli aveva portato Françoise Brun-Vézinet.

Dal momento che è sempre pericoloso manipolare un virus sconosciuto, indossò il camice bianco, s'infilò i guanti di gomma, si protesse il viso con una maschera di garza e andò a mettere il flacone che gli aveva dato la sua ex allieva sotto l'unica cappa di sicurezza che aveva allora a disposizione. Per impedire ogni contaminazione in un senso o nell'altro, l'apparecchio diffondeva un flusso d'aria sterile che faceva da schermo tra l'operatore e l'oggetto della sperimentazione. Luc Montagnier si accingeva a compiere gesti già ripetuti centinaia di volte. Mettere delle cellule in coltura per mantenerle in vita e far sì che si riproducano, è un'operazione di routine in un'unità di virologia. È anche un'arte sottile, che ricorda al tempo stesso la musica, a causa della necessaria armonia, l'alta cucina per la scelta oculata degli elementi nutritivi, e la prestidigitazione per l'abilità nell'operare.

Il ricercatore tagliò il pezzo di linfonodo, lo triturò, lo "lacerò" per estrarne i globuli bianchi, lo centrifugò, lo purificò, e lo ridusse a una sospensione liquida che suddivise in cinque flaconcini conici. In ciascuno di essi versò qualche goccia dei suoi elisir di crescita oltre a un po' di gas carbonico e di azoto perché il preparato respirasse bene. Ritappò ermeticamente i cinque flaconi e li mise a bagnomaria a 37°. Poi si tolse la maschera, il camice e i guanti, trascrisse nel registro degli esperimenti le operazioni effettuate, spense a una a una le luci del laboratorio, chiuse a chiave le porte, s'infilò il cappotto e scese lentamente verso il cortile dove lo attendeva la sua Lancia grigia. Una mezz'ora di tragitto, e poi sarebbe arrivato al suo villino di Robinson per cenare in famiglia.

Abbondantemente nutrite e tenute al caldo, le cellule infette dello stilista Christian Brunetto passeranno una buona nottata. Domani, il gruppo di Jean-Claude Chermann potrà cominciare a cercare nel loro nucleo il misterioso virus dell'AIDS che si sospettava vi fosse ospitato.

Erano le nove e un quarto di sera del lunedì 3 gennaio 1983.

# 28

*Atlanta – inverno 1983*
*« Di quanti morti avete bisogno? »*

Il capo dell'unità anti-AIDS del Centro di controllo delle malattie di Atlanta poteva essere fiero. Ancora una volta Jim Curran aveva superato se stesso. Benché l'avesse decisa e organizzata all'ultimo momento, la sua conferenza era stata un successo. Quella mattina del 4 gennaio 1983, si accalcavano nell'auditorio A del suo quartier generale più partecipanti di quanti ne avessero previsti i calcoli più ottimistici. I centocinquanta visitatori erano accorsi il giorno prima e durante la notte da ogni parte dell'America. Svolgevano tutti una delle attività a cui il Paese era molto sensibile: la raccolta, lo stoccaggio e la vendita del bene sicuramente più prezioso del patrimonio di una nazione, quell'insostituibile liquido che salvaguardava ogni anno la salute e la vita di tre milioni e mezzo di americani, il sangue destinato alle trasfusioni. Un'industria fiorente, che l'annuale cifra d'affari di due miliardi e mezzo di dollari collocava tra le prime cinquecento imprese nazionali. Solo la Croce Rossa distribuiva circa sei milioni di litri di sangue, quanto bastava per sostituire fino all'ultima goccia il sangue di più di un milione di individui. Ciò che rendeva particolarmente orgogliosa tale industria era la stima e la fama di cui godeva. Nessun'altra infatti era altrettanto attenta e cauta quando si trattava di manipolare e vendere i propri prodotti, esportati in tutto il mondo.

Jim Curran lo sapeva: la notizia che stava per annunciare rischiava d'infliggere un colpo fatale a quel bell'edificio. Ma la posta in gioco era talmente grave che era suo dovere rivelare la verità. Quel grido d'allarme avrebbe sicuramente avuto ripercussioni immediate. Vedeva già gli invitati balzare dalle loro poltrone verso i telefoni per dettare le misure d'urgenza da prendere nei rispettivi settori. Non si trattava forse di uno dei problemi più tragici che l'America avesse mai dovuto affrontare? Lo stesso Jim Curran stentava a credere che fosse stata possibile una simile catastrofe: le riserve di sangue degli Stati Uniti erano contaminate dal virus dell'AIDS.

Le prove raccolte dal CDC erano inconfutabili. Dopo i primi tre emofiliaci deceduti nell'autunno precedente contaminati da una trasfusione di sangue, ne erano morti altri nove. E adesso un caso incredibile, scoperto subito prima di Natale, imponeva all'inizio di quell'anno 1983 una mobilitazione eccezionale. Questa volta il male aveva ignorato i soliti bersagli per colpire in un'altra direzione e in modo del tutto nuovo.

Un pediatra di San Francisco aveva diagnosticato l'AIDS in un bambino di venti mesi. I primi elementi risultanti dall'indagine non erano riusciti a precisare l'esatta origine della malattia. Contrariamente ai rari esempi di bambini contagiati dalla madre, questo non era nato da tossicomane, prostituta o haitiana che avrebbe potuto trasmettergli il virus durante la gravidanza. A forza di cercare, i medici-detective di Jim Curran avevano finito per sapere che il bambino era venuto al mondo in condizioni difficili, tanto che si era reso necessario il taglio cesareo. A causa di una rara anomalia del sangue, era stato sottoposto a molte trasfusioni. Nelle prime quattro settimane di vita gli erano stati iniettati diciannove flaconi di sangue. Benché l'AIDS non fosse ancora mai stato associato a una trasfusione di sangue fresco, vennero ricercati i diciannove donatori. Furono messi fuori causa tutti, tranne uno.

Si trattava di un commerciante celibe di San Francisco, morto da otto mesi, a quarantotto anni. Come fanno per solidarietà milioni di americani, aveva donato volontariamente il sangue. Il 10 marzo 1981, quando si era presentato allo sportello della Memorial Blood Bank locale, sembrava in perfetta salute e nel suo comportamento niente lasciava intuire che si trattasse di un omosessuale. Sei mesi dopo aveva accusato una grande spossatezza con perdita d'appetito. Il medico aveva constatato l'infiammazione di un linfonodo sotto l'ascella destra. Poi, sulla retina dell'occhio sinistro erano comparse delle macchie sospette. Il mese dopo era stato ricoverato per una polmonite infettiva. Le analisi avevano rivelato un notevole calo delle difese immunitarie. I linfociti protettori erano quasi del tutto scomparsi. Non c'erano più dubbi possibili sulla natura del male. Tre settimane dopo, lo sventurato donatore di sangue moriva di AIDS.

La scoperta di quel dramma agghiacciò gli investigatori di Atlanta. « Potevamo supporre che migliaia di litri di sangue immagazzinati negli ospedali e in tutte le banche del sangue fossero stati contaminati dal virus dei donatori colpiti dall'AIDS » racconterà Jim Curran. « Ciò voleva dire che migliaia di americani che dovevano essere sottoposti a trasfusione erano in pericolo di vita. Per scongiurare una simile catastrofe e prevenirne altre, avevamo a disposizione un solo mezzo: sottoporre immediatamente tutte le riserve esistenti a un test di controllo. Inoltre dovevamo senza indugio escludere dalle raccolte di sangue tutti i donatori a rischio. »

Per far accettare tale strategia a coloro che a volte venivano detti gli "emiri americani dell'oro rosso", Jim Curran incaricò il suo vice Harold Jaffe di tracciare un quadro drammatico della situazione. Fino a quel momento l'AIDS aveva colpito ottocentottantuno americani. Trecentodiciassette erano già morti. Le più disastrose epidemie del Medioevo non avevano mai raggiunto una simile proporzione. Per i sopravvissuti era solo una questione di tempo. Il sarcoma di Kaposi uccideva in sedici mesi, la polmonite infettiva in nove mesi. Dal canto suo, il numero dei casi raddoppiava ogni sei mesi. A quel ritmo, in meno di cinque anni sarebbero stati colpiti centomila americani.

I medici del CDC di Atlanta avevano immaginato tutto, tranne l'incredibile reazione dei loro interlocutori. « Rifiutarono semplicemente di crederci » constaterà Harold Jaffe. « Sostennero che le nostre cifre non erano probanti e riguardavano un numero insufficiente di casi perché si potessero incriminare con certezza le trasfusioni di sangue, che delle verifiche sarebbero costate somme eccessive rispetto al rischio reale, e che vietare agli omosessuali di donare il sangue sarebbe stato giudicato contrario ai diritti dell'individuo. »

Per i ricercatori di Atlanta, il 4 gennaio 1983 resterà uno dei giorni più neri della loro crociata contro l'epidemia galoppante di AIDS. Dall'uditorio incredulo non fu possibile ottenere nessuna misura di protezione, nessuna decisione di controllo. Prima della fine della riunione, un giovane ricercatore del Centro sintetizzò in una domanda il disinganno e il timore dei suoi colleghi: « Si può sapere di quanti morti avete bisogno perché vi decidiate ad agire? ».[1]

Ci fu in compenso una notizia gratificante. Delusi dai banchieri del sangue, Jim Curran e i suoi colleghi furono particolarmente soddisfatti dell'entrata in campo dei francesi. Immediatamente intravidero i vantaggi offerti dalle ricerche dell'Istituto Pasteur. Il loro compatriota Robert Gallo avrebbe dovuto raccogliere la sfida, pungolare le sue truppe, concedere più mezzi, in poche parole condannarle alla scoperta. Era il minimo che esigesse la sua reputazione di primo retrovirologo mondiale. D'altro canto si sarebbe dovuta mobilitare tutta la ricerca medica americana, così feconda in quegli ultimi anni.

I ricercatori del CDC di Atlanta si sbagliavano. Robert Gallo non aveva nessuna voglia di cambiare una virgola al suo programma. Riteneva di non aver niente da temere da parte dei francesi, semplici "esordienti" e quindi senza nessuna autorevolezza in campo internazionale per quanto riguardava la retrovirologia. Si potevano forse ritenere concorrenti "quei mangiatori di ranocchie"? Quei provinciali piuttosto comici e arretrati con quel loro buffo accento, che usavano metodi antiquati e un modo arcaico di presentare i loro risultati? Al massimo dei guastafeste. Se l'agente dell'AIDS era veramente un retrovirus, sarebbe stato lui, Robert Gallo, e soltanto lui, a identificarlo. Non era stato lui a scoprire il primo retrovirus

[1] Si dovrà aspettare più di un anno perché i responsabili dell'industria del sangue negli Stati Uniti comincino a rispondere seriamente alla domanda. Durante quel periodo, più di un milione e mezzo di unità di sangue non sottoposte a nessun controllo anti-AIDS continueranno a essere raccolte, immagazzinate e distribuite dalla banche del sangue e dagli ospedali americani (*N.d.A.*).

umano? A mettere a punto tecniche specifiche per quel tipo di ricerca? Era quindi naturale che seguitasse a dimostrarsi ben poco entusiasta all'idea di lasciarsi coinvolgere a fondo nella battaglia. « Ero talmente convinto che il mio ricercatore Prem Sarin avrebbe finito per trovare qualcosa » confesserà, « che mi pareva superfluo stargli alle costole. Non avrei neanche osato: era più vecchio di me. Fu quello il mio errore. »

In realtà il vero errore dell'eminente scienziato fu un altro, e cioè di essere eccessivamente fiducioso. Lo scopritore del primo retrovirus umano conosciuto fino a quel momento non voleva darsi per vinto: se esistevano altri retrovirus umani in natura, appartenevano per forza alla stessa famiglia. L'agente dell'AIDS non poteva essere che uno stretto parente dell'esemplare che lui aveva trovato. Basandosi su questo postulato, aveva omesso di consigliare al suo collaboratore di procedere come per una classica ricerca di virus. Inutile sorvegliare le colture giorno dopo giorno nella speranza di vederne saltar fuori un virus, mentre si sapeva perfettamente che il suo modello si manifestava solo dopo una trentina di giorni. Bastava aspettare quel lasso di tempo per evidenziare e constatare, mediante un raffronto genetico, la sua ineluttabile parentela con l'HTLV che Gallo aveva scoperto. E così il gioco era fatto.

Il suo collaboratore indiano aveva perciò organizzato un programma di ricerca in funzione di tale calendario. Solo a partire dal trentesimo giorno cominciava a esaminare le provette. Da tecnico disciplinato, trascriveva poi le sue osservazioni nel registro degli esperimenti. E stranamente, il persistere dei loro risultati negativi non sembrò mai stupirlo. Eppure erano risultati sorprendenti. Invece dell'anarchica proliferazione di globuli bianchi che si era di solito constatata dopo trenta giorni nel caso di colture contaminate dal primo retrovirus HTLV di Robert Gallo, lui trovava in fondo alle provette solo un cimitero di linfociti morti, senza alcuna traccia di virus. Ci sarebbero voluti mesi perché il prestigioso laboratorio si allarmasse per quello strano fenomeno.

# 29

*Calcutta - inverno 1983*
*« Che l'illustre vecchia signora sventoli il vessillo della rivolta! »*

A due a due, fragili vele bianche su un oceano ostile, se ne andavano attraverso la città brulicante dirette a un lebbrosario, un orfanotrofio, un dispensario, una scuola, un lazzaretto. Ogni mattina, dopo la messa delle sei meno un quarto, le suore e le novizie di Madre Teresa uscivano dal convento di Lower Circular Road per raggiungere il loro posto di lavoro. I poveri e i sofferenti della città conoscevano il loro percorso. A ogni istante c'erano mani che si tendevano, madri che porgevano bambini affamati, lebbrosi che si aggrappavano ai lembi del loro sari. Le novizie attraversavano quel corridoio di miseria sgranando un'Ave Maria dietro l'altra. Madre Teresa insisteva tanto sui benefici effetti della preghiera che le suore calcolavano la distanza solo in base al numero dei rosari recitati. Per Ananda, l'ex piccola lebbrosa di Benares, e per suor Alice, la compagna abituale dei suoi tragitti, la porta del lazzaretto del Cuore Puro dove lavoravano era a duecentottanta Ave Maria dalla casa madre.

All'inizio Ananda si era stupita di tutto quel tempo sprecato ad andare avanti e indietro, mentre quei minuti perduti potevano essere preziosi per alleviare qualche sofferenza. Ma anche lei si era presto resa conto del valore di quella preghiera, monotona solo in apparenza. Si era ricordata spesso delle parole di Bandona, la sua benefattrice di Benares. Ora sapeva perdere il suo tempo per Dio, amarlo in modo disinteressato, e senza scopo dirgli: « Sgrano questo rosario solo per il piacere di unirmi qualche istante a Te, come una sposa al suo sposo ».

Le prime giornate al lazzaretto di Calcutta avevano duramente provato la giovane Ananda. Come temeva, né il crocifisso appuntato alla spalla, né il rosario appeso alla cintura, né il candido sari da novizia, né il grembiule azzurro da serva dei poveri, niente aveva potuto farle dimenticare le stigmate della sua nascita. I ricoverati indù non ci avevano messo molto a indovinare le origini della nuova assistente. Dal colore particolarmente scuro della pelle alle maniere un po' brusche, dal modo di camminare alle rauche intonazioni della voce, tutto in lei continuava a denotare la condizione d'intoccabile. Si videro dei moribondi respingere la mano caritatevole che offriva loro un cucchiaio di cibo. Ananda non insisteva mai. Trattenendo le lacrime, andava accanto a un altro indigente, musulmano questa volta, o paria come lei, oppure ancora troppo debole per poter riconoscere la mano che lo soccorreva. Tuttavia, quei rifiuti sgarbati colpivano crudelmente la ragazza nella sua parte più fragile: se quegli uomini erano davvero suoi fratelli, e se Gesù Cristo era in ciascuno di loro come affermava Madre Teresa, perché la respingevano? Né suor Bandona né suor Paul le davano una risposta soddisfacente. Forse solo il tempo sarebbe riuscito a curare le ferite, giacché è più doloroso per un povero che per un ricco sopportare le umiliazioni inflitte da un povero.

Quell'inverno, un fatto inatteso venne a scuotere il piccolo gruppo di addette al lazzaretto. Suor Domenica, ventotto anni, che da tre aiutava suor Paul a dirigere l'ospizio, era una delle figure più popolari del vecchio edificio. Originaria dell'isola Maurizio, aveva conservato l'accento tipico e l'esuberanza dei suoi compatrioti. La splendida ragazza, dall'andatura felina e la pelle chiarissima, conferiva una nota esotica all'austero universo della Casa del Cuore Puro. Perfino suor Paul attingeva forza e conforto nella calma e nell'allegria della compagna. Quando suor Domenica appariva in una corsia, le teste si giravano spontaneamente verso di lei. Sempre pronta a chinarsi su un morente, a farlo bere, a prendergli la mano, ad asciugargli la fronte, sapeva dare pace con poche parole tenere e rassicuranti.

Nelle sue origini non c'era niente che la destinasse a una

missione del genere. Figlia di ricchi negozianti indù, era cresciuta in una grande casa adorna di colonne che dava sull'oceano della sua isola natale. La prima visione di miseria l'aveva avuta arrivando a Bombay, dove era stata mandata dai genitori perché, in previsione del matrimonio, completasse la propria educazione in un collegio di suore. Aveva quindici anni. Ogni giorno metteva da parte un pezzo di pane per il mendicante accoccolato davanti alla porta del collegio. Una domenica, non avendolo trovato al solito posto, andò a cercarlo nella miserabile bidonville che si trovava proprio dietro il convento. La scoperta di quel quartiere doveva segnarla per sempre.

Quattro anni dopo, con grande disperazione dei genitori e nonostante le proposte di matrimonio che riceveva dai migliori partiti dell'isola Maurizio, Domenica annunciò che intendeva andare a Calcutta e indossare il sari bianco e azzurro delle Missionarie della Carità. Una decisione che non aveva mai rimpianto, anche se a volte avrebbe preferito agire direttamente sulle cause della povertà più che sulle sue conseguenze.

« Mi sarebbe piaciuto che Madre Teresa si occupasse di più delle ingiustizie che generano la miseria » dirà in seguito suor Domenica, « che si servisse del suo carisma e del suo prestigio per costringere i governanti e i ricchi a prendere misure radicali. » Sul finire del ventesimo secolo, circa mezzo miliardo di indiani ignorava ancora la semplice felicità di un ventre pieno. Centinaia di migliaia di bambini marcivano in officine galere, costretti a lavori disumani. Milioni di contadini senza terra tentavano ancora di sopravvivere nell'inferno delle bidonville. Non era una situazione esclusivamente indiana. Chi poteva raccoglierne la sfida se non colei che agli occhi degli uomini incarnava l'idea di carità? Colei che aveva creato dispensari, orfanotrofi, ospizi in tutta l'India e in tutto il mondo, fin nel cuore delle due Americhe e della Cina rossa; colei che accorreva ogni volta che una catastrofe disseminava morte e desolazione in qualche parte del globo; colei che difendeva il diritto alla vita su ogni palco del mondo, che università e governi coprivano di onorificenze e di riconoscimenti e che il premio Nobel per la pace aveva eletto a simbolo della compassione e dell'amore fra gli uomini.

Domenica non era la sola che sognasse di veder brandire dall'illustre, vecchia signora il vessillo della rivolta in nome dei poveri. Una rivolta non violenta, naturalmente. Perché non fare lo sciopero della fame davanti alla porta del Primo ministro indiano? Si potevano immaginare anche altre spettacolari manifestazioni all'estero, davanti a Buckingham Palace, davanti alla sede delle Nazioni Unite, al Cremlino, a Parigi, Roma o Pechino. Ovunque uomini di potere potessero intervenire a favore di uomini oppressi.

Quell'ideale inappagato restava sepolto nell'intimo della giovane mauriziana. Per il momento lei si accontentava di lavare i moribondi, di farli mangiare, di aiutarli a fumare una sigaretta, di lenirne le sofferenze con un'iniezione, un sorriso, qualche parola consolatoria. Le sue conoscenze mediche erano troppo limitate per poter far di più, e di questo si rammaricava. Ma più che guarire, la missione delle suore era di soccorrere e confortare. Domenica lo faceva talmente bene che i ricoverati del lazzaretto non nascondevano la loro preferenza per lei. Le sue compagne a volte se ne adombravano, ma lei fingeva di non notarlo.

Quell'inverno, la giovane religiosa era particolarmente turbata da un conflitto interiore. Erano i morsi di un freddo insolito che finivano per abbatterne il morale? Oppure il senso di frustrazione che la coglieva nel vedere i volontari stranieri più istruiti e quindi più efficaci sul piano medico? Domenica si faceva sempre più domande. « Dio mi chiede solo di compiere questi umili lavori? Non vuole che io serva i poveri più utilmente? »

La risposta giunse in un modo brutale quanto inatteso. Con quella sua bionda coda di cavallo sulla nuca, il piccolo diamante conficcato nel lobo dell'orecchio sinistro, le due farfalle rosa e azzurre tatuate sugli avambracci e la persistente scia di dopobarba che si lasciava dietro, Rudolph Benz, il medico tedesco di trentadue anni, non corrispondeva esattamente alla solita immagine di un messaggero di carità. Al lazzaretto sapevano però che quell'uomo aveva votato la propria vita alla causa dei diseredati dell'India. Due anni prima, durante un primo soggiorno a Calcutta si era presentato come volontario alla porta del vecchio edificio dove aveva lavorato per diverse settimane.

Atterrito dal dilettantismo delle suore in materia medica, aveva cominciato a impartire loro qualche rudimento d'igiene e di asepsi. I suoi sforzi avrebbero evitato molte morti e contribuito a far sì che la vocazione del lazzaretto non fosse solo quella di assistere i morenti. Le suore nutrivano per quel provvidenziale amico una riconoscenza illimitata. Tornato nel suo Paese, Rudolph Benz aveva tenuto conferenze, scritto articoli, proiettato diapositive in vari circoli e scuole. Convinto che in primo luogo si dovesse intervenire all'origine del male, pensò di proporre a dieci villaggi di una miserabile zona del delta del Gange un sistema d'irrigazione che permettesse ai contadini di avere riso e lenticchie in ogni stagione. Per finanziare il suo progetto fondò in Germania l'associazione "Lavoro e riso per mille famiglie indiane", i cui donatori divennero ben presto cinquemila. Fra breve sarebbero iniziati i lavori di scavo dei primi canali. Rudolph Benz si era fermato a Calcutta per prelevare i fondi trasferiti dalla Germania. Ma dal momento che una formalità del genere è sempre complicata in un Paese dove la burocrazia è particolarmente meticolosa, nel frattempo era andato a trovare le sue amiche del Cuore Puro per informarle della sua iniziativa e lavorare con loro per qualche giorno.

Con l'arrivo del medico tedesco si rinfocolarono i dubbi di suor Domenica: rispetto al suo ideale, di che utilità era il lavoro che faceva al lazzaretto? Fu quell'arrivo a catalizzare le sue frustrazioni e a indurla a cercare a sua volta un modo per affrontare la povertà alle radici. Una mattina, suor Paul notò che mancava la giovane novizia. Preoccupata, telefonò alla casa madre dove le dissero che Domenica era uscita come al solito dopo la messa e la colazione. La spiegazione della sua scomparsa era in una lettera trovata poco dopo e indirizzata a Madre Teresa.

*Santissima e venerata Madre,*
*so che dolore le darà la mia partenza. Non si tratta né di un colpo di testa né di ribellione, ma solo del bisogno di servire diversamente i poveri di Dio. Porto con me l'ideale che lei mi ha trasmesso e mi sforzerò di mostrarmene degna. Nel mio cuore resto una Missionaria della Carità. Dio mi chiama a compiere la Sua volontà per altre vie. Verrò a trovarla non appena sarà tornata. Preghi per me.*
*La sua fedele, devota e sempre affezionata,*
*Domenica*

Domenica non era la prima Missionaria della Carità che la "santa di Calcutta" perdeva. La gravosa disciplina, le tentazioni offerte da una vita in mezzo alla società, portavano fatalmente a qualche defezione. Non ce n'erano molte, e per di più venivano ampiamente compensate dalle incessanti vocazioni. Tuttavia quella partenza precipitosa addolorò le suore del lazzaretto. La più colpita fu Ananda. Domenica era stata la sua grande sorella e al tempo stesso il suo modello, quella che dominava tranquillamente ogni situazione e non si lasciava mai impressionare da nessun tabù.

*Parigi - inverno 1983*
*Un'epopea in un'ex lavanderia*

L'"Edificio della rabbia" non aveva cambiato nome dai tempi in cui Louis Pasteur inoculava germi mortali ai conigli per ottenere il siero della salvezza. A differenza di certi Paesi africani e asiatici dove la terribile malattia era ancora frequente, in Francia i casi di rabbia erano praticamente scomparsi da molto tempo, e quei locali erano ormai adibiti ad altri lavori di ricerca. Una delle stanze del primo piano era un'ex lavanderia tra le cui pareti scrostate non era risuonato che il ronzio delle autoclavi. Solo il pavimento, a piastrelle grigie e oro, spiccava sulla banalità dell'ambiente. Sulla porta, un cartellino avrebbe fra poco indicato "Sala Bru". Non era un appellativo in onore di uno scienziato e non indicava nemmeno una specialità scientifica. "Bru" era semplicemente la prima sillaba del cognome dello stilista di moda parigino che il giorno prima aveva fornito all'unità di Luc Montagnier un pezzo del suo linfonodo infetto nel quale si doveva cercare l'eventuale virus dell'AIDS.

La piccola équipe incaricata di trovarlo si componeva di due provetti ricercatori e di due tecnici donne. Il gruppo era specializzato nella delicatissima tecnica che consente di scoprire nelle cellule un'attività retrovirale. Dal momento che tale attività poteva essere constatata solo direttamente, bisognava in pratica individuare le trascrittasi inverse, ossia i famosi enzimi grazie ai quali i retrovirus riescono a introdursi nel nucleo delle cellule. Il primo compito dei quattro compagni di lavoro sarebbe stato quindi di facilitare l'evidenziazione degli enzimi.

Le probabilità di successo potevano sembrare scarse. Contrariamente alla possente "orchestra sinfonica" dell'americano Robert Gallo, il modesto "quartetto" francese non era altrettanto esperto di retrovirologia umana e i suoi lavori non avevano ancora portato a nessuna scoperta di rilievo. Paradossalmente, quella relativa modestia sarebbe diventata il suo asso nella manica, giacché il nostro quartetto si lanciava nell'avventura senza eccessi di fiducia, senza troppe certezze, senza idee preconcette o aprioristiche. Per affrontare una ricerca così particolare, aveva deciso di partire da zero e di procedere un passo alla volta.

Il suo capo, l'unico uomo del gruppo, era un solido parigino di quarantadue anni che aveva studiato con molto impegno per conquistarsi il dottorato in scienze e forzare la porta del serraglio pasteuriano. Allevato dalla madre - sarta di giorno e maschera di teatro di sera - ex giocatore di rugby, Jean-Claude Chermann aveva fatto conoscenza con l'universo medico a causa di un incidente di moto, in seguito al quale aveva perso completamente l'odorato e subito innumerevoli fratture. Dopo uno dei molteplici interventi chirurgici ai quali era stato sottoposto, era sopravvenuta una grave infezione da stafilococchi aurei ribelli. Quell'esperienza gli aveva risvegliato la vocazione per la medicina. Tuttavia, troppo a corto di denari per portare a termine studi così lunghi, aveva preferito conseguire un dottorato in scienze, finendo un giorno nel corso di biologia del futuro premio Nobel Jacques Monod. «Fu il colpo di fulmine istantaneo, totale, irresistibile» dirà in seguito. «Il DNA, i geni, l'ereditarietà, tutti gli anelli della catena della vita esibiti davanti a me da un mago geniale. Una via luminosa. Ma quando si è senza mezzi e senza relazioni, aspirare a diventare ricercatori è come sognare di conquistare la luna.»

La fortuna però favorì quel sogno in un café della rue Princesse, di fronte al dispensario della questura di Parigi. La madre aveva preso in gestione il locale sperando di poter aiutare il figlio a pagarsi gli studi. Un giorno che Jean-Claude Chermann si disperava di non conoscere nessuno che potesse aprirgli la porta di un laboratorio di ricerca, un cliente che l'aveva sentito gli scarabocchiò un nome su un pezzetto di carta.

« Prenda, giovanotto » gli disse, « vada a trovare questo signore da parte mia. Gli dica che lo manda un suo amico, il dottor Juin della questura. »

Jean-Claude si precipitò all'indirizzo indicatogli e si ritrovò davanti ai cancelli dell'Istituto Pasteur, di cui il signore in questione era uno dei principali immunologi. Questi lo assunse e lo affidò alla sua migliore collaboratrice. Tutto quello che Jean-Claude Chermann oggi sapeva, lo doveva a Monique Dijeon, « una signorina di quarantacinque anni, un po' bigotta ma sublime, che aveva la scienza come amante ». Le doveva tutto, dal rigore scientifico al culto della verità. Diciotto anni di studi approfonditi sui virus avevano fatto del giovane ricercatore uno degli eminenti specialisti francesi di quelle particelle assassine. Di promozione in promozione, oggi era a capo del laboratorio associato all'unità di oncologia virale di Luc Montagnier.

Al suo fianco lavorava una giovane donna di trentacinque anni, bionda, bella e brillante, cuoca provetta a tempo perso. Françoise Barré-Sinoussi era capace di preparare con successo qualunque piatto, dal più semplice al più elaborato, esattamente come coltivava amorosamente fragili linfociti. Le sue letture preferite spaziavano dalle grandi riviste mediche anglosassoni al Larousse gastronomico. « Ogni ricetta è un'occasione per cercare una variante, per inventare » si divertiva a dire. Come primi maestri sulle vie della scienza aveva avuto i suoi compagni d'infanzia, il gatto Pussy, un topo bianco, una cocorita, ai quali doveva « l'entusiasmante osservazione dei tesori del gran libro della vita ». L'istinto, la specie, l'ereditarietà, quanti misteri da esplorare quando si è smaniosi di sapere tutto, di capire tutto. Alle occasioni mondane e alle vacanze al Club Méditerranée, Françoise Barré-Sinoussi aveva preferito la conquista di un'impressionante collezione di diplomi. Per quel suo impegno ostinato un giorno si era ritrovata a far pratica in un laboratorio del sancta sanctorum della ricerca scientifica francese, l'Istituto

Pasteur, dopo aver appena compiuto ventitré anni. Jean-Claude Chermann, responsabile del servizio, l'aveva presa immediatamente sotto la sua protezione. « Mi faccia fare tutto quello che vuole » gli dichiarò la giovane donna, « ma l'avverto: non toccherò mai un animale. »

Dodici anni dopo, l'avventura dell'AIDS non aveva affatto spaventato Françoise. Nel 1979 aveva fatto un corso di aggiornamento negli Stati Uniti, passando molte settimane nel laboratorio di Robert Gallo a Bethesda dove aveva imparato le ultime tecniche di ricerca in materia di retrovirus. Benché quell'americano di chiara fama non portasse alle stelle i colleghi francesi, era rimasto però impressionato dalla « graziosa parigina con le lenti affumicate, che nascondevano i begli occhi di una Mata Hari avida d'imparare ».

Le grandi epopee scientifiche cominciano quasi sempre in modo banale. Quella mattina del 4 gennaio 1983, l'esame dei cinque flaconi preparati da Luc Montagnier doveva peraltro creare una certa emozione nell'ex lavanderia trasformata per la circostanza in laboratorio sperimentale. Jean-Claude Chermann aveva scelto di proposito quel locale. Dato che non vi era mai stato manipolato nessun parassita, la scoperta di un virus nelle provette non avrebbe potuto essere attribuita a una contaminazione ambientale. L'emozione dei ricercatori della sala Bru non era immotivata. Chermann aveva attirato l'attenzione dei suoi collaboratori sui pericoli che correvano. « Non sappiamo che cosa troveremo, e il nostro "tizio" rischia di essere mortale » aveva spiegato. Senza scomporsi, tutti avevano accettato il rischio. E tuttavia, nei pochi centilitri apparentemente anodini di quei flaconi vivevano milioni di globuli bianchi, e ciascuno di essi poteva contenere l'agente mortale della nuova epidemia.

Di questo si sapeva poco, tranne che, come l'HTLV umano e i retrovirus animali già conosciuti, poteva restare lungamente inattivo all'interno delle sue prede prima di mettersi a massacrarle. Perché il suo istinto omicida si scatenasse sembrava necessaria un'attivazione esterna. Poteva, ad esempio, bastare la semplice riproduzione cellulare. Dividendosi e moltiplicandosi, le cellule risvegliano i virus che dormono in loro ed essi ne approfittano per riprodursi a loro volta in gran numero prima di entrare in azione. Un processo di cui i ricercatori della sala Bru avrebbero tenuto conto per superare una prima tappa decisiva: disporre di una quantità sufficiente di virus per essere in grado di identificarli. In altri termini, bisognava costringere i linfociti malati dello stilista parigino a provocare una massiccia produzione del virus che presumibilmente contenevano. C'era un solo modo: vezzeggiarli, coccolarli, rimpinzarli di leccornie perché si dividessero e si moltiplicassero generosamente. Françoise Barré-Sinoussi lo sapeva: non sarebbe stato facile.

Le cellule sono esseri viventi con una loro personalità, gusti, fobie, e soprattutto un gran bisogno di considerazione. Sarebbe fuori luogo trattarle come oggetti. Esse pretendono di essere circondate di dolcezza e di tenerezza; esigono di essere ascoltate, e vogliono che gli si parli in un certo modo. Per non aver sentito la necessità di questa relazione di tipo particolare, quanti apprendisti ricercatori troppo frettolosi erano stati respinti dall'universo delle pipette e delle capsule di coltura!

Per avvicinarle con successo occorre una conoscenza approfondita dei meccanismi che regolano la crescita e la riproduzione cellulare. È noto, ad esempio, che la natura fa sì che il corpo umano secerna certe sostanze il cui compito è di attivare le cellule per favorirne la moltiplicazione. Appena si tolgono dal loro ambiente naturale per metterle nelle provette, le cellule vengono a essere prive di un indispensabile lievito. Diventano come pesci fuor d'acqua. Languiscono, deperiscono, finiscono per morire. Se cibi sofisticati come il siero fetale di vitello riescono a ritardarne l'agonia, non possono comunque arrestarla.

Per un secolo tale fenomeno ha impedito ai biologi di coltivare con successo i linfociti *in vitro*.[1] Ma l'ostacolo venne superato nel 1975, quando Robert Gallo e la sua équipe iso-

[1] In opposizione alla crescita naturale delle cellule *in vivo* (*N.d.A.*).

larono l'interleukina-2, sostanza di crescita cellulare fabbricata dal corpo umano che oggi permette ai ricercatori di far crescere e prosperare a lungo le colture in provetta.

Naturalmente nessuna farmacia vende l'interleukina-2, ma grazie ai suoi contatti con altri laboratori di ricerca, Luc Montagnier fu in grado di procurarla ai ricercatori della sala Bru. Françoise Barré-Sinoussi si affrettò a suddividere il prezioso prodotto nei flaconi contenenti i linfociti infetti dello stilista parigino. Dopo averli così drogati, già li vedeva risvegliarsi bruscamente dal torpore, esplodere in miriadi di cellule nuovissime che avrebbero attivato a milioni i virus imboscati nel loro nucleo. Un sogno da concretizzare se si voleva costringere il virus assassino a smascherarsi e a rivelare la propria identità.

Consapevoli della gravità della posta in gioco, i ricercatori non lasciarono niente al caso, cercando metodicamente di superare a uno a uno tutti gli ostacoli. Uno di questi era rappresentato dal fatto che i linfociti hanno la proprietà di secernere una sostanza antivirale alla prima aggressione di un virus. L'azione solitamente benefica di tale sostanza, chiamata interferone, rischiava di avere ora un effetto nefasto. Stimolati infatti da un apporto di interleukina-2, i linfociti del malato potevano mettersi a produrre forti dosi d'interferone per lottare contro il virus che invece si voleva far proliferare. È chiaro che l'interferone da solo non aveva la capacità di liberare i globuli bianchi dai virus che li infettavano - altrimenti non ci sarebbe stato AIDS. Esisteva però il rischio che ostacolasse la moltiplicazione della massa virale.

Per scongiurare il pericolo, c'era un solo mezzo: neutralizzarlo. Luc Montagnier e Jean-Claude Chermann, che si erano molto occupati dell'interferone in relazione al cancro, avevano precisamente messo a punto un siero in grado di risolvere il problema. Per procurarsene alcune dosi, l'équipe della sala Bru fece iniettare dell'interferone umano a un montone. Aggredito dal corpo estraneo, il sangue dell'animale reagì immediatamente secernendo milioni di anticorpi. Bastava introdurre pochi centilitri di quel siero pieno zeppo di anticorpi nelle provette contenenti i linfociti dello stilista parigino, per impedire all'interferone da essi prodotto di svolgere completamente il proprio ruolo. Grazie a questo stratagemma, i ricercatori della sala Bru speravano di far uscire i virus dalle cellule.

Ma restava da fare la cosa più difficile: trovare il colpevole in fondo alle provette e dimostrare che era proprio lui il responsabile della terribile epidemia.

# 31

*New York - inverno 1983*
*Ogni giorno una nuova catastrofe*

Il giovane medico prese l'impermeabile, uscì di corsa dall'ospedale e si precipitò verso la lunga macchina gialla.

«Mi lasci davanti a qualunque cinema di Broadway» disse lasciandosi cadere sul sedile del taxi.

Il dottor Jack Dehovitz, trent'anni, aiuto del reparto di malattie infettive dell'ospedale Saint-Clare di New York, tirò fuori un fazzoletto per asciugarsi la fronte, le guance magre, le tempie. E non riuscì a trattenere più a lungo il desiderio di mettersi a piangere che l'aveva tormentato tutto il pomeriggio. Come intuiva da diversi giorni, stava crollando. «Era troppo e troppo in fretta, io non ero pronto» dirà a proposito della situazione con cui si era trovato bruscamente a confronto.

L'estendersi dell'epidemia coinvolgeva un numero sempre maggiore di medici americani, quasi tutti sprovveduti come lui davanti allo strano flagello. Il bollettino del Centro di controllo delle malattie infettive di Atlanta si faceva portavoce di una realtà ogni settimana più implacabile. Il 1983 era agli inizi e ogni giorno venivano identificate quattro nuove vittime dell'AIDS, mentre le statistiche indicavano che il ritmo andava accelerando. «I sintomi della malattia erano così spaventosi che non credevo ai miei occhi» confesserà in seguito il dottor Dehovitz.

Una confessione che aveva un peso particolare in bocca al rampollo di una famiglia di medici originaria di Saint Louis, nel Missouri. Alla fine degli studi, Jack Dehovitz aveva optato per quella che secondo lui era la sola specialità medica, al di fuori della chirurgia, che permettesse quasi sempre di guarire i malati. « Prendete la cardiologia » spiegava. « C'è chi ha un infarto. Si può certamente controllare la crisi, ma il muscolo resta leso. Il malato avrà un altro infarto. Prendete la nefrologia: c'è chi soffre d'insufficienza renale. Naturalmente si può sottoporre il paziente a dialisi tre volte alla settimana. Vivrà, certo, ma sempre con una spada di Damocle sulla testa. Lo stesso vale per le malattie polmonari e in linea di massima per tutte le affezioni croniche per le quali la medicina dispone solo di palliativi. Quello che volevo io, era poter disporre di mezzi con cui debellare il male in maniera definitiva. »

Per soddisfare un'ambizione del genere c'era una bacchetta magica. Da circa mezzo secolo, infatti, gli antibiotici trionfavano in una vasta sfera della patologia umana, quella delle malattie cosiddette infettive. « Se è ancora difficile curarne una buona parte » spiegherà Jack Dehovitz, « che sollievo sapere che nessuna è più mortale. » Come il collega parigino Willy Rozenbaum, era stato inoltre sedotto dalle immense possibilità offerte da questa branca della medicina per quanto riguardava la salute pubblica. L'educazione della popolazione, la prevenzione, il controllo del contagio e delle epidemie erano tutte sfere d'azione che superavano di gran lunga il caso di un malato isolato. « Anche se ti becchi una bella sifilide con una puttana » riassumeva non senza un certo cinismo, « se non altro puoi fare in modo che tua moglie non la prenda. »

Ed ecco che quello schema rassicurante era andato a farsi benedire. Era giunta l'apocalisse. A New York, solo alcuni ospedali accettavano di ricoverare le prime vittime della nuova peste. La mancanza di dati precisi sulla malattia e il terrore che per tale ragione ispirava al personale medico a volte mettevano in pericolo la qualità delle cure. I giornali riportavano esempi di reparti ospedalieri dove i pasti venivano lasciati davanti alla porta delle camere e certe infermiere accettavano di avvicinarsi al letto di un paziente solo se protette da un camice sterile, maschera e guanti. Circolavano a quell'epoca le voci più fantasiose: si arrivava per esempio ad affermare che un semplice scambio verbale potesse bastare a trasmettere la malattia. Dato che colpiva categorie emarginate come gli omosessuali e i tossicomani, cresceva l'ostracismo nei confronti delle sue vittime. Le autorità finirono per reagire. « Se il peccato è condannabile, non abbiamo il diritto di abbandonare il peccatore » dichiarò il cardinale arcivescovo di New York, John O'Connor.

Il prelato ebbe l'idea di creare un reparto specializzato per i malati di AIDS nel vecchio ospedale Saint-Clare finanziato dall'arcidiocesi. Furono assunti dei medici desiderosi di collaborare, tra cui il dottor Jack Dehovitz, e sistemati due piani per accogliere una ventina di malati. La stampa elogiò l'iniziativa e i pazienti cominciarono presto ad affluire. New York aveva finalmente un ospedale dove l'AIDS veniva curato come qualunque altra malattia. Fu una soluzione provvidenziale per i ricoverati, oltre che per le traballanti finanze dell'istituzione fondata in passato da una religiosa allo scopo di assistere gli immigrati poveri del West Side. Ma essa sottopose medici e infermieri a un supplizio che nessuno aveva immaginato.

**Racconto del dottor Jack Dehovitz**

« Ogni giorno mi ritrovavo ad affrontare una catastrofe diversa. Una mattina venne da me una coppia di una trentina d'anni. Lui era professore d'inglese in un istituto secondario dei dintorni di New York; lei lavorava in un'agenzia di viaggi. Persone intelligenti e apparentemente responsabili. Lui stava malissimo. Feci in modo di parlare da solo alla donna perché doveva rendersi conto che il marito sarebbe morto entro quarantott'ore. Le spiegai che era inutile ostinarsi a torturarlo con una qualunque terapia ormai senza scopo. Era troppo tardi. Cercai soprattutto di farle capire che anche lei era in pericolo. Le chiesi se di recente le avessero prescritto delle analisi. "Sì" rispose come stupita, "il mio ginecologo mi ha fatto fare degli esami. Mi ha detto che ero sicuramente portatrice di virus, ma non mi dovevo preoccupare: per me sarebbe andato tutto bene." Aveva un figlio di due anni e con ogni probabilità il bambino era stato contagiato durante la gravidanza. Verosimilmente tutti e due si sarebbero ammalati di AIDS, ma la donna non si rendeva conto di niente. Vedere tanta incoscienza in persone cosiddette responsabili, lasciava sbalorditi. Insistei sulla necessità di test biologici approfonditi. Prendemmo appuntamento per l'indomani. Ma lei non è mai tornata. Seppi poi che il marito era effettivamente deceduto due giorni dopo.

« È duro annunciare a dei pazienti che hanno una malattia mortale, anche per medici più incalliti di me. Non esiste una formula bell'e fatta per rivelare a un poveraccio che la sua "bronchite" è in realtà una *Pneumocystis carinii*, e le sue pustole viola sul viso un sarcoma di Kaposi, insomma che ha l'AIDS. Durante gli studi, una volta mi avevano incaricato di spiegare a un malato che aveva un cancro al polmone. Era un negro di una sessantina d'anni, un gran fumatore molto simpatico. Gli restavano al massimo sei mesi di vita. La prospettiva di dovergli rivelare il suo male mi atterriva, ma almeno avevo la possibilità di mitigare l'effetto con una serie di affermazioni rassicuranti circa le armi di cui disponeva la medicina: chirurgia, chemioterapia, radioterapia. Contro l'AIDS potevo offrire solo parole derisorie. Prima di decidermi a parlare, a volte aspettavo quattro o cinque giorni.

« Il colloquio si svolgeva diversamente a seconda degli individui e delle personalità. Con gli omosessuali di solito era più facile perché erano già al corrente della gravità dell'AIDS: si erano già visti morire intorno degli amici e si aspettavano il peggio. Il giovane pubblicista gay di Baltimora al quale l'altro giorno ho dovuto dire la verità, ha reagito peraltro in modo inaspettato. Non dimenticherò mai la nostra conversazione.

« "Abbiamo i risultati della sua broncoscopia" gli ho detto. "Confermano che lei ha una pneumocistosi."

« "Dottore, che cosa vuol dire?"

« "Che il suo sistema immunitario è in cattivo stato" ho tentato di spiegargli, "e ciò ha permesso che si manifestasse l'infezione."

« È una spiegazione che induce di solito i malati a porre la domanda cruciale: "Dottore, ho l'AIDS?". Ma quel paziente non ha chiesto niente. È rimasto silenzioso. Sono stato io a dovergli precisare che la mia diagnosi era sinonimo di AIDS. Ha ascoltato senza reagire. L'ho semplicemente visto rannicchiarsi nel letto in posizione fetale. Era patetico. Dopo un bel po', ha sollevato la testa.

« "Dottore" ha detto, "ho solo trent'anni. È duro sapere che non arriverò ai quaranta."

« Dentro di me pensavo: "Poveretto, non arriverai neanche ai trentuno". Ho snocciolato la solita tiritera sulla mobilitazione generale della ricerca medica. Ho raccontato che migliaia di scienziati stavano lavorando in tutto il mondo per identificare le cause del male e che di lì a qualche mese avrebbero fatto qualche grande scoperta. Cercavo di ispirargli tutta la speranza possibile. Ma lui seguitava a non reagire. Né quel giorno né il giorno dopo ha dato il minimo segno di vita. La cosa cominciava ad allarmarmi. Ero seriamente preoccupato, tanto più che immaginavo il mio comportamento in una circostanza del genere. Avevamo la stessa età. Al suo posto, anch'io mi sarei sicuramente ripiegato su me stesso come una larva e non avrei voluto parlare a nessuno.

« Quel malato non aveva finito di sorprendermi. Il sesto giorno, mentre lo stavo visitando, mi ha preso la mano e ha dichiarato:

« "Non mi lascio mica fare, sa, dottore, ora sistemeremo i conti, io e la sua sporca malattia." »

# 32

*Latroun, Israele – inverno 1983*
*Undici monaci d'Israele in aiuto delle due piccole serve dei poveri*

Philippe Malouf osservò a lungo i tre francobolli sulla busta. Gli sembrava che tutta quanta l'India, con i suoi emblemi e i suoi simboli, avesse fatto irruzione nella sua camera di paralitico. Accanto alla figura di una contadina in sari, che tira una mucca portando sulla testa un'anfora d'acqua, e la cupola futurista del primo reattore atomico asiatico, riconobbe le grandi orecchie a sventola e il cranio lucente del mahatma Gandhi sopra il quale il timbro postale di Calcutta aveva disegnato una strana aureola.

La busta conteneva una lettera di diverse pagine e due fotografie. La prima era il famoso ritratto di Madre Teresa con un piccino in braccio. Faceva pensare a una Vergine col Bambino dipinta da qualche maestro del Rinascimento. La foto era accompagnata da un versetto d'Isaia: "Guarda, non ti posso dimenticare, ho inciso il tuo viso nel palmo della mia mano. Ti ho chiamato per nome. Tu sei prezioso per me e io ti amo". Sotto, Madre Teresa aveva scritto di suo pugno gli auguri per il 1983 al giovane monaco paralizzato che da Israele offriva le sue sofferenze per sostenere l'opera di una delle Missionarie della Carità: "Buon anno, caro fratello Philippe. Ama sempre gli altri come Gesù ama te. Che Egli ti protegga e ti benedica. M. Teresa".

Sulla seconda foto si vedeva una suora in sari bianco e grembiule azzurro che dava da mangiare a un uomo scheletrico. Sui paglierici vicini si distinguevano altri corpi simili. L'obiettivo era riuscito a cogliere l'intensità dello scambio fra quei due esseri, la religiosa che sorrideva con tenerezza porgendo il cucchiaio colmo di riso al povero affamato, il quale riceveva il cibo con una toccante espressione di riconoscenza. Philippe Malouf intuì che si trattava di Ananda, la giovane suora indiana alla quale era spiritualmente "maritato". Ne osservò minuziosamente il viso, le mani così fini, la fragile figura, l'ambiente che la circondava. Tentò d'immaginare i rumori e gli odori. Pensò agli ospedali di fortuna del Libano in guerra dove i cristiani ricoveravano i loro feriti. Su quella foto non c'era nessuno che avesse una fasciatura. Si vedevano solo degli sventurati scheletrici e giovani indiane sorridenti intente a nutrirli.

Stranamente la lettera era firmata dalla religiosa responsabile del lazzaretto di Calcutta dove Ananda lavorava.

*Caro frate Philippe,*
*le devo dare una ben triste notizia*, scriveva suor Paul. *La nostra cara suor Ananda è stata vittima di un incidente e temiamo che il buon Dio voglia rapirla al nostro affetto. L'altra mattina, lei e suor Alice sono state ferocemente morse da un cane rabbioso mentre stavano arrivando al lazzaretto.*

*Nel nostro quartiere ci sono molti cani randagi attratti dai resti dei sacrifici di animali che si praticano nel recinto del vicino tempio indù. Tutti i giorni ci sono famiglie che portano capretti o polli perché gli officianti del tempio li decapitino secondo il rito, nella speranza che la dea Kâlî esaudisca i loro voti. L'animale che ha morso le nostre sorelle aveva già aggredito due bambini. Schiumava bava dalla bocca e ululava orribilmente. Alcuni uomini del quartiere hanno tentato di acchiapparlo con un grande sacco di tela, ma è riuscito a sfuggire. Si è nascosto sotto il carretto di un venditore di dolciumi, proprio davanti alla porta del lazzaretto, poi è balzato addosso a una bambina che passava di lì.*

*Le nostre due suore si sono precipitate per proteggerla. È stato a quel punto che il cane le ha morse alle mani e al viso. Un uomo risciò ha lasciato cadere le stanghe della carretta per lanciarsi al suo inseguimento, ma il cane è scomparso. Più tardi è stato catturato in riva al fiume, nel posto dove gli indù bruciano i loro morti. Un furgone della polizia è venuto a prenderlo e l'ha portato via.*

*Nel pomeriggio sono venuti due poliziotti. Portavano un certificato del servizio veterinario del comune in cui si precisava che "il cervello del cane è effettivamente quello di un animale rabbioso". Ho immediatamente chiamato uno dei taxi posteggiati davanti al tempio vicino e io stessa ho accompagnato le due ferite al pronto soccorso del Government Hospital. Ma non avevano siero antirabbico. Ci hanno indicato un altro ospedale, ma neanche lì c'era il siero. Allora ci hanno mandate a un terzo ospedale...*

Suor Paul riferiva poi nei minimi particolari l'odissea che con Ananda e Alice l'aveva condotta da un ospedale all'altro in cerca del siero indispensabile. Sembrava che quel giorno tutti i centri medici ne fossero sprovvisti. Alla fine qualcuno le aveva consigliato di andare in un posto che si chiamava Pasteur Institute in Convent Road. Pareva che lì allevassero dei montoni che servivano per produrre un po' del prezioso siero. Ma trovarono solo un edificio abbandonato, con il tetto e i muri rovinati dal monsone. Un vicino le aveva informate che da tempo l'istituto aveva chiuso i battenti e che prima di partire il personale aveva mangiato uno dopo l'altro tutti i montoni. Le tre religiose avevano finito per tornare al convento di Lower Circular Road dove un medico era andato a visitare le ferite. Madre Teresa era in viaggio all'estero e la sua assistente aveva mandato un telegramma a Nuova Delhi perché spedissero urgentemente il siero. Ma il giorno in cui suor Paul scriveva a Philippe, non era ancora arrivato.

*Siamo molto preoccupate*, concludeva, *perché, come lei sa, la rabbia è una malattia mortale. Quando si manifesta non c'è più niente da fare. Se il siero non arriva entro quarantott'ore, forse sarà troppo tardi.*
*Caro fratello, abbiamo urgentemente bisogno delle sue preghiere.*

Philippe Malouf cercò la data sulla prima pagina. La lettera era stata scritta dodici giorni prima. Sconvolto, fece chiamare il priore.

« Padre » disse al vecchio abate, « legga subito questa lettera. La nostra comunità deve dimostrare senza indugio che la comunione dei santi è una realtà vivente. »

Terminata la lettura, il religioso corse senza dire parola alla campana del monastero per convocare in cappella tutti i monaci. Senza aspettare i vespri, e poi durante gli uffizi dei giorni e delle notti seguenti, i dieci trappisti dell'abbazia dei Sette Dolori di Latroun si associarono con canti e preghiere all'offerta delle sofferenze del loro fratello paralitico « perché sopravvivessero le due giovani suore indiane in sari che hanno consacrato la loro vita ad alleviare le sventure degli uomini ».

## 33

*Parigi - inverno 1983*
*Corsa contro il tempo per salvare dei virus assassini*

Era uno spettacolo di una tale bellezza che Françoise Barré-Sinoussi non riusciva a staccarne gli occhi. Nessun orafo avrebbe potuto creare e neanche concepire quell'aiuola fluorescente di miriadi di piccole sfere e di bastoncini dorati che tappezzavano il vetrino sotto la lente del microscopio. Aveva contemplato miliardi di cellule durante la sua carriera, eppure non si stancava mai di vedere con quale armonia la natura sapeva creare elementi infinitesimali.

Ma in quel pomeriggio d'inverno la posta in gioco era così importante che la giovane biologa non poteva dare libero corso alla sua emozione estetica. Doveva assolvere un compito urgente: controllare i linfociti che nuotavano nel liquido nutritivo delle provette e assicurarsi che fossero in numero sufficiente. Sapeva che una densità troppo forte o troppo debole del liquido rischiava di impedire che crescessero secondo le norme. Il vetrino su cui aveva deposto il campione era sottilmente quadrettato in modo da poterne consentire il conteggio. Quando rialzò la testa, un sorriso le disegnava due fossette sulle guance.

« Tutto bene » disse.

Da diversi giorni, nell'atmosfera viziata della sala Bru dell'Istituto Pasteur di Parigi, tutti si affaccendavano intorno a provette, pipette e centrifughe per preparare la manipolazione decisiva che avrebbe confermato o meno la presenza di un retrovirus nei globuli bianchi del linfonodo infetto. Il problema era di fare in modo che si manifestasse l'enzima, ovvero la chiave che gli serviva per introdursi nel nucleo delle cellule. Si trattava di una delle operazioni più delicate e più complesse della biologia cellulare. Françoise Barré-Sinoussi mise le provette in una centrifuga che faceva mille giri al minuto, e che ruotando lasciava cadere i linfociti in fondo ai recipienti permettendo di recuperare le particelle virali presenti nel liquido in superficie. Poi, grazie a una seconda rotazione, questa volta di centomila giri al minuto, la giovane donna fece sì che le particelle virali si concentrassero. Dopo di che portò il concentrato dietro lo schermo di sicurezza della cappa a flusso di aria sterile e vi aggiunse qualche goccia di un semplice detergente. Se tutto andava secondo le sue previsioni, il detergente avrebbe provocato l'esplosione delle cellule, liberando nel contempo l'enzima specifico che serviva da intermediario al retrovirus. A questo punto le rimaneva da dimostrare la presenza della trascrittasi inversa e misurarla, una manipolazione di routine il cui strumento essenziale era un miscuglio opalino contenente ingredienti che dovevano attivare l'enzima-firma del retrovirus in questione.

La giovane donna non lasciava preparare a nessuno quei cocktail nutritivi. Ne componeva diverse varianti, aggiungendo ora un po' di manganese, ora un po' di magnesio o un'altra sostanza, a seconda del tipo di enzima che sperava di individuare. L'elemento base rimaneva comunque un preparato conservato nel congelatore e che nel gergo dei ricercatori viene detto l'"adescatore", nome che corrisponde perfettamente alla sua vocazione. Si trattava di una soluzione trasparente che conteneva un vero meccanismo di adescamento genetico, una specie di esca diabolica fatta di un pezzettino di DNA, portatore del codice genetico delle cellule, verso il quale l'enzima si sarebbe sentito irresistibilmente attratto. Presa in trappola, la "firma" del retrovirus poteva quindi essere individuata. Per rilevarla si doveva introdurre nel preparato un prodotto radioattivo destinato a "marchiare" una secrezione specifica dell'enzima-firma.

Dopo aver incorporato il suo sapiente miscuglio nei concentrati di virus deposti in fondo alle provette, la biologa li sistemò negli alveoli di un'incubatrice oscillante. I movimenti dell'apparecchio dovevano permettere un'osmosi completa tra i diversi elementi. La manipolazione arrivava alla fase critica. Ora o mai più, l'enzima, irrefrenabilmente attratto dal DNA adescatore, poteva essere evidenziato grazie alla sua secrezione resa radioattiva. A condizione, come sapeva la biologa, che le provette contenessero realmente il retrovirus che si stava cercando. L'incubatrice oscillò per più di un'ora. Il momento cruciale si avvicinava. Ora si doveva stendere la soluzione su una serie di filtri circolari della misura di un'ostia perché si asciugasse. Con i suoi compagni, Françoise Barré-Sinoussi chiuse quelle "focaccine" in un forno scaldato a 90° per una diecina di minuti. Terminata la cottura, le suddivise in alcune coppelle di vetro dove versò qualche goccia di un liquido di scintillazione. Ora restava solo da collocare i recipienti nell'apparecchio munito del contatore elettronico che avrebbe pronunciato il verdetto.

L'équipe al completo si piazzò davanti allo schermo verdastro, nella speranza di vedervi comparire le fatidiche cifre da cui sarebbe risultato che l'assassino responsabile dell'AIDS era effettivamente un retrovirus e che i ricercatori dell'Istituto Pasteur l'avevano identificato. Ma lo schermo restò disperatamente vergine, la stampante silenziosa. Era andata male. Come da Robert Gallo, a Bethesda, il mistero cellulare rifiutava di rivelare i suoi segreti. Bisognava ripartire da zero, modificare la composizione del cocktail adescatore, verificare le operazioni di rilevamento dell'enzima muto, controllare se c'erano stati errori di manipolazione. Nella ricerca biologica, i tentativi a vuoto sono all'ordine del giorno. Lo sapevano tutti. Eppure, in quella glaciale sera di gennaio, i successori di Louis Pasteur si sentivano profondamente delusi.

« No, ancora niente. Nessun segno di radioattività sul contatore. »

Indispettito, Luc Montagnier riabbassò per l'ennesima volta il ricevitore. Erano già quattordici sere che i suoi collaboratori, indispettiti, gli davano la stessa risposta. Eppure avevano fatto di tutto, e con che ostinazione, per far parlare le provette! Se era stato davvero un retrovirus a infettare il linfonodo dello stilista parigino, sembrava impossibile che quell'agente di morte potesse mantenere l'incognito dopo una simile caccia. I ricercatori della sala Bru cominciarono a essere colti dal dubbio. Erano sicuri di avere i mezzi tecnici per misurarsi con un simile avversario? E se quel virus non fosse esistito? Se fosse stato solo un'invenzione, un fantasma dei medici e degli epidemiologi per giustificare la loro impotenza a domare la malattia?

La mattina del quindicesimo giorno, in quella cupa atmosfera, risuonò il grido di gioia della riscossa. Sullo schermo del contatore elettronico era apparsa la cifra "3000". Era evidentemente una cifra di poco conto, e tuttavia era anche il segno inconfutabile della presenza di una sostanza radioattiva in fondo alle provette, forse la prima manifestazione dell'enzima con cui i ricercatori francesi speravano di dimostrare l'esistenza dell'ipotetico agente dell'AIDS. Tre giorni dopo ci fu l'attesa conferma, e questa volta gli impulsi radioattivi furono seimila al minuto. Altri tre giorni e la cifra salì a novemila. Accorse Luc Montagnier per congratularsi con i colleghi. L'euforia aveva appena fatto sparire tutti i dubbi della settimana precedente, quando scoppiò il dramma.

Fu durante un semplice controllo di routine: l'équipe della sala Bru doveva infatti regolarmente assicurarsi della buona tenuta delle colture di linfociti che venti giorni prima le erano state affidate da Luc Montagnier. Si trattava di un controllo talmente importante che Françoise Barré-Sinoussi lo effettuava di persona diverse volte al giorno. Poiché si sospettava che contenessero il famoso agente dell'AIDS, i globuli bianchi estratti dal linfonodo dello stilista rappresentavano un capitale inestimabile. Fino a quel giorno si erano comportati in maniera ineccepibile e la biologa, che vi fondava le sue speranze, ne era molto fiera. Era convinta che sorvegliandoli di continuo e lasciandogliene il tempo, essi si sarebbero riprodotti in numero tale da provocare insieme la moltiplicazione del virus-assassino che contenevano, permettendone l'identificazione. Il desolante spettacolo che scoprì nella luce del microscopio fece svanire ogni sua speranza. Le cellule stavano morendo sotto i suoi occhi. Una funesta visione si era sostituita allo spettacolo della magnifica aiuola di piccole sfere e di bastoncini fluorescenti davanti al quale si era tanto spesso estasiata.

Alcune cellule gonfie come dirigibili erano sul punto di scoppiare. Altre si erano fuse formando giganteschi e grotteschi amalgami. Invece di scintillare come le faccette di un diamante, le loro membrane tendevano piuttosto al nero. Erano granulose, spezzettate, irte di asperità, tutti segni della loro fine imminente.

I ricercatori francesi erano costernati. Perché quel disastro? In cosa consisteva il loro errore? Nell'alimentazione, nel riscaldamento, nella respirazione delle colture? Un corpo estraneo aveva magari contaminato le pipette, le provette, i filtri? Jean-Claude Chermann e Françoise Barré-Sinoussi verificarono una dopo l'altra tutte le possibilità, senza riuscire a trovare nessuna causa accidentale. Fu allora che ebbero la stessa intuizione: e se il responsabile della catastrofe fosse proprio il retrovirus? Quello di cui si ostinavano a dimostrare l'esistenza con la presenza dell'enzima che gli serviva da veicolo per introdursi nel nucleo delle cellule? Un'eventualità da dare le vertigini. Se l'agente che uccideva le loro colture di globuli bianchi era davvero un retrovirus, allora si trattava di un retrovirus sconosciuto, dal momento che si comportava in maniera opposta al primo retrovirus scoperto da Robert Gallo e a tutti i retrovirus trovati negli animali. Invece di scatenare la folle e anarchica proliferazione dei globuli bianchi che poi infettava, come nel caso della leucemia, si limitava semplicemente a ucciderli.

Era possibile che esistesse un retrovirus umano di una famiglia del tutto diversa da quella del retrovirus scoperto dallo scienziato americano? Era effettivamente un'ipotesi da dare le vertigini. Se fosse stata confermata, sarebe stata come lo scoppio di una bomba negli ambienti di una ricerca medica sempre in competizione. Che consacrazione per lo staff della sala Bru! Ma, al tempo stesso, che angoscia! « La morte dei linfociti del giovane stilista rischiava di privarci dell'oggetto stesso della nostra scoperta » spiegherà Jean-Claude Chermann. « Sicuramente sarebbe finita con la scomparsa del virus contenuto nei linfociti. Niente più cellule, niente più virus. » Per scongiurare la catastrofe, bisognava tentare con la massima urgenza di prolungare la vita delle colture agonizzanti mediante un apporto di cellule in buona salute.

Le incubatrici e i congelatori di un laboratorio rigurgitano sempre di cellule in coltura che servono ai vari programmi di ricerca in corso. Quelli di Jean-Claude Chermann contenevano quell'inverno un gran numero di cellule di topi, visoni e altri mammiferi da pelliccia. Il virus dello stilista malato sarebbe resuscitato a contatto di cellule animali? Le avrebbe assediate? Sarebbe stato in grado di forzarne l'accesso, d'infiltrarsi nel loro nucleo, di costringerle a riprodursi? Tutti i tentativi fallirono. Solo un apporto di cellule umane avrebbe forse potuto evitare il disastro.

La storia minore della ricerca medica non ricorderà neppure il nome dei parigini che quel 24 gennaio 1983 si presentarono al centro di trasfusione dell'Istituto Pasteur. Quale di quei donatori poteva mai immaginare che il suo sangue avrebbe forse fatto rivivere il virus colpevole del peggiore flagello dell'era moderna? Il sangue dell'anonimo donatore fu accolto come un tesoro dall'équipe della sala Bru. Françoise Barré-Sinoussi si affrettò a isolarne i linfociti che immerse in una soluzione di vitamine e di fattori di crescita. Per precauzione, la biologa versò la metà del preparato in una provetta vergine. « Dovevamo controllare se per caso il donatore non fosse già portatore del virus che stavamo cercando » spiegherà. « O di un altro virus che rischiava di farci imboccare una falsa pista. » Poi versò il resto del preparato in una delle provette contenenti i linfociti moribondi del linfonodo infetto. Ci sarebbe stato da pazientare diversi giorni prima di sapere il risultato di quel tentativo di rianimazione.

Se sul contatore elettronico fosse cresciuto il numero degli impulsi radioattivi, sarebbe stata la prova che il virus era stato salvato, che aggrediva le cellule fresche grazie alle quali si riproduceva. I ricercatori francesi avrebbero potuto finalmente isolarlo, caratterizzarlo, forse addirittura osservarlo al microscopio elettronico.

# 34

*New York - inverno 1983*
*« Non resuscitare. »*

Nel frattempo la tragedia non finiva di estendersi. « Era come nella fiaba dei ciechi e dell'elefante » dirà Jack Dehovitz, il giovane medico aiuto all'ospedale Saint-Clare di New York. « I ricercatori con le loro provette, e noi sul campo, avevamo a che fare con un aspetto diverso della "bestia", perciò ne percepivamo la realtà in maniera diversa. Per i primi, l'elefante AIDS era solo un concentrato di virus in fondo alle provette; per noi medici, era una maschera mortuaria su un guanciale bianco dove un paio d'occhi allucinati guardavano già la morte. » Immagini insopportabili che Jack Dehovitz si portava ogni sera a casa, al ristorante, al cinema, per la strada, nel metrò; immagini terribili che continuavano a ossessionarlo anche quando faceva l'amore o leggeva il "New York Times". « Era impossibile liberarmi la mente anche fuori dell'ospedale » spiegherà. « Troppi malati avevano la mia età, la mia cultura, qualcosa con cui mi potevo identificare. Ero ancora ossessionato dal ricordo di quel ragazzo di Baltimora che si era letteralmente disfatto sotto i miei occhi quando aveva saputo di avere l'AIDS. »

I medici americani avevano l'obbligo di ottenere il formale accordo dei pazienti prima di certi interventi terapeutici estremi, e ciò non facilitava le cose. Il consenso o il rifiuto dei malati doveva essere confermato dalla loro firma su un documento amministrativo. In ogni cartella clinica c'era quindi una scheda che portava scritto "Volontà di vivere". Di fatto tutti la chiamavano DNR, abbreviazione dell'espressione *Do not resuscitate*, Non resuscitare. Benché ciascuno avesse il diritto di aggrapparsi o meno alla vita grazie alle moderne tecniche di rianimazione, i medici dovevano illustrare ai malati le scelte possibili e fare in modo che prendessero una decisione.

All'inizio del 1983, quell'obbligo si fece sempre più frequente per il giovane dottore Dehovitz. « La catastrofica epidemia ci costringeva a costanti improvvisazioni » ricorderà. « Non esisteva un discorso che andasse bene per tutti quando si doveva chiedere a qualcuno se voleva essere collegato a un mucchio di apparecchi per continuare a vivere a ogni costo quando fosse giunta l'ora. Dovevamo adattarci a ogni personalità, anche se le frasi restavano le stesse: oggi va tutto bene, però un giorno la situazione potrebbe peggiorare e allora si dovrebbe decidere sull'opportunità di seguitare a lottare. Caso mai lei non fosse più in grado di esprimere la sua volontà, sarebbe bene premunirsi e sapere fin d'ora se desidera o meno essere trasportato nel reparto di terapia intensiva. Mi sforzavo di trasmettere il messaggio con tutta la dolcezza possibile e senza esercitare la minima influenza in un senso o nell'altro. Consigliavo ai miei malati di riflettere qualche giorno, di parlarne con la famiglia, con qualcuno del corpo medico, con altri pazienti. Dentro di me speravo sempre che rinunciassero a continuare una lotta senza speranza. »

Quando era il caso, Jack Dehovitz tirava fuori di tasca la scheda con le iniziali DNR e la faceva firmare al suo interlocutore. Poi completava il documento con il riassunto del colloquio. A volte, prima di prendere una decisione, certi pazienti volevano vedere che cosa si nascondesse sotto la nozione di terapia intensiva. Nell'apposito reparto del Saint-Clare c'erano in permanenza uno o due malati. La vista dell'impressionante groviglio di tubi e di fili che collegavano quegli sventurati alla serie di flaconi e di apparecchi che li mantenevano artificialmente in vita, faceva svanire quasi sempre il loro desiderio di aggrapparsi all'esistenza. Capitò che il trauma davanti a quello spettacolo fosse tale che alcuni malati incaricarono per iscritto i genitori o un parente prossimo d'interrompere, se necessario per vie legali, ogni tentativo di prolungare la loro vita in simili condizioni. Era un comportamento che preoccupava i medici, consapevoli che di rimando avrebbero potuto essere accusati di omicidio se non si fossero battuti fino all'estremo.

Jack Dehovitz si stupiva delle reazioni totalmente opposte che suscitava quell'obbligo burocratico. Nel loro stato di prostrazione, alcuni malati rifiutavano di parlarne. Altri lo insultavano pretendendo da lui cure illimitate, arrivando al punto di minacciarlo delle folgori della giustizia. In certi casi, la malattia aveva colpito il cervello, il che complicava ulteriormente il dialogo.

I migliori contatti li aveva con i membri della comunità che era stata la prima vittima del flagello. Nel reparto del Saint-Clare, gli omosessuali costituivano un'élite sociale e culturale. Colpiti da frequenti infezioni, quasi tutti erano già stati ricoverati in ospedale e avevano quindi una certa familiarità con le procedure mediche. Conoscevano i loro diritti, tra cui quello di rifiutare l'una o l'altra terapia. Le avvertenze per l'uso accluse ai farmaci prescritti non sfuggivano al loro occhio vigile, e in particolare la segnalazione di possibili effetti secondari. Jack Dehovitz si rammaricherà spesso del fatto che certi pazienti diano importanza a cose minime rispetto alla gravità del loro stato. Erano capaci di rifiutare tutta la cura per un effetto secondario sgradevole.

Il medico non dimenticherà certi scontri. Un giorno, uno dei suoi malati che stava per diventare cieco a causa di un'infezione virale, venne a sapere che il medicinale prescritto per ritardare l'incombente cecità, rischiava di comportare lievi inconvenienti all'apparato genitale. Appena aveva individuato sulle avvertenze le parole "testicoli" e "disturbi", si era drizzato sul letto come un cobra pronto a mordere.

« Dottore, le proibisco di toccarmi i coglioni » gridò rabbiosamente.

« John, è per salvarti la vista! » obiettò Jack Dehovitz.

« Degli occhi me ne frego » urlò ancor più forte il malato. « Quello che conta, sono i coglioni! »

Il linguaggio sofisticato di altri pazienti sorprese più di una volta il medico. « Magari annunciavi a un ragazzo che gli avresti infilato una flebo nel petto e lui ti rispondeva: "No, dottore, non voglio fleboclisi nella vena succlavia", usando il termine scientificamente più corretto.» Jack Dehovitz resterà stupito anche dal rifiuto di accettare certe cure. «Era naturale credere che quei malati in pericolo di vita si sarebbero affrettati a chiederti di fare assolutamente tutto quello che ritenevi utile. Ebbene, no. I gay avevano un modo del tutto personale di vedere le cose. Per quasi tutti la cosa più importante era salvaguardare la qualità della vita e conservarne il controllo. Non volevano saperne di quei tubi che ti fanno vivere come un vegetale.»

Era un atteggiamento non condiviso da un'altra categoria di malati che affluivano sempre più numerosi al Saint-Clare. I tossicomani si preoccupavano ben poco dei loro ultimi istanti. Rifiutavano perfino di parlarne, e preferivano adottare un atteggiamento di aggressività o di aperta rivolta che non facilitava il compito di chi doveva curarli. Prima di occuparsi dell'AIDS, bisognava cercare di disintossicarli. Passavano settimane, a volte mesi, prima di poter avviare un timido dialogo, ottenere un minimo di fiducia. «Per il loro modo di comportarsi, più di un'infermiera lasciò il reparto» ricorderà Jack Dehovitz. Per dei malati ossessionati prima di tutto dalla mancanza di droga, le crisi di soffocamento dovute ai funghi *Candida* o le lesioni deturpanti di un sarcoma di Kaposi erano questioni secondarie. Parlare con loro delle condizioni in cui si può morire, suggerire che rinunciassero in anticipo a una sopravvivenza artificiale, era come voler commentare con dei ciechi le sfumature dell'arcobaleno.

Quell'inverno ci furono molti decessi al Saint-Clare. Il primo malato che morì fu il giovane pubblicista di Baltimora. Nonostante il sostegno del suo amico, sempre presente nella camera inondata di fiori e di musica, malgrado le cure ostinate di Jack Dehovitz, non era riuscito a mantenere la promessa di «sistemare i conti con quella sporca malattia». Se n'era andato quietamente, circondato dalla madre, dai fratelli e dagli amici, lasciando sul comodino un manuale di marketing che non non aveva fatto in tempo a finire.

Stranamente, il giovane medico non visse né quella morte

né nessun'altra come una sconfitta, il che poteva anche stupire da parte di un uomo che aveva scelto di fare il medico solo per la felicità di poter guarire. « Gli effetti della malattia sono così atroci che hanno finito per farmi quasi amare la morte » confesserà. « In certi casi, la morte non mi sembra più un fallimento, ma una vittoria sulla sofferenza. Nessuno può accettare che la gente soffra troppo a lungo in un modo simile. Pur battendomi come un leone per sbarrarle la strada, mi è capitato di augurarmi la fine di un malato. Allora mi confortava una certezza. Sapevo che un giorno non lontano la morte non sarebbe stata più un'ineluttabile conclusione, che ci sarebbero state cure per sistemare i conti con quella "sporca malattia" che aveva stroncato il giovane di Baltimora. Non c'era da dubitarne.

« Era un'ardente convinzione che quell'inverno mi ha permesso di resistere. E di sperare che la mia esperienza di medico immerso fino al collo nelle quotidiane tragedie dell'AIDS contribuisse un po' a far vincere la guerra contro questa terribile malattia. »

# 35

*Parigi – inverno 1983*
*Centinaia di migliaia di retrovirus in un Boeing*

Da tre giorni e tre notti i ricercatori della sala Bru avevano tentato di tutto perché sul contatore di radioattività comparisse infine una cifra favorevole. Temendo che i linfociti del donatore di sangue non bastassero a rianimare il virus moribondo dello stilista parigino, Françoise Barré-Sinoussi era corsa alla maternità più vicina. Grazie alla loro eccezionale capacità di proliferazione, le cellule ceppo del sangue proveniente dal cordone ombelicale di un neonato le procurarono un alimento incomparabile da offrire alle sue colture ormai povere di globuli bianchi.

Il 27 gennaio, un po' prima di mezzogiorno, la biologa portò la provetta contenente il suo ultimo preparato nell'apparecchio che si trovava nel corridoio. Trascorsero alcuni interminabili secondi. Poi ci fu uno scatto e sul contatore comparve una cifra. Dietro le grandi lenti, gli occhi della giovane donna si spalancarono per lo stupore.

« Diciottomila! » esclamò.

Era il doppio del miglior risultato ottenuto in precedenza.

« La coltura è ripartita! » gridò Jean-Claude Chermann.

« Questa volta non c'è dubbio, abbiamo in mano qualcosa! » incalzò Françoise Barré-Sinoussi accendendo una delle sue immancabili Marlboro.

I francesi avevano sicuramente trovato qualcosa, ma che cosa? Evidentemente un retrovirus, come dimostrava l'attività dell'enzima-firma rivelata dal contatore di radioattività. Ma quale retrovirus? Poteva essere identico all'HTLV che Robert Gallo aveva identificato in rare leucemie e che rimaneva l'unico retrovirus mai rilevato nell'uomo? Poteva essere della stessa famiglia, come quello che cercava Prem Sarin, il collaboratore indiano dello scienziato americano? O magari si trattava di un retrovirus completamente diverso? Dal canto loro, Jean-Caude Chermann e Françoise Barré-Sinoussi non avevano il minimo dubbio: il loro retrovirus non aveva niente in comune con quello di Robert Gallo. Il suo moltiplicava i linfociti, il loro li uccideva. Dei cugini, per quanto lontanissimi, non potevano comportarsi in maniera così diametralmente opposta.

Dopo l'euforia tornò l'angoscia. I francesi sapevano che la loro scoperta sarebbe caduta nel dimenticatoio se non riuscivano a farne una clamorosa dimostrazione davanti alla comunità scientifica internazionale. Temibile prospettiva! Chi avrebbe creduto a dei virologi praticamente sconosciuti? Certamente non l'americano pieno di seduzione che si ostinava a difendere la tesi opposta e che regnava da tiranno sulla retrovirologia mondiale. Intimamente doveva essere convinto che nelle loro provette i simpatici pasteuriani non potevano aver trovato altro che il "suo" retrovirus, ma Robert Gallo era troppo abile per non fingere, se non altro, d'interessarsi ai risultati dei concorrenti. Non esitò quindi a mandar loro due linee di cellule che producevano l'HTLV, e alcuni campioni dei suoi anticorpi specifici. Così i francesi avrebbero potuto confrontare il retrovirus americano con l'agente virale che credevano di avere scoperto e accorgersi che si trattava né più né meno dello stesso identico virus.

I passeggeri del volo 021 dell'Air France che partirono quella sera dall'aeroporto Dulles di Washington ignoravano con quali strani compagni di viaggio avrebbero attraversato l'Atlantico. Dentro due scatolette – una imbottita di cotone, l'altra piena di ghiaccio – sistemate in uno degli scomparti del 747, c'erano due flaconi contenenti un liquido leggermente opalino. Nel primo, protetto dal cotone, nuotavano centinaia di migliaia di cellulle portatrici del retrovirus americano altamente cancerogeno e nel secondo, circondato di ghiaccio, altrettanti anticorpi in grado di riconoscere quell'agente portatore di morte.

Françoise Barré-Sinoussi si affrettò ad aprire di persona il prezioso pacchetto non appena fu arrivata a Parigi. Il suo contenuto rischiava di far svanire tutte le speranze dei ricercatori della sala Bru, oppure di portarli fin nell'anticamera del premio Nobel. I flaconi inviati da Robert Gallo avrebbero in effetti consentito di fare una verifica decisiva che consisteva nel mettere il suo retrovirus HTLV in presenza degli anticorpi provenienti dai linfociti infetti dello stilista parigino: se quegli anticorpi si lanciavano all'assalto del retrovirus americano, sarebbe stata la prova che essi appartenevano alla stessa famiglia, e che l'agente evidenziato dai ricercatori francesi era in pratica identico al primo retrovirus umano scoperto da Robert Gallo. Se invece ciò non accadeva, se ne poteva dedurre che i due retrovirus non erano della stessa natura.

Per procedere a tale verifica, esistevano due metodi. Il primo fu quello a cui ricorse Luc Montagnier, mentre l'attuazione del secondo venne affidata da Jean-Claude Chermann e Françoise Barré-Sinoussi a un tecnico provetto, la graziosa Marie-Thérèse Nugeyre, ventisette anni, per cui l'arte dell'immunofluorescenza non aveva segreti. Con la delicatezza di un'arpista, le sue lunghe dita munite di una pipetta mescolarono su un vetrino un campione dei linfociti americani portatori del virus di Robert Gallo con i suoi anticorpi specifici precedentemente colorati in fluorescenza. Poi, su un altro vetrino mescolò invece degli anticorpi americani con linfociti contenenti il retrovirus francese. Non rimaneva dunque che pazientare prima di poter scoprire il risultato di quei matrimoni forzati.

Quella sera stessa la giovane donna ebbe improvvisamente l'impressione di sentirsi il cuore in gola. Una gelatina di cellule e di particelle virali frammischiate era infine apparsa nella luce irreale del microscopio a fluorescenza. Il contrasto tra i due vetrini era impressionante. Il primo aveva l'aspetto di una scintillante spilla di smeraldi. Nell'amplesso con gli anticorpi americani colorati in fluorescenza, le cellule infettate dal retrovirus di Robert Gallo brillavano di mille luci. Sull'altro, le cellule infettate dal retrovirus francese erano rimaste completamente nere. Gli anticorpi americani non le avevano avvolte nei loro luminosi lustrini verdi. Come un organo che rigetta un trapianto, avevano rifiutato ogni contatto con le particelle virali a essi estranee.

Marie Thérèse Nugeyre uscì nel corridoio.

« Venite a vedere! » gridò. « Credo che questa volta sia importante! »

Tutti accorsero a scrutare quella visione indimenticabile. Luc Montagnier, di solito piuttosto austero e riservato, assunse l'aria sbarazzina « di uno scolaretto la sera della distribuzione dei premi ». Intorno al microscopio l'euforia era tale « che avevamo voglia di ballare la farandola » ricorderà Françoise Barré-Sinoussi. Jean-Claude Chermann già s'immaginava « la faccia che avrebbe fatto Gallo all'annuncio che non era più il solo ad aver identificato un retrovirus umano. »

Per quanto la dimostrazione fosse decisiva, l'équipe della sala Bru sapeva di aver recitato solo il primo atto. Prima di annunciare la scoperta alla comunità scientifica internazionale, doveva stabilire le caratteristiche del nuovo retrovirus umano, determinarne la morfologia, la densità, analizzarne le diverse proteine, definirne i geni, insomma riunire tutti i dati indispensabili per conferirgli un'identità. Per riuscire nell'impresa, i ricercatori francesi avrebbero avuto bisogno del concorso di molti collaboratori. L'aiuto più prezioso glielo avrebbe fornito un ometto gioviale e modesto che aveva passato tutta la sua vita professionale alla luce artificiale di una minuscola stanza senza finestre dell'Istituto Pasteur.

# 36

*Calcutta – inverno 1983*
*Il supplizio di una giovane suora indiana*

Suor Paul aveva smosso cielo e terra per ottenere il siero antirabbico. Mentre aspettava le fiale della salvezza, la religiosa aveva fatto mettere a letto le due novizie morse dal cane rabbioso, imponendo loro un assoluto riposo. Ma l'infermeria dove si trovavano non era in un luogo propizio all'inattività: essa confinava infatti con il lungo edificio che ospitava uno dei principali centri creati da Madre Teresa per alleviare la miseria della disumana metropoli.

Il nome del centro era scritto a enormi lettere nere sulla facciata dipinta di giallo: PREM DAN – DONO D'AMORE. Era stato donato alla fondatrice delle Missionarie della Carità dalla multinazionale inglese Imperial Chemical Industries, il cui personale locale si rifiutava di sopportare i pestilenziali odori delle vicine concerie. Nel lussureggiante scrigno di vegetazione tropicale, da lontano poteva far pensare a un qualche paradiso turistico. Si finiva quasi per dimenticare i tuguri che lo cingevano da ogni parte. I laboratori, le officine, gli uffici di un tempo brulicavano ora di un'umanità miserabile. Molti di quei relitti avevano perso la ragione, e il centro di Madre Teresa era così diventato il più grande manicomio del Bengala. Ciononostante, Prem Dan non era un luogo dove si scaricassero esseri fiaccati, vinti, distrutti. Animato dalle suore, l'ospizio ferveva infatti di vita e di attività. C'erano ricoverati che confezionavano paglericci cantando, altri che tessevano sacchi o intrecciavano corde con le fibre di noci di cocco recuperate negli immondezzai. L'idea di liberare la città dai rifiuti era stata di Madre Teresa. Diceva che era come « fabbricare oro con la spazzatura ». Si vedevano anche handicappati vittime della poliomielite che seguivano un corso di rieducazione fisica. Un istruttore volontario li guidava passo passo tra due parallele. Un'altra volontaria americana si sforzava invece d'iniziare alcuni malati mentali alle sonorità della chitarra, mentre dei giovani paralitici spidocchiavano meticolosamente i capelli di un gruppo di vecchi.

Stanche di aspettare l'arrivo del siero rimanendo inattive, una mattina suor Ananda e suor Alice infransero il voto d'ubbidienza e si misero a disposizione dei ricoverati dell'ospizio. L'allegria di una vecchia tutta incartapecorita attrasse subito l'attenzione dell'ex piccola lebbrosa di Benares. Le sue risa e la sua vivacità creavano una sorprendente atmosfera di gioia nel grande dormitorio. La vecchia afferrò la mano della giovane novizia e le fece capire che le sarebbe piaciuto farsi massaggiare. Ananda s'inginocchiò accanto al piccolo corpo rinsecchito e si mise a massaggiarlo delicatamente. Seppe poi che molti anni prima la donna era stata trovata da un cacciatore nel cuore di una foresta himalayana. Si era supposto che fosse stata allevata dagli orsi perché camminava solo a quattro zampe. C'erano voluti mesi per abituare il suo stomaco al cibo degli esseri umani, e per molto tempo aveva accettato di mangiare solo per terra. Con infinita pazienza, le suore le avevano insegnato a stare in posizione eretta e a mettere un piede dopo l'altro. Quella sua esistenza selvatica l'aveva privata dell'uso della parola e la donna si esprimeva solo con grugniti. Pareva che la sua più grande felicità consistesse nel farsi massaggiare. Le suore si chiedevano se a insegnarle quel piacere non fosse stata la lingua degli orsi.

L'arrivo inaspettato di suor Paul pose prematuramente fine all'iniziativa delle due novizie. La religiosa portava finalmente le dosi richieste di siero antirabbico. Si era fatta accompagnare da un giovane medico inglese di passaggio al lazzaretto perché facesse subito la prima di una serie di iniezioni ritenute particolarmente dolorose, da ripetersi ogni ventiquattr'ore per quattordici giorni. Nel caso delle due suore, il fatto di aver superato i termini normali non offriva peraltro nessuna garanzia di successo.

Tre settimane dopo, frate Philippe Malouf ricevette all'abbazia dei Sette Dolori di Latroun in Israele, un breve messaggio scritto su un foglio intestato alle Missionarie della Carità e una lettera firmata da un certo dottor Williams. Il monaco si sentì stringere il cuore riconoscendo la scrittura di suor Paul.

*Carissimo frate Philippe,*
*devo dirle la nostra tristezza,* lesse con impazienza. *Probabilmente non abbiamo pregato abbastanza. Il Signore ha rapito al nostro affetto la cara suor Alice. Il dottor Williams che questa sera torna in Europa le spiegherà in quali atroci circostanze.*

*Per fortuna suor Ananda, la sua "fidanzata" spirituale, non presenta finora nessun sintomo premonitore della rabbia. Ma ha sempre un gran bisogno del soccorso delle sue preghiere e dell'offerta delle sue sofferenze.*

Sconvolto, il monaco attese un po' prima di decidersi a leggere la lettera del dottor Williams.

*Le due pazienti sopportavano coraggiosamente la cura, quando in suor Alice si manifestò uno stato di agitazione e di ansietà,* raccontava il medico inglese. *Si mise a parlare in maniera irrefrenabile, rapida, a scatti. Perse l'appetito, soffrì d'insonnia, di mal di testa, di disturbi respiratori. In capo a due giorni si manifestò il sintomo veramente caratteristico che tutti noi paventavamo. Qualunque liquido le suscitava una repulsione incontrollabile. Benché assetata, ogni sforzo per bere anche un solo sorso le paralizzava per diversi secondi i muscoli della respirazione. Ben presto bastò il rumore dell'acqua per provocarle violente crisi di soffocamento. Per sostenerla, suor Paul e suor Ananda, altre religiose, io stesso e due medici indiani ci davamo il cambio al suo capezzale, sperando che il siero avesse il tempo di agire. Ma la malattia continuava la sua opera devastatrice.*

*Suor Alice divenne terribilmente sensibile a ogni elemento esterno, come una luce viva, un rumore un po' forte, un soffio d'aria fresca. Il suo corpo cominciò a essere scosso dalle convulsioni. Aumentarono le crisi di soffocamento. Ogni volta che espirava era sempre con una specie di rantolo. Sembrava una bestia che gemesse. Il terrore di inghiottire la saliva le fece presto sputare fiumi di bava. Si mise a battere i denti con una tale violenza che pareva volesse mordere. Era orrendo. Il suo bel viso di solito così sereno non aveva più niente di umano. Il quarto giorno, una crisi di soffocamento più forte delle altre pose fine al suo supplizio...*

Il medico inglese spiegava poi brevemente con quale angoscia le suore e i medici stessero sorvegliando lo stato di Ananda. Confermava che fino a quel momento niente d'allarmante aveva giustificato i loro timori, ma aggiungeva che si dovevano aspettare diverse settimane, se non mesi, per esser certi che la rabbia non si manifestasse. Terminava la lettera con un lungo post scriptum:

*Per tutta l'agonia della povera suor Alice, c'è stato un cane che non ha smesso di abbaiare nel cortile davanti all'infermeria. Ha un'aria talmente feroce che le religiose l'hanno soprannominato "Kala Shaitan", ovvero Diavolo nero. Un nome che gli calza a pennello.*

*Le zanne di Diavolo nero fanno paura ai ladri come alle suore costrette a passare davanti alla sua cuccia. Ne ha morse parecchie, ma nessuna ha chiesto che lo cacciassero per non dare un dolore a Madre Teresa che gli è particolarmente affezionata. E il molosso la ricambia. Appena la vede, diventa mite come un agnello. Si precipita verso di lei scodinzolando come per chiederle una carezza benedicente.*

## 37

*Parigi - inverno 1983*
*Occhi incantati davanti a una piccola sfera nera*

Luc Montagnier entrò con un flacone in mano.

« Lo troverete sicuramente qui dentro. Siamo riusciti a evidenziarne l'enzima. Ora sta a voi cercare! »

La mano robusta di Charles Dauguet, detto "Charlie", accarezzò la sottile barba grigia. Quella dichiarazione colmava di gioia il gioviale ometto che nella vita aveva una sola passione: la fotografia. Il suo laboratorio aveva il compito di fornire ai ricercatori dell'Istituto Pasteur i documenti che confermavano in modo tangibile la fondatezza delle loro ipotesi, ossia la prova attraverso l'immagine.

Charlie si aggiustò gli occhiali dalle lenti bifocali per esaminare la bottiglietta.

« Attenzione » avvertì Luc Montagnier. « È mio dovere informarla che lì dentro c'è un virus estremamente pericoloso. Se vuole, può rifiutare di metterci mano. »

« Stia tranquillo » rispose Charles Dauguet con la sua inalterabile serenità, « è già un bel pezzo che so farmi rispettare da quelle sporche bestiole. »

Erano ormai ventisei anni che in una stanzetta al primo piano dell'ex edificio della rabbia dell'Istituto Pasteur, Charles Dauguet fotografava i germi invisibili che aggrediscono uomini, animali e vegetali. Pochi assassini dell'infinitamente piccolo erano sfuggiti allo scatto di quel cacciatore di immagini. A volte doveva braccare le prede per settimane prima di riuscire a fissarle sulla pellicola. Charlie aveva fotografato migliaia di virus responsabili dell'epatite B, della rabbia, della poliomielite, del vaiolo, dell'herpes, dell'herpes zoster e di innumerevoli altre infezioni, in gran parte mortali. La varietà delle loro forme era infinita. Certi assomigliavano a palle da golf, a ruote di una macchina, a selci; altri a occhi di civetta, a virgole, a pacchetti di maccheroni. L'astuzia e l'originalità dei loro travestimenti avevano spesso stupito Charles Dauguet, tanto che aveva tappezzato le pareti del laboratorio con le foto più riuscite: i trofei della sua carriera.

La sua passione per la fotografia risaliva ai primi anni dell'infanzia. Aveva appena tre anni quando il nonno, un garagista normanno, gli aveva regalato la sua prima macchina fotografica. Era stato l'inizio di una collezione che ora annoverava una buona cinquantina di modelli rarissimi pazientemente scovati al Mercato delle pulci e sulle bancarelle di rottami di ferro. Nell'adolescenza aveva trascorso il tempo libero percorrendo il pittoresco quartiere delle Halles, con l'occhio incollato al mirino. « Che gioia cogliere l'istante della vendita di un quarto di bue o di una bracciata di rose » diceva, « fissare anche i fatti più naturali nel momento in cui avvengono. Che emozione guardare poi quelle immagini della vita e dirsi: "È successo a quell'epoca, e io ne sono stato testimone". »

L'insurrezione di Parigi e la liberazione dell'agosto 1944 avevano permesso al giovane liceale di fissare per sempre indimenticabili momenti di lotta e di esultanza popolare. Suo malgrado aveva perfino immortalato una scena d'orrore, in cui si vedeva un soldato FFI[1] che giustiziava un miliziano filotedesco catturato mentre dai tetti sparava sulla folla. Gli avevano strappato di dosso i vestiti. Il soldato FFI aveva brandito il fucile con la baionetta inastata. « Ragazzo, fai una foto! » aveva gridato a Charlie. Terrorizzato, questi aveva incollato l'occhio sul mirino e scattato la foto come un automa.

Il suo vero successo Charles Dauguet lo doveva alla realizzazione di un'immagine infinitamente più banale: quella di una pulce ingrandita quaranta volte. Una bella pulce femmina di color brunastro, con la sua proboscide dentata in grado di perforare le epidermidi più coriacee, il corpo compatto e

[1] *Forces Françaises de l'Intérieur*; movimento partigiano (*N.d.T.*).

le atletiche zampe da saltatrice. Per fotografarla, aveva montato uno degli apparecchi della sua collezione sulle lenti di un piccolo microscopio tedesco che i genitori gli avevano regalato a Natale.

Il destino volle che la foto di quella pulce capitasse sotto gli occhi della signorina Croissant che dirigeva il nuovissimo laboratorio di microscopia elettronica dell'Istituto Pasteur. Fu tale il suo sbalordimento che propose al giovane fotografo dilettante di entrare nella sua sezione. Benedicendo la pulce, Charlie si affrettò ad accettare. Non rimpiangerà mai la sua decisione. « Che cosa esaltante passare la vita a contemplare un mondo invisibile per cercare di scoprirne i misteri e offrirne le immagini a chi può far progredire la scienza! » commenterà. Eppure il suo universo era davvero austero. Mai aria aperta, né sole, né luce, e come unico compagno un grosso cilindro rombante che assomigliava al periscopio di un sottomarino. Dotato di compressore, raffreddatore ad acqua, lenti estremamente potenti, flussi di ioni, contatori elettronici e schermo catodico, il Siemens 101 del laboratorio di Charles Dauguet permetteva ingrandimenti così giganteschi che « una sola cellula assumeva una dimensione pari a quella della torre Eiffel ». A volte lo sguardo inquisitore di Charlie aveva bisogno di un'intera settimana per esplorare completamente il microuniverso di alcuni globuli bianchi su un vetrino. Uno spazio monocromo grigio e bianco con migliaia di isolotti, penisole, fiumi, delta, crateri, rigonfiamenti. E all'improvviso, dopo giorni passati a fare la posta, si vedeva spuntare una traccia sconosciuta, una proliferazione anormale, una strana sfera nera: un virus. Allora le dita del fotografo si contraevano sulle viti a cremagliera del microscopio per inquadrare delicatamente sullo schermo la zona sospetta. Charlie variava i contrasti di luce, aumentava l'ingrandimento, cercava l'angolo più favorevole. « Una foto deve essere più eloquente di qualsiasi discorso » affermava. Il suo lavoro rifletteva così bene questa formula che ai ricercatori bastava un'occhiata per riconoscere il suo marchio su un documento fotografico.

Dopo tanti anni di esplorazione nel cuore dell'infinitamente piccolo, Charles Dauguet accarezzava ora un nuovo sogno.

« Se fra poco Dio mi permetterà di profittare della pensione, entrerò in un'associazione di astronomi dilettanti. Ormai ho voglia di scrutare l'infinitamente grande e stabilire che rapporto c'è tra il mondo delle cellule e quello delle stelle. » Stava già preparando lo strumento per quella conquista finale. Nel minilaboratorio che aveva montato nel suo appartamento di rue Lecourbe, il primo abbozzo del futuro telescopio cominciava a prendere forma.

I Dauguet formavano una coppia che suscitava molta tenerezza. Il loro amore era nato nel luogo meno romantico che si possa immaginare: il piccolo laboratorio dell'Istituto Pasteur dove Charlie fotografava i virus e Claudine lavava i campioni cellulari, prima di centrifugarli, asciugarli e poi "fossilizzarli" nella resina.

Meno di tre ore dopo la visita di Luc Montagnier, i blocchi di resina contenenti i pericolosi virus erano pronti. Non restava che suddividerli in un'infinità di sottilissimi trucioli. Per quel delicato lavoro, che era una sua esclusiva, Charlie aveva a disposizione un raro strumento da orafo che non dimenticava mai di mettere sotto chiave ogni volta che se n'era servito. Era una punta di diamante, di un millimetro e mezzo, con un filo così sottile e così perfetto che solo due o tre tagliatori al mondo erano in grado di cesellare un simile gioiello. Piazzata in uno speciale tritatutto elettrico, la lama permetteva « sezioni al di là del reale » che a occhio nudo si vedevano a stento. Charlie era particolarmente fiero del suo diamante che proveniva da una miniera del Venezuela ed era costato la bellezza di un milione e mezzo di céntimos (circa tre milioni e mezzo di lire).

Posto su una griglia minutamente traforata, ogni truciolo doveva essere studiato al microscopio per potervi individuare e fotografare le particelle virali oggetto della ricerca. « Una diabolica partita a nascondino » così Charles Dauguet definirà la spietata caccia cui dette inizio ai comandi del Siemens 101. Come al solito regolò l'apparecchio in modo da poter ottenere immagini ingrandite cinquantamila volte. « In microscopia elettronica è meglio attenersi sempre allo stesso ingrandimento poiché le dimensioni relative dei virus e quelle delle cellule possono fornire di per sé tutte le informazioni possibili» spiegava. Ogni truciolo di resina conteneva una cinquantina di cellule che rendevano necessarie molte ore di esame, a volte un'intera giornata. Dato che in ogni blocco di resina il coltello di diamante ne ritagliava un buon centinaio, ogni nuova ricerca rappresentava un lavoro gigantesco. Dopo dieci-dodici ore di osservazione ininterrotta davanti allo schermo luminescente, quando ritrovava il mondo esterno Charles Dauguet barcollava come un cieco.

Il venerdì 3 febbraio 1983, un po' prima delle sei di sera, si verificò l'evento tanto atteso. «Stavo per fermare il compressore del microscopio e spegnere lo schermo dopo un ultimo sguardo a un ampio delta cellulare, quando ho avuto un sussulto» racconterà Charlie. «Avevo visto una piccola sfera nera che proliferava alla periferia di un linfocito. Benché non fosse ancora completamente uscita dall'involucro, capivo perfettamente dalla sua morfologia che si trattava di un corpo estraneo alla cellula. Ho abbracciato Claudine e ho gridato: "Ci siamo, ho preso il famoso virus!".»

La segretaria di Luc Montagnier sobbalzò di sorpresa quando Charlie irruppe nello studio del professore. Sembrava «un toro scappato dall'arena». Urlava a squarciagola: «Ho trovato il virus! Ho trovato il virus!». In assenza del capo, la giovane donna fu la prima a rallegrarsi con lui. Emozionatissima, non la finiva più di ripetere: «Bravo, Charlie, bravo». Dato che non c'erano neanche Jean-Claude Chermann e Françoise Barré-Sinoussi, Charlie tornò di corsa nel laboratorio per incidere su una pellicola di gelatina lo spettacolo che i suoi occhi sbalorditi avevano appena scoperto. In pochi minuti introdusse le lastre, tarò l'apparecchio e regolò il tempo di posa in funzione del diaframma e del flusso di elettroni. Poi, con lo stesso gesto che in passato gli aveva permesso d'immortalare una pulce, premette il pulsante elettronico e fissò, per la prima volta nella storia, le fotografie del retrovirus accusato di trasmettere l'AIDS.

Quello scoop mondiale non avrebbe affatto cambiato le abitudini di Charlie e di Claudine. Era quasi mezzanotte quando uscirono dal laboratorio per andare a prendere la macchina posteggiata sotto un ippocastano. Come ogni venerdì sera, si diressero verso la natia Normandia per dedicarsi al loro passatempo preferito: la pesca dei gamberetti.

Il lunedì seguente erano appena le otto del mattino quando Charles Dauguet riaccese il Siemens 101 e gli schermi elettronici. La notizia del suo successo aveva già fatto il giro dei vari piani. Luc Montagnier e tutta l'équipe della sala Bru si ritrovarono nel suo laboratorio per ammirare le prime immagini del virus assassino constatandone l'aspetto del tutto insolito. A prima vista non assomigliava a quello di Robert Gallo né a nessun retrovirus animale conosciuto. Per assicurarsene e poterlo confermare ufficialmente, avevano bisogno di ulteriori prove. Lavorando su campioni di cellule di altri malati, Charlie preparò altre sezioni e riprese le sue pazienti ricerche. Lo stesso grido di gioia, lo stesso abbraccio con Claudine salutavano ogni nuovo successo. Luc Montagnier e i suoi collaboratori ricevevano ogni giorno fotografie sempre più precise.

Per dimostrare in modo inconfutabile che non esisteva nessuna parentela morfologica tra l'HTLV di Robert Gallo e il retrovirus scoperto all'Istituto Pasteur, Charlie fece preparare da Claudine dei blocchi di resina contenenti cellule infettate dal virus americano. Le foto permisero un confronto diretto tra i due agenti. Non c'erano più dubbi: forma, struttura, modo di proliferare sulle cellule erano diversi.

Questa volta i ricercatori francesi erano convinti di avere fra le mani il responsabile dell'AIDS.

# 38

*Bethesda, USA – primavera-estate 1983*
*« Sam, c'è rischio che il virus contamini le bambine? »*

Piccolo, tozzo, collo taurino, viso volitivo sbarrato da baffi sottili, il dottor Samuel Broder, quarantun anni, direttore del programma di oncologia clinica dell'Istituto nazionale del cancro di Bethesda, era proprio il genere di persona che si butta a capofitto. Dall'infanzia in Polonia tra i partigiani ebrei braccati dai nazisti al brutale impatto con la tragedia dell'AIDS, la sua vita era stata tutta una lotta.

Arrivato in America con alcuni polacchi sopravvissuti all'olocausto hitleriano, era cresciuto per le strade di un sobborgo industriale di Detroit, la capitale americana dell'automobile. Aveva passato weekend e vacanze a servire Coca-Cola e hamburger da Mary's, lo snack bar gestito dai suoi genitori all'angolo tra Dexter Street e Boston Avenue. Il locale aveva preso fuoco nel 1968 durante le sommosse razziali scatenate dall'assassinio del pastore negro Martin Luther King. Il giovane Broder, che non aveva mai avuto intenzione di fare carriera in quel genere di attività commerciale, non se ne afflisse più di tanto. Aveva altre ambizioni. Fin da quando aveva frequentato il liceo alla Frandale High School del suo quartiere, aveva capito che il mondo scientifico era l'unico nel quale si potesse avere successo a prescindere dai soldi e dalla posizione sociale. Una scoperta che sarebbe stata determinante per il suo futuro.

Sam Broder si era impegnato a fondo per avere ottimi voti in scienze, meritandosi così una borsa di studio per l'università del Michigan, uno dei dieci o dodici campus più quotati degli Stati Uniti. « A nemmeno un'ora di pullman da Detroit, mi sono ritrovato su un altro pianeta » ricorderà.

« Un pianeta dove le possibilità di successo sembravano tutte a portata di mano. Per un giovane uscito da un ghetto proletario e che al massimo avrebbe potuto aspirare a un posto di operaio specializzato alla Ford o alla Chrysler, che rivelazione dividere la camera con un compagno che invece studiava giorno e notte per diventare compositore di musica! »

In pochi mesi, l'attrazione razionale dell'ex cameriere nei confronti della scienza si trasformò in una vera vocazione. « Come non essere stregato dalle fantastiche implicazioni di tante nuove idee? » dirà. « Che un semplice pizzico di acido nucleico potesse essere il supporto di tutto il patrimonio ereditario di un essere vivente, che bastasse analizzare il codice genetico di un individuo per predire il suo comportamento, senza parlare dell'idea che un giorno lo si potesse modificare intervenendo su questo o quel gene; che altro ci voleva per accendere la fantasia di un modesto emigrante assetato di sapere? »

Leggendo un libro il suo entusiasmo s'incarnò nei tratti del protagonista di *Arrowsmith*, un romanzo in cui il grande scrittore americano Harry Sinclair descrive un medico di una cittadina del Middle West divorato dalla passione per la verità scientifica. Alla fine del secolo, il nostro personaggio si ritrova a capo di uno dei più famosi istituti americani di ricerca medica, ma poiché i suoi nobili ideali sovvertono troppe abitudini e troppi interessi, lo scienziato si vede infine costretto a scegliere la solitudine per proseguire nell'ascesi la ricerca della verità. La "preghiera dell'uomo di scienza" che si trova alla fine del libro, colpì talmente il giovane Broder che dopo più di vent'anni ogni parola gli era rimasta impressa nel cuore e nella memoria:

*Signore, dammi una visione senza nubi e salvami dalla fretta.*
*Dammi il coraggio di oppormi a ogni vanità e di assolvere, nel modo migliore e fino in fondo, ciascuno dei miei compiti.*
*Dammi la volontà di non accettare mai né riposo né omaggi prima di aver potuto verificare che i risultati*

*corrispondano ai miei calcoli o d'aver potuto scoprire e correggere i miei errori.*

Per tentare di seguire l'esempio del dottor Martin Arrowsmith, Sam Broder s'iscrisse alla prestigiosa facoltà di medicina della Michigan University. Per la microbiologia, uno dei suoi maestri fu il professor Frank Whitehouse, il quale notò quello studente così avido di conoscenza e gli aprì le porte del suo laboratorio. Broder vi farà l'incontro decisivo per la sua vita professionale: il cancro. « Mi isolavo per sere e weekend interi allo scopo di imparare a produrre anticorpi che combattessero le cellule cancerose. I miei sforzi non erano sempre fruttuosi » ammetterà in seguito, « ma giunsi alla convinzione che il cancro avrebbe avuto un ruolo fondamentale nella ricerca biologica. Che la vittoria su numerose patologie dipendeva necessariamente da una migliore comprensione delle cellule cancerose. Perfino i miei insuccessi, lo sentivo, non erano inutili. Mi esortavano a capire che la ricerca è in primo luogo una questione di metodo, che la differenza tra un grande scienziato e un mediocre ricercatore sta nel fatto che il primo sa porsi le domande giuste e il secondo no; che il primo è capace di servirsi delle tecnologie d'avanguardia e il secondo no. » Tutte lezioni di cui Sam Broder aveva fatto tesoro percorrendo la via che lo aveva portato al vertice della lotta contro il cancro.

A prima vista, con quelle sue camere tappezzate di riproduzioni di pittura contemporanea, folte moquette a colori vivaci nei corridoi, grandi vetrate dominanti la verdeggiante campagna del Maryland, il centro ospedaliero dove lavorava Sam Broder poteva evocare un grande albergo a cinque stelle. Ma dietro quel lussuoso arredamento, l'Istituto nazionale del cancro, desideroso di associare strettamente ricerca e terapia, aveva creato una struttura unica dove medici-ricercatori che volessero mettere a punto nuovi metodi di cura avevano insieme a disposizione malati e laboratori. Non tutti i malati di cancro potevano sperare di essere ricoverati in quell'unità d'avanguardia ora diretta da Sam Broder. Venivano infatti ammessi solo i casi la cui natura corrispondesse ai lavori di ricerca in corso o programmati, oltre a un certo numero di pazienti con patologie talmente rare o eccezionali da farne oggetto di studio.

Il giovane cancerologo riconosceva che nel campus di Bethesda, pur così spesso paralizzato dalla soffocante burocrazia statale, lui godeva di una libertà quasi miracolosa, essendo il solo responsabile della scelta delle ricerche e delle cure ai malati. Il fatto di essere quotidianamente messo a confronto con le tragedie della malattia gli faceva sentire, in quanto ricercatore, l'impellenza di nuovi risultati. La sua impazienza era quasi morbosa. « La grande differenza tra me e uno come Robert Gallo » spiegherà, « è che nel suo laboratorio lui non è mai alle prese con la morte. Io mi sento costretto a ottenere risultati concreti prima possibile, tanto più che i miei insuccessi si dimostrano più numerosi delle vittorie. » Erano insuccessi che non cambiavano affatto la linea di condotta imposta ai suoi collaboratori e riducibile a una sola frase: « C'è sempre un farmaco più efficace da trovare ».

L'irruzione dell'AIDS fu una prova traumatica che Sam Broder non avrebbe dimenticato. « All'inizio, la cosa più difficile da sopportare fu la nostra incapacità di capire il male e il modo in cui lo recepiva la maggior parte degli scienziati. Mi facevano pensare a gente che abbia sentito un rumore in cantina e cerchi di convincersi che non può trattarsi di un ladro. » L'annuncio che il responsabile dell'epidemia era probabilmente un retrovirus, aveva ovviamente accentuato quel comportamento sterile, inducendo un buon numero di ricercatori e di medici a rifugiarsi in un comodo fatalismo. Dato che siamo impotenti davanti a un virus del genere, perché fare qualcosa? Questa politica dello struzzo suscitò in Sam Broder una tale rivolta che nel campus di Bethesda si fece rapidamente una fama di *enfant terrible*. Ma lui non disarmò. Trovare un medicinale capace di bloccare l'evoluzione della malattia divenne un'idea fissa. Se i ricercatori avevano il dovere di mobilitare i loro laboratori per scoprire la causa del male, lui aveva quello di trovare un farmaco capace di porre fine alla tortura dei cadaveri viventi che popolavano il suo reparto. « La mia convinzione di poter dare scacco matto all'AIDS non aveva niente di congetturale né di speculativo » affermerà. « Possedevamo già prodotti chimici che avevano il potere d'inibire l'azione di certi virus in laboratorio e disponevamo di una vasta esperienza nell'arte di elaborare sostanze anticancerose. Ci occorrevano soltanto un po' di tempo, una maggiore conoscenza del male, molto lavoro, una buona dose di disciplina e... un po' di fortuna. »

Una bella brunetta di quarant'anni, di professione avvocato, si ricorda ancora dell'aria preoccupata di Sam quella sera di primavera del 1983. In diciannove anni di matrimonio Gail Broder aveva avuto tempo di abituarsi all'umore taciturno del marito. Poiché la cancerologia non è a priori una specialità che generi ottimismo e gioia di vivere, dal tono della voce lei sapeva indovinare sul suo viso i segni di un dramma vissuto durante la giornata, di una battaglia perduta al capezzale di un malato, il fallimento di una terapia promettente che aveva prescritto. Gail sapeva mitigare i colpi della sorte e aprire al momento giusto la bottiglia di riesling o di traminer che aveva sempre in serbo per lui nel frigorifero.

Ma quella sera nessun vino del Reno avrebbe potuto far sorridere il cancerologo. Quello che aveva da dire alla moglie e alle due figlie di quattordici e diciassette anni era troppo grave.

« Ci annunciò che aveva preso la decisione di affrontare il virus che si supponeva responsabile dell'AIDS cercando un farmaco capace di bloccarne l'azione » racconterà Gail. « Sottolineò che si trattava di un'iniziativa pericolosa, perché nessuno era in grado di valutare i rischi connessi alla manipolazione in laboratorio di forti concentrati di virus viventi. Pur sforzandosi di non spaventarci troppo, dovette confessare che su cinque dei suoi collaboratori, due avevano già lasciato il laboratorio. C'è da dire che a quell'epoca l'équipe di

Sam era la sola ad aver accettato di lavorare su simili quantità di virus viventi.

« Ho guardato a lungo le nostre due figlie così innocenti con le loro trecce da scolare e ho fatto l'unica domanda che mi premesse veramente:

« "C'è rischio che tu porti il virus a casa e che possa contagiare le bambine?"

« Sam ha annuito diverse volte.

« "Il rischio c'è" ha risposto. »

# 39

*Cold Spring Harbor, USA - primavera 1983*
*Grave attentato contro il massimo esponente dei retrovirus*

Prati che declinano verso la spiaggia di sabbia fine, viali di oleandri, vecchie case vittoriane, campi da tennis e di pallavolo, costruzioni basse, moderne, con caffetterie, camere per gli ospiti, auditori, biblioteche, laboratori sperimentali e perfino una tipografia: questo è Cold Spring Harbor, che ha l'aria di un campus e insieme di un complesso turistico. Il porticciolo annidato sulla costa nord di Long Island, lingua di terra su cui New York si protende verso il mare, è noto per le cozze e le vongole, ma anche per tutt'altra specialità. È uno dei templi mondiali della biologia molecolare. Da un mezzo secolo, ogni anno nella bella stagione, tra aprile e settembre, scienziati di tutto il mondo vi si riuniscono per simposi, convegni, conferenze.

In quel campus, nel giugno del 1946, era stata conferita piena nobiltà alla recentissima scienza della genetica molecolare, mentre un giorno del giugno 1953, Jim Watson, futuro premio Nobel allora ventiquattrenne, aveva rivelato al mondo una delle scoperte più importanti del secolo, la struttura del DNA, la molecola supporto del codice genetico. Sempre in quel campus, nel 1966 il più grande raduno di microbiologi, genetisti, virologi aveva definitivamente codificato i principi dell'ereditarietà, e nel 1972 altri tre futuri premi Nobel, i biologi David Baltimore, Renato Dulbecco e Howard Temin avevano dimostrato il ruolo della trascrittasi inversa, l'enzima che permette ai retrovirus d'inserirsi nel nucleo delle cellule. La lista delle relazioni presentate ai seminari di Cold Spring Harbor si confondeva con i progressi biologici più rilevanti dell'ultimo mezzo secolo. Erano convegni così prestigiosi che tutta l'élite scientifica mondiale, e in particolare i giovani quadri dei laboratori di ricerca fondamentale, ambivano all'onore di parteciparvi o semplicemente di assistervi. Cold Spring Harbor era diventata una fiera dei cervelli dove i capi andavano a scegliersi i futuri campioni delle loro équipe.

Il lunedì 9 maggio 1983, una giovane francese praticamente sconosciuta nella comunità scientifica internazionale arrivava al campus del porticciolo americano per assistere a un congresso sui retrovirus. L'Istituto Pasteur finanziava con tale parsimonia le missioni dei suoi membri, che la donna era l'unica rappresentante del celebre laboratorio parigino, mentre il gruppo di Robert Gallo e la maggior parte degli altri centri di ricerca americani erano rappresentati da interi battaglioni. Françoise Barré-Sinoussi, che con Luc Montagnier e Jean-Claude Chermann aveva forse scoperto l'agente responsabile dell'AIDS, era lì solo in veste di semplice uditrice. Non doveva presentare nessuna delle ottanta relazioni previste dal congresso, dato che fino a quella primavera l'AIDS e i successi della retrovirologia francese non avevano ancora risvegliato la curiosità dei congressisti di Cold Spring Harbor. Decisa a scuotere tanta indifferenza, la giovane francese assediò l'ufficio dell'organizzatore, il biologo Malcom Martin dell'Istituto americano della Sanità. Voleva convincerlo dell'importanza dei risultati del suo gruppo relativi alla scoperta di un nuovo retrovirus. A sostegno della sua tesi, gli fece vedere cinque diapositive che spiegavano sotto forma di grafici i lavori della sala Bru. Il quinto documento fece decidere l'americano.

« È interessante » dichiarò. « Le concedo cinque minuti alla fine della seduta di venerdì. Cinque minuti, non uno di più. Sta a lei convincerci del valore delle vostre conclusioni. »

Françoise Barré-Sinoussi si sentì « svenire di felicità ». Sapeva che il diritto di prendere la parola in quel prestigioso ambiente dipendeva dal beneplacito di un comitato di esperti più inclini a dare credito ai delegati dei grandi centri di ricerca americani che a oscuri ricercatori stranieri. Le relazioni dovevano essere presentate con sei mesi di anticipo e i candidati prescelti dovevano prepararsi per settimane a quell'insigne prova, ripetere il loro intervento davanti ai colleghi di laboratorio, correggersi instancabilmente come per un *one-man-show* da cui sarebbero dipesi la loro reputazione, il loro avvenire. A quella sola idea, la giovane donna tremava. Sapeva che i cinque minuti che le avevano concesso rischiavano di scatenare una tempesta. Non stava forse per attaccare il dogma imposto dal potente Robert Gallo, secondo cui non esisteva altro retrovirus umano oltre al suo HTLV, responsabile di rare leucemie? Come battersi con quello scienziato, padrone assoluto della retrovirologia mondiale? Come imporre l'esistenza di una nuova famiglia di retrovirus umani individuata in un malato che presentava i sintomi dell'AIDS?

« Non ho dormito fino al fatidico giorno » ricorderà Françoise Barré-Sinoussi. « Quando sono salita sul palco dell'auditorio strapieno per commentare la mia prima diapositiva con l'aiuto di una bacchetta, ero talmente emozionata che mi è sfuggita di mano ed è finita sulla testa di David Baltimore, uno dei celebri scopritori dell'enzima trascrittasi inversa, seduto in prima fila. »

A parte François Jacob, André Lwoff e Jacques Monod, i tre premi Nobel campioni della celebre scuola biologica dei batteriofagi, in cinquant'anni di congressi a Cold Spring Harbor pochi francesi avevano avuto il privilegio di trovarsi su quell'illustre palco. Tuttavia la giovane francese seppe conquistarsi immediatamente le simpatie dell'esigente uditorio. I lusinghieri mormorii che accolsero il commento dell'ultima diapositiva le dettero coraggio. Il fior fiore della biologia mondiale tenne a lungo gli occhi fissi sull'immagine del retrovirus scattata da Charles Dauguet nel laboratorio di Parigi. Gli specialisti presenti non si potevano sbagliare: la struttura di quell'elemento dotato di un nucleo di piccole dimensioni fortemente eccentrico non presentava la benché minima somiglianza con il famoso HTLV di Gallo. Restava da fornire la prova che i francesi avevano isolato veramente l'agente dell'AIDS e non qualche parassita derivante dalla malattia o da un incidente di laboratorio.

Appena tornata la luce, piovvero le domande.

« Avete clonato il vostro virus? »

« L'avete sequenziato? »[1]

Françoise Barré-Sinoussi aveva previsto le domande e preparato una risposta che formulò con un sorriso disarmante.

« Abbiate pazienza » disse. « Abbiamo individuato l'attività della trascrittasi inversa del nostro virus in gennaio. L'abbiamo identificato in febbraio. L'abbiamo fotografato in marzo. Siamo solo in maggio. Di grazia, dateci il tempo necessario per fare il resto! »

Risa e applausi salutarono la battuta.

Appena uscita dall'auditorio, la giovane francese si trovò assalita da tutti quelli che il suo intervento troppo breve aveva lasciato insoddisfatti. Uno dei responsabili dell'Istituto americano delle allergie e delle malattie infettive le propose di andare a parlare ai più importanti scienziati che lavoravano nel campus di Bethesda. Il capo del dipartimento di virologia del Centro di controllo delle malattie infettive la supplicò di andare ad Atlanta per illustrare ai suoi colleghi quella scoperta fondamentale. Perfino i rappresentanti di Robert Gallo la sollecitarono a recarsi a Washington per spiegare al loro capo i lavori dell'équipe dell'Istituto Pasteur.

Il capo in questione era già al corrente. Nel piccolo mondo della retrovirologia non accadeva niente senza che lui ne fosse subito informato. Non c'era laboratorio di ricerca, neanche nel Paese più remoto, con cui non avesse qualche contatto, in cui non ci fosse un suo informatore o qualcuno in debito con lui. Gli enormi finanziamenti di cui godeva il suo centro gli permettevano di far piovere sugli Stati Uniti e all'estero una vera messe di borse di studio e di sovvenzioni che gli creavano intorno una fitta rete di simpatie. La sua rinomanza scientifica, l'arte consumata della comunicazione, la convivialità e il fascino irresistibile che gli erano propri gli avevano inoltre fatto stabilire innumerevoli relazioni politiche e scientifiche sia in patria sia all'estero. La sua sovrana influenza sulla ri-

[1] Clonare e sequenziare indicano operazioni biologiche complesse che si prefiggono di determinare la struttura genetica di un virus (*N.d.A.*).

cerca virologica mondiale si dimostrava in pratica così assoluta che nessuna scoperta importante poteva sperare di vedersi riconosciuta senza il suo personale avallo. « Per ogni progetto di ricerca, ci era necessaria la benedizione del dio Gallo » dirà Jean-Claude Chermann. « Per noi era il solo modo per essere presi sul serio dai nostri stessi capi e ottenere i crediti indispensabili. Ai poveri sottosviluppati come noi, occorreva la sanzione americana. A quell'epoca la ricerca medica francese, e addirittura europea, partoriva solo virgole, mentre gli scienziati americani creavano intere frasi. »

Mettere in dubbio l'infallibilità di uno degli scienziati più famosi era come commettere un delitto di lesa maestà. Se volevano portare la loro scoperta a conoscenza della comunità scientifica internazionale, Luc Montagnier e la sua équipe dovevano correre il rischio di attirarsi i fulmini del "dio Gallo". Fu peraltro quel "dio" in persona a suggerire ai francesi dove e quando pubblicare la loro relazione. « Bob Gallo mi comunicò infatti che nel numero di "Science" del 20 maggio 1983 avrebbe pubblicato uno studio che dimostrava come l'HTLV fosse implicato nell'AIDS » racconterà Luc Montagnier. « Il suo articolo sarebbe stato accompagnato da un testo del biologo veterinario Max Essex che dal canto suo aveva individuato la presenza del retrovirus HTLV nel trenta per cento di un gruppo di malati di AIDS. » L'americano propose al collega parigino di pubblicare nello stesso numero una relazione sui risultati ottenuti dall'équipe dell'Istituto Pasteur.

Robert Gallo ci aveva visto un'occasione per disinnescare la bomba francese? Può darsi, giacché non solo s'impegnò a far accettare l'articolo di Luc Montagnier nello stesso numero di "Science", ma propose di scriverne personalmente la presentazione. Una "generosità" che gli avrebbe permesso di sfruttare la deplorevole ingenuità dimostrata dai francesi quando si era trattato di dare un nome al loro retrovirus. Dato che infettava essenzialmente i linfociti,[1] l'avevano battezzato *Human T Lymphotropic Virus*, il che dava le stesse iniziali

[1] Quei linfociti che dipendono dal timo (*N.d.A.*).

HTLV del retrovirus di Robert Gallo: *Human T-cell Leukemia Virus*. Una confusione che rafforzava la sua convinzione di sempre. Lo scienziato si affrettò quindi ad annunciare a tutto il Paese che gli stessi francesi consideravano il loro virus come uno stretto parente del suo HTLV, dal momento che gli avevano dato lo stesso nome.

Quel giochetto di prestigio lasciò stupefatta l'équipe del Pasteur, che immediatamente ribattezzò il suo retrovirus *Lymphadenopathy Associated Virus*. Le tre iniziali LAV potevano anche leggersi come *Lymphadenopathy Aids Virus*, ossia virus linfadenopatico dell'AIDS.

LAV francese contro HTLV americano: una battaglia di iniziali che di lì a qualche settimana si sarebbe ritrovata a grandi titoli su tutta la stampa mondiale.

# 40

*Parigi – Bethesda, USA – primavera-estate 1983*
*« Presto saliremo tutti sul podio della vittoria. »*

La chiamavano "la messa del sabato". Ogni sabato di primavera del 1983, alle dieci in punto, tutta l'équipe del laboratorio di virologia dell'Istituto Pasteur si riuniva da Luc Montagnier nel suo grande studio ingombro di incartamenti, rapporti e riviste mediche. Le ricerche di quella diecina di persone, tutte sotto i quarant'anni, miravano a ottenere la conferma che il retrovirus scoperto nelle provette della sala Bru era incontestabilmente l'agente responsabile dell'AIDS. Oltre ai pasteuriani Luc Montagnier, Jean-Claude Chermann e Françoise Barré-Sinoussi, il gruppo dei Dieci annoverava due virologi dell'ospedale Claude-Bernard, Françoise Brun-Vézinet e Christine Rouzioux, i medici Willy Rozenbaum ed Étienne Vilmer, gli immunologi Jean-Claude Gluckmann e David Klatzmann, e inoltre un epidemiologo del ministero della Sanità, Jean-Baptiste Brunet. Dato che il retrovirus francese era stato individuato in un linfonodo prelevato a un individuo che mostrava soltanto i segni premonitori dell'AIDS, restava da dimostrare la sua presenza nella fase acuta della malattia, a qualunque categoria appartenessero i malati: omosessuali, tossicomani, emofiliaci, haitiani o africani. Poiché a ogni affermazione si può opporre il suo contrario, bisognava anche dimostrare che il virus era assente nei soggetti sani. La cosa non era semplice.

L'équipe riuscì a isolare il retrovirus LAV per la seconda volta in un omosessuale colpito dal sarcoma di Kaposi. La sua morfologia, come i suoi caratteri immunologici e biochimici erano del tutto simili a quelli del primo virus trovato nello stilista parigino. Un terzo virus identico venne individuato nei linfociti di un adolescente emofiliaco. Il quarto esemplare nel sangue di una giovane donna dello Zaire, ricoverata all'ospedale Claude-Bernard e morta di AIDS dieci giorni dopo il prelievo. Altri virus della stessa natura e provenienti dai malati più svariati, finirono ben presto nei congelatori della sala Bru. Luc Montagnier e la sua équipe avevano la sensazione di essere sulla buona strada: tutti quei virus di diversa origine avevano una morfologia comune, le stesse proteine e l'identica proprietà di distruggere i linfociti T.

La concordanza dei risultati permise di superare una tappa decisiva nella lotta contro il mortale flagello. Se a breve scadenza non c'era speranza di riuscire a mettere a punto un vaccino preventivo o una terapia, essi permisero tuttavia di trovare un modo originale per frenare il diffondersi della malattia. In poche settimane, il gruppo della "messa del sabato" riuscì a elaborare un test in grado di scoprire la presenza degli anticorpi che l'organismo secerne automaticamente in caso di attacco virale. Il test, chiamato *Elisa*,[1] permette in altri termini di stabilire la "sieropositività" di un individuo, nella fattispecie di dire se sia stato o meno contaminato dall'agente dell'AIDS. Era un sistema di rilevamento che poteva essere subito sfruttato per controllare il sangue destinato alle trasfusioni. Era anche la fine di un incubo per Jim Curran, il capo dei medici-detective di Atlanta che non era riuscito a convincere i mercanti americani di oro rosso ad adottare misure urgenti per proteggere le riserve di sangue degli Stati Uniti.

La fabbricazione e la vendita dei contenitori del test Elisa presentavano un notevole interesse economico. Temendo di vedersi sfuggire quel lucroso mercato di parecchi milioni di dollari, i responsabili americani si allarmarono. Robert Gallo si affrettò a denunciare sedicenti lacune nell'invenzione dei francesi. Considerandola una manovra per costringerli a rinunciare al suo sfruttamento, i francesi tennero duro e l'Istituto Pasteur annunciò la messa in vendita del test Elisa. Nel-

[1] *Elisa*, in inglese: *Enzymes Linked Immunosorbent Assay*, prova di immunoassorbimento legato all'enzima (*N.d.A.*).

l'aprile del 1984, ne richiederà il brevetto alle competenti autorità americane. Qualche tempo dopo, gli americani faranno altrettanto per un test analogo messo a punto in base a un diverso procedimento. Otterranno il brevetto in pochi mesi, mentre i francesi dovranno aspettare ben due anni.

Ma già infuriava la guerra tra scienziati francesi e americani.

Irritato dagli inattesi successi di un piccolo gruppo francese senza grandi mezzi, il gigante americano finì per risvegliarsi. Una mattina d'aprile del 1983, Robert Gallo riunì tutto il personale del suo laboratorio sotto il livido neon della sala riunioni al sesto piano dell'edificio 37 a Bethesda.

Gli *staff meetings* dell'eminente scienziato costituivano quasi sempre un avvenimento per i suoi collaboratori, in quanto permettevano d'incontrare i maestri della ricerca venuti da Gallo a esporre in anteprima i loro lavori e a svelare le loro ultime scoperte. Quei ricercatori privilegiati non erano quindi costretti ad aspettare che uscissero le pubblicazioni scientifiche per essere al corrente dei progressi in corso in tutto il mondo. « Un vantaggio straordinario in un'epoca in cui la ricerca avanza a passi da gigante » amava ripetere Gallo.

Nessuno si sarebbe perso la seduta di quel giorno di aprile del 1983. Una prodigiosa assemblea, quella formata da un gruppo disparato di giovani americani, giapponesi, tedeschi, indiani, cinesi, francesi, svedesi, finlandesi riuniti intorno al loro grande sacerdote. Una concentrazione di materia grigia che rappresentava uno strumento di ricerca forse senza pari. E tuttavia il suo capo non aveva saputo trarne partito per raccogliere la più grande sfida medica della fine del millennio. Il timido biochimico indiano, che nove mesi prima aveva scelto perché scoprisse l'agente responsabile dell'AIDS, era così poco preparato e così poco motivato che il suo insuccesso non aveva niente di sorprendente. Come riconoscerà Robert Gallo, « fu con un senso di vergogna che quella mattina di aprile mi presentai davanti alla mia équipe. Non l'avrei confessato per niente al mondo, ma era vero: mi vergognavo. Mi vergognavo perché non avevamo scoperto quel maledetto virus prima dei ricercatori del Pasteur. Eppure ne avevamo tutti i mezzi! Quante volte ho visto Popovic[1] irrompere nel mio studio per dirmi che non avrei mai dovuto mettere Sarin a fare quel lavoro e che era colpa mia se avevamo perso tanti mesi! Che da un pezzo, lui, avrebbe identificato il virus colpevole! Popovic aveva ragione. Fin dall'inizio non avevo creduto abbastanza all'ampiezza di quel cataclisma che era l'AIDS. Era stato quello il mio errore. Ero deciso a fare il mea culpa».

Da quel momento, tutto sarebbe cambiato. Qualche giorno prima, un incontro al vertice tenuto nello studio del dottor Vincent T. De Vita Jr., direttore dell'Istituto nazionale del cancro, aveva deciso la creazione di una Task Force incaricata di scoprire il più presto possibile l'agente responsabile del flagello. L'iniziativa segnava una svolta fondamentale nella politica dei responsabili americani della Sanità, ora decisi a scatenare una lotta senza quartiere contro l'epidemia. Alla ricerca veniva accordato uno stanziamento di quaranta milioni di dollari.

La direzione di quella forza speciale d'intervento era stata ovviamente affidata all'eminente scopritore del primo retrovirus umano, al quale era stata anche concessa una sostanziosa parte dello stanziamento. Robert Gallo aveva carta bianca. Non soltanto poteva trascinare in quell'avventura i migliori elementi del suo gruppo, ma poteva anche permettersi di assumere tutti i ricercatori che voleva, in America come all'estero. A tale scopo era stato stanziato un fondo particolare per gli stipendi e le spese di missione.

In quella mattina di aprile, con l'aria ancor più rilassata del solito, nodo della cravatta allentato e maniche della camicia rimboccate, il celebre scienziato annunciò che aveva deciso di gettare in campo tutte le forze. Phil Markham, Mikulas Popovic, Zaki Salahuddin, M. G. Sarngadharan, Flossie Wong-Staal, i suoi migliori cervelli, dovevano abbandonare su due

1 Il biologo cèco Mikulas Popovic aveva messo a punto una linea di cellule particolarmente soggette a essere infettate e a riprodurre il virus responsabile dell'AIDS (*N.d.A.*).

piedi i lavori in corso. « Voglio che ciascuno di voi rifletta sul miglior modo di condurre la battaglia e che mi comunichi per iscritto il frutto delle sue riflessioni » dichiarò. Aveva già scelto i collaboratori esterni che voleva aggregare alla sua forza d'urto, in particolare Bill Jarret, un eminente specialista di retrovirus che lavorava in Scozia, e Wade Parks, un emerito ricercatore dell'università di Miami.

Tutta quella mobilitazione non sarebbe servita a niente se Gallo non avesse altresì procurato alle sue truppe gli strumenti di cui avevano bisogno per la loro battaglia. Ma per quanto possa sembrare inconcepibile in un Paese organizzato come gli Stati Uniti, nei laboratori c'era un'incredibile scarsità di campioni di organi, di midollo o di sangue prelevati al momento giusto ai malati appropriati, e corredati di cartelle cliniche dettagliate. Tutto ciò ritardava fatalmente le ricerche. Una delle ragioni di tale scarsità era la mancanza di contatti e di collaborazione tra ricercatori e medici. Questi ultimi tendevano a considerare i pazienti e le osservazioni sui vari casi come di loro esclusiva proprietà.

Robert Gallo sapeva inoltre che nel caso specifico della nuova epidemia, la posizione geografica del suo laboratorio rappresentava un handicap. Fatta eccezione per il vicino centro anticanceroso diretto dal collega Sam Broder, praticamente nessun ospedale di Washington aveva dovuto curare casi di AIDS. Prima di tutto perché l'AIDS si manifestava soprattutto a New York o in California, e poi perché l'omosessualità rappresentava un tale tabù nella puritana capitale americana che nessuno, perfino nell'ambiente medico, osava parlare apertamente del "male vergognoso".

Robert Gallo promise ai suoi collaboratori di fare di tutto perché ciascuno potesse disporre del materiale biologico necessario. Se occorreva, si sarebbe trasformato in commesso viaggiatore. Sarebbe andato negli ospedali newyorkesi a sollecitare la collaborazione dei medici che si battevano contro il male al capezzale delle vittime. Avrebbe lanciato un SOS al dottor Michael Gottlieb, che aveva scoperto a Los Angeles i primi malati di AIDS. Avrebbe chiamato in aiuto i colleghi Marcus Conant e Paul Volderbing che già curavano diverse diecine di casi a San Francisco. « Una cosa è sicura » affermò, « presto saliremo tutti sul podio dei vincitori. »

Il risultato non si fece attendere. Prelievi di sangue, di tessuti, di organi, corredati di cartelle cliniche dettagliate, cominciarono ad affluire da ogni parte. « Capitava che arrivassero a casa mia in piena notte » racconterà Zaki Salahuddin, "allevatore" di cellule.

Robert Gallo era troppo accorto per non premunirsi ulteriormente, in modo che la sua équipe avesse ogni garanzia di successo. Benché sicuro che l'agente virale trovato dai francesi appartenesse alla famiglia del suo HTLV, pregò Luc Montagnier di mandargliene alcuni esemplari. Con le loro tecniche superefficaci, i suoi collaboratori - Popovic e Salahuddin in testa - non ci avrebbero messo molto a dimostrare che il cosiddetto retrovirus francese era solo un cugino del suo virus. A quei presuntuosi concorrenti non sarebbe rimasto che riconoscere la loro sconfitta.

# 41

*Latroun, Israele – estate 1983*
*Pellegrinaggio per un miracolo*

« Philippe! »

« Sam! »

I due nomi erano risuonati altrettanto gioiosi. L'americano e il giovane monaco di Latroun non si erano rivisti da quasi due anni. Qualche tempo dopo l'incidente, Philippe Malouf aveva saputo che Sam Blum e Josef Stein, i suoi amici archeologi che erano con lui il giorno dell'incidente agli scavi di Gezer, erano tornati negli Stati Uniti. Dopo avergli scritto diverse cartoline – dal Messico, da Haiti, da Parigi – i due americani non avevano più dato notizie, come se volessero cancellare dalla memoria il ricordo del compagno paralizzato in un letto d'ospedale.

Sam Blum non fece in tempo a correre verso l'amico per abbracciarlo. Vide la poltrona a rotelle precipitarsi su di lui come una macchina dell'autopista, abilmente manovrata da Philippe che aveva lo sguardo trionfante di un bambino dopo aver compiuto una prodezza.

« Vedi, non sono più in lutto stretto per il mio corpo. Mi muovo proprio come una gazzella. »

Scoppiarono a ridere e il monaco accettò di raccontare la sua metamorfosi. Era iniziata qualche settimana dopo l'incidente con un fremito delle spalle, un fenomeno che aveva immediatamente attiratto l'attenzione dei medici. Se Philippe riusciva a recuperare l'uso sia pur parziale delle braccia, la sua invalidità ne sarebbe stata radicalmente trasformata. Gli sarebbe bastato sottoporsi a un intervento messo a punto da un chirurgo svedese che gli avrebbe permesso di appendersi con le braccia a un sostegno e di poter passare senza aiuto dal letto a una poltrona a rotelle: una relativa autonomia che avrebbe cambiato le sue condizioni di vita. Dopo dodici mesi di esercizi per rafforzare i muscoli deltoidi, i chirurghi di Gerusalemme effettuarono "una trasposizione muscolare". Deviarono i fasci inferiori dei deltoidi delle spalle verso le articolazioni dei gomiti rese inerti dalla lesione vertebrale. Dopo un certo tempo, grazie all'intervento, Philippe Malouf fu in grado di muovere, allungare, piegare le braccia. Una seconda operazione ai polsi completò il risultato: il monaco poteva ora tenere un cucchiaio fra due dita, premere un bottone, battere i tasti di una macchina per scrivere. Era una resurrezione.

Sam Blum aveva ascoltato l'amico rabbrividendo dall'emozione. Rivedeva le sequenze dell'incidente, la risalita del corpo disarticolato, la corsa verso Gerusalemme, l'espressione cupa del chirurgo quando era uscito dalla sala operatoria. E alla voce allegra di Philippe si sovrapponeva quella del medico che rispondeva a Josef Stein, ansioso di sapere se la paralisi del loro amico fosse definitiva. «Allo stadio attuale delle nostre conoscenze, temo di sì.»

Sam prese le mani del monaco fra le sue.

«Hai vinto, amico mio» disse ammirato.

Philippe arretrò con la poltrona di qualche metro.

«Josef non è con te?» chiese. Si sentiva improvvisamente mortificato per aver parlato di sé prima di fare quella domanda.

Il viso dell'americano s'incupì. Si tolse gli occhiali e li pulì lentamente con un lembo della camicia.

«Joseph è malato.»

Il monaco ebbe un'espressione di disappunto.

«È grave?»

Sam inclinò più volte la testa ormai quasi calva.

«Una lurida malattia che i medici non sanno curare.»

Philippe Malouf ignorava che una strana epidemia stesse decimando, e per di più in modo atroce, molti giovani americani. Non aveva nemmeno mai sentito la parola AIDS.

«Un anno... forse un po' di più, comunque è spacciato»

riprese Sam. Sforzandosi di sorridere, soggiunse sospirando: « A meno che non avvenga un miracolo! ».

Era appunto nella speranza di un miracolo che dietro le insistenti richieste del compagno era venuto in Israele. La sua visita coincideva con la Pasqua ebraica. Il giorno dopo sarebbe andato al Muro del pianto di Gerusalemme. Avrebbe infilato tra due pietre il pezzettino di carta sul quale Josef aveva scritto una supplica al Dio degli ebrei per invocarne la misericordia. Compiuta la sua missione, andando all'aeroporto si sarebbe fermato di nuovo all'abbazia dei Sette Dolori di Latroun per rivedere Philippe e salutarlo.

La lunga facciata di enormi blocchi di pietra, vestigio delle fondamenta del tempio edificato da Salomone, è quanto di più sacro esista per il giudaismo. Lucente, dorato, patinato alla base dal secolare strofinio di fronti, labbra, mani, il Muro del pianto incarna la speranza degli ebrei nella bontà divina. Migliaia di pezzettini di carta infilati nei buchi e nelle fessure delle pietre sono altrettanti messaggi di fedeltà a Dio onnipotente, preghiere che implorano la Sua benedizione per un figlio appena nato, una moglie malata, un commercio in difficoltà, la pace sulla terra di Sion. Due volte all'anno, il giorno di Yom Kippur, la festa del Grande Perdono, e quello di Pasqua, i guardiani del muro raccolgono devotamente tutte le suppliche e le chiudono dentro grandi sacchi. Come vuole la legge del Talmud che vieta di gettare o distruggere ciò che contiene il nome di Dio, i sacchi vengono deposti in una cripta dell'antico cimitero ebraico del monte degli Ulivi, in mezzo ai sepolcri dove generazioni di ebrei riposano in attesa del Giudizio universale.

Quella vigilia di Pasqua, centinaia di uomini e di donne, gli uni con la redingote nera e il largo cappello rotondo orlato di pelliccia, le altre con la testa avvolta in un fazzoletto, ritmavano dondolando il busto la melopea della loro preghiera. Gruppi compatti di fedeli e di turisti si accalcavano davanti all'imponente muraglia che soldati israeliani armati sorvegliavano strettamente dalle terrazze circostanti.

Ritrovando il favoloso scenario allo sbocco della stradetta

che scende dai bastioni della Vecchia Città, Sam Blum si fermò immobile con il respiro affannoso. Pensò alle ore felici passate con Josef su quel piazzale, alle vigilie di *sabbat* nella stessa luce rosata del crepuscolo, alle mattine di festa tra danze, canti e il frastuono degli *shofar*. Era come rivivere il passato, e fra poco la voce grave del suo amico avrebbe intonato lo *Shema' Israel* davanti alla pietra più grossa. Scese lentamente i gradini e superò la barriera che delimita lo spazio riservato alla preghiera. Secondo il rituale, si mise in testa lo zucchetto di velluto viola che la madre gli aveva ricamato, e si gettò sulle spalle lo scialle da preghiera che aveva portato da New York. Poi si legò accuratamente intorno al braccio sinistro e alla fronte i filatterî, due piccoli astucci di cuoio nero, i quali ricordano che il lavoro manuale e il pensiero debbono essere costantemente dedicati a Dio: al loro interno, su sottili rotoli di pergamena sono scritti in bella grafia i fondamenti della fede ebraica. "Ascolta Israele" dichiara uno dei versetti, "il Signore è nostro Dio, il Signore è Uno. Tu L'amerai con tutto il cuore, con tutta l'anima, con tutta la forza... E attaccherai i comandamenti che oggi ti consegno sul tuo braccio, perché ti servano da segno, ed essi saranno sulla tua fronte come una guida tra i tuoi occhi."

Con quell'ornamento sulla fronte, l'americano aveva l'aria di un ciclope. Si avvicinò al blocco di pietra più grosso, quello davanti al quale Josef Stein era solito mettersi per recitare la sua preghiera preferita: un salmo di David che era un grido d'amore e di speranza, un appello che da trenta secoli gli uomini di questa terra rivolgono al Creatore. « Signore, porgi l'orecchio alla mia voce » recitò Sam con fervore, dondolando ritmicamente il busto verso il Muro, « che la mia preghiera sia davanti al Tuo volto come l'incenso, e l'elevazione delle mie mani come l'offerta della sera... » Poi, parafrasando l'invocazione di Mosè a Dio perché guarisse la sorella lebbrosa, implorò il Creatore di porre fine alla nuova lebbra di cui soffriva il suo amico. « Ti supplico, mio Dio, guarisci il Tuo servitore Josef! » ripeté con fervore diverse volte. Dal portafoglio tirò fuori il bigliettino accuratamente piegato su cui Josef aveva scritto la sua supplica e lo infilò fra due pietre in mezzo agli altri messaggi. Accanto a lui saliva l'ossessiva preghiera dei fedeli. L'appello di un muezzìn arabo solcò l'aria immobile sopra il Muro. L'americano sentiva le ultime carezze del sole che tramontava al di là della nuova Gerusalemme. Restò ancora per qualche minuto a meditare, avendo sempre dinanzi agli occhi l'immagine dell'amico malato. A poco a poco il piazzale si vuotò e Sam si ritrovò solo con qualche venerabile rabbino. Era l'inizio della Pasqua, e tutt'intorno, nel dedalo del vecchio quartiere, come in tutta la Gerusalemme ebraica, le famiglie preparavano il *seder*, il rituale domestico della cena pasquale, che commemora la fine dell'esilio del popolo ebraico e delle sue sofferenze.

L'indomani, all'alba, mentre Israele si riposava delle festività pasquali, Sam Blum si fece portare in taxi fino al lago di Tiberiade, in Galilea. Doveva compiere un altro pellegrinaggio per la guarigione dell'amico. Vuole infatti la tradizione che nella sventura gli ebrei si rivolgano ai grandi santi della loro storia per chiedere che intercedano presso l'Onnipotente. Uno di questi era Mosè Maimonide, un medico vissuto nel XII secolo, che era anche uno dei più celebri teologi del giudaismo. Ai suoi scritti, come la famosa *Guida degli smarriti*, ricorrono da otto secoli le coscienze degli ebrei. La sua spoglia riposa in riva al lago dove Gesù ha placato la tempesta e ha camminato sulle acque. Sam si prosternò davanti all'umile cenotafio di pietra bianca circondato di oleandri e implorò Maimonide « di avvalersi della sua santità per intercedere presso Dio affinché Josef recuperasse la salute ». Poi andò a rivolgere la stessa preghiera al rabbino Meir Ba'al Haness, un santo del II secolo sepolto non lontano da lì. Ogni primavera, accanto alla sua tomba, si svolgeva una grande festa che richiamava migliaia di fedeli.

Come aveva promesso, prima di andare a prendere l'aereo per New York, l'americano tornò all'abbazia per salutare Philippe Malouf. Il monaco paralitico aveva spiato la sua venuta con visibile impazienza. Con un cenno del capo gli indicò una busta sul comodino.

« Ho battuto a macchina una letterina per Josef » disse.

« Oh, una cosa da nulla, solo qualche riga di conforto e di amicizia. »

Sam prese la busta e la infilò in una sacca.

« Gli farà maledettamente piacere » assicurò con calore. « Parla così spesso dei momenti felici che abbiamo passato insieme tutti e tre. »

Philippe parve preoccupato.

« Josef sta attraversando una prova tremenda » disse. « Non vorrei rischiare di ferirlo. Mi piacerebbe che tu sapessi il contenuto della mia lettera. »

Sam si aggiustò gli occhiali e si mise a leggere a mezzavoce:

*Caro Josef,*
*quando ho saputo che sarei rimasto paralizzato a vita, mi sono ribellato. È durato settimane, mesi. Ho insultato Dio. Sono stato odioso con il nostro padre priore che osava esortarmi, lui che scoppia di salute, a dare un senso alla mia sofferenza. Mi diceva che se invitava tutta la comunità a pregare per me, non era solo per chiedere a Dio di guarirmi, ma soprattutto perché riuscissi a dare un senso alla mia vita di handicappato. Povero padre priore! La mia rivolta continuava a essere totale.*

*A poco a poco, tuttavia, inchiodato sul mio letto, ho cominciato a capire che restavo comunque un uomo. E che se lo restavo, voleva dire che potevo continuare a svolgere il mio ruolo di uomo: che non ero né un vegetale, né un animale, ma un essere pienamente in grado di avere una vita utile a qualcosa.*

Il monaco raccontava poi come i due interventi chirurgici gli avessero permesso a poco a poco di reinserirsi nel mondo dei viventi, come le circostanze l'avessero messo in contatto con una giovane religiosa indiana che curava i moribondi a Calcutta.

*Ha diciotto anni e si chiama suor Ananda. È come dire "sorella Gioia". È lei che agisce al posto mio. Lei è le mie braccia e le mie gambe. Io offro la mia sofferenza e la mia preghiera. E in cambio lei ottiene la forza di agire. È magnifico: ogni giorno comunichiamo a migliaia di chilometri di distanza mediante il solo potere della preghiera.*

*In nome del senso che sono riuscito a dare alla mia vita, sappi Josef, fratello mio, che d'ora in poi offrirò la mia sofferenza anche perché tu possa avere la stessa fortuna che ho avuto io.*

## 42

*New York – primavera-estate 1983*
*Pustole viola per un fanatico dell'opera*

**Racconto di Josef Stein**

«Tutto è cominciato un giorno dell'inverno scorso con una strana sensazione di stanchezza. Io che ero abituato a farmi a piedi, andata e ritorno, trenta isolati della Quinta Strada o a correre per due ore la domenica nei viali di Central Park, all'improvviso non sono stato più capace di salire d'un fiato i due piani di scale del mio appartamento. Ogni dieci scalini mi dovevo fermare ansimante. Qualche giorno dopo ho sentito una specie di bruciore nel petto. Mi sono messo a tossire. Una tossettina secca, come quando uno fuma troppo. Eppure non avevo mai fumato. La tosse è cessata spontaneamente come era venuta. Io ne avevo dato la colpa all'aria inquinata. Le strade sono strette al Greenwich Village, e sul tetto della casa di fronte alla mia c'è un camino che giorno e notte sputa grosse volute nere. Nonostante la persistente stanchezza mi sono sforzato di non cambiare abitudini. Al ritorno da Israele avevo definitivamente lasciato perdere l'archeologia per andare a stabilirmi a New York dove viveva Sam Blum. Avevo trovato lavoro in una grande agenzia di viaggi a Manhattan. In un primo momento mi sono occupato di viaggi aziendali, poi sono stato incaricato di organizzare conferenze e congressi. Così viaggiavo molto sia negli Stati Uniti sia all'estero.

«Ero felice di vivere a New York. È vero che mi attirano le civiltà scomparse, ma ho anche una passione che New York mi permetteva di soddisfare quasi ogni settimana: sono un fanatico dell'opera. Non perdevo mai uno spettacolo del Metropolitan o del Lincoln Center. È stato tra l'altro la sera in cui sono andato a vedere *Sansone e Dalila* che ho saputo la notizia, nell'intervallo dopo la famosa aria del primo atto in cui Dalila canta: "*Printemps qui commence, chargé d'espérance...*". Mentre gli spettatori si affrettavano verso il bar per bere un bicchiere di vino bianco o di champagne, io mi sono precipitato verso una cabina telefonica per chiamare il mio medico.

« Erano ricominciati gli accessi di tosse e mi capitava di svegliarmi di notte in un bagno di sudore. In un primo momento ho creduto che si trattasse soltanto di una banale infreddatura o di un'influenza. Chi è raffreddato non va certo a pensare ad altro. Dato che la tosse persisteva, ho comunque finito per andare dal mio medico. Il dottor F. è un piccoletto calvo che con i suoi occhialoni di tartaruga e la cravatta a farfalla assomiglia all'attore Mickey Rooney. Mi ha auscultato accuratamente e mi ha prescritto degli antibiotici. Non sembrava affatto preoccupato. La tosse e i sudori notturni sono scomparsi in poco tempo, ma io continuavo a sentirmi sempre stanco. Ben presto ho avuto l'impressione che tutti i vestiti mi stessero larghi. Dovevo essere dimagrito, eppure non avevo perso l'appetito. Sono passate diverse settimane. Mi ero abituato a vivere al rallentatore, sentendomi un po' come una macchina a cui manchi la metà dei pistoni.

« Una mattina, durante la colazione, ho fatto fatica a inghiottire. Guardandomi in fondo alla gola ho visto che la lingua era coperta di piccole pustole bluastre insensibili al tatto. Ho pensato all'afta. Il giorno dopo l'eruzione era diminuita, ma avevo sempre difficoltà a inghiottire. Sono tornato dal medico che mi ha mandato da un dermatologo. Dopo una visita minuziosa che l'ha lasciato perplesso, mi ha fatto fare dei prelievi sulla lingua e mi ha detto di telefonare al mio medico otto giorni dopo per sapere i risultati.

« Ho cercato di non pensarci troppo fino a quella famosa sera in cui l'ho chiamato dal teatro. Il telefono ha squillato interminabilmente. Stavo per riappendere quando finalmente mi ha risposto. Mi è parso un po' imbarazzato.

« "Le notizie non sono molto buone" ha finito per dirmi. "Dalla biopsia della lingua risulta qualcosa di serio. Potrebbe trattarsi di una malattia rarissima che di solito non colpisce le persone della sua età. Prima di averne la conferma, bisogna fare altre analisi.”

«Ho chiesto che malattia fosse. Il medico mi ha detto un nome che non ho capito. L'ha ripetuto compitando: K come Kansas, A come America, P come Providence... Kaposi, ho annotato in un angolino del programma. L'intervallo era terminato e gli spettatori stavano rientrando ai loro posti. Rapidamente ho preso appuntamento per l'indomani e mi sono affrettato verso il mio posto. Ho dimenticato tutto per assaporare il piacere di ritrovare la bella Dalila nel suo pezzo di bravura del secondo atto, quando dopo aver scoperto il segreto della forza erculea di Sansone, senza pietà gli taglia i capelli.

«Qualche giorno dopo altri esami confermavano la diagnosi. Nel frattempo avevo cercato d'informarmi su quell'infezione del cavo orale che aveva un nome così strano. Avevo saputo che la malattia di Kaposi era una delle manifestazioni dell'epidemia esplosa a New York e in California, e che colpiva soprattutto gli omosessuali. Il medico mi ha confermato che si trattava proprio di quel male che veniva chiamato AIDS. Se ne ignorava l'origine, ma si sospettava che ne fosse responsabile un virus trasmesso per via sessuale o ematica. L'AIDS distruggeva il sistema immunitario dell'organismo, il che favoriva l'insorgere di infezioni come le pustole sulla mia lingua.

«Il dottor F. si è messo d'impegno a cercare la ragione della mia immunodepressione. Mi ha fatto una quantità di domande. Alcune erano davvero imbarazzanti. Lo interessava soprattutto il mio comportamento sessuale negli ultimi tre anni. Praticavo lo scambio di coppie? Quanti erano i miei partner? Frequentavo le *bath-houses*? eccetera. Prendeva appunti. Ho paura che le mie risposte non gli siano bastate.

«In realtà vivevo da solo. Con Sam avevo solo rapporti saltuari. Benché ci unisse un profondo affetto, ciascuno conservava la propria libertà. Fino a diciotto anni ero uscito solo con delle ragazze, senza avere eccessive esigenze sessuali. Ho scoperto la mia omosessualità in un treno, tra Salt Lake City e Chicago. Sul momento mi ero sentito tremendamente colpevole. Avevo avuto un'educazione religiosa piuttosto severa e sapevo che la Torah condanna ogni relazione sessuale al di fuori del matrimonio. Quando eravamo ancora molto giovani, mio padre aveva fatto imparare a memoria a me e a mio fratello il famoso comandamento del Levitico che afferma: "Non giacerai con un uomo come si fa con una donna, giacché è un abominio". Ho lungamente esitato prima di trasgredire questo divieto perché sono credente. Solo quando sono andato a studiare a San Francisco ho finito per cedere.

« Tuttavia, da quando avevo lasciato Pittsburgh e la tintoria paterna, non conducevo una vita sregolata. Ho incontrato un pittore e abbiamo vissuto insieme per tre anni in modo quasi monogamo. È ovvio che ogni tanto andavo a bere qualcosa in un bar, in una discoteca o in una *bath-house* del Castro, ma era più per curiosità che per soddisfare la mia libido. Lo spettacolo mi pareva perfino piuttosto deprimente. E neppure ero stato indotto in tentazione dalle orge dei locali newyorkesi che pure erano così numerosi nel Village. Solo durante il soggiorno in Israele avevo un po' sgarrato. Era forse per via del clima, o perché mi eccitava il fatto di essere in un Paese dove ogni luogo accendeva la mia fantasia? Dipendeva forse dall'esotismo di certi incontri fortuiti con dei giovani arabi? Non lo so. Comunque non ha importanza. Se fosse da rifare, lo rifarei. »

Un'energica chemioterapia a base di vinblastina riuscì a debellare l'infezione che aveva colpito Josef Stein al cavo orale. Ma alla fine di un'estate che quell'anno a New York era stata particolarmente torrida, altre pustole viola simili a quelle che gli avevano invaso la bocca cominciarono a proliferare in altri punti del corpo, in particolare sulla pianta di un piede, sotto un ginocchio, sulle narici. Il brutale estendersi di un male che il giovane credeva guarito coincise con la ricomparsa della tosse secca, della febbre e della spossatezza di cui aveva sofferto nell'inverno precedente. Quella volta il medico sospettò una pneumocistosi, una delle gravissime infezioni che si manifestano quando vengono meno le difese immunitarie. Fece trasportare d'urgenza il suo paziente al Centro medico Bellevue che dall'alto dei suoi ventisei piani domina l'East River. Ma non c'erano letti disponibili e Stein fu dirottato verso un altro ospedale nel Bronx. Un'esperienza terribile.

« Non so se fosse per orrore dei gay o per terrore dell'AIDS, ma mi hanno lasciato praticamente senza cure né cibo per due giorni. Il vassoio dei pasti lo deponevano nel corridoio. Nessuno entrava in camera mia per vuotare la padella o fare le pulizie. Le rare infermiere che mi portavano le medicine avevano una mascherina sul viso, i guanti, e indossavano particolari indumenti di protezione. Sembravano astronauti. Non un solo medico ha esaminato sulle mie gambe e sulle mie braccia le lesioni di Kaposi che mi facevano tremendamente soffrire. La pelle mi era diventata così dura, le membra così rigide che imploravo disperatamente un massaggio. Nessuno ha osato toccarmi. Durante quei due giorni da incubo, non ho sentito una parola di conforto o di simpatia. Mi consideravano peggio di una bestia. »

Sam Blum andò a strappare l'amico da quell'autentico lazzaretto per portarlo in un luogo dove i malati colpiti dalla nuova peste venivano curati con umanità. Indicò all'autista dell'ambulanza la direzione dei grattacieli di Manhattan che emergevano dalla foschia.

« All'ospedale Saint-Clare! » ordinò, prima di precisare l'indirizzo della vecchia istituzione per gli immigrati italiani del West Side, dove il dottor Jack Dehovitz e un numero assai ridotto di infermiere volontarie erano allora i soli ad alleviare il dolore delle vittime della malattia che molti continuavano a chiamare "la collera di Dio".

# 43

*Bethesda-Parigi – primavera 1983-inverno 1985*
*Frenetica competizione da una riva all'altra dell'Atlantico*

Inesorabile e preciso come un orario ferroviario, il modesto bollettino del Centro di controllo delle malattie di Atlanta riferiva ogni settimana l'aggravarsi dell'epidemia. Le statistiche che pubblicava il 22 giugno 1984 erano significative. In tre anni, 4918 americani erano stati colpiti dall'AIDS. Circa la metà, 2221, erano già morti, e la percentuale dei decessi superava il 75% tra i malati accertati prima del luglio 1982. La situazione in Europa era altrettanto allarmante: nel numero del 2 novembre 1984 il CDC rivelava che in otto mesi il numero dei casi era aumentato del cento per cento. In quel triste bilancio il primato spettava alla Francia per il numero dei malati, e alla Danimarca per la percentuale più alta di vittime in rapporto al numero degli abitanti.

Sembrava nella logica delle cose che una simile tragedia spingesse alla collaborazione tutti gli scienziati e i ricercatori del mondo. Ma non era così. La nuova peste suscitava deplorevoli conflitti d'interesse e violente rivalità personali. Nessuno poteva immaginare il duello che ingaggiarono dietro le quinte l'americano Robert Gallo e il francese Luc Montagnier. Un duello a colpi di spada sotto l'apparenza della più fraterna collaborazione e di un'indefettibile amicizia. I due scienziati e i loro collaboratori si scambiavano visite, si telefonavano, si scrivevano, accoglievano i rispettivi tecnici, parlavano dei loro reagenti, dei loro virus, dei loro risultati. Insieme festeggiavano nelle trattorie italiane di Washington e nei ristorantini alverniati della Rive gauche. Si ospitavano a vicenda, si davano del tu, si aspettavano e si riaccompagnavano all'aeroporto. Magari sguazzavano come ragazzini nelle piscine degli alberghi dove si svolgevano i loro convegni.

Ma dietro la facciata si nascondeva una sfrenata competizione. Le pressioni sulla stampa scientifica, le sostituzioni, volute o meno, della documentazione fotografica, le accuse di sottrazione a scopi commerciali di campioni biologici prestati dal laboratorio rivale, le aggiunte a posteriori ai resoconti di questo o quel seminario, la lista di numerose indiscrezioni di cui alcuni ricercatori - pochi, a onor del vero - si resero colpevoli in quel terzo anno di epidemia non arricchivano di una pagina gloriosa la storia della ricerca medica.

Da quando si era infine lanciato nella gara, Robert Gallo si dimostrava il più implacabile avversario dei francesi. Facendosi forte della sua incontestabile supremazia in materia di retrovirologia, era convinto che gli spettasse di diritto legare il suo nome alla scoperta dell'agente responsabile del flagello. Osando contestargli tale privilegio, Luc Montagnier e i suoi collaboratori sconfinavano nel suo territorio. Un'audacia che l'eminente scienziato americano era deciso a non tollerare. Ma da abile stratega si era ben guardato dall'opporsi apertamente ai concorrenti. Aveva anzi cercato di blandirli, di eludere la loro vigilanza, di sedurli con il suo leggendario brio, la sua bonomia, la sua amichevole condiscendenza. Appena era venuto a sapere dei risultati ottenuti nella sala Bru, si era affrettato a mandare ai francesi alcuni esemplari del suo retrovirus HTLV perché potessero confrontarlo con il sedicente nuovo retrovirus umano che credevano di aver trovato, e constatare in tal modo il loro errore.

All'inizio del giugno 1983 attraversò l'Atlantico per ascoltare di persona i suoi "amici" e consolidare il loro idillio. Non mancò, certo, di fare delle obiezioni. A suo parere, il virus uscito dalle provette di Jean-Claude Chermann e di Françoise Barré-Sinoussi non era come pensavano loro un "nuovo" virus, ma sicuramente uno stretto parente del suo HTLV. Non avevano infatti le stesse proprietà? Entrambi si trasmettevano attraverso il sangue, i contatti sessuali e le infezioni congenite. Entrambi aggredivano gli stessi linfociti T4, supporto delle difese immunitarie. La sincerità del suo accento, le sue promesse di aiuto, la sua capacità persuasiva erano tali che i francesi non avevano nessuna ragione di diffidare.

Robert Gallo invitò Luc Montagnier a Bethesda per esporre i suoi risultati ai membri della "Task Force", la forza speciale d'intervento contro l'AIDS creata dalle autorità sanitarie americane. Come aveva chiesto il collega, il francese si portò in valigia una scatoletta riempita di ghiaccio secco con dentro il campione del virus isolato all'Istituto Pasteur. Montagnier si aspettava che Gallo e i suoi collaboratori lo studiassero con calma e ne riconoscessero l'originalità. Ma a quanto pare il maestro di Bethesda non aveva nessuna intenzione di ammettere il proprio errore. Infilò quell'omaggio in fondo a un congelatore e concesse solo qualche minuto all'ospite, senza neanche lasciargli il tempo di suscitare un minimo di curiosità nel consesso di ricercatori che aveva riunito.

Umiliato, deluso, Luc Montagnier tornò in Francia ben deciso a raccogliere la sfida. Dal momento che l'élite della retrovirologia americana rifiutava di prendere in considerazione la scoperta francese, avrebbe fatto nuovamente appello alla stampa. Nell'agosto del 1983 propose alla rivista scientifica "Nature" un testo che descriveva l'affinità specifica tra il virus LAV[1] e i linfociti T4 garanti delle difese immunitarie del corpo umano. Ma poiché l'influenza di Robert Gallo si estendeva a tutta la stampa scientifica, la rivista declinò la proposta dei francesi: « Il vostro sedicente virus forse non è che una contaminazione da laboratorio! » obiettò il redattore capo. « È meglio che aspettiate un po' prima di far conoscere ufficialmente i vostri risultati. Fate come Gallo che ha pubblicato il suo studio sul primo retrovirus umano HTLV dopo averci lavorato due anni. »

L'articolo di un giornalista inglese pubblicato nell'agosto del 1983 nel "Journal of the American Medical Association" mitigò leggermente la frustrazione del gruppo francese. Per la prima volta la sigla LAV compariva sulla stampa medica inter-

[1] Nome dato dall'équipe dell'Istituto Pasteur al virus scoperto nella sala Bru. LAV: *Lymphoadenopathy Associated Virus*, virus associato alle linfoadenopatie (*N.d.A.*).

nazionale. Ma Gallo non si era lasciato cogliere di sorpresa. Aveva fatto in tempo a imbrogliare le carte. Un altro articolo, dello stesso giornalista e nello stesso numero, cantava le lodi del ricercatore americano e proclamava che per quanto riguardava l'AIDS il suo virus HTLV era il sospetto numero uno, come principale agente responsabile.

Come se volesse eludere la vigilanza dei concorrenti, Robert Gallo incaricò lo specialista delle colture di retrovirus, il cèco Mikulas Popovic, di chiedere all'équipe dell'Istituto Pasteur altri esemplari del virus LAV. Popovic riconobbe umilmente di non essere riuscito a far crescere nelle sue colture di cellule i campioni di virus che Luc Montagnier aveva portato in luglio. Prima di accettare, il ricercatore francese pretese la firma di un documento con cui il laboratorio americano s'impegnava a utilizzare il virus LAV dell'Istituto Pasteur solo a scopi di ricerca fondamentale e mai a scopi commerciali. A nome di Gallo, Mikulas Popovic si affrettò a fornire la garanzia richiesta, che non avrebbe avuto più valore di un pezzo di carta straccia. Il giorno in cui annuncerà la scoperta dell'agente responsabile dell'AIDS, Robert Gallo affermerà di non aver mai utilizzato gli esemplari inviati dai francesi.

Continuando per il momento a fingere la più cordiale collaborazione, l'americano invitò di nuovo Luc Montagnier a parlare del LAV in un convegno organizzato il 15 e il 16 settembre 1983 a Cold Spring Harbor, il campus dove qualche mese prima Françoise Barré-Sinoussi aveva suscitato la curiosità dei migliori ricercatori. Ancora una volta Montagnier constatò che il convegno era un festival bene orchestrato a maggior gloria del maestro di Bethesda e del suo solo HTLV. « Mi diedero la parola solo all'ultima seduta notturna » farà notare. « La metà dei partecipanti se n'era già andata e io ebbi a disposizione meno di venti minuti. »[1] Il ristretto uditorio accolse la sua relazione con una serie ininterrotta di interventi

[1] Luc Montagnier, *Vaincre le Sida, Entretiens avec Pierre Bourget*, Éditions Cana, Parigi, 1986.

critici. Lo stesso Gallo si dimostrò di un'asprezza particolare, mettendo perfino in dubbio la stessa appartenenza del LAV alla famiglia dei retrovirus.

Stupefatto, Luc Montagnier volle sapere i motivi di quella aggressività.

« *You have punched me out.* » Mi hai buttato tutto all'aria! avrebbe risposto l'americano.

Robert Gallo si rendeva conto che la scoperta dell'équipe dell'Istituto Pasteur cominciava a far vacillare la certezza di alcuni scienziati americani circa il ruolo del retrovirus HTLV nell'AIDS. Il suo ascendente sui colleghi era comunque tale che nessuno osava ancora approfondire la questione. « Per l'America, il LAV restava un pidocchioso, un rognoso » dirà Luc Montagnier.

Un nuovo convegno in un castello della valle della Loira, una riunione internazionale a Parigi, un conferenza sotto l'egida dell'Organizzazione mondiale della Sanità a Ginevra, e infine un monumentale congresso a Park City, nella fiabesca cornice delle montagne dello Utah all'inizio del febbraio 1984, permisero ai francesi di perseverare nella crociata che mirava a far riconoscere la validità dei loro lavori. Ma senza gran successo. Un anno dopo la sua scoperta, la maggior parte dei virologi d'oltre Atlantico rifiutava ostinatamente di ammettere che il virus isolato a Parigi potesse essere l'agente dell'AIDS. Ciononostante, a Park City i francesi ebbero la sensazione che su quel fronte ostile qualcosa stesse cedendo. Brillantemente difesa da Jean-Claude Chermann, uno dei principali artefici delle scoperte della sala Bru, la tesi dell'Istituto Pasteur parve convincere in particolare i rappresentanti del Centro di controllo delle malattie di Atlanta che chiesero per i loro esperti degli esemplari del LAV. Due mesi dopo, gran colpo di scena negli ambienti della ricerca. In un'intervista al "New York Times", James Mason, direttore del Centro di Atlanta, annunciava che « il LAV dell'Istituto Pasteur è il più probabile agente dell'AIDS ».

I francesi ebbero la saggezza di non rallegrarsi troppo presto. Effettivamente l'inchiostro del venerabile quotidiano newyorkese non si era ancora asciugato quando esplose una notizia ritenuta ancora più sensazionale: "Il professor Robert Gallo ha isolato il vero virus dell'AIDS!". Decretando che il nuovo venuto apparteneva alla famiglia dei retrovirus HTLV-1 e HTLV-2 già da lui scoperti, l'aveva battezzato HTLV-3. L'ultimo nato della famiglia sarebbe stato clamorosamente tenuto a battesimo dalla ricerca medica mondiale. Ben deciso a trarre il massimo vantaggio dalla scoperta, il governo americano scelse come madrina Margaret Heckler, segretario di Stato alla Sanità, una simpatica rossa piena di buona volontà, ma non molto aggiornata sui tumultuosi retroscena del mondo scientifico. A pochi mesi dalle elezioni presidenziali, il potere politico riteneva provvidenziale l'arrivo del "neonato" di Robert Gallo. L'annuncio della vittoria sul terrificante flagello avrebbe sicuramente fatto piovere su Ronald Reagan i voti di milioni di omosessuali. E inoltre giustificava pienamente la montagna di dollari stanziati per la ricerca.

Esaltando « il trionfo della scienza sulla terribile malattia » il segretario di Stato annunciò ufficialmente in una conferenza stampa tenuta a Washington il 24 aprile 1984 che « il professor Robert Gallo e la sua équipe avevano trovato un nuovo virus, l'HTLV-3, fornendo la prova che si trattava dell'agente dell'AIDS ». La signora affermò inoltre che entro sette mesi i ricercatori di Bethesda avrebbero disposto di un test che permetteva di eliminare ogni rischio di contaminazione per le riserve di sangue destinato alle trasfusioni, e che entro due anni sarebbe stato approntato un vaccino. Non disse parola del virus francese, limitandosi a fare una vaga allusione ai « risultati raggiunti in questo campo da ricercatori di altri Paesi » e degnandosi di citare « in particolare gli sforzi dell'Istituto Pasteur in Francia che ha parzialmente lavorato in collaborazione con l'Istituto nazionale del cancro ».

Un giornalista osò turbare l'atmosfera osannante che la dichiarazione aveva immediatamente creato intorno all'illustre virologo americano e ai suoi collaboratori.

« Il suo virus non è identico al virus dei francesi? » chiese quell'impertinente.

Robert Gallo eluse con una battuta l'imbarazzante domanda.

Venendo a sapere della farsa di Washington, Luc Montagnier non poté trattenere l'indignazione. "Sul piano dell'etica scientifica, l'annuncio ufficiale della scoperta era quanto mai criticabile" scriverà in seguito. "Avendo ricevuto dei campioni del nostro retrovirus, il ricercatore americano aveva il dovere di confrontare con il nostro quello che aveva trovato lui, e pubblicare di persona i risultati del confronto, proprio come noi avevamo confrontato il suo virus HTLV-1 con il LAV che avevamo scoperto. Pensava forse che i francesi, come doveva poi dichiarare a un giornale di New York, non avrebbero retto alla distanza, e che piegandosi davanti al rullo compressore americano, si sarebbero rassegnati a chiamare il loro virus HTLV-3?"

Tutto andava nel migliore dei modi per il Maestro di Bethesda. Poche ore prima che il segretario di Stato annunciasse la messa a punto di un suo test per individuare il virus dell'AIDS, alcuni avvocati del governo degli Stati Uniti avevano deposto una richiesta di brevetto. Misura precauzionale che avrebbe tra l'altro vietato l'accesso al mercato americano del test Elisa creato un anno prima dall'équipe dell'Istituto Pasteur. Se volevano far valere i loro diritti, i francesi avevano ormai una sola risorsa: denunciare il governo degli Stati Uniti.

La pubblicazione di quattro articoli sulla rivista "Science" del 4 maggio 1984 avvelenerà ulteriormente il polemico scontro franco-americano. Questa offensiva scientifico-letteraria, che aveva come autore Robert Gallo, era illustrata da spettacolari fotografie che intendevano mostrare il virus HTLV-3 nei diversi stadi del suo sviluppo. Due anni dopo lo scienziato americano sarà costretto a riconoscere che i documenti pubblicati con la sua firma non mostravano affatto il suo virus, bensì il LAV dei ricercatori francesi. Si discolperà affermando che si trattava di uno stupido errore del fotografo che lavorava per il suo laboratorio.

Un mese dopo Luc Montagnier scoprirà che il resoconto ufficiale del convegno al quale aveva assistito nel settembre dell'anno precedente a Cold Spring Harbor era stato modificato. Mentre allora non aveva detto parola del suo HTLV-3 –

per la semplice ragione che non l'aveva ancora identificato – ecco che il Maestro di Bethesda descriveva lungamente il retrovirus in questione nell'introduzione che aveva fatto aggiungere al documento prima che venisse pubblicato. "Non era la prima volta che Robert Gallo, ritenendosi il maestro incontestato della ricerca medica, si permetteva di far passare come anteriori dei risultati ai quali era giunto solo in seguito" scriveranno due famosi giornalisti scientifici.[1] Dal canto suo Luc Montagnier si limiterà ad aggiungere una malinconica postilla alla lunga lista dei suoi risentimenti: "Disprezzando tutte le regole della deontologia scientifica, Gallo riscriveva la storia a modo suo".

Un comportamento del genere finì inevitabilmente per risvegliare certi sospetti. Alcuni scienziati americani cominciarono a porsi qualche domanda. Quel virus HTLV-3 annunciato a colpi di grancassa, era davvero un "nuovo" retrovirus, o semplicemente quello che i francesi avevano trovato già da più di un anno? Era proprio l'incontestabile agente responsabile dell'AIDS? Due interrogativi fondamentali che indussero Robert Gallo a scendere dalla sua tribuna politico-pubblicitaria per tornare a essere l'eccezionale virologo che era sempre stato. Spedì quindi a Parigi il biologo indiano M.G. Sarngadharan, uno dei primi violini della sua orchestra, con il compito di mettere a confronto le proteine del suo virus con quelle del virus dell'Istituto Pasteur. Lo studio rivelò che erano assolutamente simili. Dal canto suo il CDC di Atlanta chiese ai due laboratori concorrenti di inviargli dei campioni di sangue contenenti i rispettivi virus. I campioni spediti in codice permisero di giungere agli stessi risultati. I due virus erano dei veri gemelli.

In realtà, per confermare la loro similitudine in modo inconfutabile era necessario un ultimo confronto, questa volta a livello molecolare. L'analisi molecolare richiede tecniche e-

[1] Johan Heilbron e Jaap Gondsmidt: "Mécanismes de concurrence et de défense dans un conflit scientifique", *Actes de recherches en sciences sociales*, settembre 1987 (*N.d.A.*).

stremamente sofisticate. La prima, detta clonazione, consiste nell'introdurre elementi genetici del virus in batteri. Moltiplicandosi, questi permettono di ottenere rilevanti quantità di virus. La seconda operazione, detta sequenziazione, si propone di decifrare il codice genetico di un virus. Si tratta cioè di stabilire l'esatta concatenazione dei suoi nucleotidi, ossia degli elementi che in un ordine determinato ne compongono il codice genetico. Infinitamente complesse e meticolose, le analisi molecolari richiedono un lavoro di minuziosa precisione e una grande abilità: l'équipe di Robert Gallo, grazie alla sua vasta esperienza, aveva quindi un netto vantaggio su quella dell'Istituto Pasteur.

I due laboratori si lanciarono in una gara sfrenata. Fu la cinese Flossie Wong-Stall, una delle biologhe più valide dell'équipe di Bethesda, a ottenere per prima la clonazione del retrovirus americano, battendo di qualche settimana i ricercatori francesi. Questi si presero la rivincita quando il 21 gennaio 1985 descrissero in tre pagine della prestigiosa rivista "Cell" la concatenazione dei 9.139 nucleotidi che costituivano il codice genetico del virus LAV, da essi scoperto circa due anni prima. Cinque giorni dopo il gruppo di Gallo pubblicava a sua volta nella rivista "Nature" i risultati riguardanti il retrovirus americano. L'articolo era firmato da venti autori appartenenti a tre diversi centri di ricerca, mentre solo cinque biologi, tutti dello stesso laboratorio, avevano firmato il testo francese.[1] « Che un francese valga quattro americani? » si chiederà Luc Montagnier, felicissimo di potersi rifare in parte delle sue umiliazioni.

L'importante era la perfetta similarità di quei diversi risultati. Ora più nessuno poteva dubitarne: il virus americano e il virus francese erano esattamente lo stesso identico virus. La decrittazione del loro codice genetico dimostrava inoltre che si trattava di un virus nuovo, senza legami di parentela, come aveva creduto Robert Gallo, con il primo retrovirus umano da lui scoperto. La minuziosa identificazione dei suoi geni

[1] Marc Alizon, Stewart Cole, Olivier Danos, Pierre Sonigo e Simon Wain-Hobson.

permise soprattutto di confermare ciò che tutti aspettavano: l'HTLV-3/LAV era proprio l'agente mortale dell'epidemia.

Prescindendo dalle dispute che continueranno a opporli da una riva all'altra dell'Atlantico, ai ricercatori dell'AIDS si apriva ormai un campo di sperimentazione completamente vergine. Scoprendo a uno a uno i segreti dei geni del virus, potevano capire meglio il suo ruolo nella malattia. Potevano perfezionare a medio termine i test diagnostici e forse, in un avvenire non lontano, mettere a punto dei vaccini.

Era una grande speranza corale per l'avvenire che stranamente ignorava la tragica realtà del presente. Ogni giorno vittime più numerose agonizzavano e morivano senza che le gigantesche somme investite nell'identificazione del virus fossero riuscite minimamente ad alleviare la loro sofferenza. Si parlava di test e di vaccini, ma praticamente mai di terapie, come se fosse più imperioso sistemare i conti con l'assassino che riparare i disastri già compiuti.

Per il dottor Sam Broder, l'ex cameriere di origine polacca, quotidianamente alle prese con la sofferenza, la disperazione e la morte dei malati del suo ospedale, si trattava di una dimenticanza inaccettabile. Il direttore del programma di oncologia clinica dell'Istituto nazionale del cancro si sentiva in dovere di porvi riparo.

# 44

*Bethesda, USA – autunno 1984*
*Un primo chiarore nella notte dell'AIDS*

Ci voleva il viscerale accanimento di un sopravvissuto al terrore nazista per raccogliere la sfida. Il dottor Sam Broder valutava l'enormità del compito da assolvere. Tutti gli sforzi passati per mettere a punto dei farmaci antivirali avevano dato solo risultati molto limitati. La facoltà di nascondersi nel cuore del patrimonio genetico delle cellule fa dei retrovirus bersagli particolarmente difficili da colpire. Tanto più che possono restare inattivi – quindi non individuabili – per interi anni. Come distruggerli senza rischiare di annientare insieme i globuli bianchi che li contengono? Era proprio quello il problema: bisognava inventare un farmaco che presentasse ciò che i medici definiscono "un indice terapeutico accettabile", ossia un farmaco efficace, ma la cui tossicità fosse tollerabile per i malati.

Dato che il retrovirus dell'AIDS infetta una grande varietà di tessuti e di cellule, il problema si complicava ulteriormente. Poteva per esempio annidarsi nel sistema nervoso centrale dove in tal caso era protetto da una barriera che pochissimi composti farmaceutici erano in grado di superare. E se mai ci riuscivano, le cellule già infettate dal virus probabilmente non sarebbero mai guarite. Ma non erano completamente curabili neanche altre manifestazioni dell'AIDS, come il sarcoma di Kaposi e certi tumori maligni del sistema linfatico particolarmente aggressivi. In poche parole, la complessità della malattia e le sue devastazioni rappresentavano « un cimento eccezionale, praticamente insormontabile » come ammetteva lo stesso cancerologo.

Tuttavia la scienza non era completamente disarmata. Se

non avevano ancora avuto il tempo di occuparsi del solo retrovirus umano fino ad allora conosciuto, e che sembrava unicamente all'origine di rarissime leucemie, i ricercatori lavoravano da tempo sui retrovirus animali. Contro di essi avevano già sperimentato un gran numero di sostanze chimiche. Sam Broder ne conosceva almeno cinque che avevano ottenuto notevoli successi. Prodotti che si erano dimostrati efficaci su topi o montoni non potevano esserlo anche sugli uomini? Davanti all'urgenza della situazione e alla mancanza di alternative, l'idea appariva allettante. Ma dal momento che solo una prova su dei malati poteva consentire una risposta, ci si trovava di fronte a un ostacolo d'altra natura. Negli Stati Uniti nessun prodotto può infatti essere sperimentato su un essere umano, sia pure volontario o in punto di morte, senza essere stato preliminarmente riconosciuto e approvato dall'onnipotente Food and Drug Administration, l'agenzia federale incaricata di controllare i prodotti alimentari e farmaceutici. Le procedure sono così complicate che richiedono mesi, se non anni di verifiche. «Come potevo aspettare tanto tempo» dirà Sam Broder, «mentre i miei malati mi gridavano ogni giorno dal loro letto di tortura: "Si sbrighi, dottore!".»

Il medico ricercatore fu quindi costretto a prendere in considerazione altre vie. Supponendo che certe terapie già approvate dall'FDA per altre infezioni virali potessero magari avere qualche probabilità di agire sull'AIDS, chiese ai suoi collaboratori di consultare sistematicamente la letteratura farmaceutica e medica degli ultimi anni. Un lavoro da certosini, realizzato in tempo record grazie ai computer della Biblioteca nazionale di medicina che si trovava a meno di cinquecento metri dal suo laboratorio.

Avvertendo l'urgenza del problema non meno di Jim Curran, il collega altrettanto infaticabile del CDC di Atlanta, Sam Broder intendeva pungolare i gruppi di virologi del campus di Bethesda. Per obbligarli a unirsi alla sua crociata, da diversi mesi li bombardava di materiale biologico proveniente dai casi più interessanti che aveva in cura. Per rendere ancor più attraenti quei prelievi di linfonodi, di sangue, di midollo, andava spesso a consegnarli personalmente ai destinatari. A soli cinque minuti a piedi dal suo ospedale, il laboratorio di Robert Gallo, al sesto piano dell'edificio 37, costituiva una tappa d'eccezione nel circuito delle consegne. All'inizio, l'eminente scienziato e i suoi collaboratori si erano stupiti nel vedere che il direttore del programma di oncologia clinica dell'Istituto nazionale del cancro si disturbava a venire di persona. « Tutti capirono rapidamente che non andavo soltanto a portare qualche pezzo d'organo o un po' di sangue infetto, ma che la mia presenza sottolineava una situazione eccezionale che esigeva il loro coinvolgimento immediato e totale. »

La sua ostinazione finì per dare qualche frutto. In una delle riviste scientifiche conservate alla Biblioteca nazionale di medicina, i suoi collaboratori scoprirono l'esistenza di un composto che aveva proprietà sorprendenti. Indubbiamente pochissimi americani erano allora colpiti dalla malattia che sessant'anni prima veniva curata con la suramina, il sale sulfonico color rosa pallido che uccide il *Trypanosoma gambiense*, parassita africano che causa la malattia del sonno. Era stata peraltro una caratteristica ben diversa di quel sale a suscitare l'attenzione degli investigatori di Sam Broder. Secondo gli autori della pubblicazione, la suramina aveva la facoltà d'inibire l'azione della trascrittasi inversa dei retrovirus animali, ossia dell'enzima specifico che permette a questo tipo di virus d'introdursi nel patrimonio genetico delle cellule. Fortunatamente già da un pezzo quel medicinale era stato approvato dai censori dell'FDA. Il cancerologo non poté trattenere il suo entusiasmo.

Diversi altri studi, tra cui uno scoperto nelle pagine ingiallite di un giornale di medicina tropicale di mezzo secolo prima, dovevano peraltro rivelare che la suramina ha gravi effetti tossici, in particolare sul funzionamento delle capsule surrenali, e che può perfino provocare il coma. « Ma quel farmaco aveva se non altro il merito di esistere » dirà Sam Broder. « Bastava telefonare alla Bayer, in Germania, per ricevere immediatamente di che curare i nostri malati. » Dopo averne controllato l'efficacia in laboratorio, nella rivista "Science" del 12 ottobre 1984 pubblicò una relazione in cui dichiarava che "le prove *in vitro* della suramina evidenziavano una protezione dei globuli bianchi messi in contatto con il virus dell'AIDS". L'informazione, subito divulgata dalla stampa a grande tiratura, fece l'effetto di una bomba. Il giorno stesso in cui fu pubblicata, diecine di telefonate da tutta l'America manderanno in tilt il centralino dell'ospedale di Bethesda. Dei malati di San Francisco presero il primo aereo per Washington sperando di poter far parte dei volontari ai quali Sam Broder avrebbe iniettato le prime dosi di suramina. Medici disperati e del tutto impotenti davanti a pazienti sempre più numerosi accorsero da New York, da Los Angeles, da Miami, da Houston, da tutto il Paese. Altri proposero a Broder di sperimentare direttamente il nuovo trattamento nel loro reparto ospedaliero.

Chi incoraggiava ardentemente ogni sforzo per scoprire un farmaco era Michael Gottlieb, il giovane immunologo dell'università di California che da Los Angeles aveva rivelato al mondo l'esistenza della nuova epidemia nel giugno 1981. « La volontà di guarire i miei malati mi rendeva fanaticamente attento alla minima ricerca volta a scoprire un medicinale » dirà. « Sorvegliavo in modo particolare i diversi protocolli terapeutici che si stavano sperimentando nel campus di Bethesda. Per dei medici come me, posti ogni giorno di fronte all'orrore, Sam Broder incarnava la speranza di emergere un giorno dall'incubo. »

Come Sam Broder, aveva consultato la letteratura medica, aveva esaminato i resoconti di esperimenti effettuati dai grandi laboratori di virologia, aveva intervistato in occasione di vari congressi coloro che si occupavano di sostanze antivirali. Un giorno, mentre sorseggiava un Campari con il ricercatore francese Jean-Claude Chermann davanti alla romantica baia di Napoli, aveva saputo dell'esistenza di un farmaco messo a punto dall'Istituto Pasteur. Era stato chiamato HPA-23 e aveva l'aria molto promettente. Si trattava di un composto di molecole minerali e di elementi chimici che, come la suramina, impediva ai retrovirus di introdursi nelle cellule. La sua tossicità sembrava così bassa che Michael Gottlieb si era affrettato a mandare il suo malato più illustre dai colleghi parigini. Grazie a delle iniezioni di HPA-23, l'attore Rock Hudson era migliorato in maniera talmente spettacolare da poter interpretare fino in fondo il suo ruolo nel celebre sceneggiato *Dynasty*. Purtroppo l'inesorabile male non avrebbe tardato a stroncarlo, nonostante una seconda cura di HPA-23 effettuata all'Ospedale americano di Neuilly. Qualche giorno dopo il suo ritorno a Los Angeles, si era spento tra le braccia impotenti di Michael Gottlieb. Riecheggiata dai mass media come un dramma nazionale, la morte di Rock Hudson traumatizzò l'America. Per la prima volta la tragedia dell'AIDS aveva un volto. Il volto di uno dei suoi semidei.

L'HPA-23 francese cadde nell'oblio, e Gottlieb si mise in cerca di altre sostanze curative. Come Sam Broder, aveva trovato la traccia della polvere rosa che guarisce la malattia del sonno e blocca l'azione della trascrittasi inversa dei retrovirus animali. Appena Broder ne annunciò la sperimentazione clinica su alcune diecine di malati, Gottlieb chiese di potersi associare all'iniziativa. Estrasse a sorte i nomi di dodici dei suoi pazienti colpiti dall'AIDS e di altri dodici nei quali la malattia non si era ancora manifestata in forma conclamata, e a tutti cominciò a somministrare una dose settimanale di suramina. Altri sei ospedali degli Stati Uniti seguirono il loro esempio.

Sam Broder esultava. I suoi sforzi avevano fatto ammettere alla comunità medica che era possibile concepire una terapia. Per la prima volta dei medici avevano accettato di raggrupparsi per studiare il miglior modo di applicarla. La nozione di sperimentazione clinica, di monitoraggio, di protocolli terapeutici, in breve la possibilità di dar corpo a una speranza con la prospettiva di una possibile guarigione, di colpo spazzava via ogni scetticismo: un primo chiarore illuminava la notte dell'AIDS.

Paradossalmente quella speranza scatenò un'enorme protesta della comunità gay. « Se esiste una medicina, il governo la deve distribuire a tutti i malati senza eccezione, e non riservarla in segreto a pochi privilegiati! » proclamarono nei giornali, alla radio, alla televisione i portavoce degli omosessuali americani. Furiosi di essere esclusi, molti medici gay di Los Angeles e di San Francisco andarono a procurarsi direttamente la suramina dalla Bayer tedesca.

All'inizio dell'ottava settimana di cura, Sam Broder convocò a Washington tutti i medici che partecipavano alla sua sperimentazione clinica per fare il bilancio dei primi risultati. «Eravamo in piena euforia» racconterà Michael Gottlieb. «Il nostro desiderio che quella maledetta suramina funzionasse era talmente grande da farci perdere ogni obiettività scientifica. Una nostra collega, la dottoressa Alexandra Levine dell'università californiana del Sud, aveva perfino portato le fotografie dei suoi malati sotto cura. Sembravano talmente allegri e in buona salute che non potevamo più avere dubbi: la suramina era efficace.»

Una voce discorde moderò peraltro l'entusiasmo generale di quella prima riunione. Il dottor Peter Wolf, che esercitava a Los Angeles, sostenne che il farmaco era ben lungi dall'essere inoffensivo, giacché dopo la sesta settimana di terapia aveva constatato violente eruzioni cutanee in diversi suoi pazienti. Confermando i suoi timori, la tossicità del prodotto non tardò a manifestarsi. All'inizio della decima settimana diversi centri che proseguivano la sperimentazione clinica segnalarono alcuni casi di coma. Poco dopo si ebbero i primi decessi. Tutte le speranze finirono per svanire: la suramina non era la panacea tanto attesa. Si rivelò perfino più tossica di quanto Sam Broder avesse temuto: in poche settimane distruggeva massicciamente le capsule surrenali. Invece di guarire, rischiava di uccidere ancor prima che se ne incaricasse l'AIDS. La sperimentazione sui malati dovette essere immediatamente sospesa.

Nonostante la delusione, Sam Broder era convinto di aver perso solo una battaglia, e non la guerra. «Per quanto crudele, il nostro insuccesso fu tutt'altro che inutile» doveva concludere. «Paradossalmente costituiva addirittura la prima vittoria sul male. Indubbiamente la suramina non era un prodotto adatto alla lotta contro l'AIDS, ma per quanto infruttuosa, la sua utilizzazione aveva se non altro scosso l'inerzia del mondo medico. L'idea che la malattia si potesse curare si era definitivamente imposta. Era un'idea che apriva orizzonti illimitati. Adesso tutti lo sapevano: un giorno avremmo avuto a disposizione un farmaco per guarire l'AIDS.»

[illegible] in mano [illegible] per questo [illegible] in pieno [illegible] Il [illegible] che questo [illegible] grande, la [illegible] efficace.

Una volta [illegible] perché [illegible] dopo [illegible] la [illegible] pensa.

[illegible] per quanto [illegible]

Terza parte

# SCIENZIATI E SANTI
# FIACCOLE DI SPERANZA

## 45

*Research Triangle Park, USA – primavera 1984*
*Dei farmacisti assassini di virus*

È sicuramente il centro di ricerca privata più importante del mondo. Su una superficie pari a quella del Granducato del Lussemburgo, il Research Triangle Park della North Carolina ospita diversi istituti di ricerca di alta tecnologia dove lavorano ventimila ricercatori e tecnici. L'immenso campus triangolare è delimitato da tre città in piena espansione – Raleigh, Durham e Chapel Hill. La materia grigia gli viene fornita da tre delle migliori università americane del Sud, la Duke University, l'università della North Carolina e quella della North Carolina State.

In quel paesaggio di pianure e di pinete degno di una scena di caccia di Thomas Gainsborough, si era stabilita la filiale americana della società britannica Burroughs Wellcome Co., uno dei giganti della produzione farmaceutica mondiale. Il suo quartier generale era in una costruzione futurista i cui piani assomigliavano alle sovrastrutture di un piroscafo. Millequattrocentocinquanta specialisti di ogni disciplina – medici, biologi, chimici – vi studiavano e sperimentavano i farmaci per cui la società andava famosa. I due geniali farmacisti americani, Silas M. Burroughs e Henry S. Wellcome, che l'avevano fondata a Londra nel 1880, le avevano scelto come emblema un liocorno, il mitico animale che secondo la leggenda protegge dal veleno e guarisce tutti i mali.

I novantatré medicinali prodotti dai loro successori intendevano infatti affrontare la patologia umana nel suo complesso. Si trattava di farmaci che curavano non solo i tumori cancerosi, le affezioni cardiovascolari, i reumatismi, il paludismo, la gotta e il morbo di Parkinson, ma anche una quantità di infezioni virali. Queste ultime costituivano in pratica il cavallo di battaglia dell'Istituto del Research Triangle Park. I suoi ricercatori avevano recentemente messo a punto il primo farmaco efficace contro la tristemente celebre peste rossa che gli americani designavano con una H, ovvero l'Herpes. Soltanto la sperimentazione e la produzione di questa specialità, detta aciclovir, aveva richiesto un investimento di cento milioni di dollari. Si poteva quindi ritenere che nel suo genere il laboratorio farmaceutico Wellcome fosse un benefattore dell'umanità. Ogni giorno milioni di malati speravano di recuperare la salute grazie ai suoi prodotti.

Oltre alle sue scoperte scientifiche, ciò che lo contraddistingueva era uno spirito d'avventura che in diverse circostanze ne aveva fatto un autentico pioniere. Portandosi dietro la valigetta del pronto soccorso con l'emblema del liocorno, l'esploratore John Stanley aveva affrontato le insidie del fiume Congo, gli ammiragli Robert Peary e Richard Byrd avevano sfidato i rischi della conquista del Polo Nord, Theodore Roosevelt aveva potuto resistere alla febbre del Rio delle Amazzoni, Charles Lindbergh aveva sorvolato l'immensità dell'Atlantico nel monomotore *Spirit of St. Louis*; muniti dei suoi antistaminici e dei suoi antibiotici due uomini erano sbarcati sulla Luna il 20 luglio 1969, e più tardi altri cosmonauti avevano girato nello spazio a bordo della navicella spaziale Skylab e della navetta Columbia.

Lo spirito d'avventura e l'esperienza in materia di virus parevano destinare i laboratori della Wellcome ad avere un ruolo chiave nella ricerca di un farmaco in grado di debellare l'AIDS. Quanto meno era ciò che sperava Michael Gottlieb, il giovane immunologo di Los Angeles che per primo aveva diagnosticato la malattia. Fin dall'autunno del 1983 era andato a sollecitare l'attenzione dei ricercatori del Research Triangle Park sull'AIDS e sulle sue infezioni opportuniste. Aveva perfino suggerito una nuova procedura di ricerca: dal momento che l'agente responsabile dell'AIDS era un retrovirus e in quanto tale ha bisogno del concorso di un enzima trascrittasi inversa per potersi introdurre nel nucleo delle cellule, perché non cercare una sostanza che agisse direttamente sull'enzima?

Apparentemente la sua proposta aveva suscitato soltanto un cortese interesse.

Le ragioni di tale riserva erano molteplici, ma in primo luogo di ordine finanziario, considerando che la messa a punto di un prodotto farmaceutico costa diverse diecine di milioni di dollari. I dirigenti della Wellcome avevano stabilito precisi criteri per avere la garanzia che investimenti di tale entità fossero redditizi. Ogni nuovo medicinale doveva interessare una potenziale clientela di almeno duecentomila malati. Al di sotto di questa soglia, una manifestazione patologica era considerata come un *orphan desease*, una "malattia orfana". Con le cinquemila vittime censite a quell'epoca, l'AIDS non corrispondeva affatto ai criteri commerciali dell'industria farmaceutica.

La visita dell'immunologo californiano fu in realtà più importante di quanto non sembrasse. Il suo vibrante appello indusse la prestigiosa industria farmaceutica a interessarsi in modo indiretto alla strana epidemia. Già da qualche tempo il giovane vicepresidente per la ricerca, il dottor David W. Barry, si stupiva del vertiginoso aumento delle vendite di certi prodotti che avevano messo in commercio. Si trattava di medicinali che curavano diverse malattie trasmissibili sessualmente, come l'herpes genitale o la shigellosi, una grave dissenteria batterica. Essendo infezioni evidentemente collegate alla patologia dell'AIDS, David Barry aveva capito che il suo laboratorio era già coinvolto nel trattamento di certe manifestazioni del nuovo flagello. La constatazione non poteva dispiacere a quell'uomo di scienza esclusivamente dedito a combattere i virus.

Originario della costa orientale, uscito dall'università di Yale coperto di allori, ex allievo *emeritus* della Sorbona, il dottor David Barry, quarantenne, aveva iniziato la carriera come capo del dipartimento di virologia generale della Food and Drug Administration. Intrepido cavallerizzo, assiduo lettore dei classici francesi, quel poliglotta dagli occhi azzurri, sempre inappuntabilmente vestito, era il vero prototipo dello scienziato-manager prodotto dall'insegnamento superiore americano alla fine del ventesimo secolo. Membro di numerose accademie mediche, autore di più di un centinaio di articoli scientifici che trattavano argomenti di vario genere, come i virus nelle scimmie verdi africane, l'influenza del topo, il trattamento rettale della pneumocistosi infettiva o la tolleranza ai vaccini nelle persone anziane, David Barry dirigeva ora il dipartimento della ricerca e dello sviluppo di nuovi farmaci del celebre centro di Research Triangle Park.

Altri fatti avrebbero accresciuto l'interesse di David Barry per l'inquietante epidemia. La Wellcome produceva infatti un medicinale a base di nitrato d'amile che milioni di americani affetti da angina pectoris e da altre insufficienze vascolari si affrettavano a inalare o a mettere sotto la lingua al minimo dolore di origine cardiaca. Il prodotto aveva la proprietà di dilatare quasi istantaneamente i vasi sanguigni ed era contenuto in sottili fiale che facevano *pop* quando si spezzavano. Un'altra categoria di "utenti", non prevista dall'austero codice farmaceutico, le aveva perciò battezzate *poppers*. I frequentatori abituali dei diversi luoghi in cui si praticava lo scambio di coppie avevano presto scoperto che il nitrato d'amile fa dilatare i vasi sanguigni del pene e della mucosa anale, cosicché i *poppers* erano diventati talmente popolari che per un attimo i medici-detective del CDC di Atlanta si erano chiesti se non fossero la causa diretta dell'AIDS. « La nostra situazione divenne ben presto decisamente delicata » ammetterà David Barry. « Certi giornali osavano renderci responsabili dell'epidemia. Era quasi incredibile: a San Francisco e a Los Angeles certi gay esibivano perfino magliette con degli slogan che dichiaravano: "Ce la spassiamo grazie ai *poppers* della Wellcome!". » Il giovane medico-manager capì che il suo laboratorio non poteva rimanere ancora estraneo alla drammatica situazione sanitaria che sconvolgeva l'America.

Fu allora che sbarcò da Parigi la bella Françoise Barré-Sinoussi. Era il 1° giugno 1984 e sulla North Carolina gravava l'afa soffocante dell'estate. La giovane donna veniva a esporre al fior fiore dell'industria farmaceutica americana la scoperta del virus LAV di cui aveva redatto la carta d'identità genetica con i colleghi dell'Istituto Pasteur. Per la dottoressa Sandra Lehrman, capo della ricerca virologica alla Wellcome,

« la ricercatrice francese descriveva un'esperienza che non mi sembrava meno straordinaria di quella del suo compatriota Pasteur quando aveva scoperto i microbi. Quanti sforzi, quanta passione per costringere un ipotetico virus a smascherarsi! » Per un suo collega, il dottore in biologia Phil Furman, « quella donna ci forniva improvvisamente la prova che il misterioso virus non era un parto della fantasia, ma qualcosa di ben reale ». Per la chimica Janet Rideout « era giunta l'ora di andare a cercare nelle nostre riserve una sostanza che sistemasse a dovere quel mostro ». Per Marty St. Clair, una giovane virologa di ventotto anni con un candido sguardo da bambina dietro i grossi occhiali, « dopo le rivelazioni di quella parigina tutte le nostre pipette e le nostre incubatrici dovevano entrare in funzione ». Per David Barry, su cui incombeva la schiacciante responsabilità di un'eventuale decisione e dell'organizzazione, « il quadro del mortale flagello dipinto dalla ricercatrice che ne aveva identificato il colpevole, ci invitava ad abbandonare le nostre riserve ».

Altri argomenti a favore arrivarono da Bethesda qualche settimana dopo. Un auditorio strapieno accolse trionfalmente Robert Gallo, il brillante maestro della retrovirologia venuto a offrire ai ricercatori del Research Triangle Park l'avallo del suo prestigio e il suo incoraggiamento.

Ma David Barry sperava di ottenere da un altro autorevole personaggio l'appoggio necessario per convincere i dirigenti della società. Non fu deluso. Più che mai, il battitore Sam Broder considerava l'intervento dei laboratori privati essenziale per la crociata che conduceva praticamente da solo allo scopo di trovare con la massima urgenza un farmaco in grado di curare i malati di AIDS. « Mi rendevo conto che i responsabili della Wellcome esitavano ancora a entrare in ballo » racconterà il giovane cancerologo. « Temevano di non riuscire a ottenere dalla loro direzione i finanziamenti necessari per portare a termine una simile avventura. E anche se riuscivano a mettere a punto un medicinale, non erano sicuri al cento per cento che un giorno l'operazione potesse essere economicamente vantaggiosa. Non potevo prendermela con loro. Più di ogni altro mi auguravo che l'impresa fosse redditizia. Non perché avessi il culto del capitalismo, ma per la semplice ragione che un insuccesso commerciale avrebbe indotto tutti gli altri laboratori farmaceutici ad abbandonare la ricerca di un farmaco contro l'AIDS. C'era un'altra ragione che motivava la loro reticenza: erano disposti a sperimentare composti chimici su dei retrovirus animali, ma non sull'agente umano dell'AIDS. La sicurezza è d'obbligo. Li ho tranquillizzati proponendo una soluzione che offriva ogni garanzia di sicurezza. Loro mi avrebbero mandato tutte le sostanze in grado di agire sui virus animali, e io le avrei provate sul retrovirus dell'AIDS nel mio laboratorio all'ospedale dell'Istituto nazionale del cancro. "Qualora se ne trovi una che funzioni" ho detto, "la inietteremo a dei malati e sovrintenderò personalmente all'operazione." »

La proposta permetteva ai laboratori Wellcome di impegnarsi in una collaborazione ideale. I suoi ricercatori avrebbero consultato i computer per trovare tutti i componenti che avessero un potere antivirale e poi li avrebbero sperimentati sui loro retrovirus animali.

Restava naturalmente un'incognita: un farmaco che uccideva un retrovirus animale avrebbe agito anche su un retrovirus umano? La risposta l'avrebbero data le provette e le pipette dell'ex emigrato polacco di Bethesda.

# 46

*Research Triangle Park, USA - autunno 1984*
*Una luna di miele che comincia male*

Marty St. Clair nutriva una vera passione per la sua casa. Ne aveva personalmente disegnato la pianta e poi lei e il marito, un geometra, l'avevano realizzata con le loro mani, dalle fondamenta fino al sorprendente camino centrale. Tutta di legno, la costruzione faceva pensare sia a un rifugio d'alta montagna sia a una capsula spaziale creata dalla fantasia di Jules Verne. Ma per Marty, la giovane virologa della Wellcome, evocava soprattutto una di quelle particelle che assorbivano la sua vita professionale: un virus.

In quell'ultima domenica d'ottobre del 1984, nella "casa virus" dei St. Clair regnava un insolito clima di esaltazione. Un'autentica veglia d'armi. L'indomani, il prestigioso laboratorio farmaceutico al quale apparteneva Marty si sarebbe lanciato ufficialmente nell'avventura dell'AIDS.

Che sfida per quella figlia di modesti agricoltori, nata con la passione della scienza! Mentre i suoi compagni di classe passavano il tempo a idolatrare i cantanti rock, lei aveva scritto a uno dei più celebri virologi americani per supplicarlo di prenderla nel suo laboratorio alla Duke University. Il dottor Dani Bolognesi aveva accettato e Marty aveva potuto realizzare il suo sogno. Si era ritrovata nel famoso campus ed era diventata ricercatrice prima di essere assunta dalla Wellcome. David Barry era stato subito sedotto da « quello straordinario donnino che portava i capelli crespi talmente corti da assomigliare a un ragazzo », da quell'essere ostinato capace di lavorare trentasei ore di fila senza che si sentisse il suono della sua voce, da quell'asceta vegetariana con le mani segnate dal lavoro svolto per costruire la sua strana casa.

A Marty St. Clair spettò l'onore di aprire le ostilità del celebre laboratorio contro il virus dell'AIDS. David Barry la incaricò di procurarsi gli elementi di base indispensabili alla ricerca di un farmaco, nella fattispecie i campioni di diversi retrovirus animali e le linee di cellule che di preferenza infettavano. Solo mettendo a confronto quel materiale biologico con sostanze antivirali si poteva infatti sperare di scoprire una terapia efficace.

Trovare i virus e le cellule necessarie non era un problema. Sono "articoli" che si comprano e si vendono come qualunque prodotto di un vivaio. Esiste perfino una banca ufficiale di tessuti cellulari, l'American Type Culture Collection, che per la modica somma di venti o trenta dollari spedisce per posta campioni congelati e provvisti di quasi tutte le colture di cellule inventate dai biologi. Ma i ricercatori preferiscono di solito rivolgersi a fornitori di conoscenza. Quelli della Wellcome avevano la fortuna di potersi approvvigionare dai lori vicini virologi della Duke university.

Dotata di un grande ospedale specializzato nelle malattie infettive, di una facoltà di medicina, di centri di ricerca e di battaglioni di medici e di ricercatori accuratamente selezionati, la Duke University rappresentava un prodigioso serbatoio di materia grigia e di esperienza. Questo tempio del sapere aveva peraltro corso il rischio di non esistere. Il suo fondatore, un coltivatore di tabacco miliardario, in un primo momento aveva infatti pensato di lasciare i suoi beni a Princeton, la grande università del nord, a condizione che vi fosse costruita una torre come quella dell'Università di Yale, ma più alta di un piede, ossia di trentatré centimetri. Princeton aveva rifiutato e il miliardario aveva scelto la modesta università del suo paese natale, le aveva offerto i suoi milioni, aveva costruito la torre gotica dei suoi sogni, le aveva dato il suo nome e ne aveva fatto il centro d'insegnamento e di cura più celebre del Sud americano.

Non fu difficile per Dani Bolognesi, il virologo capo della Duke, trovare nei suoi congelatori i retrovirus animali richiesti da Marty St. Clair. Proprio come un orticoltore desideroso di presentare a un cliente le migliori talee, selezionò due dei suoi retrovirus preferiti. Il primo provocava tumori cancerosi nei topi e il secondo vari tipi di leucemia nei polli. Scelse poi le colture cellulari predilette da quei mostriciattoli e Marty le immagazzinò nel freddo polare dei suoi congelatori. Appena i colleghi chimici le avessero fornito delle sostanze antivirali, sarebbe passata all'azione.

« Quante prove credi di poter fare? » si preoccupò Barry.

« Tutte quelle possibili! » assicurò la giovane donna.

La vera difficoltà consisteva nella scelta delle sostanze da sottoporre alla sperimentazione. Gli armadi, i cassetti, gli scaffali, i flaconi e le provette della Wellcome traboccavano di migliaia di composti organici e chimici. Ogni anno, chimici, farmacologi, enzimologi arricchivano quell'incredibile capitale di mille-millecinquecento nuove formule. Con una simile profusione, come stabilire quali fossero le molecole in grado di uccidere il virus dell'AIDS? David Barry decise di selezionare dapprima i componenti dei medicinali antivirali già messi in commercio dalla Wellcome e di continuare con quelli che facevano parte dei programmi di ricerca in corso. « Il fatto che i primi fossero già stati sperimentati sull'uomo eliminava se non altro i problemi di tossicità » dirà. Erano già una buona cinquantina di campioni, di che soddisfare momentaneamente le esigenze di Marty St. Clair. La storia della scienza non ricorderà né la data né l'ora della prima manipolazione compiuta nel campus del Research Triangle Park per mettere a punto la prima arma contro l'AIDS. Quel giorno Marty fece i gesti abituali. Dapprima suddivise in diecine di scatolette di plastica rotonde, posate su dei vassoi, qualche goccia di una soluzione azzurrina contenente o cellule di topi o cellule di polli fornite dal virologo della Duke University. Dopo aver aggiunto al preparato un liquido pieno zeppo di vitamine e di minerali che dovevano favorire la crescita e la moltiplicazione delle cellule, Marty portò i vassoi sotto la cappa di sicurezza a flusso sterile. Così protetta, poté versare in ogni recipiente qualche goccia di una seconda soluzione contenente i retrovirus responsabili sia dei tumori cancerosi dei topi, sia delle leucemie dei polli. Dopo essere rimaste un'ora nelle incubatrici a 37°, le scatole erano pronte ad accogliere l'elemento antivirale oggetto del test. Per avere maggiori probabilità di successo, Marty aveva previsto un diverso concentrato del prodotto per ogni serie di scatole. Completata l'ultima operazione, rimise nelle incubatrici i vassoi con le scatole. Restava solo da aspettare che si compisse l'opera della natura. Esattamente sette giorni dopo, la giovane virologa avrebbe esaminato a occhio nudo la pellicola azzurrognola rimasta in fondo a ogni scatola. Se fosse stata costellata di minuscoli fori, sarebbe stata la prova che le cellule erano state uccise dai virus. Se invece il fondo fosse rimasto uniformemente azzurrognolo, ciò avrebbe significato che le cellule erano intatte, che la sostanza antivirale sperimentata le aveva protette dall'assalto dei virus.

Alla fine di ogni settimana una speranza febbrile animava la giovane donna. Ma nessuno dei primi cinquanta componenti sperimentati si degnò di manifestare la benché minima aggressività nei confronti dei suoi virus. Bisognava procurarsene altri. Per fortuna le risorse della Wellcome erano praticamente inesauribili. « Ognuno dei nostri ricercatori coccolava in permanenza diversi preparati antivirali che aveva inventato nella ferma speranza di portarli un giorno alla celebrità » racconterà David Barry. Una nuova serie di test diede qualche modesto risultato in grado di calmare l'impazienza di Sam Broder che quasi ogni giorno da Bethesda bombardava Barry di telefonate. Marty si affrettò a spedirgli i composti più promettenti. Ma lei sapeva che da nessuno di essi sarebbe derivata la sospirata panacea.

I chimici della Wellcome ricominciarono a consultare i computer, a passare al vaglio i registri, a frugare negli armadi. David Barry organizzò sedute collettive d'interrogatori per costringere i suoi collaboratori a ricordare se mai avessero lavorato su una molecola, una formula, un composto chimico o organico che avesse rivelato, sia pure imperfettamente, una qualunque proprietà antivirale.

« Per spremerci le meningi e obbligarle a scoprire una pista ci riunivamo continuamente e dovunque, bevendo caffè su caffè, circondati dal fumo delle sigarette» racconterà il giovane vicepresidente della Wellcome.

Un giorno Janet Rideout, dirigente del dipartimento di chimica organica, batté il pugno sul tavolo esclamando:

«Credo di aver trovato! Quello che ci vuole è il 509!»

I colleghi la guardarono sbalorditi. Per quanto abituati a identificare i prodotti con un numero, il 509 non evocava per loro nessun componente particolare.

«Cercate di ricordare! È quel nucleoside che tre anni fa ci fece tanto sperare per le sue proprietà antibatteriche» spiegò Janet. Poi ricordò le prove eseguite con il 509, la relativa delusione che ne era derivata, e infine la sua spedizione al settore inglese della Wellcome per essere sperimentato in maniera più approfondita sugli animali. Da allora non ne aveva più saputo niente.

Quelle informazioni misero i ricercatori in subbuglio. David Barry convocò i dirigenti della sezione di tossicologia per sapere urgentemente i risultati delle ricerche eseguite in Gran Bretagna. Che effetto aveva avuto il 509 sugli animali? Li aveva uccisi, guariti o lasciati morire delle loro infezioni batteriche? La Wellcome inglese rispose per telex che il 509 era stato sperimentato su polli, maiali e vitelli neonati che presentavano complicazioni infettive. La sua attività era stata giudicata moderatamente soddisfacente, ma in compenso la sua tossicità era apparsa del tutto accettabile. Quanto bastava per lanciare i ricercatori del Research Triangle Park sulle tracce del 509.

Si informarono immediatamente sul suo pedigree. Chi l'aveva inventato? A quale scopo? Era subito disponibile? Le risposte avrebbero potuto fornire l'argomento per uno di quei romanzi ricchi di colpi di scena che sono consueti nella ricerca scientifica. Il prodotto doveva la sua denominazione al fatto che era stata la cinquecentonovesima sostanza sintetizzata nel 1981 dai chimici della Wellcome. In realtà si chiamava azido-timidina o AZT. Aveva la struttura di un nucleoside analogo ai componenti del DNA costitutivo del nucleo cellulare. Nel 1964 un cancerologo della Michigan Cancer Foundation, il dottor Jerome Horovitz, aveva avuto l'idea di sfruttare tale analogia per trarre in inganno delle cellule cancerose e interrompere in tal modo il meccanismo della loro riproduzione anarchica. Il tentativo non era riuscito. Dopo aver descritto i suoi sforzi infruttuosi in una pubblicazione scientifica, Horovitz aveva riposto l'AZT nell'armadio degli esperimenti falliti. Dieci anni dopo, un laboratorio tedesco l'aveva riesumato e l'aveva sperimentato contro un virus di topo. Benché la prova avesse avuto un certo successo, il prodotto era stato abbandonato per la seconda volta. Nel 1981, Janet Rideout, la chimica della Wellcome sempre in cerca di nuove sostanze antivirali, aveva ancora tentato di far emergere dall'oblio l'AZT. Come aveva già fatto con i suoi colleghi per mettere a punto l'aciclovir, il primo medicinale che riusciva a curare l'herpes, cercò d'intensificare le proprietà dell'AZT - al quale dette il numero di codice 509 - aggiungendogli un enzima particolare. Era uno stratagemma molto ingegnoso che consisteva nel costringere il virus ad attivare il medicinale per farsene poi annientare. Donde il nome di "farmaco suicida" dato alle sostanze antivirali in tal modo manipolate.[1] Ma l'AZT-509 non aveva corrisposto alle speranze di Janet Rideout. Benché dotato di un indiscutibile potere contro le infezioni batteriche umane, il suo raggio d'azione fu infine giudicato troppo ridotto perché valesse la pena di continuare le prove. Per tale ragione la chimica americana aveva passato la mano ai colleghi britannici affinché effettuassero sperimentazioni più approfondite sugli animali.

Tre anni dopo c'era ancora nei suoi armadi qualche milligrammo di AZT-509 per poter fare nuovi test? La giovane donna si precipitò senza troppe speranze verso computer e registri. Dei circa millecinquecento componenti sintetizzati ogni anno dalla Wellcome, dopo la loro sperimentazione spesso non restava che una semplice scheda d'identità accompagnata da una ricetta per l'uso. Ma l'AZT-509 non era un prodotto molto corrente: occorreva una materia prima ra-

[1] Lo stratagemma era stato inventato da Howard Schaeffer, uno dei più importanti ricercatori della Wellcome (*N.d.A.*).

ra come lo sperma di aringa per ottenere la timidina che era uno dei suoi componenti.

La luna di miele tra i laboratori Wellcome e il direttore del programma di oncologia clinica dell'Istituto nazionale del cancro di Bethesda cominciava nel modo peggiore. Il dottor Sam Broder non aveva mai visto il suo collaboratore giapponese Hiroaki Mitsuya perdere a tal punto la propria impassibilità orientale. Biologo di alto livello, "Mitch" dirigeva il piccolo laboratorio dove Sam Broder aveva iniziato a sperimentare alcune sostanze antivirali su ceppi viventi del retrovirus dell'AIDS. Insieme avevano concepito e messo a punto certi schemi originali di esperimenti per ottenere risultati rapidi e affidabili. "Mitch" aveva già cominciato a lavorare su diversi prodotti suggeriti da Sam Broder quando dalla North Carolina era arrivato il primo pacco con l'emblema del liocorno, seguito ben presto da molti altri.

« Veleno! Ci hanno mandato solo veleno » esclamò il giapponese con aria disgustata. « Veleno che ogni volta ci ammazza tutte le cellule. Un disastro! »

Sam Broder fremette di collera. Poi cercò una spiegazione.

« Forse ci siamo sbagliati nel modo di concepire i nostri esperimenti » azzardò.

Il giapponese scosse il capo mostrando una provetta mezza piena di un liquido trasparente.

« Tutto quello che ci mandano è immerso in questo dannato liquido. È formolo! »

« Formolo? » ripeté Sam Broder stupefatto mentre componeva furiosamente il numero telefonico della Wellcome.

Nessun responsabile dei laboratori del Research Triangle Park osò dirgli in che modo né per colpa di chi fosse stato possibile un simile errore, ma la furia di Sam Broder imperversò a lungo nel campus come un uragano tropicale.

« Era stato sicuramente un incidente dovuto a un eccesso di zelo » racconterà poi. « Hanno subito sostituito gli esemplari difettosi e ci hanno fatto arrivare regolarmente le altre sostanze che seguitavano a sperimentare. "Mitch" le dava continuamente alle sue cellule portatrici del retrovirus dell'AIDS. A volte c'era un effetto positivo di grado lieve. Quando era il caso, chiamavo Barry o uno dei suoi assistenti perché sviluppassero d'urgenza il prodotto in questione. Ma ogni volta mi imbattevo in qualche ostacolo imprevisto. Non erano dei filantropi. Prima di tutto volevano essere sicuri di aver trovato la bestia rara. Solo allora avrebbero acconsentito a sborsare i milioni di dollari necessari per trasformare qualche milligrammo di polvere in un medicinale efficace. »

# 47

*Research Triangle Park, USA – autunno 1984-inverno 1985*
*« Forse un piccolo passo verso la vittoria. »*

Un lavoro da orafi, da certosini, da forzati. Non si parla più di weekend e di serate. Marty St. Clair ha piantato in asso il marito e la loro buffa casa a forma di virus. Vive accampata venti ore al giorno nel suo laboratorio del Research Triangle Park, infornando senza tregua le scatolette di plastica nelle incubatrici. I risultati poco incoraggianti delle prime prove e le reiterate sfuriate telefoniche di Sam Broder hanno messo all'erta tutta l'équipe dei laboratori Wellcome. C'è continuamente qualcuno che fa irruzione per portare un nuovo componente chimico od organico da sperimentare. In sei settimane Marty ha esposto più di duecento prodotti presumibilmente antinfettivi all'aggressività dei suoi retrovirus di topo o di pollo. Neanche venti hanno dimostrato una modesta attività antivirale. Quando è il caso, ne trasmette immediatamente un esemplare a Sam Broder perché lo sperimenti sul retrovirus umano dell'AIDS.

Dopo l'entusiasmo delle prime settimane, la giovane donna soffre di quella ininterrotta serie di disavventure. Natale si avvicina, ma tutti sono di umore tetro. Perfino David Barry è colto dal dubbio. Nel tardo pomeriggio di quel venerdì di dicembre, Marty trattiene a stento le lacrime, è esausta e scoraggiata. Ha esaminato più di quattrocento scatole, censendo ogni foro della sottile pellicola azzurrina in fondo ai recipienti. È un fallimento: ogni foro rappresenta le cellule morte che la sostanza antivirale sperimentata non è riuscita a proteggere dall'aggressione del virus. In un certo senso, ogni foro è come la firma del virus. Dalla mattina ne ha contati migliaia. Nessuno dei diversi concentrati delle ventidue sostanze sperimentate quel giorno è risultato attivo e le restano ancora da controllare due gruppi di quattordici scatole. Dopo averne contati i fori, a Marty non resterà altro che chiudere accuratamente i congelatori, spegnere la luce e tornarsene a casa con la morte nel cuore.

Più tardi sarà difficile per la giovane donna ricostruire nei particolari quello che allora accadde. Ricorderà soltanto di aver tirato fuori dall'incubatrice l'ultimo vassoio di scatole. Come un automa si accingeva a contare i fori dell'ultimo gruppo della giornata. Metodicamente aveva annotato innanzitutto il numero di codice della sostanza antivirale sperimentata. Sette giorni prima lei stessa l'aveva scritto col pennarello sul coperchio di ogni scatola. Si trattava di un'allucinazione? Era sempre più difficile credere a quello che vedevano i suoi occhi arrossati dalla fatica a mano a mano che toglieva i coperchi. Nello strato azzurrino che tappezzava il fondo dei recipienti non c'era un solo buco. Per abitudine segnò l'ora del controllo. Erano le 16 e 57 di venerdì 20 dicembre 1985. Marty si lasciò cadere su uno sgabello, si tolse gli occhiali e si prese la testa fra le mani. « Non è possibile, non è possibile » mormorò diverse volte. « Devo essermi sbagliata. Che abbia dimenticato di mettere i virus in quel gruppo di scatole? No, non è verosimile: perché avrei dovuto fare un errore del genere solo per quattordici scatole, e non per tutte le altre? » Di colpo si sentì « come Cristoforo Colombo che scopre il Nuovo mondo guardando nel cannocchiale! ». Corse nella stanza del suo capo Phil Furman.

« Phil, vieni a vedere! » supplicò, strappando dalla poltrona il giovane dottore in scienze.

Insieme esaminarono il fondo delle quattordici scatole. Non c'era dubbio: neanche una minuscola capocchia di spillo spuntava dalla superficie azzurrina.

« Pensi che mi sia potuta dimenticare di mettere i virus solo in queste scatole? » chiese timidamente Marty.

Phil Furman scosse il capo.

« Il solo modo per saperlo è ricominciare l'esperimento. Lo sapremo fra sette giorni. » Posò amichevolmente la mano sulla spalla della giovane donna. « Non ti preoccupare, fra sette giorni questa dannata epidemia non sarà finita. »

Sul punto di uscire, si voltò:

« A proposito, che componente stavi sperimentando in quelle scatole? »

« Il 509. »

Si trattava della molecola a base di sperma di aringa di cui la collega Janet Rideout aveva miracolosamente ritrovato qualche grammo negli armadi del reparto di chimica organica.

« Fu la settimana più lunga della mia vita » racconterà Marty St. Clair. Non avendo a disposizione cellule fresche, dovette aspettare il lunedì successivo per rinnovare i preparati e versarli in quattordici scatole nuove. Le restava tanto poco 509 che decise di diluire certi concentrati riducendo al minimo le dosi, magari con il rischio di non riuscire a ottenere un risultato paragonabile a quello dell'esperimento precedente. Decise di confidarsi con David Barry, ma ben presto tutto il laboratorio fu al corrente. Da un capo all'altro dei quattro piani del lungo edificio cominciò una lunga attesa inquieta. Riprendendo una vecchia abitudine, Marty cominciò a mangiarsi le unghie mentre sorvegliava « quella maledetta incubatrice dove le mie scatole dovevano rimanere prigioniere per tanto tempo ».

Finalmente arrivò il giorno fatidico. Tutti poterono sentire il grido di vittoria della giovane virologa. In fondo alle quattordici scatole la pellicola azzurrina era intatta. Perfino nei concentrati più deboli il 509 aveva protetto le cellule contro le due specie di virus. La notizia fece il giro dei piani, scatenando un'ondata di euforia nei corridoi, per le scale, negli ascensori, gli uffici, i magazzini, i laboratori. « Era come se avessimo improvvisamente scoperto il rimedio miracoloso che avrebbe guarito tutte le malattie che affliggono l'umanità » ricorderà David Barry.

Per la diciannovesima volta Marty St. Clair confezionò con cura un pacco da spedire a Sam Broder e alla sua équipe di Bethesda. Per identificare la sostanza, scrisse la lettera S, la diciannovesima lettera dell'alfabeto americano. Il 509 divenne così il "compound S" il composto S.

« Dietro quel codice astratto si nascondeva la nostra speranza di avere forse fatto un piccolo passo avanti per salvare degli uomini » dirà Marty St. Clair.

Quella speranza arrivava concretamente con l'uomo che in quella glaciale mattina del febbraio 1985 volava da Washington a Raleigh. Il medico ricercatore Sam Broder aveva messo a confronto nelle sue provette il "composto S" con i concentrati del retrovirus vivente che ogni settimana uccideva uno o due malati del suo ospedale. Aveva subito potuto constatare che il prodotto bloccava la replicazione del virus, gli impediva cioè di riprodursi interrompendone la catena genetica. Di conseguenza il virus non poteva invadere nuove cellule. Il risultato era così spettacolare che Sam Broder sognava già di poter iniettare "sperma di aringa" a tutti i suoi pazienti condannati. L'impetuoso cancerologo sapeva che purtroppo ci sarebbero voluti mesi, forse anni, prima che quel suo sogno si realizzasse.

Prima di tutto bisognava riuscire a ottenere l'autorizzazione della FDA, l'agenzia federale di controllo dei prodotti alimentari e farmaceutici. Sam Broder era insorto molte volte contro le lungaggini burocratiche dell'organizzazione incaricata di sorvegliare quello che mangiano duecentocinquanta milioni di americani e di regolamentare la messa in vendita di ogni nuovo prodotto che doveva salvaguardarne la salute. Sapeva con quale scrupolo i suoi funzionari si assicurassero della non tossicità di un medicinale prima di permetterne la sperimentazione sull'uomo. E da scienziato responsabile e consapevole dei pericoli che essa comporta, ammetteva l'utilità del lavoro che svolgevano. Grazie a loro, il codice farmaceutico del suo Paese aveva eliminato una tragica serie di inganni, di frodi e di abusi criminali.

L'America non era stata peraltro sollecita nel far pulizia: c'era voluta la morte di centosette bambini avvelenati nel 1937 da uno sciroppo contro la tosse perché il Congresso degli Stati Uniti si decidesse a votare una legge che regolamentava la fabbricazione e la vendita dei medicinali. Da allora la FDA non aveva smesso di rafforzare il controllo sia sulle derrate alimentari sia sui prodotti farmaceutici. Nel 1985 annoverava circa settemila ispettori, tra cui c'erano medici, chimici, tossicologi, veterinari, biologi, esperti di alimentazione e di statistica. Era di competenza dei suoi ispettori controllare l'uso del silicone negli interventi di chirurgia plastica al seno, le anche artificiali, le lenti a contatto, gli stimolatori cardiaci, le siringhe da insulina e altri tipi di materiale biomedico. Per non parlare del controllo dei prodotti sanguigni e dei rischi radiologici che comportavano certe materie o attrezzature mediche. C'erano problemi addirittura inimmaginabili. Da quando una legge obbligava i produttori a garantire che i loro prodotti fossero al tempo stesso innocui ed efficaci, innumerevoli controllori verificavano che le trecentomila specialità vendute senza ricetta rispettassero entrambe le condizioni. Avevano già scoperto che un terzo dei settecento ingredienti attivi contenuti in sedicenti medicinali era nocivo o privo di ogni effetto terapeutico. C'erano agenti che controllavano se un certo farmaco abbassasse effettivamente il tasso di colesterolo come affermava il suo produttore o se un altro potesse realmente prevenire le malattie coronariche in donne incinte senza far correre rischi di malformazioni congenite ai futuri neonati. Grazie ai loro sistemi inquisitori, i bambini americani erano stati risparmiati dalle disastrose conseguenze del talidomide, il sonnifero che in Europa aveva fatto nascere centinaia di bambini anormali.

Sam Broder sapeva che la FDA non concedeva mai l'autorizzazione a sperimentare un farmaco sull'uomo senza che prima fosse stato provato sugli animali in base a un programma così vasto e complesso che a volte durava diversi anni. La FDA esigeva tra l'altro che l'innocuità di un prodotto fosse constatata su almeno due varietà di roditori, in generale ratti e topi, poi su delle cavie, conigli e cani, e infine su delle scimmie. Le prove dovevano essere effettuate secondo determinati protocolli, con dosi progressive e per periodi ben precisi. La sostanza sperimentata doveva prima essere iniettata per endovena poi somministrata oralmente. Ogni fase del protocollo doveva essere controllata da una serie di esami biologici e tossicologici approfonditi. Infine era tassativamente obbligatorio descrivere dettagliatamente i risultati ottenuti in rapporti che non erano mai inferiori a diverse centinaia di pagine.

Per organizzare quel gigantesco lavoro con i dirigenti della Wellcome, quella mattina del febbraio 1985 Sam Broder si stava recando al Research Triangle Park. L'accoglienza che ricevette fu pienamente soddisfacente. David Barry era disposto a investire subito i due o tre milioni di dollari che occorrevano per le prime sperimentazioni animali. Ma non sarebbero stati pochi gli ostacoli che avrebbe dovuto superare il giovane vicepresidente incaricato della ricerca, a cominciare dalla tenace opposizione del direttore generale della società che dal quartier generale di Londra scagliava contro l'avventura un anatema dietro l'altro! Senza contare gli avversari della vivisezione e le società protettrici degli animali che, appena avvertiti degli esperimenti previsti si scatenarono al punto di far saltare con una bomba il villino di sir John Vane, un alto dirigente della Wellcome, prima di liberare con un'azione di commando le centinaia di animali che si trovavano nei laboratori di Beckenham, nel Kent, non lontano da Londra. Per paura di un identico assalto, i dirigenti della filiale americana dovettero rafforzare il loro apparato di difesa con recinti di filo spinato, sistemi d'allarme e pattuglie di sorveglianti. « Ma niente e nessuno ci poteva fermare » dirà David Barry. « Anche se fino a quel momento aveva stroncato solo due o tremila malati, l'AIDS era un flagello di estrema gravità. Avevamo il dovere di contribuire a sbarrargli la strada. »

Restava un ultimo ostacolo, e non di poco conto. Marty St. Clair aveva esaurito la piccola quantità di timidina ritrovata da Janet Rideout. Bisognava reperire urgentemente il prezioso e costoso sperma di aringa necessario per produrre la molecola. Con telex e SOS telefonici si cercò di rastrellare in tutto il mondo ogni scorta esistente. Ma fu un magro raccolto di appena qualche centinaio di grammi. I rifornimenti rischiavano d'interrompersi prima che i chimici della Wellcome riuscissero a sintetizzare e a produrre da soli la rarissima molecola. Ma ormai la macchina si era messa in moto.

Quanti animali - topi bianchi, conigli, cani, scimmie - furono torturati quell'inverno dai virologi dei laboratori Wellcome per calcolare la tossicità del "composto S"? Il timore di azioni violente per liberare gli animali del Research Triangle Park era tale che la cifra resterà un segreto gelosamente mantenuto. Dal canto loro, Sam Broder e gli ispettori della FDA ebbero tutte le ragioni per essere soddisfatti. Non solo il gruppo di David Barry svolse metodicamente gli esperimenti richiesti dal programma, ma cercò addirittura di scoprire in che modo la timidina circolasse nel sangue, per quanto tempo fosse efficace a dosi diverse, se fosse in grado di superare le barriere protettrici del cervello penetrando nelle meningi. «Era fantastico» ricorderà David Barry. «La luce restava accesa tutta la notte. Non c'era più nessuno che tornasse a casa. Sapevamo che non c'era chi potesse raccogliere la sfida meglio di noi. E quello che volevamo non era il pagamento dello straordinario, ma sperma, sempre più sperma di aringa per poter moltiplicare gli esperimenti. *Thymidin was our currency*, per noi la timidina valeva più dei dollari dei nostri stipendi.»

# 48

*New York – estate 1985*
*Un lazzaretto ai piedi dei grattacieli*

Dall'ampio ufficio in fondo a Manhattan, il sindaco di New York contemplava la sua città con tenera malinconia. Durante gli otto anni del suo mandato, Edward I. Koch aveva compiuto un vero *tour de force*. Aveva contenuto il dissesto delle finanze municipali, rallentato il massiccio esodo delle grandi società, ridato fiducia agli investitori, migliorato le condizioni igieniche, aumentato la sicurezza delle persone e dei beni, ridotto la grande criminalità. Ciononostante, non si faceva molte illusioni. Nella sua orgogliosa città c'erano ancora tremende isole di miseria e di violenza. Ogni giorno era costretto a risolvere qualche situazione dolorosa o qualche pressante ingiustizia. Più di un milione di disoccupati e di bisognosi dipendeva unicamente dagli enti di assistenza pubblica. Certi quartieri erano ghetti allucinanti senza acqua né elettricità, dove vivevano ammucchiati migliaia di negri e di portoricani, dove non c'era una probabilità su venti di morire di morte naturale. Nelle strade calde di New York stazionava la metà dei drogati degli Stati Uniti. I commissariati di polizia registravano un pronto intervento ogni secondo, un furto ogni tre minuti, una rapina a mano armata ogni quarto d'ora, due stupri e un omicidio ogni cinque ore, un suicidio e un decesso per overdose ogni sette ore.

In quell'estate del 1985 un nuovo e terribile flagello rendeva questo quadro ancora più drammatico. Il bollettino del CDC di Atlanta rivelava che un quarto delle vittime americane dell'AIDS viveva a New York. L'epidemia colpiva 2140 persone, il doppio dell'anno precedente. Nonostante le sue straordinarie infrastrutture ospedaliere che comprendevano un centinaio di ospedali e cinque centri di ricerca medica, la città non arrivava a fronteggiare una simile situazione. Molti nosocomi continuavano a rifiutare i malati. Quando si rassegnavano a ricoverarli, li isolavano come appestati o, peggio ancora, li distribuivano nei vari reparti, esponendoli così a un'infinità di altre infezioni. Solo alcuni, come il vecchio ospedale Saint-Clare, disponevano di unità specializzate dove l'AIDS non veniva considerato un male vergognoso. Ma il numero dei letti non bastava a soddisfare il crescente bisogno. D'altro canto, l'ostracismo di cui la malattia era oggetto, il suo rapido propagarsi tra i tossicomani negri o ispanici privi di mezzi, creavano situazioni senza sbocco. In mancanza di una famiglia o di un centro d'assistenza, molti malati le cui condizioni non richiedevano il ricovero erano condannati alla strada. C'era bisogno di soluzioni urgenti, perciò Ed Koch decise di cercare un posto che potesse ospitare qualcuno di quegli sventurati. Nel Queens scovò un'ala disabitata di un ospizio comunale per i vecchi, ma ci fu una tale reazione di protesta negli abitanti che dovette rinunciare al suo progetto. Scoraggiato, fece appello a una persona che riteneva in grado di aiutarlo. Forse un prelato cattolico avrebbe potuto toccare il cuore dei suoi elettori meglio di lui, uomo politico ebreo.

Il cardinale arcivescovo John O'Connor, atletico cinquantenne, regnava sui quattro milioni di parrocchiani dell'arcidiocesi di New York e non era meno sensibile del sindaco alle ingiustizie e alle sventure della *Big Apple*, la cara "grossa mela" come l'avevano soprannominata i suoi abitanti. Era stato lui, ex cappellano ammiraglio della marina americana, a creare l'unità speciale di cura per l'AIDS all'ospedale Saint-Clare e il suo motto, inciso all'ingresso del suo ufficio all'ultimo piano del quartier generale della First Avenue, diceva: "Non ci può essere amore senza giustizia". È vero che la sua posizione intransigente sull'aborto e i diritti civili degli omosessuali aveva a volte nuociuto alla sua crociata a favore dei poveri e dei senzatetto, ma tutti i newyorkesi rendevano omaggio allo spirito di carità che lo animava. La sua organizzazione lo rendeva uno degli uomini più potenti della città: era infatti a capo di numerosi ospedali, di una scuola di medicina, di asili nido, di pensionati per giovani e per vecchi, di istituti d'insegnamento superiore, di diecine di scuole elementari e secondarie spesso situate, come la scuola Saint-Simon, nel cuore dei più infami quartieri urbani. Un bilancio di diverse centinaia di milioni di dollari alimentato dalle offerte dei fedeli e dalle sovvenzioni municipali provvedeva ai bisogni di quell'enorme organizzazione di assistenza medica, sociale e pedagogica.

Con il suo appello il sindaco mobilitò subito il prelato, il cui stato maggiore scoprì rapidamente in *uptown* Manhattan un vecchio edificio abbandonato che apparteneva al convento del Santo Nome di Gesù. Situato com'era ai confini di Harlem, sembrava in una posizione ideale. L'arcivescovado ne predispose subito la ristrutturazione, ma come era successo nel Queens il progetto scatenò le ire degli abitanti della zona, i quali fecero scendere in campo i giornali, organizzarono comizi, lanciarono petizioni, minacciarono d'impedire con la forza l'ingresso dei malati, subissarono il prelato di proteste. Né riunioni informative, né volantini, né appelli alla radio, né i suoi interventi personali riuscirono a placare il malcontento popolare. Con la rabbia in cuore, monsignor O'Connor dovette capitolare.

Invece di farlo desistere, l'insuccesso agì su di lui come un pungolo. Dopo settimane di ricerche, i suoi incaricati gli segnalarono un presbiterio di cinque piani vicino alla chiesa di Santa Veronica, parrocchia un tempo fiorente, ma ormai praticamente senza fedeli. Sarebbe stato facile sistemare da qualche altra parte i due vecchi preti che vi abitavano e trasformare i locali in modo da potervi ospitare una ventina di malati di AIDS. Per celebrare degnamente la fortunata scoperta, il sindaco invitò l'arcivescovo e i suoi collaboratori al Peking Duck, il suo ristorante preferito di Chinatown. Ed Koch tagliò personalmente l'anatra laccata per gli ospiti. Poi i convitati si recarono al 657 della Washington Street, per visitare il presbiterio e studiarne la sistemazione.

La Provvidenza non avrebbe potuto scegliere una posizione più simbolica. Il movimento di liberazione gay, responsabile secondo alcuni della tragica epidemia di AIDS, era cominciato in un'afosa notte di giugno del 1969 a pochi isolati da lì, nella famosa Christopher Street che tagliava la Washington Street. Il presbiterio di Santa Veronica si trovava proprio nel cuore di Greenwich Village. Da sedici anni il ghetto gay di New York era teatro delle più audaci esperienze omosessuali. Nonostante le vigorose campagne per un mutamento dei costumi, il quartiere restava un tempio del sesso. Diverse *bath-houses* erano state chiuse, altre però ne rimanevano, come rimanevano alcune sale riservate ai piaceri sadomasochisti. Nelle stanze interne di bar specializzati, dei club che organizzavano orge accoglievano ogni notte la clientela abituale della più grande città gay del mondo dopo San Francisco, oltre ai turisti di passaggio.

Contrariamente alle speranze del sindaco e dell'arcivescovo, la comunità gay accolse il progetto con una diffidenza sfumata di ostilità. Le pubbliche dichiarazioni di O'Connor sul peccato di omosessualità non erano probabilmente estranee a quell'atteggiamento. Certi gruppi militanti gay temevano che dietro l'accogliente facciata si nascondesse una "fabbrica di pentimenti". Richard Dunne, l'energico direttore della Gay Men Health Crisis, un'attivissima organizzazione di sostegno alle vittime dell'AIDS, si dichiarò «preoccupato all'idea di vedere gli ospiti del centro sottoposti fino alla morte a un indottrinamento religioso e costretti a convertirsi all'eterosessualità».

Dal canto loro, anche i non gay del quartiere si mostrarono reticenti, nonostante le riunioni organizzate nella chiesa di Santa Veronica allo scopo di prevenire le loro proteste. Alcuni medici spiegarono che la vicinanza di un ricovero destinato a quella categoria di malati non presentava nessun pericolo. Fu nominato un comitato di cittadini e si passò ai voti. Una schiacciante maggioranza accettò infine che venisse creato il primo centro newyorkese di assistenza per i malati di AIDS privi di mezzi.

Non per questo erano finite le tribolazioni di monsignor O'Connor. Ora doveva trovare personale sufficientemente motivato per far funzionare il centro. In quegli ultimi anni la mentalità dei membri della chiesa cattolica americana era profondamente cambiata. Poche religiose accettavano di dedicare tutta la loro vita solo ad alleviare la sofferenza fisica. Il sessanta per cento delle suore che si occupavano di malati aveva dato le dimissioni, e l'età media di quelle che restavano superava i sessantacinque anni. Quasi tutte avevano rinunciato all'abito monacale e preferivano vestirsi come le altre donne da Macy's o da Bloomingdale's. Volevano essere alloggiate comodamente ed essere pagate in proporzione al loro lavoro. Il prelato cercò invano soluzioni alternative. Ma appena veniva pronunciata la parola AIDS, i suoi interlocutori si ritraevano.

C'era una sola persona che potesse aiutarlo: l'indomabile religiosa che aveva strappato i moribondi all'inferno dei marciapiedi di Calcutta. Da quando aveva creato il lazzaretto del Cuore Puro, Madre Teresa aveva esteso la sua attività al resto dell'universo, in particolare ai Paesi ricchi di cui conosceva le innumerevoli afflizioni e la miseria nascosta. « I poveri di questi Paesi sono spesso più diseredati e più abbandonati che in India » diceva. A quell'Occidente incapace di risolvere il problema dei reietti, aveva mandato le sue giovani suore indiane dalla pelle nera, vestite di un semplice sari di cotone e con i piedi nudi nei sandali. Aveva aperto ricoveri, dispensari, mense dei poveri, dormitori nei quartieri-ghetto delle grandi città capitaliste. A Melbourne, Roma, Londra, Detroit, Marsiglia, Rio, Chicago, Los Angeles, lunghe file di disoccupati, di senzatetto, di affamati, di sbandati si accalcavano ogni giorno alle porte dei suoi rifugi. E perfino a New York, in pieno South Bronx, un quartiere allucinante devastato dagli incendi, disseminato di immondizie, dove la mortalità infantile superava quella di Calcutta, nel 1971 aveva aperto un centro di soccorso che distribuiva cibo e indumenti ai drogati e a migliaia di disoccupati negri e ispanici, tutti esclusi dal sogno americano. Al predecessore di John O'Connor che un giorno si preoccupava di sapere quale dovesse essere il compenso delle Missionarie della Carità, Madre Teresa aveva risposto: « Signor arcivescovo, servire Cristo è il nostro unico salario ».

Nel 1985, sbarcando a New York in una burrascosa giornata di luglio per un giro d'ispezione delle sue case americane, la "santa di Calcutta" non immaginava di essere attesa come il Messia. Con quell'istinto infallibile che per tutta la vita l'aveva guidata verso la vera sofferenza, Madre Teresa accettò di assumere la responsabilità del primo centro di assistenza per le vittime dell'AIDS.

## 49

*Rockville - Bethesda, USA - primavera 1985*
*Una pelliccia di visone per una resuscitata*

Era più facile immaginarla mentre percorreva un campo da golf o reclamizzava qualche modello sulle pagine di "Harper's Bazaar". In realtà, la splendida donna bruna, elegante e sportiva, non era proprio lo stereotipo del funzionario governativo. E tuttavia, a trentacinque anni, Ellen C. Cooper occupava uno dei posti chiave dell'alveare di vetro e di acciaio nei verdi dintorni di Washington, dove aveva sede il quartier generale della Food and Drug Administration, l'onnipotente agenzia federale incaricata di controllare i prodotti alimentari e farmaceutici. In virtù del suo titolo di ispettore medico della sezione medicinali antinfettivi, era una delle autorità più corteggiate dall'industria farmaceutica americana. Era anche una delle più temute, giacché da lei dipendeva l'autorizzazione a sperimentare sull'uomo nuove sostanze antivirali prima di permetterne la commercializzazione.

Figlia di un avvocato di Philadelphia, non sembrava sicuramente destinata a una carriera amministrativa. Dottore in medicina a ventisei anni dopo aver seguito gli studi a Yale e a Cleveland, Ellen Cooper si era specializzata nelle malattie infettive dei bambini. Un giorno, un annuncio pubblicitario l'aveva spinta a interessarsi più a fondo di uno dei principali virus della patologia infantile, quello della varicella. Poiché nei laboratori della FDA si studiavano con particolare attenzione i meccanismi di contagio di tale germe, Ellen Cooper era entrata a far parte di uno dei suoi gruppi di ricerca. Due anni dopo, l'agenzia federale l'aveva nominata ispettore medico. Ma più che per quella sua promozione, era diventata popolare grazie a un simpatico avvenimento familiare. L'ispettore medico Cooper aveva messo al mondo tre gemelli. La foto dei tre deliziosi bambini biondi – Emmy, Benjamin e Kimberley – era bene in vista sulla sua scrivania in mezzo a pile di rapporti scientifici. Ellen Cooper passava da dodici a quattordici ore al giorno a esaminare centinaia di pagine di documenti, ad analizzarne i diagrammi, a studiarne minuziosamente le sintesi. Ce n'erano tanti che doveva portarseli a casa per continuare a lavorarci la sera e perfino la domenica dopo la tradizionale passeggiata in riva al Potomac con i figli e il marito, un famoso avvocato di Washington. « Una banale vita da funzionario » ammetteva, « ma che a volte mi fa affrontare qualche importante problema di salute pubblica e mi dà la soddisfazione di contribuire a risolverlo. »

A causa della tragedia dell'AIDS e dei disperati sforzi della comunità scientifica per attenuarne i danni, l'ispettore Ellen Cooper si trovava al centro di un dramma cruciale. Il farmaco a base di sperma di aringa dei laboratori Wellcome poteva essere sperimentato sull'uomo? E in caso di successo, poteva essere proposto per la cura del devastante flagello? La decisione spettava a lei, e solo a lei.

Quel lunedì 22 aprile 1985, il vicepresidente dei laboratori Wellcome incaricato della ricerca era andato a sottoporle gli argomenti a favore della sperimentazione. A sostegno della sua tesi, David Barry aveva portato un voluminoso rapporto secondo il quale l'AZT presentava un tasso di tossicità accettabile per l'uomo. Dal giorno in cui il dottor Jonas Salk aveva dimostrato ai censori della FDA che il suo vaccino contro la poliomielite poteva porre termine alla tragedia dell'estate 1953, nessun documento altrettanto importante aveva varcato la prestigiosa soglia della FDA. Nessuna segretaria stenografò la discussione che si svolse intorno al tavolo ovale della sala delle conferenze al terzo piano. Eppure l'incontro aveva qualcosa di storico. Quattro anni dopo che un medico di Los Angeles aveva diagnosticato il primo caso dell'epidemia, due anni dopo che alcuni biologi dell'Istituto Pasteur di Parigi avevano scoperto il retrovirus responsabile dell'AIDS, funzionari della Sanità e ricercatori dell'industria farmaceutica si riunivano per gettare le basi di un protocollo clinico che aveva come oggetto la sperimentazione della prima arma inventata contro il mortale flagello.

« Era un compito da dare i brividi » ricorderà un dirigente della Wellcome. Mancavano prima di tutto i punti di riferimento: fino a quel momento nessun prodotto era stato sperimentato con successo contro una malattia così complessa e di cui si sapeva tanto poco. In secondo luogo c'erano troppe incognite per quanto riguardava lo stesso AZT: la sua modalità di azione non aveva potuto essere completamente chiarita e i suoi effetti tossici erano stati valutati solo per qualche breve settimana su degli animali. Che effetto avrebbero avuto sull'uomo in caso di uso prolungato? « Navigavamo alla cieca » dirà David Barry. Uno dei problemi più importanti riguardava la scelta delle prime cavie umane. Quali dovevano esserne i criteri? Come raccomandava la rappresentante della FDA, bisognava dare la precedenza a malati il cui stato lasciava presagire una morte imminente o invece a pazienti che fossero ancora in una fase precoce della malattia? Bisognava limitare la prova clinica alle vittime di un AIDS già manifesto, e quindi eliminare chi era solo allo stadio dell'ARC, forma preliminare e attenuata della malattia che gli specialisti chiamavano "AIDS Related Complex", sindrome riferita all'AIDS? Bisognava accettare indifferentemente tutti i casi, quelli affetti da pneumocistosi e quelli colpiti dal sarcoma di Kaposi, o soltanto gli uni e non gli altri?

Lo scambio di vedute andò avanti per ore. Ma era stato solo il preludio di una lunga serie di discussioni tra i dirigenti della Wellcome, il cancerologo Sam Broder e l'ispettore medico Ellen Cooper. La loro febbrile impazienza era soprattutto dovuta al fatto che l'efficacia dell'AZT nelle provette era stata confermata dai dottori Dani Bolognesi della Duke University e Robert Yarchoan dell'Istituto nazionale del cancro. La fattiva cooperazione dell'ispettore Ellen Cooper riempiva di soddisfazione i suoi partner poco abituati alla sollecitudine della FDA. « Affidò i suoi tre gemelli alle cure del marito e della suocera per essere sempre presente ai nostri continui incontri » racconterà David Barry. La giovane donna si farà interprete di ciò che tutti provavano davanti all'urgenza del problema: « Il farmaco che assorbiva tutto il nostro interesse non doveva liberare il naso di gente raffreddata, ma salvare la vita di malati che ogni giorno morivano sotto gli occhi dei loro medici impotenti ».

Gli studi della Wellcome dimostravano che si doveva somministrare l'AZT per lunghi periodi in modo da dargli il tempo di agire. Dimostravano anche che era assimilato meglio per endovena che per via orale e che rimaneva attivo solo per due ore. Tre parametri che ponevano serie difficoltà: si potevano condannare dei pazienti a restare in ospedale molte settimane, magari molti mesi, solo per farsi fare sei o sette iniezioni al giorno? La soluzione più semplice sarebbe stata di mettere a punto una terapia orale da seguire a casa, ma gli esperimenti sugli animali avevano evidenziato che il metabolismo di certe specie, in particolare dei conigli, assimilava soltanto tra il venti e il trenta per cento dell'AZT ingerito. E nel caso dell'uomo? Solo una prova sui malati poteva dare la risposta. Ma la legge americana era implacabile: una sperimentazione del genere si poteva effettuare solo dopo la richiesta ufficiale del laboratorio interessato e l'approvazione della FDA. Nonostante tutta la benevolenza dell'ispettore Cooper, per ottenere l'autorizzazione ci sarebbe voluto fatalmente molto tempo.

« Abbiamo quindi deciso di rischiare prendendo una scorciatoia un po' illegale » confesserà David Barry. La tragica storia dell'AIDS non dovrà dimenticarlo: i tre principali inventori dell'AZT furono i primi esseri umani a cui venne somministrato il farmaco, cominciando dallo stesso vicepresidente della Wellcome. L'esperimento si svolse nella massima discrezione. « Ah, che orrendo beveraggio! » dirà il coraggioso medico evocando il gusto amaro del succo d'arancia che quel giorno ingurgitò come se fosse una prima colazione. Dato che non esistevano ancora né compresse né capsule, era stato costretto a sciogliere in un succo di frutta la polvere di sperma di aringa. Con i suoi due complici, già il giorno prima se n'era fatta iniettare una piccola dose nelle vene. Un prelievo di sangue aveva poi permesso di constatarne la perfetta e totale assimilazione. Lo stesso controllo del sangue effettuato dopo una somministrazione del prodotto per via orale non fu altrettanto probante: solo il settanta per cento dell'AZT ingerito era passato nel sangue. Una percentuale che fu confermata da tre giorni consecutivi di prove.

David Barry era soddisfatto. Poteva proporre un primo protocollo terapeutico all'ispettore della FDA. Come si aspettava, Ellen Cooper non mancò di stupirsi della precisione delle dosi raccomandate.

« Come fate a quantificare esattamente la differenza tra la somministrazione orale dell'AZT e quella per endovena? » chiese stupita.

« Sono stati i nostri computer a fare il calcolo » rispose imperturbabile David Barry.

« *My God!* » esclamò la giovane donna. « Che apparecchiature eccezionali! »

Ellen Cooper non aveva ancora finito di stupirsi.

« E perché raccomandate di mescolare il prodotto con un po' di liquido zuccherato? »

« Semplicemente perché quel dannato sperma di aringa è tremendamente amaro. Anche più del chinino. »

« Come fate a saperlo? »

David Barry si sentì preso in trappola, ma l'ispettore ebbe la delicatezza di non insistere. Era una donna troppo accorta per non sapere che a volte bisogna lasciare agli alchimisti i loro segreti. Una settimana dopo confermava l'accordo ufficiale della FDA. Era la prima volta che la tirannica organizzazione concedeva un'autorizzazione in così breve tempo. La prova di efficacia e di tossicità dell'AZT sull'uomo poteva cominciare.

Il 3 luglio 1985 è una data che resterà per sempre impressa nella memoria del cancerologo Sam Broder. La prima dose del primo trattamento dell'AIDS a base di AZT fu somministrata quel giorno nell'ospedale di Bethesda a un giovane commerciante di mobili di Boston che si chiamava Joseph Rafuse, e che divenne in tal modo una specie di pilota collaudatore della scienza. La dose era evidentemente molto più forte di quella che avevano preso in segreto i tre collaboratori della Wellcome. « Io e Sam abbiamo sistemato la flebo » racconterà il dottor Robert Yarchoan, « e abbiamo trattenuto il respiro guardando le gocce cadere a una a una. La prima ora era critica. Se il malato aveva uno shock anafilattico, quella violenta reazione d'intolleranza biochimica poteva farlo morire. » All'inizio della notte la temperatura gli salì bruscamente. I due medici riuscirono a farla diminuire e a bloccare la febbre. All'alba, esausto, Sam Broder si tolse il camice e davanti ai suoi assistenti pronunciò le due parole sicuramente più impegnative della sua carriera:

« L'esperimento continua. »

Saranno diciannove. Diciannove uomini e donne che presentavano sintomi tanto rari e gravi da essere accettati nell'ospedale d'avanguardia diretto da Sam Broder a Bethesda.[1] L'esperimento per cui sarebbero serviti da cavie non aveva come scopo principale quello di guarire, ma di verificare che il farmaco non rischiasse di aggravarne lo stato e soprattutto di non farli morire. Gli assistenti di Sam Broder avevano richiesto la loro firma sotto un documento dattiloscritto di otto pagine nel quale dichiaravano di essere volontari, di accettare i rischi della sperimentazione e in caso d'incidente di scaricare il centro da ogni responsabilità.

Il protocollo di esperimento prevedeva il progressivo aumento delle dosi di AZT, prima per endovena, durante un periodo di due settimane, poi per via orale durante le quattro settimane seguenti. Si sapeva che i ratti e i cani avevano sopportato fino a ottanta milligrammi di AZT al giorno e per ogni chilo di peso. Si iniziò più modestamente con tre, sette e mezzo, quindici, poi trenta milligrammi, e successivamente il doppio per la somministrazione orale. A mano a mano che passavano i giorni, cresceva la speranza di Sam Broder. Gli effetti secondari si rivelavano praticamente trascurabili. Tre pazienti accusavano una diminuzione dei globuli rossi che

[1] Due malati saranno curati anche nel centro clinico della Duke University (*N.d.A.*).

non raggiungeva il dieci per cento, una diecina ebbero mal di testa, uno solo qualche tremito. In compenso, quasi subito si manifestarono risultati positivi: per tutti un aumento medio di peso di circa due chili e mezzo, in quindici pazienti una notevole crescita dei linfociti T4 difensori del sistema immunitario, in altri due la totale guarigione di una grave infezione alle unghie e in altri sei la scomparsa della febbre e dei sudori notturni. Nei globuli bianchi di molti soggetti non si trovò più traccia del retrovirus. In due casi si assisté addirittura a un'autentica resurrezione.

Il primo fu quello della moglie di un medico di Washington, un'incantevole infermiera contaminata da una trasfusione. Si chiamava Barbara. L'AIDS le era stato diagnosticato durante il viaggio di nozze in Francia. Per il microbiologo Dannie King, direttore del progetto AZT alla Wellcome « Barbara simboleggiava la vittima innocente della tragedia. Non era una persona a rischio e per di più aveva scelto come professione di curare gli altri ». Né Sam Broder né il suo collaboratore Robert Yarchoan avevano ancora visto lesioni del genere. L'infezione le aveva colpito tutta la mucosa della bocca: lingua, palato, gengive, parete interna delle guance, gola, labbra erano ridotte a una piaga viva, una distesa di ulcerazioni sanguinolente. « Sembrava che un macellaio le avesse strappato di colpo tutti i denti » racconterà David Barry. « Il suo era un vero martirio. Incapace di alimentarsi da settimane, era ormai ridotta a uno scheletro. A parte il marito e i medici, nessuno osava più entrare nella sua camera. »

Un giorno che l'aiutava a infilarsi un vestito diventato troppo largo per quel suo corpo scarnito, il marito, sapendo come la sognasse, le aveva detto teneramente:

« Tesoro, appena avrai ripreso qualche chilo, andremo a comprare la tua pelliccia di visone. »

La promessa poteva sembrare crudele, viste le condizioni disperate di Barbara. Eppure, dopo due settimane di trattamento con l'AZT, il suo viso irriconoscibile riprese sembianza umana. La giovane donna poté riprendere a parlare normalmente, le lesioni del cavo orale regredirono e finirono per scomparire. Per la prima volta dopo tre mesi, poté infine nutrirsi normalmente. Riuscì ad alzarsi, a vestirsi da sola, ritrovò gesti civettuoli. Recuperate le forze, era impaziente di tornare alla vita attiva. Barbara non aveva dimenticato la sua professione. Un giorno Sam Broder ebbe la sorpresa di trovarla in camice intenta a curare altri malati. Nonostante qualche manifestazione di anemia prontamente scomparsa grazie a poche trasfusioni, la sua guarigione si confermò al punto che poté lasciare l'ospedale dopo quattro settimane. Per quella memorabile occasione indossò il prediletto vestito di seta turchese comprato a Parigi e rimasto inutilizzato per tanto tempo. Il dottor Broder non poteva nascondere l'emozione. Con tutti i suoi collaboratori accompagnò la giovane donna fino al taxi. Mentre stava entrando in macchina, Barbara si rivolse al marito:

« Tesoro, non dimenticare che mi devi una pelliccia di visone! »

Anche la seconda "resurrezione" fu talmente spettacolare che Sam Broder se ne servì per ottenere dalla dottoressa Ellen Cooper l'autorizzazione a non interrompere il trattamento dopo sei settimane. Per questo genere di sperimentazione il protocollo prevede infatti una pausa di trenta giorni per dar modo ai malati di eliminare eventuali effetti tossici. La dottoressa la riteneva indispensabile.

Questa volta il paziente era un attore che veniva da Palm Beach, in California. La forma di AIDS che l'aveva colpito era talmente insolita che la dottoressa Margaret Fischl del centro medico dell'università di Miami l'aveva mandato d'urgenza da Sam Broder: il virus aveva aggredito il cervello del malato paralizzandone gli arti inferiori e facendogli perdere quasi completamente l'uso della parola. Inoltre il paziente accusava disturbi psichici. « Un uomo in piena forma, atletico, pieno d'ardore, di cui l'AIDS aveva fatto in tre mesi un infermo bisognoso di stampelle » racconterà David Barry. In tre settimane l'effetto dell'AZT su quel cadavere vivente fu tale da lasciare sbalorditi sia i dirigenti della Wellcome sia i medici dell'ospedale di Bethesda. Non soltanto il malato poté alzarsi da solo, ma riuscì a saltellare per i corridoi, per poi divertirsi a scendere a precipizio i dodici piani dell'ospedale e a risalirli altrettanto rapidamente in modo da arrivare prima dell'ascensore. Un'impresa rinnovata di gusto diverse volte.

Sam Broder telefonò a Ellen Cooper perché i fatidici trenta giorni previsti dal protocollo non interrompessero la cura di quel soggetto eccezionale.

« Ho sentito parlare del caso, ma si tratta di un attore professionista » obiettò l'ispettore della FDA. « Gli artisti come lui sono capaci di qualunque mistificazione! »

« Venga a vedere di persona » insisté il medico.

Venti minuti dopo, l'incredula dottoressa entrava nella camera per assistere a uno spettacolo indimenticabile. Se si trattava di un numero, l'ex paralitico era davvero bravo. Afferrò le stampelle, balzò sul letto e brandendole verso la visitatrice esclamò:

« Ecco con che cosa mi sono trascinato fino a questa camera tre settimane fa! » Lanciò le stampelle come giavellotti nel cestino della carta straccia e soggiunse: « Ed ecco quello che l'AZT ha fatto per me! ». Agile come un acrobata saltò sul pavimento, si buttò bocconi e cominciò una serie di esercizi gridando: « Ho le braccia forti come le gambe! ».

Ellen Cooper era sbalordita. Alla fine l'ex infermo si rialzò e andò a piantarsi davanti alla donna.

« Vuole che le faccia anche vedere come so scendere e salire i dodici piani di questo dannato ospedale? »

« No, è inutile, ci credo » si difese Ellen Cooper con un sorriso complice.

Uscì dalla camera con Sam Broder. Posando una mano con un gesto amichevole sulla spalla del cancerologo, lo rassicurò:

« Va bene, Sam, non interrompa la cura! »

# 50

*New York – autunno 1985*
*Far sentire a ciascuno che è amato e rispettato*

« Dottore, se avessi i coglioni, mi butterei dalla finestra. »

Il dottor Jack Dehovitz guardò sorpreso i due grandi occhi azzurri pieni di rivolta e la fitta barba da profeta di Josef Stein. Per l'ex archeologo era chiaramente una giornata nera. Era la prima volta che manifestava apertamente il desiderio di morire, peraltro molto frequente fra gli omosessuali malati di AIDS. Molti di loro lo attuavano. I medici attribuivano quell'inclinazione suicida a un complesso di colpa esasperato dalla malattia, e a volte associato a un abuso di alcol e di droga. Quella mattina Jack Dehovitz decise di prendere sullo scherzo il morboso proposito del suo paziente:

« *Quit kzetching!* Piantala di piagnucolare! » ribatté prontamente in un miscuglio di inglese e di yiddish che li fece scoppiare in una gran risata.

Per l'aiuto del reparto AIDS del Saint-Clare, ogni giornata cominciava con una visita al suo malato preferito. « Josef era così aperto, così intelligente, così ricco di senso dell'umorismo e di fantasia! » ricorderà il medico. « La sua cultura ebraica, i lunghi soggiorni in Israele ci avevano avvicinati. Mi piaceva entrare in camera sua lanciando qualche frase in yiddish o in ebraico che nessuno capiva. Con Josef potevo finalmente ridere e parlare di qualcosa che non fosse la malattia. »

Era lo stesso per tutti i membri del personale. Alla prima occasione andavano a distrarsi da Josef Stein, a fumare una sigaretta, a bere una tazza di tè. Si divertivano alle sue battute, al racconto delle sue avventure di scavatore di pietre. Perfino quando la chemioterapia lo riduceva uno straccio, non lasciava mai che un visitatore se ne andasse senza avergli trasmesso un po' della sua carica e della sua voglia di vivere. « Per noi che eravamo continuamente alle prese con una malattia che colpiva persone della nostra età, portandole inesorabilmente alla morte tra atroci sofferenze, Josef era come una boccata d'ossigeno, come le vitamine » dirà ancora Jack Dehovitz. « Nella situazione a volte insostenibile di quell'autunno, creata da una malattia così particolare, ci voleva uno come Josef Stein per tirarci su di morale. »

Per i malati, all'incubo fisico si aggiungeva la tortura morale che spesso rendeva più dura la loro prova e il compito di chi li curava. « Se tu annunci alla famiglia o agli amici che hai un cancro, nessuno ne fa una questione di moralità » spiegherà Terry Miles, il *clinic coordinator* del Saint-Clare, un giovane di trent'anni che veniva dalla Florida. Il suo compito era di sorvegliare le cure e occuparsi del morale del personale medico. « Un malato di AIDS deve invece automaticamente affrontare l'ignominia. Il suo male "vergognoso", conseguenza di un sistema di vita ritenuto condannabile, è vissuto come un castigo. Il che spiega il suo terrore che si riassume in un interrogativo crudele: "Mi tratteranno come un malato qualunque o mi escluderanno come un paria?". »

Le reazioni variavano a seconda degli individui. Per un autista di autobus newyorkese, Frank Korda, un mingherlino di ventotto anni con i capelli imbrillantinati, che il sarcoma di Kaposi aveva orrendamente coperto di varie tonalità di viola, l'AIDS aveva assunto il volto di una donnina attenta a ogni suo sospiro.

« Ho saputo che Frank era gay prima ancora che lo sapesse lui » racconterà la madre, telefonista in una centrale di Manhattan. « L'ho accompagnato da un medico sperando che potesse fare qualcosa. L'altro mio figlio era esattamente il contrario, un vero macho. A sedici anni, quando ha scoperto le sue tendenze omosessuali, Frank ne è rimasto sgomento. Si è confidato con il fratello che gli ha detto: "Parlane alla mamma!". Io sapevo che aveva cercato di uscire con due o tre ragazze. Mi ha detto: "Mamma, sono gay". Ho risposto: "Sei mio figlio, per me non conta nient'altro". Volevo soltanto che restasse un uomo. Era l'epoca della rivoluzione sessuale e molti gay si vestivano come le ragazze. Gli ho detto: "Le tue preferenze sessuali sono una cosa, ma non permetterò che tu ti renda ridicolo travestendoti da donna". Ho soggiunto: "Qualunque cosa tu faccia, falla con dignità e rispetto". Ho conosciuto alcuni ragazzi che frequentava. Li portava a casa. Erano molto educati. Quasi tutti i suoi amici mi hanno adottata.

« Un giorno si è ammalato. È cominciato con un dimagramento inesplicabile. Benché non fosse mai stato grassottello, notavo che perdeva qualche etto ogni settimana. Lui non si rendeva conto di niente. All'improvviso gli sono comparse delle pustole sulle gambe, poi si è messo a tossire. Di notte spiavo il suo respiro. Faceva un rumore impressionante, come un pistone. Nell'aprile scorso mi ha detto: "Mamma, ho l'AIDS". Avevo già sentito quella parola. Un nostro vicino, che era guardia carceraria al penitenziario di Sing Sing, ci aveva parlato di un detenuto che era morto di AIDS. A quell'epoca non ci avevo fatto troppo caso. Quando Frank mi ha detto della sua malattia, sono scoppiata a piangere. Poi sono andata a prendere la Bibbia. Sono molto credente e ho pensato che dovesse esserci una ragione per quella prova. Ho detto a Frank: "C'è un senso in tutto quello che permette il Signore. Forse ha voluto servirsi di te". Gli ho letto dei passi della Sacra Scrittura. Ha cominciato ad andare in chiesa. I fedeli della parrocchia sono stati fantastici. Perché pregassero tutti per lui, ho detto che aveva il cancro. Nel suo caso non era una bugia.

« Per due volte Frank è stato sul punto di morire. L'ultima volta quelli che si occupavano di lui avevano abbandonato la lotta - tutti, salvo io e il Signore. Gli sono rimasta accanto giorno e notte. L'ho nutrito imboccandolo con il cucchiaio. L'ho riempito di vitamine, di ricostituenti, di gelati, di tutto quello che gli piaceva. Soprattutto non ho smesso mai d'incoraggiarlo a lottare, a sperare, a voler vivere. Nelle camere vicine ogni giorno le infermiere chiudevano gli occhi a un morto. Frank invece è sempre qui. Nel reparto non c'è nessuno come lui deciso a sconfiggere la malattia. Mi ha fatto promettere che se gli fosse capitato qualcosa, sarei diventata la mamma degli altri malati. Ce ne sono tanti abbandonati dalla famiglia! Molti genitori accettano che un figlio abbia l'AIDS, ma non che sia gay.»

Quell'autunno non c'erano né madre, né famiglia, né un amico nella vita di Rondy, che aveva ventisette anni ed era un ex detenuto tossicomane del penitenziario di Sing Sing. Anni d'isolamento nella sezione di massima sicurezza avevano trasformato quel portuale del New Jersey in una belva, sempre pronta a balzare su chiunque entrasse in camera. Nonostante i polmoni devastati, non gli mancava il fiato. Non parlava, urlava. Quando accorreva qualcuno, messo in allarme dai suoi ruggiti, lo accoglieva con una scarica di insulti e di minacce. Un paziente piuttosto difficile che metteva a dura prova i nervi di Jack Dehovitz e degli infermieri, confermando che curare i malati di AIDS era più una questione di rapporti umani che un problema strettamente medico.

«Entrare nella camera di un paziente con l'intenzione di stare ad ascoltarlo può essere un atto terapeutico cento volte più efficace di una flebo» dirà Jack Dehovitz. «Fargli sentire che è rispettato, considerato, amato, che nessuno lo giudica. Non c'è niente di più vivificante che tenergli la mano, mettergli un po' di balsamo su un arto dolente e massaggiarlo con delicatezza. Certi malati confessano che per mesi nessuno ha osato toccarli. La cosa terribile è avere a che fare con una malattia contro cui non abbiamo armi. Tutto quello che si può fare è tentare di assicurare ai nostri pazienti una vita decente per il tempo che resta loro.»

La diversità etnica e sociale dei malati esigeva che il personale si adeguasse a ogni situazione individuale. Per stabilire un contatto, vincere la diffidenza, placare la paura ci volevano infinite risorse di pazienza e d'immaginazione che solo i volontari potevano possedere.

L'infermiere Ron Peterson, ex marine del Vietnam passato alla danza moderna e poi a curare i malati, ebbe così l'idea di organizzare corsi di ginnastica per i malati del Saint-Clare. «Fu una rivelazione» racconterà. «C'erano persone che improvvisamente scoprivano di poter fare qualcosa con il proprio corpo. Che non erano più relitti condannati in un letto. Ho perfino insegnato qualche movimento di danza a degli sventurati inchiodati su una poltrona a rotelle.» Nel Vietnam Ron aveva visto così tanti uomini smarriti e disperati che si dava appassionatamente da fare per aiutare i malati a sistemare le loro cose, a riconciliarli con l'idea della morte, a fare in modo che una volta giunta l'ora non morissero odiandosi. «Poter aiutare in modo concreto è la cosa più gratificante che ci sia al mondo» sarà il suo commento.

Stranamente, il terrore che ispirava di solito la malattia non scoraggiava l'afflusso di candidati che volevano lavorare in un reparto di cure specialistiche. «L'AIDS è la tragedia della nostra generazione» dirà Terry Miles, il giovane *clinic coordinator*. «Io sono qui perché credo che sia mio dovere partecipare alla battaglia e fare di tutto per vincerla.» Altri ubbidivano a ragioni personali: in generale conoscevano qualcuno che aveva l'AIDS o ne era già morto. Certi si consideravano a loro volta in pericolo per il loro genere di vita.

A quelli che chiedevano di lavorare all'ospedale Saint-Clare, Terry spiegava subito che in primo luogo avrebbero dovuto «aiutare dei moribondi a morire». Molti fra coloro che reclutò crollarono rapidamente e scomparvero dopo pochi giorni. Altri furono sottoposti a un tale stress che cambiarono comportamento e dovettero essere mandati via. Come un infermiere che trovandosi di colpo in un universo di drogati, si mise a bere freneticamente litri di caffè. La tossicomania dei suoi pazienti l'aveva contagiato. Altri, a contatto di malati gay scoprirono le proprie pulsioni omosessuali e tagliarono la corda traumatizzati. Altri ancora si attaccarono talmente ai loro pazienti che non riuscirono a sopportarne la morte. «Giorno dopo giorno tornavano nella camera dello scomparso con un mazzo di fiori in mano e gli occhi pieni di lacrime» ricorderà un'infermiera.

Al Saint-Clare quell'autunno fu particolarmente micidiale. Capitava che la malattia facesse tre o quattro vittime in meno di una settimana. «Allora in tutto il reparto si diffondeva un'atmosfera di lutto, d'impotenza, di depressione» racconterà Terry Miles. «Sembrava che tutto diventasse più difficile.» Ron Peterson, l'ex marine del Vietnam, si accorse che la cosa gli sfuggiva di mano. Non potendo confidarsi con gli amici, andò da uno psicanalista. «Tutti quelli che devono affrontare una simile situazione hanno bisogno di parlare delle loro angosce a qualcuno» confesserà. «Altrimenti si rischia di proiettare la propria ansia sui malati.» Per scongiurare il pericolo, Terry Miles organizzò sedute di terapia collettiva per il personale. Ciascuno poteva venire a sfogarsi, a liberarsi delle proprie frustrazioni, a comunicare la propria inquietudine circa le reazioni di questo o quel paziente. «Era un beneficio inestimabile poter scambiare le nostre impressioni, esprimere il nostro turbamento, farsi confortare dai colleghi, sentire che non si era soli, che gli altri affrontavano gli stessi drammi» riconoscerà Gloria Taylor, un'infermiera negra di quarant'anni.

Veterana di diversi grandi ospedali newyorkesi, dove aveva lavorato nelle unità di terapia intensiva della cardiochirurgia, Gloria Taylor era uno dei pilastri del Saint-Clare. Con il suo seno generoso, il sorriso sempre pronto e l'accento del Sud, faceva pensare alle balie negre de *La capanna dello zio Tom*. Era una donna di famiglia modesta che ogni mattina veniva da un lontano sobborgo per aiutare le vittime senza speranza a morire dignitosamente, e nessuno svolgeva il proprio compito con più amorevole compassione. L'AIDS le aveva rapito il più caro amico d'infanzia. «Era il mio fratello di latte» racconterà. «Mia madre l'aveva adottato come un figlio. Era gay, ma per noi la cosa non aveva mai avuto importanza.» Quando seppe che stava per morire, lo aveva fatto ricoverare nell'ospedale dove lavorava, battendosi come una leonessa perché fosse trattato decentemente, «ma per via di quel terribile male di cui nessuno sapeva niente, era considerato un appestato». Vederlo morire in quelle condizioni la sconvolse al punto da voler rinunciare al suo lavoro di infermiera. Fu allora che lesse in un giornale un articolo che parlava dell'apertura di un'unità specialistica al Saint-Clare. Si precipitò per farsi assumere: «Tutto quello che volevo era dare ad altri la dolcezza e la tenerezza che erano state rifiutate al mio fratellino». Ogni paziente che le affidavano diventava così il suo "fratellino". Sapeva come accogliere ogni nuovo malato e metterlo subito a suo agio. «Buongiorno, io sono Gloria e sono così contenta di conoscerla e di potermi occupare di lei. Mi chiami per nome, mi farà piacere. Vedrà, andremo perfettamente d'accordo.» Quando la gente sta per morire non è più il caso di mantenere un tono formale e distaccato, spiegava ai colleghi. Quella familiarità faceva nascere tra lei e i malati una complicità immediata, perfino con quelli che si dimostravano più diffidenti o più ostili. Quell'autunno, con il suo cuore traboccante di tenerezza e la sua innata capacità di curare, rischiarava un po' la lugubre atmosfera del Saint-Clare.

Le riservavano i casi più difficili, come quello di Damien, un arredatore di ventotto anni a cui l'AIDS corrodeva a poco a poco il cervello. «Era un uomo meraviglioso, ma testardo come un mulo. Poteva chiudersi per giorni interi in un mutismo totale. Sapeva ancora tenere una forchetta in mano, ma poi non si ricordava più che bisognava portarla alla bocca per mangiare. La mia ossessione era fargli ingoiare qualche boccone. Ogni cucchiaiata di cibo, ogni sorso di liquido rappresentavano le mie sole penose vittorie sul suo male. Restavo per ore seduta sull'orlo del letto a giocare con lui, a raccontargli delle storie, a distrarlo per fargli prendere un po' di gelato o di yogurt.» Tutti, al Saint-Clare, facevano l'impossibile per incoraggiare i pazienti a nutrirsi. Nei corridoi erano stati perfino installati dei distributori di minestre, insalate, dolci perché appena avessero avuto voglia di mettersi qualcosa in bocca, potessero farlo a ogni ora del giorno e della notte.

Una mattina Gloria entrò nella camera di Damien e lo trovò sul letto che stava mangiando delicatamente i propri escrementi. «Ho creduto che il cuore mi si fermasse» racconterà. «Sono rimasta lì a guardarlo, senza poter fare un gesto. Ho finito per chiedergli: "È buono?". Che altro potevo dire? Mi ha lanciato uno sguardo malizioso e ha risposto: "Molto saporito". Quando ha finito, si è asciugato le labbra sul bordo del lenzuolo. Dopo di che si è pulito le dita proprio come una persona ben educata. Alla fine si è assopito soddisfatto. Avevo voglia di gridare, ma dalla bocca non mi usciva nessun suono. Mi restavano solo le lacrime per maledire il virus che aveva tolto la ragione al mio fratellino. »

Quell'autunno Gloria e i suoi colleghi avrebbero avuto molte altre ragioni per maledire il diabolico virus di cui Robert Gallo e Luc Montagnier si contendevano la scoperta. Il numero sempre maggiore di malati tossicomani rendeva ogni giorno più difficile il loro lavoro. Come Rondy, l'ex portuale, molti pazienti avevano trascorso lunghi periodi in prigione.

« I tossicomani avevano una personalità molto diversa dagli omosessuali » spiegherà Gloria. « Negavano la malattia. Per loro contava una cosa sola: avere la loro dose di droga. Se gli dicevi: "Questa siringa ti ammazzerà" rispondevano: "Me ne frego. Io rischio". Prima di tutto bisognava disintossicarli perché era fuori questione tenere nel reparto dei tossicomani attivi e aggressivi. Dell'AIDS se ne infischiavano: volevano solo bucarsi. Abbiamo dovuto mandar via certi malati che gli amici continuavano a rifornire. Altri li abbiamo dovuti mettere in quarantena. Secondo il grado d'intossicazione, ci volevano tre o quattro settimane per riuscire a diminuire le dosi e quindi la dipendenza dalla droga. Per quelli che consumavano fino a quattrocento dollari di polvere al giorno, ci voleva più tempo. Non si potevano accelerare troppo i tempi per non rischiare di farli morire. Una soppressione brutale poteva provocare nei malati sudori, allucinazioni e scatenare comportamenti suicidi. Procedevamo quindi per gradi servendoci di farmaci sostitutivi.

« Ma i tossicodipendenti sono commedianti straordinari, pronti a ricorrere a qualunque sotterfugio: fingere di morire per mancanza di droga, o sostenere che un malessere li ha fatti vomitare e che perciò hanno bisogno di un'altra dose. Non dimenticherò mai i nostri dialoghi:

« "Fammi un po' vedere che cosa hai vomitato" ho chiesto un giorno a uno di loro. Sembrava sinceramente dispiaciuto. "Impossibile, Gloria, ho tirato lo sciacquone!" Ho insistito: "Lo sciacquone? Sono sei settimane che non ti alzi dal letto e all'improvviso sei riuscito ad arrivare fino in bagno?". Mi ha guardato, imperturbabile. "Be' sì, Gloria, oggi sono riuscito a camminare da solo fino al gabinetto."

« Quel poveretto era coperto di pustole di Kaposi. L'herpes gli aveva divorato mezza retina. Era semicieco. Gli restavano forse tre mesi da vivere. Non gliene importava niente di essere curato per l'AIDS. Voleva solo la coca. Per una dose avrebbe venduto suo padre e sua madre. »

Al Saint-Clare gli schiavi delle droghe pesanti erano una categoria a parte, ma anche i superstiti delle *bath-houses* e dei locali da orge non erano sempre risparmiati dalle crisi di astinenza. La droga faceva parte anche delle abitudini di molti omosessuali iperattivi: dai semplici *poppers* che scatenavano la libido alle iniezioni di *speed* a base di cocaina con le loro scariche di adrenalina e dodici ore garantite di un nirvana a buon mercato. Di tutti i tossicomani che quell'autunno Gloria si sforzò di ammansire, nessuno le dette più filo da torcere di Rondy, l'ex detenuto di Sing Sing. Le sue urla e la sua volgarità facevano regnare sempre più il terrore nei corridoi del Saint-Clare.

**Racconto di Gloria Taylor**

« Ormai era arrivato a pesare una quarantina di chili, ma conservava una forza erculea. Cercava di graffiarmi e di mordermi ogni volta che lo prendevo in braccio come un bambino per portarlo sotto la doccia. In sei settimane sono riuscita a trasformarlo in un agnello. Gli facevo scoprire una cosa che non gli era mai capitata in vita sua: qualcuno gli voleva bene. L'ho messo su una poltrona a rotelle e l'ho portato in giro per le camere. Si è fatto presto un sacco di amici tra gli altri malati e il personale. Mi chiamava "Baby". Era diventato un ragazzo tenerissimo e non riuscivo ad accettare l'idea che stesse per morire. Sapeva esattamente quello che l'aspettava. Aveva assistito all'orribile agonia di due suoi amici. Mi diceva: "Non voglio andarmene in quel modo".

« Una mattina mi ha preso la mano e mi ha detto:

« "Baby, vorrei che tu organizzassi una festa in camera mia e che invitassi tutti i miei amici. Voglio dirgli addio."

« Mi ha mandato a comprare dei giocattoli per la sua bambina di due anni che aveva visto una sola volta dietro le sbarre della prigione. Voleva anche rivedere i genitori che non aveva più abbracciato da quindici anni, da quando aveva compiuto il primo furto. Mi ha fatto invitare anche una guardia di Sing Sing alla quale era affezionato. Siccome eravamo sotto Natale, gli ho suggerito di preparare un regalo per i suoi genitori.

« "Che cosa potrebbe fargli piacere?" mi ha chiesto.

« Personalmente non sono molto religiosa, ma incoraggio sempre i malati a cercare aiuto e conforto dove possono, e in particolare nella fede. Nella stanza delle infermiere c'è, tra l'altro, appuntato un foglio con la lista dei malati che desiderano l'assistenza di un ministro del culto. Accanto a ogni nome una lettera indica la religione: C sta per cattolica, E per ebraica, P per protestante. La chiamiamo la "Pastoral List".

« "Sai, credo che il più bel regalo per i tuoi genitori sarebbe che tu invitassi anche il cappellano" gli ho risposto. "Così potrebbe benedirti con l'olio santo davanti a loro."

« "Be', sì" ha esclamato soddisfatto. "Penso proprio che non potrei regalargli niente di meglio."

« Il giorno della festa intorno al suo letto c'erano una ventina di persone. Alcuni avevano portato dei dolci, altri dei fiori e perfino dei palloncini e delle ghirlande. Qualcuno era venuto con un mangianastri. La camera risuonava di jazz. Rondy faceva sempre più fatica a respirare, ogni gesto gli richiedeva uno sforzo, ma sul viso gli splendeva una gioia serena. Il cappellano ha recitato la preghiera dei morenti, quindi gli ha tracciato un segno di croce sulla fronte con un batuffolo di cotone imbevuto d'olio. Sconvolta, la madre è scoppiata in singhiozzi ed è uscita dalla camera. Poi Rondy ha detto una parola d'addio a ciascuno come se stesse per partire. Avevo fatto sedere sua figlia sul letto e lui le accarezzava la guancia con la sua mano magra e grinzosa. Sembrava felice.

« All'improvviso è stato colto da spasmi. Il respiro si è fatto irregolare. Gli ho messo la maschera a ossigeno, ma se l'è strappata. Con lo sguardo ha cercato la madre. Non vedendola, mi ha fatto cenno di avvicinarmi.

« "Dammi la tua mano, baby" ha mormorato.

« Sembrava contento. Ho visto le palpebre abbassarsi lentamente sui suoi occhi, come il sipario del teatro alla fine di uno spettacolo. Il virus mi aveva portato via un altro fratellino. »

# 51

*Research Triangle Park - Bethesda, USA - autunno 1985*
*Cinquanta chili di sperma di aringa per risolvere una tragedia*

Aveva proprio l'aria di un miracolo. Nel luglio 1985 il cancerologo Sam Broder aveva cominciato a somministrare l'AZT a diciannove malati dell'ospedale di Bethesda, e ora Barbara si era già scelta la pelliccia di visone promessa dal marito e aveva ripreso il suo lavoro d'infermiera. Tutte le speranze sembravano quindi lecite. Ma in medicina non c'è niente di più illusorio di un miracolo. « La legittima euforia suscitata da quei promettenti esordi non doveva nasconderci la realtà » dichiarerà il vicepresidente della Wellcome. « Da troppo tempo navigavamo nell'imprevedibile mare delle infezioni virali per lasciarci trarre in inganno da quel successo, per quanto spettacolare. » Il dottor David Barry ricordava l'avventura vissuta durante l'internato a Yale, quando ad alcuni soggetti affetti da encefaliti virali mortali era stata somministrata l'idoxuridina. Il biochimico che aveva messo a punto quella sostanza l'aveva provata su tre pazienti. Poiché due erano sopravvissuti, ne aveva dedotto un po' troppo rapidamente che il prodotto era efficace nel sessantasei per cento dei casi. E invece non soltanto si rivelò pericoloso, ma accelerò la morte di diverse persone. « Chi aveva raccomandato quella terapia non aveva studiato il meccanismo evolutivo della malattia, né tenuto conto del fatto che una certa percentuale di pazienti sopravvive sempre al proprio male » spiegherà David Barry. « Le reazioni immunitarie di un individuo possono variare da un giorno all'altro senza che se ne capisca il perché. Forse per Barbara era andata così. Affermare che la sua apparente guarigione era dovuta al nostro AZT sarebbe stato come confondere i nostri desideri con la realtà. Poteva trattarsi di un miglioramento spontaneo. »

David Barry aveva molte ragioni per essere circospetto. La storia della terapeutica abbonda di fenomeni illusori. All'origine di sorprendenti progressi c'è in primo luogo il famoso "effetto placebo", che si spiega semplicemente con l'autosuggestione. Un morale alto riattiva spesso l'appetito, il che provoca il risveglio delle difese immunitarie, con conseguente scomparsa di certe manifestazioni patologiche. Anche il fatto di partecipare a una sperimentazione clinica in un ambiente altamente specializzato può essere un elemento decisivo, dato che in tal caso i malati sono sottoposti a una più intensa sorveglianza medica. Come sapere se questi diversi fattori avevano contribuito ai risultati constatati, e – in caso positivo – in quale misura? Comunque, anche se si era potuta dimostrare la benefica azione dell'AZT sulla maggior parte dei primi malati sottoposti a trattamento, quella prima sperimentazione sull'uomo era troppo limitata in rapporto alla durata e al numero dei partecipanti. Non si poteva quindi affermare che si trattasse di risultati definitivi. Alla lunga il virus poteva dimostrarsi resistente al farmaco, o magari, dopo un uso prolungato potevano manifestarsi alcuni effetti secondari. « Insomma, i benefici effetti ottenuti in partenza potevano anche scomparire » dirà David Barry. Le fallaci speranze riposte in altre sostanze, come l'HPA-23 dell'Istituto Pasteur di Parigi, sperimentato invano dall'attore Rock Hudson, dovevano incitare i ricercatori della Wellcome a moltiplicare prudenza e discrezione. Ma come immaginare un simile riserbo da parte di pazienti che si ritrovavano apparentemente fuori pericolo dopo aver preso l'AZT?

Appena tornato in Florida, l'attore che qualche settimana prima non poteva camminare senza stampelle proclamò davanti alle telecamere che c'era un medicinale grazie al quale era guarito dall'AIDS. « Tutti i malati devono avere il diritto di essere curati con l'AZT » dichiarò rendendo un vibrante omaggio al laboratorio che lo produceva. « Il nostro centralino fu subito sommerso dalle telefonate » racconterà David

Barry, che spesso non esitò a rispondere di persona. Molti malati, la cui voce appena percettibile lasciava presagire la fine imminente, radunavano le ultime forze per supplicare che venisse loro procurato il farmaco. Genitori di drogati descrivevano il martirio di un figlio affetto da toxoplasmosi cerebrale che lo rendeva cieco o pazzo. C'erano attivisti che chiamavano per indignarsi del fatto che l'AZT non fosse già in vendita nelle farmacie. Ci fu anche chi telefonò per annunciare: « Ho avuto la diarrea e di notte sudo molto. Se non mi date qualcosa, sento che morirò. Mandatemi d'urgenza la vostra medicina ». Una madre angosciata spiegò che la figlia di quindici anni aveva perso la verginità con un uomo di cui si diceva che andasse "a vela e a vapore" e che era convinta di aver contratto l'AIDS. Siccome aveva letto sui giornali che prendendo l'AZT c'era una probabilità di bloccare l'azione del virus, voleva sapere come fare per ricevere le dosi necessarie. Avvocati e agenti cinematografici intervennero per i loro clienti tra cui figuravano uomini politici e attori spesso molto noti. Offrivano somme folli e a volte si comportavano in maniera odiosa, minacciando i dirigenti della Wellcome di denunciarli « per mancata assistenza a persona in pericolo di vita » o di « fargli la pelle » se le loro richieste non fossero state soddisfatte.

Ci furono anche le strazianti telefonate di medici alle prese con l'orrore della malattia. Quella per esempio del dottor Durack, dell'ospedale della Duke University, il quale implorava che gli mandassero l'AZT per un suo paziente, un ragazzo emofiliaco di diciannove anni. Steve veniva da un paesino della South Carolina e aveva contratto l'AIDS in seguito a una trasfusione. Nonostante la debolezza e malesseri sempre più terribili da sopportare, si ostinava a continuare gli studi. Due mesi prima della maturità, alcuni genitori si erano lamentati perché nell'istituto frequentato dai figli c'era un malato di AIDS. Il preside l'aveva quindi pregato di non presentarsi più alle lezioni. Raccogliendo la sfida, Steve si era preparato agli esami per corrispondenza ed era stato promosso col massimo dei voti. Gli restavano pochi mesi di vita, ma il giorno della consegna dei diplomi non gli avevano permesso di sedersi con i suoi compagni né di salire sul palco per ricevere la pergamena. Quando tutti se ne furono andati, gliel'avevano consegnata di nascosto porgendogliela con una pinzetta dietro la tenda che gli aveva consentito di seguire la cerimonia senza farsi vedere. Qualche giorno dopo un herpes zoster fulminante gli copriva il corpo di ulcerazioni talmente dolorose che avevano dovuto trasportarlo all'ospedale e metterlo in una camera isolata perché i suoi gemiti non spaventassero gli altri malati. Le sue sofferenze erano aggravate dalla mancanza di qualsiasi appoggio familiare.

« Come restare sordi a una simile ingiustizia? » dirà David Barry. « Quello studente non era né un omosessuale né un drogato. Era innocente. » Il vicepresidente della Wellcome si mise in tasca un flacone di AZT, salì in macchina e si precipitò all'ospedale. « Il povero ragazzo era agonizzante. Per poter partecipare a una sperimentazione clinica la prognosi doveva prevedere una sopravvivenza minima di sei mesi. Davanti a una situazione così dolorosa, sembrava un criterio assurdo. Ho consegnato l'AZT al suo medico e ho augurato buona fortuna a Steve. » Quattro settimane dopo l'herpes era scomparso e il ragazzo poteva correre di casa in casa con i suoi coetanei del paese per ricevere i tradizionali dolciumi della festa di Halloween, una specie di martedì grasso. Per prendere in giro la morte a cui aveva fatto lo sgambetto, si era mascherato da scheletro.

La gente non si limitò a telefonare. Certi andarono direttamente alla Wellcome, decisi a ottenere a ogni costo, per un parente o un amico, la medicina che i mass media avevano portato alle stelle. Gli impiegati dovettero essere infinitamente pazienti e comprensivi per far capire a quei latori dell'ultima speranza di tanti condannati a morte che era impossibile soddisfare le loro richieste. Un giorno David Barry fu chiamato in aiuto da una delle hostess che accoglieva i visitatori: un uomo rifiutava di andarsene « prima di aver parlato al direttore ». Scese nell'atrio con il collega Tom Kennedy, un irlandese che sapeva sbrogliare le situazioni più delicate. Si trovarono di fronte a un uomo di cinquant'anni tutto pelle e ossa, che aveva l'aria di essere un barbone. Il poveretto raccontò con straziante sincerità che il suo compagno stava morendo a Miami. « È tutta la mia vita. Da quando non si è più potuto alimentare anch'io ho smesso di mangiare. Le sue sofferenze sono le mie sofferenze. Non me ne andrò di qui prima che mi abbiate dato la possibilità di salvarlo. » David Barry spiegò che la Wellcome prevedeva una sperimentazione su vasta scala alla quale il suo amico avrebbe sicuramente potuto partecipare. Il visitatore restava inaccessibile al linguaggio della ragione. « Era tragico e patetico insieme » dirà il medico. « Quell'uomo ci dava una magnifica lezione d'amore, ma la nostra coscienza di uomini di scienza ci vietava di cedere alle sue suppliche. »

Tra le telefonate di quell'autunno ci fu quella di un medico newyorkese. Il dottor Jack Dehovitz esprimeva perfettamente il crescente sgomento di centinaia di medici americani davanti a una situazione insopportabile: esisteva un farmaco, si era già dimostrato attivo, ma non era disponibile per i malati. Ossessionato dalle sofferenze di Josef Stein, di Sugar e dei tanti malati del Saint-Clare che non poteva guarire, Jack Dehovitz esortò i responsabili della Wellcome a « darsi da fare perché possiamo infine avere qualcosa da dare a coloro che ci accusano di lasciarli morire senza far niente ».

Bisognava, certo, darsi da fare. Ma con che? La prova clinica effettuata sui diciannove malati di Sam Broder e i due pazienti del centro medico della Duke University aveva esaurito fino all'ultimo grammo le scorte di AZT costituite nella primavera precedente comprando tutte le riserve mondiali di sperma di aringa. Dal canto loro i chimici della Wellcome non erano ancora riusciti a riprodurre in laboratorio la famosa sostanza contenuta allo stato naturale nel seme dell'aringa. Era un ritardo scusabile: la sintesi della timidina è molto complessa in quanto richiede che vadano in porto diciassette operazioni successive ed esige una competenza che pochissimi laboratori al mondo allora possedevano. Inoltre, per evitare i pericoli connessi alla produzione dell'AZT occorrevano strutture speciali, in particolare enormi serbatoi di vetro che dovevano impedire l'esplosione delle molecole di timidina a contatto di elementi metallici.

Aspettando il risultato del lavoro dei ricercatori, tecnici e chimici, il problema della materia prima fu risolto grazie a Sam Broder il quale si ricordò che vent'anni prima l'Istituto nazionale del cancro si era procurato tutto lo sperma di aringa esistente - una cinquantina di chili - per sperimentare una terapia su certi malati affetti da tumori cancerosi. Ma non avendo avuto gli effetti sperati, la sperimentazione era stata presto abbandonata. Convinto che lo stock dovesse essere stato dimenticato in qualche polveroso magazzino, il cancerologo chiamò immediatamente il centro dei Developmental Therapeutic Programs pregando il responsabile della sezione terapie sperimentali di « ritrovare urgentemente i cinquanta chili di sperma di aringa ». Qualche minuto dopo l'insolito prodotto veniva localizzato.

« Perfetto! » dichiarò Sam Broder al diligente funzionario. « Lo spedisca immediatamente ai laboratori Wellcome del Research Triangle Park. Soprattutto non mi chieda di riempire un mucchio di formulari. È urgente. Si limiti a spedire la mercanzia. »

Il tono non ammetteva repliche. I combattenti dell'AIDS avrebbero ricevuto in extremis nuove munizioni.

# 52

*Calcutta – New York – autunno 1985-inverno 1986*
*Un'accoglienza celeste per il commando in sari bianco*

Era indubbiamente uno stupendo spettacolo per i suoi occhi semispenti. Attraverso il velo lattiginoso della doppia cataratta, Madre Teresa intuiva i contorni della processione che attraversava il coro della cattedrale cantando il *Magnificat*. In quella mattina di dicembre, quaranta delle sue novizie, con un cero nella mano sinistra, il documento che suggellava la loro professione di fede nella destra, avrebbero pronunciato i voti delle Missionarie della Carità ai piedi dell'altare decorato di gigli bianchi. In testa alla processione, vestita come le sue compagne con il sari di seta bianca delle spose bengalesi, la fronte cinta di una corona di fiori, l'ex piccola lebbrosa di Benares camminava fiera e radiosa. Suor Ananda non temeva più le insidie del suo *karma*. Quello era per lei il giorno di una seconda nascita. Con il cuore che le batteva forte, andò a inginocchiarsi sul primo gradino dell'altare per ricevere dalle mani dell'arcivescovo di Calcutta i segni distintivi della sua nuova vita. « Ricevi, figliola, il simbolo del tuo Sposo crocifisso » dichiarò Monsignor Picachy, un anglo-indiano originario di Bombay, consegnandole il crocifisso di ulivo che le Missionarie della Carità portano sul petto. Poi il prelato depose tra le sue mani l'umile sari di cotone bianco orlato d'azzurro che da quel giorno sarebbe stato il suo unico abito.

« Che questa veste ti conduca sempre sulle tracce del Signore, che ti faccia entrare nelle case dei poveri per portarvi la Sua luce ed estinguervi la Sua sete di anime. »

Quando tutte le novizie ebbero ricevuto il crocifisso e il sari, la processione si diresse cantando verso la sacrestia. I genitori si accalcarono dietro le nuove professe per assistere al gesto che simboleggiava la rottura con il passato. Mancavano quelli di Ananda, che la ragazza non aveva più rivisto da quando era stata cacciata di casa. Fu quindi con un fremito di gioia che scorse gli occhi a mandorla e gli zigomi sporgenti di suor Bandona. La religiosa nepalese era venuta da Benares per essere presente a quella giornata che coronava tanti sforzi comuni, tante speranze condivise. Alle sue spalle, sotto il velo leggero di un sari festivo rosso e oro, suor Ananda riconobbe anche il sorriso complice di Domenica, la sua vecchia amica mauriziana del lazzaretto del Cuore Puro. Accanto a lei, con l'aria più giovanile che mai, c'era il marito, il medico tedesco Rudolph Benz, con l'immancabile diamante all'orecchio e i capelli raccolti a coda di cavallo.

Madre Teresa fece allora il suo ingresso con un paio di forbici in mano. In un silenzio commosso, suor Ananda e le sue compagne persero la loro lunga treccia nera. Secondo la tradizione, i genitori raccolsero in un fazzoletto di cotone quella reliquia di un mondo che le figlie avevano abbandonato. Alle novizie non rimaneva che scambiare il vestito da sposa con l'abito religioso. Una suora distribuì loro dei ceri che accesero a quello di Madre Teresa. Poi la processione tornò cantando nel coro della cattedrale. Il solenne istante era giunto. Nel ticchettio dei vecchi ventilatori si levò la voce chiara e ferma dell'ex lebbrosa di Benares.

« Io, suor Maria Ananda, prometto a Dio Onnipotente di rispettare il voto di povertà, di castità, di ubbidienza e quello di mettermi con tutto il cuore a servizio dei più poveri tra i poveri. »

Con quella promessa, l'8 dicembre 1985 Ananda diventava la 2458ª suora dell'ordine fondato da Madre Teresa.

Una festa gaia e rumorosa attendeva le nuove "spose di Cristo" quando furono di ritorno al convento di Lower Circular Road. Come per le vere nozze indiane, famiglie, conoscenti, amici, tutte le suore, le novizie e le postulanti di Calcutta e dei dintorni si erano radunate nel cortile decorato di fiori, di lanterne e di stelle filanti.

Con un punto rosso di benvenuto sulla fronte secondo la

tradizione indiana, e una ghirlanda di fiori intorno al collo, suor Ananda e le sue compagne ricevettero l'abbraccio di Madre Teresa. Raggiante di felicità, la vecchia religiosa le benedì una dopo l'altra.

« Che ci sia sempre un sorriso sulle tue labbra, Ananda » mormorò posandole le mani sulla testa. « Non dimenticare mai che i poveri non hanno soltanto bisogno delle tue cure, ma soprattutto della gioia del tuo cuore. »

Suor Ananda avanzò verso il pubblico in festa. Tutte in bianco, le postulanti volteggiavano davanti a lei in un ballo indiavolato al suono di un armonium e di *bhajan*, di vecchi canti ritmici bengalesi, metà inni metà poemi, che celebravano il nome di Gesù e dei suoi santi. Altre facevano cadere dai piani superiori una pioggia di petali di rosa, di gelsomino e di garofano indiano. Altre ancora lanciavano coriandoli o danzavano facendo vacillare la fiamma delle candele multicolori.

Secondo la tradizione, la festa si concluse con l'annuncio delle destinazioni. Poiché quell'anno gli occhi malati non le consentivano di leggerne la lista, Madre Teresa si fece sostituire da suor Paul. Fino al suo ultimo giorno Ananda ricorderà quella svolta della sua vita. « Una strana sensazione s'impadronì di noi tutte, a mano a mano che suor Paul sgranava i nostri nomi associati a nomi di città e di Paesi che ci erano in gran parte sconosciuti. Dovetti aspettare quasi sino alla fine per sapere che Madre Teresa aveva deciso di mandarmi a New York. Già il giorno dopo dovevo partire con altre tre sorelle per gli Stati Uniti dove avrei lavorato in un ricovero per malati. » Una notizia confortante avrebbe attenuato l'apprensione di suor Ananda davanti alla prospettiva di avventurarsi in un mondo estraneo: Madre Teresa aveva scelto suor Paul, la religiosa che si era occupata della sua formazione durante gli anni di noviziato al lazzaretto, per dirigere la nuova casa delle Missionarie della Carità a New York.

I doganieri dell'aeroporto John F. Kennedy guardarono stupefatti quell'incredibile collezione di bagagli: non avevano mai visto niente di simile all'arrivo di un aereo. Sembrava di essere tornati al secolo scorso quando gli emigranti sbarcavano sul suolo americano con i loro pochi miseri averi. C'erano dei secchi, degli utensili da cucina usati, scatole legate con lo spago, sacchi di juta rattoppati pieni zeppi di biancheria e di strofinacci, paglierícci arrotolati in pezze di tela tenuti insieme da una corda, vecchi ombrelli, sandali di plastica, scope, stracci da pavimento e perfino dei giornali indiani. Su ogni collo di quell'inverosimile ciarpame c'era scritto con l'inchiostro blu: MOTHER TERESA – NEW YORK – USA.

Era la regola. Ogni volta che le Missionarie della Carità andavano a stabilirsi da qualche parte, perfino nelle capitali del ricco Occidente, portavano da Calcutta tutto quello di cui avevano bisogno. Madre Teresa aveva dato severe consegne all'arcivescovo di New York per la sistemazione dell'edificio di Washington Street. Bisognava rispettare lo spirito di povertà di tutte le sue istituzioni, soprattutto per quanto riguardava lo scantinato che doveva servire da convento alla piccola comunità. Per dormire, niente sacconi elastici e materassi, ma semplici reti metalliche usate su cui le suore avrebbero steso i paglierícci. Come mobilio, bastavano un banco e degli sgabelli. Casse o scatole da imballaggio sarebbero servite da scaffali dove sistemare tra l'altro i libri di preghiera. Non c'era bisogno né di frigorifero né di lavatrice; ancor meno di aria condizionata o di televisore. Non un soldo doveva essere speso inutilmente; superflua anche la carta igienica.

La figlia del bruciatore di cadaveri di Benares non dimenticherà mai la sorprendente accoglienza che le riservò New York. «Era la prima volta in vita mia che vedevo cadere dal cielo dei fiocchi di neve. A poco a poco gli alberi, le case, le macchine si nascondevano sotto un immenso sari bianco. Che meraviglia!» Con gli occhi sgranati, suor Paul e le altre tre religiose condividevano il suo stupore. Ben presto la macchina del volontario che era andato a prenderle fu praticamente sommersa in un vortice bianco. Per delle indiane superstiziose e sensibili alle manifestazioni delle forze della natura, quella tempesta di neve non poteva essere che un segno del cielo, il benvenuto con cui le accoglieva il Creatore. Abbagliata, Ananda pensò al cantico di Daniele. Le parole del profeta che aveva recitato tante volte nella fornace di Calcutta diventavano realtà. La sua voce chiara intonò allegramente: « Gelate e brinate, ghiacci e neve, esaltate per sempre il Signore ». Subito ripreso a squarciagola dalle altre suore, il salmo accompagnò il loro viaggio attraverso la bufera fino alla porta della casa newyorkese.

Ad attendere Ananda c'era un'altra sorpresa. I tre operai che stavano installando il telefono del futuro ospizio avevano la pelle anche più nera della sua. Fu un grande shock per lei che fin dall'infanzia si era creduta condannata all'abiezione sociale, lei che era stata rifiutata da alcuni moribondi a causa del suo colore e che aveva sempre associato la pelle nera con la bruttezza. L'ex paria di Benares fu sopraffatta dalla felicità. « Il buon Dio mi mostrava che aveva fatto delle creature molto più nere di me! Voleva convincermi che non ero proprio brutta come avevo sempre pensato. »

Quel giorno l'America non aveva finito di stupire le viaggiatrici di Calcutta. Nonostante le raccomandazioni di Madre Teresa, dei donatori troppo zelanti avevano provvisto la casa di tutti gli elettrodomestici indispensabili a una famiglia americana. Suor Ananda rimase inchiodata davanti a una serie di macchine che occupavano una parete del soggiorno. A parte i frigoriferi che aveva già intravisto a Calcutta nelle vetrine di Park Street sulla via del lazzaretto, tutti quegli apparecchi le erano estranei come i satelliti che giravano nello spazio. Dall'alto della sua autorità suor Paul ordinò che quelle attrezzature superflue fossero portate via immediatamente. L'unica cosa che sfuggì al trasloco fu un grosso tubo fissato su una parete. Per vedere a che cosa servisse, suor Ananda si bruciò le dita, e fu così che la giovane indiana scoprì il prezioso vantaggio del riscaldamento centrale negli inverni polari di New York.

La sua esplorazione dello scantinato fu ricca di altre sorprese. Chi aveva ristrutturato il vecchio presbiterio vi aveva fatto installare qualcosa di così elementare, almeno a suo parere, da non doverne neanche avvertire l'arcivescovo: una doccia era ovviamente indispensabile alle ospiti, anche se si trattava di sante donne abituate alla povertà di Calcutta. Né i roghi di Benares, né il lebbrosario in riva al Gange, né il lazzaretto del Cuore Puro avevano preparato Ananda a quella singolare scoperta. A bocca aperta e sgranando gli occhi, contemplò con un misto d'interesse e di stupore lo scintillante pomo attaccato al soffitto. Timidamente sfiorò uno dei rubinetti. Bastava davvero girarlo perché l'acqua sgorgasse da quella fonte metallica? Non ci poteva credere. Come tanti indiani, suor Ananda aveva con l'acqua un rapporto quasi carnale. Fin dalla prima infanzia andare ad attingere acqua faceva parte delle sue gravose incombenze quotidiane. Non le era mai capitato di riempire un secchio d'acqua o una brocca se non a forza di braccia. Quel compito sfibrante, deleterio per le sue vertebre, le aveva inculcato nei confronti dell'acqua un rispetto semireligioso, la profonda consapevolezza del suo valore e della sua rarità, l'assoluta necessità di economizzarla. La stessa acqua serviva per lavarsi, poi per il bucato e infine per pulire i pavimenti.

Emozionata, suor Ananda si fece il segno della croce e con mano tremante girò il rubinetto. Dal soffitto venne giù immediatamente un vero diluvio. Ipnotizzata, guardava scorrere l'acqua, ma ciò che la colpiva non era tanto la violenza del getto quanto il rumore che le riportava alla memoria il martellare del monsone sui flutti del Gange, i bruschi scrosci tropicali che facevano rinverdire i campi intorno a Benares, il bombardamento dal cielo che portava un po' di frescura nell'afa estiva. Estatica, Ananda ascoltava cadere l'acqua. Soggiogata dalla magia dei ricordi, si lanciò tutta vestita sotto la doccia. A braccia aperte, la testa arrovesciata, si offriva a quel meraviglioso ruscellare. L'acqua, il calore penetravano in lei come nell'infanzia, quando dalle nubi pioveva sugli uomini e sulla terra arida la manna vivificante. Solo un'indiana poteva assaporare quella comunione, quell'istante di indicibile felicità. Ebbe di nuovo voglia di cantare. « Piogge e rugiade, esaltate il Signore, e voi, astri del cielo, benediteLo per sempre... »

Richiamate dalla sua voce che risuonava in tutta la casa, suor Paul e le altre tre religiose arrivarono correndo. Nel vedere la loro compagna che si divertiva come una bambina, esplosero tutte in una gran risata. Madre Teresa poteva stare tranquilla. Le sue suore iniziavano il loro apostolato a New York con la gioia nel cuore.

# 53

*New York – autunno 1985-inverno 1986*
*L'anno venturo a Gerusalemme*

Non c'erano solo tragedie all'ospedale Saint-Clare di New York, ma anche vere feste. Una sera di dicembre il personale medico al completo, con in testa il dottor Jack Dehovitz, nonché tutti i pazienti del reparto che avevano la forza di fare qualche passo, invasero la camera di Josef Stein per festeggiarne la partenza. Una nuova terapia a base di vinblastina, un alcaloide estratto da un'erba della foresta amazzonica dalle proprietà anticancerose, aveva praticamente fatto scomparire l'infezione del cavo orale dovuta al sarcoma di Kaposi. L'ex archeologo aveva ricominciato a nutrirsi e aveva già ripreso parecchi chili. Incontrandolo per la strada nessuno avrebbe potuto dire che era malato di AIDS e che forse gli restava solo poco tempo da vivere.

Era stata una vittoria ottenuta non senza fatica. La chemioterapia è una prova che tutti i malati temono per i penosi disturbi che provoca – nausea, vomito, emicrania, diarrea, sudori, brividi, eruzioni cutanee – spesso associati a una forte anemia. Certi soggetti sopportano così male la tossicità di molti farmaci che è necessario controllarne attentamente le funzioni cardiache e respiratorie, ed essere soprattutto pronti in qualunque momento a interrompere la terapia. Esistono però eccezioni veramente singolari: per esempio Gloria Taylor ebbe tra i suoi pazienti un travestito negro che « mangiava a quattro palmenti dopo ogni seduta di chemioterapia » mentre di solito riusciva a fatica a fargli ingoiare anche un solo cucchiaio di minestra.

Jack Dehovitz e i suoi collaboratori non si facevano illusioni: l'apparente guarigione di Josef Stein era solo una remissione temporanea. Entro qualche mese, forse entro qualche settimana o solo qualche giorno, lo avrebbero visto di ritorno, reggendosi appena in piedi, vittima di una ricaduta. Tutto il dramma dell'AIDS consisteva in quel perenne ripetersi di fasi alterne. «Per quanto si blocchi un'infezione, e magari ogni tanto un tumore, la malattia progredisce comunque inesorabilmente» dirà il medico. «Da un lato il virus è sempre presente, e dall'altro il drastico calo delle difese immunitarie favorisce lo sviluppo di ogni specie di malattie opportuniste. Noi abbiamo a disposizione diverse terapie contro le infezioni e il cancro, ma purtroppo nessuna contro il virus stesso. Le complicazioni si succedono, si aggravano e finiscono per sopraffare la resistenza dei malati.» Il dottor Sam Broder dell'ospedale di Bethesda, i suoi colleghi Michael Gottlieb a Los Angeles, Paul Volberding a San Francisco, Willy Rozenbaum a Parigi, e in genere tutti i medici del mondo alle prese con l'AIDS, condividevano quell'inverno l'amarezza di Jack Dehovitz.

Sempre in cerca di notizie a effetto, periodicamente i mass media annunciavano invece la scoperta di una nuova panacea. Fu così che una mattina sbarcò al Saint-Clare un'équipe della stazione televisiva CBS per intervistare un paziente e un medico a proposito di un farmaco sperimentale a base d'interferone che si presumeva guarisse il sarcoma di Kaposi. «Il giornalista voleva farmi dire a ogni costo che riponevo enormi speranze in quella sostanza e che ero impaziente di poterla utilizzare» racconterà Jack Dehovitz. «Dopo tante delusioni, non riuscivo a entusiasmarmi facilmente per una novità terapeutica. Naturalmente ero al corrente delle diverse pubblicazioni riguardanti il prodotto in questione e sapevo che certi miei colleghi l'avevano già usato. Senza ricorrere a espressioni particolarmente elogiative, mi sono limitato a esprimere l'intenzione di servirmene a mia volta, come mi servivo di altri farmaci. L'équipe della televisione è poi entrata in camera di Josef Stein e le sue lesioni sono state diligentemente filmate da cima a fondo. Dopo di che un giornalista gli ha detto che era stato trovato un nuovo farmaco in grado di migliorare rapidamente le sue condizioni. L'intervista è stata trasmessa quella sera stessa in un'ora di grande ascolto. Per dare più risalto alla reazione di una vittima dell'AIDS che si crede condannata a scadenza più o meno breve, e che sotto gli occhi di milioni di telespettatori scopre di poter essere salvata da un nuovo prodotto, non avevano fatto altro che tagliare il mio intervento. Il risultato di quell'intempestivo can-can televisivo è stato deplorevole. Il servizio ha traumatizzato a tal punto il povero Josef che mi ha fatto una scenata accusandomi di non volerlo guarire, dato che non utilizzavo tutto quello che la scienza medica continuava a scoprire. »

Come la maggior parte dei malati di AIDS, Josef Stein seguiva attentamente l'evoluzione del proprio male, le cure a cui era sottoposto, i progressi della ricerca. Ogni giorno leggeva con cura il "New York Times", consultava i settimanali più importanti e diverse riviste mediche. Non perdeva mai i telegiornali e le trasmissioni radiofoniche, lasciandosi spesso illudere dai media che suscitavano nei malati molte false speranze e complicavano di conseguenza il compito dei medici.

Certi pazienti non esitavano a prendere l'aereo per il Messico, dove andavano a comprare nelle *farmacias* di Laredo o di Tijuana farmaci di cui la Food and Drug Administration vietava la vendita negli Stati Uniti. « Io che non avevo niente da dargli, in nome di quali principi avrei potuto impedirglielo? » si chiederà Jack Dehovitz. « Che diritto avevo di vietare a chi sentiva avvicinarsi la morte di correre in capo al mondo inseguendo l'ipotetica speranza di prolungare la propria vita? Purtroppo l'esperienza aveva dimostrato che nessuna delle medicine contro l'AIDS vendute in Messico o altrove era efficace. Avevo curato malati che le avevano prese e disgraziatamente erano morti come gli altri. Se ne avessi conosciuto uno solo che per merito loro si fosse salvato, probabilmente non avrei esitato a trasgredire le regole dell'etica professionale per procurarmele segretamente e farne approfittare coloro che ogni giorno agonizzavano sotto i miei occhi. »

Quella mattina di dicembre, lo spettacolare miglioramento di Josef Stein diffondeva un'aria di festa nel reparto AIDS del Saint-Clare. Il malato preferito da tutto il personale era in piedi, allegro, trionfante. Felice di aver parzialmente ottenuto la guarigione dell'amico che era andato a implorare dai monaci dell'abbazia di Latroun e dai profeti di Israele, Sam Blum aveva portato un magnum di Dom-pérignon.

« *L'chaïm!* Brindiamo alla vita! » esclamò il figlio del rabbino di Brooklyn versando lo champagne.

« *L'chaïm!* » ripeterono in coro i presenti

Ci fu un tintinnio di bicchieri che si toccavano. Josef Stein abbracciò Jack Dehovitz.

« Sei il re dei medici, dottor Dehovitz! »

La cronica infezione delle mucose aveva finito per dare alla sua voce un suono metallico. Il giovane medico scoppiò a ridere.

« *No more kzetching!* Basta con i piagnistei! » rispose in quel miscuglio di yiddish e d'inglese che si divertivano a parlare insieme. « Il reparto sembrerà davvero vuoto quando te ne sarai andato. Ci sentiremo tutti un po' orfani. Non dimenticare di darci notizie. »

« Vi manderò una cartolina da Gerusalemme! » Josef si voltò verso Sam: « Vero, vecchio mio? Ce ne andremo laggiù per fare una sorpresa al nostro amico paralizzato e ringraziarlo delle sue preghiere ».

Due giorni prima della partenza per Tel Aviv, Josef Stein si svegliò la mattina con dei conati di vomito così violenti che non ebbe neanche la forza di alzarsi. Sentì che le pustole gli gonfiavano di nuovo le pareti della bocca, della gola e raggiungevano perfino la trachea. Brevi ma dolorosi accessi di tosse cominciarono a scuoterlo dalla testa ai piedi. La febbre alta con sudori e brividi confermò rapidamente una fulminea ricaduta.

Radunando quel poco di forze che gli restavano, Josef Stein telefonò a Sam. Badando di non allarmarlo, gli propose di ritardare di qualche settimana il viaggio in Israele per farlo coincidere con le feste pasquali.

« Ne approfitteremo per portare il nostro monaco al Muro di Gerusalemme » dichiarò. « Pensa che rendimento di grazie sarà per noi due! »

Sollevato, riagganciò. Prima di lasciarsi ricadere sul letto, per qualche istante lasciò vagare la mano sugli oggetti che ingombravano il comodino: la sua sveglia di studente, una piccola selce tagliata che aveva portato dagli scavi in Israele e che probabilmente risaliva a più di centomila anni, una cornice d'argento con la foto scattata nella zona archeologica di Gezer in compagnia di Sam e di Philippe qualche istante prima del tragico incidente, un esemplare della Torah e una vecchia edizione rilegata in cuoio nero dei *Mitzvot*, i comandamenti della legge ebraica.

Un nastrino segnava una pagina del libro. In quegli ultimi tempi Josef l'aveva letta e riletta diverse volte, analizzandone ogni frase, meditandone ogni parola. Si trattava del *mitzvah* che riguarda il divieto di sopprimere in qualunque modo la propria vita e che si basa su molti scritti sacri. Il testo citava tra l'altro ciò che aveva replicato dalle fiamme del rogo il rabbino Chanadiah ben Terodyan condannato a morte nel II secolo. Mentre gli gridavano di abbreviare le proprie sofferenze respirando il fumo a pieni polmoni, aveva risposto: "È stato il Creatore a dare l'anima all'uomo. Solo Lui la può riprendere. Nessuno ha il diritto di affrettare la propria morte". Il testo ricordava inoltre che la legge ebraica rifiuta ogni cerimonia religiosa e ogni manifestazione di lutto per un defunto colpevole di aver posto fine ai propri giorni, compreso il rito del *keriah*, con cui gli ebrei testimoniano allo scomparso il proprio dolore stracciandosi un pezzo di abito davanti alla tomba. Nello stesso libro Josef aveva scoperto altri passi che mitigavano in parte la rigorosa intransigenza di quel comandamento. Per esempio il rabbino Yore Deah dichiarava che "ogni persona la cui esistenza è diventata miserevole è autorizzata a non fare niente per prolungarla".

Testimone di tante agonie all'ospedale Saint-Clare, Josef Stein era perfettamente al corrente della fine atroce che lo attendeva. Più volte si era confidato per lettera con l'amico monaco in Israele. Non temeva di per sé la sofferenza fisica, ma lo stato di progressivo decadimento che fatalmente distrugge nell'uomo ogni dignità. «Non rimpiango niente» aveva spesso ricordato agli amici. «Ho amato tutto quello che ho fatto in vita mia. Se dovessi ricominciare, non cambierei una virgola.» Firmando il documento "Non resuscitare" all'inizio del primo ricovero al Saint-Clare, aveva espresso la volontà di non essere mantenuto in vita artificialmente.

Quella mattina, sentendosi così male si rese conto dello stato di degrado delle sue condizioni. Pensò alla crudele sorte di Philippe Malouf, condannato a una poltrona a rotelle sino alla fine dei suoi giorni. Come lui, sapeva che non si sarebbe mai più rimesso in piedi. Finché aveva ancora la libertà di scegliere, non era meglio porre fine a quella inutile lotta contro un virus più forte di lui?

Sul comodino c'era il flacone di capsule bianche che gli avevano dato quando era uscito dal Saint-Clare. Il farmacista dell'ospedale ne aveva scritto il nome sull'etichetta. Era il Dilaudid, un analgesico molto più potente della morfina. Josef guardò riconoscente le piccole bombe chimiche che tante volte avevano placato le sue sofferenze e sostenuto la sua volontà di vivere. Di solito una sola bastava a calmare i dolori più intollerabili. Quante ce ne sarebbero volute per sopprimere per sempre il male supremo, quello di una vita divenuta miserevole?

Prima di cercare la risposta, volle parlare con l'amico che tanto l'aveva esortato ad accettare la propria sorte fino in fondo, a fare sue le lamentazioni di Geremia, ad ascoltare la voce di Isaia che proclamava «chi porta la sofferenza del mondo riscatterà l'infelicità degli uomini». Josef Stein compose il numero dell'abbazia dei Sette Dolori di Latroun. Battendo i tasti del telefono, rivide mentalmente il piccolo cimitero dietro la chiesa con la sua siepe di cipressi, i cespugli di asfodeli, le file di croci di legno piantate nella nuda terra e il semplice nome inciso sopra.

Frate Philippe non c'era. Era stato portato all'ospedale di Gerusalemme per fare delle analisi prima di un intervento chirurgico che doveva ridargli l'uso completo delle dita.

«Devo dirgli qualcosa?» chiese la voce dell'interlocutore.

«Gli dica soltanto che il suo amico Josef Stein voleva abbracciarlo prima di partire.»

Accanto al telefono c'era sempre un blocchetto di carta. Josef Stein lo prese e scarabocchiò a fatica: "*Good bye and Mazel Tov. I love you all*". » Staccò il foglietto e lo mise bene in vista contro la lampada del comodino. Poi si versò un bicchiere d'acqua, aprì il flacone di Dilaudid, si fece cadere sul palmo le capsule che restavano e le inghiottì una alla volta.

# 54

*New York - Natale 1985-inverno 1986*
*« La vita è un'opportunità, coglila. »*

Dall'epoca lontana dei grandi scioperi portuali e delle manifestazioni della liberazione gay negli anni Settanta, quella via di Greenwich Village non aveva più visto accorrere tanti giornalisti. Tenuti a distanza da un cordone di polizia, gli abitanti del quartiere assistevano a uno spettacolo del tutto insolito. Appena ristabilita dopo un'operazione di cataratta, con il viso rugoso praticamente nascosto da un paio di occhialoni neri, Madre Teresa accoglieva le personalità che scendevano dalle loro berline in mezzo a un turbine di microfoni e di telecamere. Il sindaco Ed Koch, radioso e sorridente, strinse la mano che gli tendeva l'illustre vecchia religiosa sotto lo sguardo soddisfatto del cardinale arcivescovo di New York. John O'Connor era esultante. Sotto gli auspici della sua arcidiocesi si apriva quel giorno il primo centro di assistenza per i malati di AIDS privi di mezzi.

Sul muro a destra della porta d'ingresso, la fondatrice delle Missionarie della Carità aveva fatto mettere una targa con il nome della sua nuova istituzione. I cameramen si spingevano per inquadrare le tre parole che vi erano incise: l'ex presbiterio al numero 657 di Washington Street si chiamava ormai GIFT OF LOVE, Dono d'amore. Nonostante la stanchezza, la religiosa non si era opposta a un'inaugurazione ufficiale. « Ogni malato di AIDS è un'incarnazione di Cristo » dichiarò ai reporter che facevano ressa intorno a lei, fragile e minuta. Come data d'apertura aveva scelto la vigilia di Natale perché « Gesù è nato in questa notte e io voglio aiutare tutti quanti a nascere alla gioia, all'amore, e alla pace ».

Era stata lei stessa a designare i primi tre malati da ricoverare. Li aveva trovati dietro le sbarre di Sing Sing, il penitenziario di triste fama dove l'aveva accompagnata una religiosa americana che dedicava la propria vita ad alleviare la miseria morale e fisica dei carcerati. Quello che aveva visto l'aveva inorridita. Nelle prigioni imperversava la droga e le siringhe contaminate vi diffondevano l'epidemia in maniera fulminea. I malati non ricevevano né cure adeguate né il minimo conforto morale. Madre Teresa ritenne che la loro situazione fosse più tragica di quella dei moribondi sui marciapiedi di Calcutta. Chiese subito che le venisse affidato un primo gruppo di malati scelti tra i più gravi.

Uno di essi, il ventisettenne Daryl Morsette, era stato ballerino all'Electric Circus e al Gilded Grape, due discoteche di New York. Tossicomane irriducibile, Daryl aveva aggredito una coppia in una strada di Manhattan un giorno che non aveva soldi per procurarsi la dose quotidiana. Si era ritrovato a Sing Sing, condannato a sei anni di reclusione. Gli restavano da scontare sei mesi prima di poter chiedere la libertà condizionale. Madre Teresa mosse cielo e terra per ottenere che due funzionari dell'apposito ufficio del tribunale dello Stato di New York si recassero al capezzale del condannato ad annunciargli la concessione della libertà.

La santa donna ricorderà a lungo il sorprendente dialogo che si svolse in quell'occasione:

« Detenuto Daryl Morsette, lei è tenuto a sapere che con tale grazia cessa di essere a carico dello Stato. Ciò significa che perde il vantaggio dell'assistenza medico-sociale. D'ora in poi, tutte le spese per la sua malattia saranno a suo carico. »

Il poveraccio che stava malissimo ed era coperto di pustole di Kaposi scosse la testa tristemente.

« Non so quanti giorni mi restino da vivere » borbottò, « ma preferisco passarli fuori che dietro queste maledette sbarre. Al diavolo la vostra assistenza sanitaria! Preferisco la libertà. »

Madre Teresa attendeva in mezzo a una folla di giornalisti e di sfaccendati. Perché l'ex prigioniero e gli altri compagni malati che aveva preso sotto le sue ali, due piccoli rapinatori che si chiamavano Antonio Rivera e Jimmy Matos, non erano ancora arrivati? Quando il lampeggiatore di un'ambulanza comparve infine in fondo alla strada, si precipitò incontro al veicolo. Il ragazzo barbuto, pallido, smagrito che si accingeva a scenderne, fece il gesto di indietreggiare alla vista delle telecamere e dei microfoni improvvisamente puntati nella sua direzione. Madre Teresa non riconobbe in lui nessuno dei tre detenuti di Sing Sing. Venne così a sapere che essendosi questi ultimi seriamente aggravati, i medici del Saint-Clare - dove erano stati ricoverati in attesa che la casa del Dono d'Amore fosse pronta - avevano dovuto metterli in terapia intensiva. Al loro posto mandavano un altro malato per l'inaugurazione ufficiale del centro. Sbalordito da quell'accoglienza inattesa, Josef Stein si lasciò trascinare da Madre Teresa dentro l'edificio che odorava ancora di vernice fresca. Fu ancora più sorpreso di ricevere il saluto del sindaco, del cardinale arcivescovo e del rappresentante del governatore.

La morte non aveva voluto saperne dell'ex archeologo. Dopo la chiamata dell'amico, Sam Blum era saltato in un taxi con un triste presentimento. Era arrivato appena in tempo. Joseph respirava ancora. Con lavanda gastrica, iniezioni cardiotoniche, flebo, ossigeno, l'unità mobile di rianimazione del Saint-Clare chiamata d'urgenza era riuscita a riportare in vita il disperato. La prima cosa che scoprì riaprendo gli occhi fu il pollice del dottor Jack Dehovitz puntato in aria in segno di vittoria.

« *Welcome back to the world of living* » aveva esclamato calorosamente il medico.

« Perché l'hai fatto? » lo rimproverò affettuosamente Josef in un sussurro.

« Io non c'entro niente, però me ne rallegro. I ragazzi della rianimazione hanno fatto un buon lavoro. Siamo tutti molto contenti! »

« Per tre giorni Josef non smise di singhiozzare » racconterà Gloria Taylor. « Ogni volta che entravo in camera sua, mi afferrava il braccio, lo stringeva più forte che poteva e mi supplicava di aiutarlo a farla finita. Si strappava continuamente la flebo tanto che gli dovetti legare le mani.»

A quel punto il malato ebbe un altro miglioramento spettacolare. In meno di una settimana, grazie a una chemioterapia particolarmente ben dosata, l'infezione del cavo orale scomparve e gli accessi di tosse si fecero più rari. Poco dopo Josef Stein poté alzarsi. «Avevo l'impressione di essere un astronauta della Nasa che torna da una passeggiata sulla luna» dirà. Per costringerlo a nutrirsi, Gloria gli portava ogni ora una coppa di gelato alla fragola, il suo preferito. «Mi sentivo un po' confuso. Mi vergognavo. Cercavo negli sguardi un'ombra di biasimo. Vi trovavo solo tenerezza.»

Una mattina gli portarono una lettera che arrivava da Israele. L'amico monaco aveva saputo da Sam del tentativo di suicidio, ma evitava perfino di alludervi. Con il suo entusiasmo abituale annunciava una notizia che per lui era un segno meraviglioso: "Ho saputo che la giovane suora indiana Ananda di cui ti ho parlato è stata mandata a New York per curare i malati di AIDS in un centro aperto da Madre Teresa. È la Provvidenza che te la manda, fratello mio. Te ne supplico: va' presto a trovarla".

Josef Stein stava rileggendo il messaggio dell'amico quando Gloria Taylor entrò come un bolide. L'infermiera era esultante.

«Sbrigati a vestirti, Josef, ti portano a fare un viaggetto. Madre Teresa ha bisogno di te.»

Al Dono d'Amore c'era ressa. Indossando un camice liturgico bianco ricamato e una stola dorata sulle spalle, l'arcivescovo John O'Connor sollevava l'aspersorio sopra le teste benedicendo il vecchio edificio rimesso a nuovo. Come aveva fatto per tutti i suoi centri sparsi nel mondo, Madre Teresa aveva decorato con i simboli della fede il primo ricovero per le vittime della nuova peste che colpiva l'Occidente. Nel grande locale a pianterreno su cui vegliava un immenso crocifisso, aveva scritto di persona su una lavagna le parole dell'Ave Maria. L'ultima riga "Adesso e nell'ora della nostra morte" l'aveva tracciata di proposito a lettere maiuscole e sottolineata con due grossi tratti. Su una mensola dove le suore avevano messo il suo ritratto, aveva posato due bibbie a disposizione dei malati, una in inglese e un'altra in spagnolo per i malati di origine ispanica. All'ingresso di ogni pianerottolo c'era scritto il nome che aveva scelto per i vari piani. C'era il piano di Cristo Re, quello di San Giuseppe, quello del Cuore Immacolato di Maria e quello del Sacro Cuore di Gesù. Anche le camere erano state battezzate. Quella di Josef era dedicata a Nostra Signora della Speranza. Dentro c'erano due letti metallici, un cassettone, un tavolo, una sedia e una poltrona di skai verde mela. L'unica decorazione era un manifesto affisso su una parete: Madre Teresa ne aveva composto il testo in una notte di temporale di trent'anni prima, mentre si trovava in una colonia di lebbrosi ai margini di un villaggio indiano in riva al Gange:

*La vita è un'opportunità, coglila.*
*La vita è bellezza, ammirala.*
*La vita è beatitudine, assaporala.*
*La vita è un sogno, fanne una realtà.*
*La vita è una sfida, affrontala.*
*La vita è un dovere, compilo.*
*La vita è un gioco, giocalo.*
*La vita è preziosa, abbine cura.*
*La vita è una ricchezza, conservala.*
*La vita è amore, godine.*
*La vita è un mistero, scoprilo.*
*La vita è promessa, adempila.*
*La vita è tristezza, superala.*
*La vita è un inno, cantalo.*
*La vita è una lotta, accettala.*
*La vita è una tragedia, afferrala corpo a corpo.*
*La vita è un'avventura, rischiala.*
*La vita è felicità, meritala.*
*La vita è la vita, difendila.*

*Madre Teresa*

Sdraiato sul letto, Josef Stein stava meditando su quelle parole quando una giovane religiosa in sari bianco entrò in camera.

« Un gran sorriso le illuminava il volto » racconterà. « Congiunse le mani all'altezza del petto e chinò il capo per salutarmi secondo la tradizione del suo Paese. Capii d'istinto che era la "fidanzata" spirituale del mio amico monaco. »

« "Sono suor Ananda" mi disse. "Il piano di Cristo Re è affidato a me." »

# 55

*Pine Needle Lodge - Bethesda, USA - autunno 1985*
*AZT o placebo: la roulette della fortuna*

La prima cosa che ora dovevano fare il vicepresidente della Wellcome e il suo stato maggiore era scegliere una strategia. C'erano diverse possibilità. I cinquanta chili di sperma di aringa che Sam Broder aveva provvidenzialmente ritrovato, e soprattutto l'imminente sintesi della timidina da parte dei loro chimici, permettevano di prevedere una massiccia produzione di AZT da immettere rapidamente sul mercato. Sarebbe costata milioni di dollari, ma era fattibile. Dato che non esisteva nessun altro farmaco anti-AIDS, David Barry sapeva che una decisione del genere sarebbe stata accolta con sollievo dal corpo medico, dai malati e dall'opinione pubblica, oltre che sicuramente approvata dalla benevola ispettrice della Food and Drug Administration, Ellen Cooper. «Eravamo come l'unico spazzaneve disponibile che tutti sperano possa aprire una pista nella tempesta» dirà. «E tutti erano pronti a seguirci a occhi chiusi.»

I dirigenti della Wellcome scelsero peraltro un'altra via. Una via più dispendiosa e che non avrebbe incontrato i favori della gente, ma più conforme alla tradizione di rigore scientifico della prestigiosa società. David Barry e i suoi collaboratori decisero di andare più a fondo nella sperimentazione dell'AZT, sottoponendo il farmaco al verdetto di una "ricerca clinica comparativa in doppio cieco". Essa consisteva nel selezionare diverse centinaia di malati, nel suddividerli in due gruppi omogenei, nel somministrare il farmaco a tutti i membri di un solo gruppo, mentre agli altri veniva dato un prodotto neutro detto placebo. Né i malati né i medici dovevano sapere chi prendesse il farmaco e chi il placebo, il che spiegava l'espressione "in doppio cieco". Il confronto delle condizioni cliniche dei pazienti dei due gruppi alla fine dell'esperimento avrebbe permesso di valutare l'effetto reale del prodotto. La maggior parte dei trattamenti per le cardiopatie, le affezioni urinarie e polmonari, le malattie infettive, erano stati sottoposti a questo sistema di controllo. « Era nostro dovere rispettare tale metodo » dirà David Barry. « Era il solo modo per non comportarsi da apprendisti stregoni con la timidina di cui non conoscevamo abbastanza le proprietà benefiche e gli inconvenienti. »

Trattandosi di un'epidemia mortale, la decisione rischiava di sollevare violente obiezioni. « Somministrare per mesi capsule di placebo a persone in pericolo di vita, mentre una medicina potrebbe forse salvarle, non significa violare i principi più elementari dell'etica medica? » chiederà Michael Gottlieb, il medico di Los Angeles che aveva diagnosticato i primi casi di AIDS.

Uno splendido percorso di diciotto buche e scuderie per cinquanta cavalli facevano di Pine Needle Lodge uno dei luoghi di villeggiatura prediletti dai cavalieri e dagli appassionati di golf della North Carolina. In quel primo weekend del novembre 1985, ospiti inattesi si erano dati appuntamento nel tranquillo albergo tra i pini. Il dottor David Barry aveva invitato tutto il suo stato maggiore. Sperava che la quiete agreste del luogo li aiutasse a rispondere agli innumerevoli e urgenti quesiti suscitati dalla preparazione della sperimentazione clinica in doppio cieco dell'AZT.

Quante settimane doveva durare? Quanti soggetti dovevano parteciparvi? Con quali criteri bisognava selezionarli? Dovevano essere al primo stadio della malattia o in fase terminale? Dovevano essere affetti da pneumocistosi, dal sarcoma di Kaposi o da entrambi? Quali altri parametri medici si dovevano prendere in considerazione? Un numero anormalmente basso di globuli bianchi T4? Un calo di peso superiore ai sette chili negli ultimi tre mesi? Un forte rialzo di temperatura per più di tre settimane senza causa infettiva evidente? Sudori notturni regolari e diarree inesplicabili? Si dovevano escludere i tossicomani, i bambini, le donne incinte, quelle che allattavano? Si dovevano vietare altri farmaci, compresa una semplice aspirina, finché durava il test, anche se le condizioni del soggetto si aggravavano? Il campo da esplorare era talmente vasto che a ogni istante « uno di noi doveva andare al telefono a consultare uno specialista » racconterà la virologa Sandra Lehrman.

C'erano anche da considerare la scelta degli ospedali in cui doveva essere effettuata la sperimentazione e il controllo dei risultati da parte di esperti della Wellcome, la minuziosa raccolta delle informazioni, la rigorosa contabilità delle capsule da distribuire ai malati per prevenirne il furto o il traffico, i dosaggi della cura, la sua frequenza, il controllo delle condizioni fisiche dei soggetti mediante esami clinici e biologici, il comportamento da tenere in caso si manifestasse intolleranza al farmaco, la valutazione degli incidenti di percorso, la natura delle infrazioni commesse dai malati, punibili con una eventuale esclusione dalla sperimentazione. Tutti gli elementi furono metodicamente discussi a uno a uno, analizzati, annotati. Redattori e informatici avrebbero poi inserito quella massa di dati nei computer per mettere a punto le direttive e i questionari, basi del protocollo terapeutico. Una delle voci richiese una buona dose di fantasia da parte degli ospiti di Pine Needle Lodge, in quanto riguardava il principio essenziale dell'operazione, ossia la garanzia del segreto: nessuno doveva sapere chi prendesse il farmaco e chi il placebo. Fu deciso che un numero di codice su ogni flacone dovesse corrispondere al numero di codice del paziente al quale era destinato. La chiave della decodificazione doveva essere in una cassaforte di cui solo un collaboratore della Wellcome avrebbe conosciuto la combinazione. Con il suo aspetto da sceriffo, il sessantenne Richard H. Clemons, specialista di sperimentazioni su cavie umane, era proprio il tipo che ci voleva. I suoi colleghi potevano stare tranquilli: l'armadietto blindato del suo ufficio sarebbe stato altrettanto inviolabile delle riserve d'oro di Fort Knox.

Prima di concludere il loro weekend di lavoro, David Barry e i suoi collaboratori battezzarono l'operazione che avevano impostato a grandi linee. Dato che era la cinquantatreesima battaglia ingaggiata dalla Wellcome contro i virus, la chiamarono "Operazione 53".

I dodici medici - dieci uomini e due donne - che due mesi dopo si ritrovarono all'Istituto nazionale della Sanità nel campus di Bethesda, erano tutti impegnati a fondo nella cura dei malati di AIDS. Li accomunavano inoltre la stessa frustrazione davanti alla vanità dei loro sforzi, lo stesso entusiasmo all'idea di partecipare alla sperimentazione di un medicinale che permetteva qualche speranza. Scelti dai responsabili della Wellcome, lavoravano tutti nelle città più colpite dall'epidemia. Partecipava all'operazione anche il dottor Michael Gottlieb. Nonostante la sua riluttanza all'idea di somministrare un placebo a malati in pericolo di vita, era giunto alla conclusione che « la vera compassione e la vera morale consistevano nel trovare al più presto possibile una terapia efficace ».

I dodici medici erano stati convocati da David Barry per la messa a punto finale del protocollo clinico dell'Operazione 53. Partecipavano all'incontro anche esperti dell'Istituto nazionale della Sanità e della Food and Drug Administration. Il seminario di Pine Needle Lodge aveva preparato il terreno, ma restavano da discutere diversi punti importanti.

I chimici della Wellcome avevano calcolato che erano in grado di fornire per sei mesi le dosi di AZT necessarie a centoventicinque soggetti. Si stabilì quindi che i partecipanti alla prova fossero duecentocinquanta: a centoventicinque sarebbe stato somministrato il farmaco, agli altri centoventicinque un placebo. Furono definitivamente eliminati i tossicomani in quanto facevano uso di droghe suscettibili di alterare i risultati, e i bambini sotto i dodici anni per i rischi inerenti alla tossicità del prodotto. Per assicurare la massima omogeneità all'esperimento, certi funzionari della Sanità suggerirono di scegliere solo uomini. David Barry ritenne che una simile discriminazione fosse contraria all'etica medica e fu quindi deciso di includere anche le donne. Fu soprattutto stabilito che la scelta dovesse essere subordinata a una speranza di vita di almeno sei mesi. Ma contrariamente alle abitudini, quella volta si preferì che le condizioni dei candidati fossero gravissime. Per l'équipe della Wellcome ciò significava correre un rischio: se l'AZT non dimostrava la propria efficacia su soggetti gravemente malati, c'erano forti probabilità che venisse definitivamente bocciato. Non era un rischio di poco conto neanche per i malati, in quanto la probabilità di reazioni tossiche pericolose, se non mortali, era inevitabilmente maggiore nel caso di organismi molto debilitati. D'altro canto, se il prodotto si dimostrava attivo, i risultati sarebbero stati tanto più significativi. Sempre nell'intento di garantire la massima omogeneità fra i soggetti, fu scelto un denominatore clinico comune molto rigoroso: i soggetti dovevano aver subito un primo attacco di pneumocistosi nei tre mesi precedenti. Ciò escludeva automaticamente i malati nei quali l'AIDS si manifestava soltanto con il sarcoma di Kaposi. Una decisione che secondo David Barry si giustificava con il fatto che la loro speranza di vita variava considerevolmente a seconda della localizzazione e dell'estensione delle lesioni. La probabilità di sopravvivenza era infatti di cinque anni in caso di lesioni esclusivamente cutanee, mentre se le lesioni si estendevano alle mucose degli organi interni, essa poteva ridursi a poche settimane.

Dall'incontro risultò un monumentale protocollo di duecentosessantadue pagine. Solo gli esami e le analisi da effettuare durante le ventiquattro settimane di sperimentazione ammontavano a diverse centinaia. Certi test per individuare eventuali attacchi cerebrali erano così complessi che la Wellcome fu costretta a provvedere in tutta fretta alla formazione di personale specializzato.

Non rimaneva che fissare il giorno X. La sperimentazione su vasta scala del primo farmaco anti-AIDS sarebbe cominciata il 18 febbraio 1986.

## 56

*New York – inverno 1986*
*« Non sarà il crocifisso che portate sul petto a proteggervi. »*

Dopo nove anni di governo sulla sua capricciosa città, il sindaco di New York pensava di non avere più niente da imparare. Probabilmente aveva sentito discorsi bizzarri, subito pressioni e ricevuto minacce più di qualunque altra autorità municipale. E tuttavia Ed Koch non ricordava di avere mai affrontato una persona coriacea come quella che ricevette il 2 gennaio del 1986. I caporioni dei sindacati di portuali, di poliziotti, di pompieri o di spazzini, gli ossi duri dei comitati civici, i mafiosi degli innumerevoli racket, i padrini del Waterfront, gli attivisti gay, gli agitatori delle associazioni etniche, razziali e religiose di quella città mosaico gli parevano angioletti in confronto all'anziana donna dal volto profondamente scavato dalle rughe che lo ricattava implacabilmente in nome della virtù. Sempre dietro gli occhiali neri che le proteggevano gli occhi sofferenti dopo la recente operazione di cataratta, Madre Teresa faceva la morale all'ex emigrato ebreo polacco diventato il custode della più grande città americana.

« I tre prigionieri di Sing Sing che le autorità hanno accettato di graziare prima di Natale rappresentano un'infinitesima parte dei malati di AIDS di cui sono pieni i penitenziari dello Stato di New York, signor sindaco. Ne restano almeno duecentocinquanta. La scongiuro di ottenere dal governatore la loro liberazione perché io e le mie suore possiamo occuparci di loro e aiutarli a morire dignitosamente. »

« Questi detenuti sono tutti dei criminali, Madre, alcuni sono pericolosi assassini » obiettò con fermezza Ed Koch.

« Non si può certo lasciarli in giro solo perché non godono di buona salute! »

« Infliggendo loro l'AIDS, Dio li ha puniti più duramente della giustizia degli uomini, signor sindaco. Non pensa che meritino la nostra compassione? »

« Va bene, ne parlerò al governatore » finì per promettere Ed Koch. « In attesa della sua decisione, cercherò di trovarle un altro stabile a New York perché al momento opportuno lei li possa accogliere. »

« Uno stabile a New York? » protestò la religiosa. « Neanche da parlarne! Quello che ci vuole è una casa in campagna. In India o da altre parti, governi e privati cittadini ci hanno donato dei terreni dove far vivere i lebbrosi. Oggi, nelle nostre fattorie e nei nostri villaggi ce ne sono centosettantottomila. Coltivano gli ortaggi, si occupano di allevamenti di polli e di pesci. Si sono costruiti da soli la casa. Dovrebbe venire a vedere, signor sindaco, la interesserebbe molto. »

Ed Koch si grattò la nuca perplesso. La prospettiva di andare a fare il turista nelle colonie di lebbrosi di Madre Teresa non lo riempiva affatto di entusiasmo.

« Le persone che hanno l'AIDS sono molto malate, Madre » si limitò a osservare. « Spesso non hanno neanche la forza di reggersi in piedi. Inoltre quasi nessuno conosce un mestiere. Come vuole che da un giorno all'altro si trasformino in falegnami, idraulici, elettricisti? »

Madre Teresa liquidò l'obiezione con la sua grossa mano callosa.

« Se i lebbrosi che non hanno più dita, più mani, più piedi riescono a costruirsi una casa, perché non dovrebbero farcela degli individui che hanno tutti gli arti? Se non sapranno come fare, glielo faremo vedere. Ci saranno professionisti volontari che verranno a darci una mano. »

« E come farà per attrezzare e ammobiliare tutti questi alloggi? »

Un sorriso malizioso accompagnò la sua risposta preferita: « Dio provvederà, signor sindaco. »

« Comunque sia, ciò che lei mi chiede non si potrà fare in

un giorno » ribatté Ed Koch visibilmente esasperato. « Ci vorrà tempo. Torni a trovarmi fra tre mesi. »

Niente poteva disarmare la messaggera dei sofferenti.

« Le darò tutto il tempo che ci vorrà » concesse. Poi, puntando l'indice verso il sindaco soggiunse con voce ferma: « Ma stia pur certo che non la lascerò in pace finché tutto non sarà fatto ».

Si alzò, e prima di salutare posò un foglietto sulla scrivania.

Dopo aver riaccompagnato la religiosa, Ed Koch lesse il messaggio che gli aveva lasciato: "Il frutto del silenzio è la preghiera, il frutto della preghiera è la fede, il frutto della fede è l'amore. E il frutto dell'amore è servire gli altri. Madre Teresa".

L'appello della santa donna per la liberazione di tutti i carcerati malati di AIDS e la loro sistemazione in una comunità agricola fece l'effetto di una bomba. La stampa le dedicò grandi articoli in prima pagina. Turbato, Mario Cuomo, governatore dello Stato di New York, promise di prendere in considerazione una misura di grazia per i casi più gravi. Molti proprietari di terreni e di fabbricati rurali abbandonati li proposero alla municipalità. Stranamente l'audace suggerimento suscitò qualche reticenza proprio nella gerarchia cattolica locale. « Quella donna e la sua fattoria mi fanno venire gli incubi! » dichiarò Monsignor James Cassidy, responsabile delle attività sociali e sanitarie dell'arcidiocesi. « Non si rende assolutamente conto della realtà di New York. Crede di essere sempre nelle bidonville della sua cara India! »

New York era effettivamente molto diversa da Calcutta. Le giovani religiose indiane non ci metteranno molto ad accorgersene. Nei vent'anni in cui aveva diretto il lazzaretto di Calcutta, suor Paul aveva assistito più di cinquantamila moribondi senza nessun controllo oltre a quello della sua coscienza. Da quando aveva assunto la responsabilità del centro Dono d'Amore, le ispezioni dei vigili del fuoco, dell'ufficio d'igiene, di quello per la tutela dell'ambiente, dei servizi sanitari, per non parlare dell'obbligo di un'infinità di esercitazioni antincendio, di chiudere ogni minimo rifiuto in un contenitore a chiusura ermetica (il che, con suo grande rammarico, privava gli straccivendoli di una fonte di guadagno), insomma tutti i meticolosi regolamenti di una città americana le parvero mettere i ceppi alla sua missione di carità. Un giorno, quando uno zelante funzionario pretese di controllare l'impianto elettrico, lo cacciò esclamando: «*It's not your business how we do things here!*». Non è affar suo il nostro modo di fare!

D'altro canto, in quella megalopoli dove le opinioni non sono meno numerose dei cittadini, la presenza di monache cattoliche che curavano gli "appestati" dell'AIDS non poteva non suscitare un'infinità di reazioni. «C'era sempre qualcuno che suonava alla porta» racconterà suor Ananda. «Chi ci voleva incoraggiare e aiutare; chi veniva a insultare noi e i malati; chi pretendeva di conoscere una cura miracolosa. C'erano persone ammirevoli, ma anche molti squilibrati, come non ne avevo mai incontrati nel lebbrosario di Benares o al lazzaretto di Calcutta.»

Il fatto che fra i primi malati accolti al Dono d'Amore ci fossero molti tossicomani non fu ben accetto dagli omosessuali di Greenwich Village. Ciò rese più difficile l'integrazione delle indiane nel quartiere, fino al giorno in cui suor Paul decise di non limitare il servizio della piccola comunità ai malati di AIDS. La minestra distribuita sul sagrato della chiesa di Santa Veronica e le visite ai poveri e ai vecchi le valsero in poco tempo l'unanime riconoscenza. «Il Dono d'Amore e le sue suore rappresentarono ben presto un'oasi di pietà e di speranza per tutti gli abitanti» farà osservare Terry Miles, il *clinic coordinator* che la direzione del Saint-Clare aveva incaricato di sovrintendere all'assistenza medica prestata dalle suore. In un primo momento si era sentito sconcertato: «Quelle indiane erano arrivate dal loro Paese con l'idea di continuare ad aiutare i moribondi a morire in pace» racconterà. Dovette far capire loro che la situazione era del tutto diversa. «I nostri malati non sono dei poveretti raccolti per la strada» spiegò. «Sono americani nel fiore degli anni stroncati da un virus mortale. Non bastano un letto, un bagno quotidiano, un po' di cibo e delle parole di conforto. Come tutti i cittadini di questo Paese hanno diritto di essere adeguatamente curati. Noi dobbiamo pensare in termini di analisi, di fleboclisi, di iniezioni, di ossigeno, di medicinali.» A quel discorso le suore rimasero completamente indifferenti. «Avevo l'impressione di essermi espresso in arabo o in cinese» dirà Terry Miles. «Il mio ragionamento era totalmente estraneo alla mentalità di quelle donne secondo le quali la cosa più importante era accompagnare i moribondi sulla via del paradiso, non cercare di prolungarne la miserabile esistenza.»

Terry Miles fremeva ancora al ricordo delle difficoltà in cui si era imbattuto per preparare le suore del Dono d'Amore al loro vero compito. «Parlare di sperma, di sesso, di libido, di gruppi a rischio a delle religiose allevate nella più rigorosa morale cattolica mi sembrava un'impresa impossibile» riconoscerà. «Non sapevano praticamente niente dell'AIDS, né delle abitudini sessuali della maggior parte delle sue vittime. La scheda informativa che avevano ricevuto durante lo scalo romano non sarebbe bastata neanche a un bambino di sei anni. Bisognava insegnare loro tutto.» Terry Miles si trasformò in avvocato del diavolo: «Non sarete certo risparmiate perché portate un crocifisso sul petto. Anzi, certi malati saranno ben lieti di scandalizzarvi. Tenetevi pronte a sentire cose orrende».

Nel suo compito di educatore ebbe un aiuto inatteso. Incuriosito dalle incalzanti raccomandazioni dell'amico monaco, Josef Stein aveva chiesto di restare qualche giorno al ricovero per conoscere meglio suor Ananda. Un'amichevole complicità non tardò a unire l'indiana e l'ex archeologo americano, subito sensibile a «quel suo modo di essere perfettamente attenta agli altri». Era la dolcezza dei gesti, quel suo dono d'intuire ogni sua minima sofferenza, ogni piccolo turbamento, erano l'intensità dello sguardo e la purezza del sorriso? Josef Stein non si era mai sentito oggetto di una simile qualità d'amore: «Le sue motivazioni religiose non coincidevano indubbiamente con le mie convinzioni, ma ciò non toglie che quella ragazza desse a ogni malato la sensazione di essere al centro del mondo». Un giorno, mentre gli massaggiava le gambe, suor Ananda si azzardò a chiedere a Josef Stein da dove venissero quelle pustole viola disseminate su tutto il suo corpo. Josef raccontò. Si sentì perfino in dovere di non nascondere niente, la scoperta della sua omosessualità in un treno, la rivoluzione gay, le *bath-houses* di San Francisco, i suoi trascorsi in Israele, la serata all'opera e l'annuncio del terribile verdetto. Attenta al lavoro delle sue dita sulla pelle dolorante, a occhi bassi, suor Ananda lo ascoltava in silenzio. Per lei l'AIDS aveva ormai una storia e un volto.

Suor Paul non ebbe la fortuna di avere a che fare con un malato così cortese. Qualche giorno dopo Capodanno due infermieri del Saint-Clare le portarono Orlando, un travestito di trentadue anni, con le labbra sfacciatamente truccate, ciglia finte, seni finti e una lunga parrucca bionda. Indossava un tubino nero che lo costringeva a camminare a piccoli passi. Il saluto all'indiana e il sari di suor Paul suscitarono i suoi risolini divertiti. Si precipitò ad abbracciarla, ma la religiosa lo respinse senza tanti complimenti.

«*Darling*, non aver paura!» protestò con la sua voce in falsetto. «Sugar non vuole mica farti male.»

Suor Paul venne poi a sapere perché Orlando si facesse chiamare Sugar. Era l'affettuoso soprannome che Humphrey Bogart aveva dato alla moglie, l'attrice Lauren Bacall che il travestito impersonava ogni notte nei cabaret *burlesque* di *downtown*. Inoltre, per guadagnarsi da vivere, Sugar si prostituiva in un camion dei traslochi posteggiato in riva all'Hudson. Dai numerosi segni di punture sulle braccia era chiaro che per di più faceva uso di droghe pesanti. Il trucco non riusciva a nascondere fino a che punto l'AIDS l'avesse devastato: il sarcoma di Kaposi aveva ridotto il suo corpo in un'unica distesa violacea. Sugar sapeva di avere solo qualche mese di vita, ma la malattia non l'aveva ancora messo KO.

«Venga» disse suor Paul, «la sistemo nella sua camera.»

Il travestito sbatté furiosamente le ciglia.

«Ehi, ehi, *darling*! Sugar non accetta ordini da nessuno!»

Le cose si mettevano male. Inoltre, se quel malato non

aveva né tetto né famiglia, non mancava certo di amici. Un'orda vociante e volgare si mise a seminare lo scompiglio nel ricovero. Suor Paul non ci mise molto a capire l'interesse di quei visitatori per lo strano ospite. Il travestito era uno dei loro migliori clienti. Ogni giorno si iniettava trecento dollari di eroina nelle vene.

Povera suor Paul! Terry Miles aveva ragione. I mali di New York erano molto peggiori della povertà di Calcutta. Ma la religiosa non era tipo da lasciarsi spaventare: ci avrebbe pensato lei ad assoggettare quella fauna alla sua disciplina. Tre giorni dopo l'arrivo di Sugar affisse all'ingresso del ricovero la lista delle misure che aveva preso: espulsione immediata e definitiva di ogni paziente trovato in possesso di bevande alcoliche o di stupefacenti, visite limitate a un orario stabilito, divieto dell'uso del telefono durante le funzioni religiose delle suore, luci spente alle venti e trenta.

Un simile rigore provocò l'immediata rivolta degli ambienti gay della città. Protestarono anche i responsabili del Saint-Clare. Alcuni giornali misero alla gogna "le religiose-sbirri di Washington Street". Perfino davanti a un flagello mortale, l'America dava più importanza al rispetto delle libertà individuali che alla guarigione dei cittadini in pericolo di vita. Suor Paul tenne duro, in particolare per l'orario delle visite. A meno che non fosse un membro della famiglia, ai suoi occhi ogni visitatore era una relazione sospetta: un compagno di bevute, di gioco, di droga o di sesso. La sua intransigenza pose qualche problema con i *buddies* che non erano niente di tutto ciò, ma semplicemente degli amici. Lo stato di estrema prostrazione fisica e psichica determinata dall'AIDS aveva indotto gli ambienti omosessuali a creare associazioni di mutuo soccorso e di sostegno rappresentate da visitatori volontari molto attivi.[1] Ogni *buddy* si occupava di un malato in condi-

[1] La più importante di queste associazioni, la *Gay Men Health Crisis*, era stata creata fin dal 1981 dallo sceneggiatore e romanziere Larry Kramer e cinque suoi amici newyorkesi per supplire ai ritardi del governo nei confronti dell'epidemia. L'organizzazione, vero modello del genere, conta oggi più di settanta funzionari permanenti e milleseicento volontari che aiutano circa duemila malati. Essa fornisce inoltre assi-

zioni di particolare abbandono. Lo aiutava a mettere in ordine le faccende personali e ogni giorno gli restava accanto molte ore per farlo mangiare e distrarlo. Gli faceva inoltre le commissioni, lo confortava, lo assisteva negli ultimi istanti, si occupava delle formalità dopo il decesso. Il personale medico del Saint-Clare che da tempo sapeva come i *buddies* fossero insostituibili, fece chiedere da Terry Miles a suor Paul di rendere più elastici i regolamenti della casa. « Mi accorsi che il problema era solo una questione di linguaggio » racconterà il *clinic coordinator*. « Nella mente della religiosa, la parola *buddy* evocava tutte le turpitudini possibili. Le proposi di sostituirla con *concerned visitor*, visitatore partecipe, e la questione fu sistemata. » Terry Miles fallì invece in un altro dei suoi interventi. Per quanto sostenesse che la televisione avrebbe aiutato i malati a dimenticare le loro condizioni e a far passare il tempo, suor Paul obiettò che al contrario essa avrebbe impedito ogni possibilità di scambio tra i ricoverati. Era meglio mettere a loro disposizione giochi di società, libri, dischi o cassette piuttosto che « lasciarli chiusi per giornate intere in un abbrutimento solitario davanti al teleschermo ». L'apparecchio che aveva portato un generoso donatore non fu mai tirato fuori dall'imballaggio.

La ferrea disciplina imposta da suor Paul a poco a poco venne accettata. Lo stesso Terry Miles finì per riconoscerne i vantaggi. A ogni visita si meravigliava del lavoro compiuto: « Le giovani indiane avevano trasformato il vecchio edificio in un vero gioiello. Era tutto talmente pulito che si sarebbe potuto mangiare per terra ». Ciò che più stupiva quell'americano agnostico era vedere « come le suore si rimettessero sempre alla volontà del Dio che servivano. Se sorgeva una difficoltà, se veniva a mancare qualcosa, alzavano le braccia

stenza giuridica ai pazienti, organizza sessioni di gruppo per le famiglie e gli amici, incrementa un vasto programma di educazione e di prevenzione, risponde giorno e notte tramite una linea diretta a tutte le richieste di aiuto. Senza la *Gay Men Health Crisis*, la sorte dei malati di AIDS newyorkesi sarebbe stata indubbiamente anche più tragica.

al cielo e dicevano con la massima naturalezza: "Il Signore provvederà".». Un giorno suor Ananda voleva che la cuoca facesse un dolce per il pranzo, ma non c'erano più uova. «È impossibile fare un dolce senza uova!» protestò la cuoca. La religiosa le disse con calma di contare sulla Provvidenza. Aveva ragione. Un po' dopo suonarono alla porta: era un vicino che portava dieci dozzine di uova.

I primi quattordici letti del Dono d'Amore furono rapidamente occupati. C'era pressappoco lo stesso numero di gay e di tossicomani, i due gruppi a rischio più colpiti dall'AIDS a quell'epoca. Il secondo gruppo comprendeva soprattutto negri e ispanici. Terry Miles si recava spesso al centro perché le suore potessero approfittare dell'esperienza medica che si era fatto al Saint-Clare. Gli fu comunque difficile convincerle dell'importanza di un regime alimentare adeguato a ogni singolo caso. Per delle indiane vegetariane, abituate da tanto tempo a distribuire ai moribondi solo un mestolo di riso con un po' di purè di lenticchie, la nozione di dietetica non aveva alcun senso. L'elemento base dei loro pasti era una minestra molto densa, mentre i malati avevano bisogno di alimenti ricchi di proteine e di calorie, come la carne, il pesce, i cereali. Inoltre, a causa del loro appetito saltuario, quegli alimenti dovevano essere a loro disposizione in ogni momento, e non distribuiti due volte al giorno a ore fisse.

Pazientemente Terry Miles trovò una soluzione a ogni problema e finì per essere talmente fiero delle sue infermiere in sari che affermava: «La sola fortuna per un malato di AIDS è di capitare tra le loro mani».

Il *clinic coordinator* non immaginava neanche quali tormenti potessero affliggere quelle donne nell'esercizio del loro sacerdozio. Una mattina, mentre pregavano in cappella, una delle suore scoppiò in singhiozzi.

«Non ne posso più» gemette attraverso le lacrime. «Non ci chiedono di curare né dei lebbrosi né dei moribondi, ma dei veri mostri. Dei paria che Dio ha maledetto, che ha castigato per i loro peccati. Rispettarli e amarli è al di sopra delle mie forze.»

Suor Paul la strinse tra le braccia, le asciugò le lacrime e tentò di calmarla.

« È perché Dio li ha puniti che dobbiamo offrirGli le loro sofferenze e le nostre. »

A quel punto intervenne suor Ananda.

« Questi uomini non sono né mostri né peccatori. Sono solo vittime. Ho vissuto la schiavitù di alcuni, ho conosciuto la loro degradazione fisica e morale. Sono stata tratta in inganno come molti altri. No, cara sorella, la loro malattia non è un castigo, ma la prova che Dio li ama, come ha amato me, come ama anche te, nel tuo turbamento. »

# 57

*New York - febbraio 1986*
*Funghi giapponesi e cetrioli cinesi per aiutare i disperati*

Le donne indiane manifestano le loro emozioni solo con estremo pudore. Ma quella mattina il viso di suor Ananda esprimeva uno stupore totale: uno dei ricoverati era scomparso. Josef Stein se n'era andato senza che nessuno se ne accorgesse e senza lasciare messaggi. Niente avrebbe potuto far presagire la sua fuga. Anzi, benché non fosse né un indigente né un emarginato, era stato lui stesso a chiedere di rimanere ancora dalle suore di Madre Teresa.

Da quando era arrivato, il giorno dell'inaugurazione del ricovero, le sue condizioni si erano aggravate. Dopo essersi attenuate, le lesioni causate dal sarcoma di Kaposi erano tornate in massa. Ne aveva nuovamente su tutto il corpo, bocca e lingua incluse. Ingurgitare cibi solidi gli faceva talmente male che a poco a poco aveva smesso di nutrirsi. Per anni, a Calcutta, suor Ananda aveva avuto a che fare con gente torturata dalla fame e incapace di inghiottire. A New York, con i malati di AIDS, ritrovava lo stesso problema che tentava di risolvere seguendo i consigli dietetici di Terry Miles. « Nessuno come lei sa preparare, con qualche pallina di gelato al cioccolato, un po' di miele e mandorle tritate, un pasto completo che va giù da solo e ti farebbe quasi scalare l'Himalaya » diceva Josef Stein. Il che non era bastato a trattenerlo.

Solo dopo molte settimane le religiose del centro e il dottor Jack Dehovitz sapranno il motivo della sua fuga. Eppure il ritaglio di giornale trovato sul suo comodino era abbastanza eloquente. Si trattava di un articolo del "New York Post" a proposito di un farmaco contro l'AIDS che aveva ottenuto "risultati quasi miracolosi sulle prime cavie umane curate all'ospedale del cancro di Bethesda". Il testo annunciava un'imminente sperimentazione clinica dell'AZT su vasta scala. Leggendo la notizia, Josef Stein si era subito entusiasmato all'idea di parteciparvi. Dopo aver aspettato che le suore fossero in cappella, si era trascinato fino al telefono del pianterreno per chiamare uno dei tre centri newyorkesi dove si sarebbe svolto l'esperimento.

« Anche se avevo solo una probabilità su due di poter prendere quella medicina, era la mia ultima speranza di cavarmela » spiegherà in seguito. « Dovevo assolutamente far parte di quella operazione. » La persona che gli aveva risposto al telefono gli aveva fatto tutta una serie di domande, ma quando Josef aveva pronunciato la parola Kaposi, la conversazione si era praticamente conclusa. Quella forma di AIDS lo eliminava automaticamente dalla selezione.

« Ma non si scoraggi » gli aveva raccomandato la persona interpellata. « Se l'AZT si dimostrerà efficace, verrà distribuito senza distinzioni a tutti i malati. »

« Fra quanto tempo? » aveva azzardato Josef Stein.

« Fra un anno circa. »

Un anno! Per un uomo che ogni giorno sentiva la vita abbandonarlo a poco a poco come fosse un'emorragia continua, tanto valeva parlare di un secolo o di un millennio! Ciononostante, invece di buttarlo a terra, l'idea di una scadenza così precisa l'aveva galvanizzato. « Era sbalorditivo. Due mesi prima avevo preso non so quante pillole per farla finita una volta per tutte, ed ecco che mi sentivo improvvisamente travolto da un desiderio forsennato di arrivare a ogni costo a quell'appuntamento con l'AZT. Tornato in camera, mi ero messo a rileggere tutte le notizie che avevo accumulato prima del mio suicidio fallito sui palliativi proposti dalla medicina alternativa. »

La reazione di Josef Stein non aveva niente di eccezionale. Per la disperazione di sapersi condannati a morire prima che fosse stato trovato un farmaco in grado di guarirli, quell'inverno c'erano sempre più malati che si buttavano su cure sostitutive. Centinaia di vittime della malattia – in fase terminale o soltanto sieropositive – attraversavano così la frontiera messicana per andare a comprare a peso d'oro medicine antivirali di cui la FDA non aveva ancora autorizzato la vendita sul territorio americano. Seguendo l'esempio dell'attore Rock Hudson, altri pazienti andavano in Francia o in Israele per seguire le terapie adottate in quei Paesi. Altri preferivano cercare la salvezza negli stessi Stati Uniti, dove fiorivano una serie di laboratori farmaceutici più o meno clandestini.

Li chiamavano *guerrilla clinics*. Ogni settimana vi si presentavano circa duemila malati. L'AIDS era curato con una farmacopea quanto meno originale che comprendeva fra l'altro un acido che serviva per sviluppare le foto, un derivato della soia, un estratto di fungo giapponese e un decotto preparato con la scorza di un albero dell'Amazzonia brasiliana. Uno dei più ricercati fra quei medicinali di fortuna veniva prodotto a domicilio da un certo James D. Henry, impiegato in una fabbrica di materiali ortopedici di San Francisco. Si trattava di un miscuglio di dinitroclorobenzene, di etanolo e di una lozione per capelli, quest'ultima regolarmente in commercio. Di quella mistura si era perfino parlato in diverse riviste mediche. Doveva essere spennellata ogni giorno sulle pustole cancerose di Kaposi e si diceva che avesse il potere di stimolare l'attività del sistema immunitario. A New York i malati di AIDS avevano a disposizione una segreteria telefonica che comunicava un indirizzo della 23ª Strada Ovest dove per duecento dollari si poteva comprare una medicina a base di tuorlo d'uovo importata dalla Germania. La sua denominazione era AL-721. A San Francisco, la linea diretta del "Project Inform", un'organizzazione volontaria creata per dare aiuto ai malati, forniva informazioni su varie terapie sperimentali disponibili sulla costa occidentale. Una di queste era a base di radici di cetriolo cinese. A quanto pare, tale preparato, chiamato "Composto Q", aveva dimostrato nelle provette l'eccezionale proprietà di uccidere selettivamente le cellule infettate dal virus, risparmiando invece quelle sane. Non essendo stato effettuato nessun controllo preliminare sulla sua tossicità, il cetriolo cinese provocò non poche tragedie. Alcuni dei malati che imprudentemente ne avevano fatto uso si ritrovarono paralizzati, ciechi, dementi, o in stato comatoso.

A Miami, c'erano medici che proponevano fiale di cellule fresche di embrione di vitello che, secondo loro, obbligavano il timo a stimolare la riproduzione dei linfociti T4. Sempre a Miami, agenzie di viaggio organizzavano gite in un'isola antillana dove un laboratorio produceva una certa sostanza battezzata "reticolosi", di cui gli inventori vantavano sulla stampa le virtù terapeutiche. In nove giorni avrebbe dovuto guarire il sarcoma di Kaposi e la pneumocistosi infettiva. Se ne trovava anche in Messico e nell'America centrale, dove un trattamento di ventun giorni veniva a costare l'astronomica cifra di seimila dollari.

« Quando la medicina ufficiale e i professoroni ti lasciano in balia di una morte orribile, quando tutti i baroni della scienza coperti di premi Nobel si fanno prendere in giro da un miserabile virus, nonostante gli esorbitanti finanziamenti per la ricerca, come non andare in cerca di un'ultima fiammella di speranza in qualunque posto, magari anche all'inferno? » dirà amaramente Josef Stein. Quell'inverno "l'ultima fiammella di speranza" dell'ex archeologo brillava tra i banani e i cespugli di jacaranda dell'isola antillana di Saint-Martin. Un medico francese, che da una trentina d'anni viveva in quel paradiso dei Caraibi, aveva messo a punto un vaccino a partire da topi infettati dal virus dell'AIDS. A giudicare dalle apparenze non sembrava un ciarlatano. Anzi, aveva addirittura fama di essere un autentico ricercatore. Contrariamente alla maggior parte dei proprietari di *guerrilla clinics*, non si faceva nessuna pubblicità e in molti casi distribuiva gratuitamente il suo vaccino. Alcuni giornalisti non avevano esitato a parlarne come di una specie di dottor Schweitzer.

« L'isola di Saint-Martin era a quattro ore di aereo da New York » dirà Josef Stein. « Ero sicuro di tornare entro tre giorni. La mia scappatella poteva quasi passare inosservata. »

## 58

*New York – Los Angeles – Miami – San Francisco*
*primavera-estate 1986*
*281 cavie per una manciata di capsule amare*

Il dottor Paul Volberding era uno dei dodici medici designati dai laboratori farmaceutici Wellcome per effettuare la sperimentazione clinica in doppio cieco dell'AZT. Dal giorno in cui aveva scoperto in un omosessuale che si prostituiva le lesioni di uno dei primi sarcomi di Kaposi della costa occidentale, Paul Volberding non aveva mai smesso di curare le vittime dell'AIDS. Il suo ambulatorio al quinto piano del vecchio ospedale generale di San Francisco era sempre in piena attività.

Nella primavera del 1986 c'era tra i suoi malati il compagno di un giornalaio morto di AIDS quattro anni prima. A quell'epoca il medico aveva fatto l'impossibile per salvare lo sfortunato giovane, ma in mancanza di farmaci specifici aveva perso la sua battaglia. Ora Paul Volberding sperava di prendersi la rivincita con il compagno dello scomparso. La pneumocistosi che gli era stata diagnosticata da meno di novanta giorni lo rendeva idoneo a partecipare alla sperimentazione dell'AZT su vasta scala. Prima di annunciargli la buona notizia, il medico doveva però effettuare gli esami imposti dagli organizzatori. In seguito a un test di sensibilità cutanea apparvero dei noduli il cui diametro superava di due millimetri il limite imposto per poter essere selezionati. Lo scarto era così modesto che in un primo momento Paul Volberding pensò di non tenerne conto. Il suo primo dovere di medico non era di assistere con ogni mezzo una persona in pericolo di vita? D'altro canto aveva il diritto di abusare, sia pure in misura molto ridotta, della fiducia riposta in lui nel superiore interesse della scienza? I suoi legami d'amicizia con il paziente rendevano più penoso il dilemma. « Come spiegare a qualcuno che ti è caro e si aspetta da te un miracolo che lo devi privare di una possibilità di sopravvivenza per un dettaglio del genere? » Dopo due giorni e due notti di drammatico conflitto, con la morte nel cuore Paul Volberding decise di escludere l'amico dalla possibilità di essere finalmente curato. « Il mio onore di servitore della scienza m'imponeva di rispettare alla lettera le regole del gioco. »

Fu una vera e propria gara. Il numero dei malati con i requisiti richiesti per la selezione superò ovunque la quota attribuita a ciascuno dei dodici centri. Ci furono incidenti anche violenti. All'ospedale dell'università di California di Los Angeles, alcuni pazienti eliminati minacciarono il dottor Michael Gottlieb al grido di « Genocidio! Vogliamo tutti l'AZT! ». Come c'era da aspettarsi, la selezione provocò casi di coscienza veramente patetici. Perché scegliere un candidato piuttosto che un altro? Il dottor Oscar Larry Lasckin del Medical Center della Cornell University di New York e diversi suoi colleghi decisero di aggirare quella difficoltà emotiva adottando il vecchio criterio commerciale del "primo arrivato, primo servito". In altri ospedali la sorte favorì quelli che erano lì al momento giusto. Dal canto suo, Paul Volberding decise di affidare al caso la scelta dei suoi malati e incaricò la sua assistente Roby Wong « di giocare a testa o croce ».

La maggior parte dei duecentottantuno soggetti ammessi infine – centoquarantaquattro per l'AZT e centotrentasette per il placebo – affrontò l'esperimento in maniera positiva. Tutti avevano letto e debitamente firmato il documento di cinque pagine che illustrava senza mezzi termini i rischi che correvano. "Uno degli effetti secondari dell'AZT è quello di provocare un calo talmente drastico dei globuli rossi da rendere necessarie molte trasfusioni" dichiarava il testo prima di enumerare altri possibili effetti, come "emicrania, leggera confusione mentale, stato d'ansia, nausea, dolorose eruzioni cutanee, oltre a una eventuale diminuzione del numero dei globuli bianchi che poteva favorire l'insorgere di diverse infezioni".

Quasi nessuno fu scoraggiato da questi avvertimenti. « La disperazione dovuta alla mancanza di una cura specifica era tale che quasi tutti avrebbero preso perfino il cianuro se qualcuno avesse detto che poteva neutralizzare il virus» spiegherà un medico. Prima di tutto i malati si sentirono rassicurati sapendo che il loro stato di salute sarebbe stato sotto stretto controllo. Inoltre erano stati informati che se l'AZT avesse avuto successo, sarebbero stati i primi a prenderlo in modo permanente. Era un vantaggio essenziale in quanto il medicinale non pretendeva di guarire l'AIDS, ma solo di arrestare la proliferazione del virus. Secondo Roby Wong, l'assistente del dottor Volberding, «molti di loro erano anche fieri di partecipare a un'avventura scientifica suscettibile di far progredire la ricerca medica».

Ciononostante, gli esordi dell'Operazione 53 non furono sempre trionfali. Certi pazienti soffrirono di essere trattati come cavie. «Per quel salvagente che ci avevano lanciato, eravamo in loro balìa» dirà uno di loro a proposito degli organizzatori. «Distribuivano a ognuno una razione di capsule per una settimana e ci ordinavano di prenderne due ogni quattro ore, compresa la notte» si lamenterà un altro. L'assoluto divieto di mangiare qualsiasi cosa un'ora prima e un'ora dopo l'ingestione del farmaco era «particolarmente duro perché l'AIDS rende l'appetito molto variabile» spiegherà un altro. Ma la vera tortura era sapere che forse stavano ingurgitando solo un po' di polvere di pimpirimpì.

Molti malati racconteranno che nelle prime settimane la loro ossessione era di venire brutalmente esclusi dall'esperimento: «Nessuno sapeva esattamente se certi sintomi dovuti all'evoluzione dell'AIDS rischiassero di squalificarci». «Un giorno ho avuto una fifa tremenda dopo aver detto al medico di controllo che avevo preso un'aspirina. Ho creduto che mi volesse cavare gli occhi. Così ho imparato la lezione e non ho mai più alluso alle medicine che seguitavo a prendere per avere un po' di sollievo. Non parlavo più dei disturbi di cui soffrivo. Era una questione di vita o di morte.» Certi pazienti si lamentarono perché i medici li tenevano all'oscuro dell'evolversi delle loro condizioni. «Mi prelevavano il sangue di continuo, ma nessuno voleva dirmi se andavo meglio o no» protesterà un architetto di Los Angeles. Altri tentarono di eludere quel black out facendosi fare le analisi in laboratori privati « per sapere la verità ». Altri si preoccupavano delle ulteriori proroghe che avrebbe richiesto lo spoglio dei risultati mentre proprio il tempo « era un elemento di importanza fondamentale in quella maledetta malattia » come ricorderà un attore di Broadway.

Tutte queste recriminazioni non furono le sole note discordanti che caratterizzarono gli inizi dell'Operazione 53. Moltissimi medici non tardarono a criticare severamente certi aspetti del protocollo che a loro parere ponevano un serio problema morale nell'ambito della tragica epidemia. Sui ventiduemila casi di AIDS diagnosticati negli Stati Uniti dal 1981, più della metà erano stati mortali. Chi veniva colpito da malattie opportuniste come la pneumocistosi aveva poche probabilità di sopravvivere più di sei mesi. C'erano sempre più ricercatori convinti che il virus avesse già provocato danni irreversibili al cervello. Per Barbara Starrett, un medico newyorkese che si occupava attivamente dei suoi malati di AIDS, era « francamente disumano imporre a dei malati ai quali viene dato solo un po' di lattosio, di non prendere nessun farmaco per prevenire o curare le infezioni secondarie derivate dall'AIDS ». Argomenti del genere non potevano essere presi alla leggera.

AZT o placebo? La regola del segreto fece insorgere in certi malati una nevrosi ossessiva. Alcuni si rallegravano alla minima nausea, al più banale mal di testa, convinti di prendere il vero medicinale. Altri cercavano di favorire la sorte dividendo con un altro paziente le rispettive razioni di capsule. Per porre fine alla propria angoscia, un malato di Miami ricorse a un'astuzia che i ricercatori della Wellcome non avevano previsto. Tagliò l'involucro di gelatina di una capsula per assaggiarne la polvere. La sostanza aveva un sapore dolce che gli fece accapponare la pelle: era chiaro che a lui erano toccate le *sugar pills*, volgari pillole di zucchero. Un altro paziente scoprì invece che la sua polvere era molto amara, il che voleva dire che si trattava di AZT. A Miami, dove la comunità gay aveva una sua efficace rete di informazioni, si diffuse in un lampo la notizia che il vero farmaco era molto amaro. « I malati venivano come al solito a prendere la loro razione di capsule, ma appena tornati a casa ne aprivano una per assaggiarne il contenuto » racconterà un medico. « Se era amaro, continuavano la cura. Altrimenti buttavano il flacone nelle immondizie e correvano a prendere un aereo per cercare di farsi ammettere in un altro centro. »

Il dottor David Barry era atterrito: « Durante le centosessanta sperimentazioni cliniche in doppio cieco che la Wellcome aveva già effettuato, nessuno aveva mai aperto una sola delle nostre capsule ». Chiese ai chimici di rendere il placebo amaro come l'AZT, poi spedì i suoi controllori nei dodici centri per sostituire i vecchi flaconi con altri diversamente cifrati. Ma per il povero medico i guai non erano ancora finiti. Non potendo più identificare il prodotto, molti malati di San Francisco e di Miami ne fecero analizzare la composizione da laboratori specializzati. Ci vollero non pochi giorni perché i ricercatori della Wellcome riuscissero a sventare il nuovo stratagemma aggiungendo all'AZT e al placebo una certa molecola che impediva di distinguere l'uno dall'altro.

I medici incaricati dello studio clinico tentarono a loro volta di scoprire il segreto osservando attentamente i loro malati. Essendo vietato conoscere i risultati delle analisi di controllo, cercarono d'intuire dall'evoluzione delle condizioni generali dei pazienti quali fossero quelli che prendevano l'AZT. Capitava che sintomi positivi come un aumento di peso si rivelassero illusori, in quanto erano semplicemente dovuti agli antibiotici somministrati al primo manifestarsi della pneumocistosi. « All'inizio di una cura si tratta di remissioni di ordinaria amministrazione » spiegherà Paul Volberding. « Vengono dette "La luna di miele". Possono durare sette od otto mesi fino all'inevitabile ricaduta, molto spesso fatale. Il miglioramento di un certo numero dei nostri pazienti non doveva essere attribuito automaticamente all'AZT. »

Fin dal secondo mese, in ogni centro apparve chiaro che i soggetti si dividevano in due categorie ben distinte: quelli che stavano meglio tanto da poter riprendere una vita quasi normale, e quelli le cui condizioni continuavano a peggiorare. La differenza era così lampante che molti medici pregarono i responsabili della Wellcome di rinunciare al segreto e di permettere la somministrazione dell'AZT a chi aveva avuto il placebo. Secondo le argomentazioni della dottoressa Margaret Fischl, responsabile del centro di Miami, uno degli esperti più autorevoli nella cura dell'AIDS, non c'erano dubbi: l'AZT era attivo. «Era un doloroso dilemma» dirà David Barry, «ma era mio dovere portare fino in fondo la sperimentazione.»

Le cose precipitarono in seguito a due avvenimenti. Il 15 marzo 1986 la celebre rivista medica britannica "Lancet" pubblicò un articolo immediatamente ripreso dalla stampa a grande tiratura. Il dottor Sam Broder riferiva gli incoraggianti risultati che si erano avuti in occasione della prima sperimentazione dell'AZT sull'uomo, effettuata nell'ospedale di Bethesda nell'autunno precedente. Data l'autorevolezza del personaggio, la notizia sollevò un'immensa ondata di speranza. Malati, medici, giornali, associazioni, numerose personalità pretesero a loro volta che il farmaco fosse immediatamente distribuito a tutti i malati di AIDS.

Fu allora che i decessi dei soggetti identificati con i numeri 102, 412, 452 e 808, sopravvenuti rispettivamente il 1° maggio, il 16 maggio, il 24 giugno e il 26 giugno, indusse gli ispettori della Food and Drug Administration e i responsabili della Wellcome a considerare di concludere prematuramente l'Operazione 53. Nessuno dei medici dei centri di sperimentazione, come del resto nessuno della Wellcome, sapeva quale sostanza fosse stata somministrata ai malati deceduti. Era stato deciso che la notizia sarebbe stata divulgata solo alla fine della ricerca clinica, ossia, alla scadenza dei sei mesi prestabiliti. Era la regola del gioco. Almeno in teoria, giacché era consuetudine che quel particolare tipo di sperimentazione venisse sottoposto alla supervisione di un gruppo di esperti indipendenti riuniti in un comitato detto Data Safety and Monitoring Board. I suoi membri avevano il compito di esaminare ogni due mesi i resoconti forniti dai dodici centri per dichiarare se dal punto di vista della ricerca scientifica e dell'etica medica, fosse opportuno continuare l'operazione. Erano i soli a sapere quale prodotto venisse dato a ogni paziente.

Il 1° agosto, la morte di un sesto soggetto, stroncato da una polmonite fulminante, segnò l'inizio di una vera ecatombe. Nel corso dello stesso mese ci furono altri sei decessi. Preoccupato, David Barry telefonò al presidente del comitato per chiedergli se fosse ancora conforme alla morale proseguire con la sperimentazione. La risposta che ricevette lo lasciò alquanto sorpreso. Il comitato intendeva aspettare che venissero esaminati i risultati successivi.

I diecimila americani vittime dell'epidemia non erano dello stesso parere. I mass media svolgevano già un'attiva campagna per la sospensione dell'Operazione 53 e l'immediata distribuzione dell'AZT a tutti i malati. La pasionaria di questa crociata era una donna generosa, dottoressa in biologia, capo laboratorio all'ospedale Saint-Luc-Roosevelt di New York, e moglie di uno dei più celebri produttori cinematografici di Hollywood. Eminente specialista dell'interferone, Mathilde Krim faceva fuoco e fiamme per difendere la causa dei malati di AIDS. Indignata dall'inerzia delle autorità federali e dal mancato stanziamento di fondi per lottare contro il flagello, l'anno precedente aveva creato con il dottor Michael Gottlieb di Los Angeles l'American Foundation for Aids Research. Solo nel 1986, la loro fondazione distribuirà un milione e seicentomila dollari sotto forma di borse di studio per la ricerca e di sovvenzioni agli scienziati che si occupavano di AIDS.

Quell'estate, Mathilde Krim conduceva la sua implacabile lotta soprattutto per la difesa dei malati. « Lo studio clinico in doppio cieco dell'AZT è un insulto alla morale » non esitò a dichiarare pubblicamente durante una grande manifestazione tenutasi a New York. La sua denuncia includeva l'esiguo numero di soggetti prescelti, i criteri troppo restrittivi di selezione, l'uso del placebo, la soppressione di ogni altra cura per sei mesi, il che « lasciava tutto il tempo di morire a coloro che non assumevano il farmaco ». A suo parere l'AZT doveva essere dato almeno *for compassionate use* – per ragioni caritatevoli – a tutti i pazienti ai quali restava solo poco da vivere. « Se i laboratori Wellcome non sono in grado o non vogliono produrre abbastanza AZT, il governo federale deve firmare dei contratti con altri laboratori e distribuire gratuitamente il farmaco! » dichiarava in ogni circostanza. E che non le si andasse a parlare di scarsità di sperma di aringa! « Con le sue navi da guerra sparse ovunque, il governo americano ha modo di far pescare tutte le aringhe di tutti i mari del mondo. » A chi le faceva notare l'alta tossicità dell'AZT, ribatteva: « Un uomo al quale non rimangono più di sei mesi di vita ha il pieno diritto di correre un rischio e permettersi il lusso di un'ultima speranza ».

Mathilde Krim condusse la sua crociata su tutti i fronti. Riuscì perfino ad andare a difendere la sua causa davanti al Congresso degli Stati Uniti a Washington. Vigorosamente orchestrata dalle associazioni gay, sostenuta da numerose personalità scientifiche e politiche di ogni tendenza, incoraggiata dai media, la campagna per la sospensione della sperimentazione clinica e la generale distribuzione dell'AZT finì per scuotere alcuni rappresentanti del popolo americano. Il deputato democratico di New York, Ted Weiss, convocò i principali protagonisti del dibattito davanti al comitato per le Risorse umane da lui presieduto.

« Non abbiamo forse il dovere di dare a chi sta morendo la possibilità di battersi fino in fondo? » si affrettò a chiedere Mathilde Krim. La presenza al suo fianco di due sostenitori fuori del comune conferiva una drammatica forza alla sua domanda. Uno di essi, di una magrezza impressionante, il colorito verdastro e il viso segnato dalle pustole di Kaposi, rese una testimonianza che sconvolse i membri del comitato, facendo apparire alquanto incongrua la successiva discussione tra esperti sui vantaggi e gli inconvenienti delle sperimentazioni cliniche in doppio cieco. « Vorrei sentire dalla bocca del mio medico che si stanno sperimentando diversi farmaci e che almeno uno di questi sarà certamente in grado di aiutarmi » dichiarò. « Ogni volta che lo vedo deve invece confessarmi che non disponiamo ancora di nessun medicinale e che nella zona in cui abito non è prevista nessuna sperimentazione clinica. Mi dispiace dovermela prendere con lui mentre fa tutto il possibile per cercare di mantenermi in vita fino al giorno in cui si troverà qualcosa che mi possa guarire. »

Le udienze di Washington suscitarono una notevole emozione, ma la decisione finale fu presa sulla base di una fredda statistica. All'inizio di settembre venne registrato il ventesimo decesso. Agli esperti del comitato di etica e controllo bastava gettare uno sguardo sulle loro liste per sapere a che gruppo appartenessero i morti. A diciannove delle venti vittime era toccato il placebo, a una sola l'AZT. Chi avrebbe osato ostinarsi in simili condizioni? La decisione del comitato fu resa pubblica nel pomeriggio dell'11 settembre 1986: la sperimentazione clinica era interrotta. Tutti i malati avrebbero potuto beneficiare del primo farmaco anti-AIDS.

Mentre un nugolo di cameramen, fotografi e giornalisti si precipitavano intorno a David Barry e ai suoi collaboratori, un uomo uscì discretamente dalla sala dell'Istituto nazionale delle malattie infettive dove si sarebbe tenuta una conferenza stampa per annunciare l'imminente commercializzazione dell'AZT. Il dottor Paul Volberding si chiuse in una cabina telefonica e chiamò un numero di San Francisco. Voleva essere lui a comunicare la notizia al suo amico giornalaio. In seguito, evocando quei momenti d'intenso ottimismo, dirà: « Per la prima volta avremmo potuto fare qualcosa di diverso dal guardar morire i nostri malati ».

# 59

*New York – autunno 1986*
*« Siete tutti anche più grandi dell'amore. »*

La sirena stava ancora ululando quando l'ambulanza dell'ospedale Saint-Clare si fermò davanti alla porta del ricovero. Con suor Paul in testa, tutte le religiose si precipitarono sul marciapiede di Washington Street. Alla vista della station-wagon rosso fiammante, suor Ananda pensò al vecchio macinino che portava al lazzaretto di Calcutta i moribondi raccolti per la strada. Miseria o AIDS, quella mattina di settembre i due veicoli avevano come denominatore comune l'estrema decadenza fisica dei loro passeggeri. Per la religiosa indiana, l'uomo che due infermieri estraevano con cautela dall'ambulanza era la copia impressionante degli indigenti portati laggiù accanto al tempio di Kâlî, uno scheletro vivente con gli occhi lucidi di febbre e il respiro ansimante. Sussultò riconoscendo la folta barba che incorniciava il viso scarno.

« Com'è bello accoglierti di nuovo, fratellino caro » esclamò gaiamente a Josef Stein. « Sii il benvenuto. »

Troppo emozionato per rispondere, l'americano riuscì solo a stringere la mano della sua infermiera con la poca forza che gli restava.

Più tardi racconterà lui stesso a suor Ananda la fuga nei Caraibi in cerca di una cura miracolosa. Appena sbarcato nell'isola di Saint-Martin, dove viveva il medico che aveva inventato il promettente vaccino, si era sentito sulle mani, sul ventre e sulle gambe i segni precursori di una crisi fulminante di herpes. Poco dopo, con il corpo che era diventato tutta una piaga, avevano dovuto trasportarlo all'ospedale locale. Per tredici giorni e tredici notti aveva avuto dolori così spaventosi che avevano dovuto legarlo al letto, finché, il sedicesimo giorno, l'eruzione aveva cominciato a dargli tregua. Era quindi riuscito a chiamare New York e a parlare con Sam Blum che lo cercava dappertutto. Temendo che fosse andato in Israele per porre fine ai suoi giorni, aveva avvertito il monaco di Latroun. Nessuno aveva visto il fuggitivo né avuto sue notizie. Sam Blum aveva preso il primo aereo per Saint-Martin e aveva organizzato il suo viaggio di ritorno a New York sotto sorveglianza medica. Venti giorni di intense cure al Saint-Clare avevano fatto regredire l'infezione in maniera eccezionale, consentendo addirittura un parziale recupero delle difese immunitarie. Nonostante l'estrema debolezza, Josef aveva avuto il permesso di uscire dall'ospedale. Ma Jack Dehovitz non voleva che tornasse a casa. Il medico sapeva che una delle caratteristiche del virus dell'AIDS è quella di distruggere a poco a poco l'istinto di sopravvivenza. Due suoi pazienti si erano suicidati alla fine dell'estate ritrovandosi da soli nel loro appartamento.

Josef Stein aveva ottenuto il permesso di andare a passare qualche giorno di convalescenza al ricovero delle religiose indiane. Accolto come il figliol prodigo, aveva ritrovato la sua camera dedicata a Nostra Signora della Speranza. « A quell'epoca, i nostri malati erano quasi tutti tossicomani che avevano un comportamento difficile e violento » racconterà suor Ananda. « Ci rendevano la vita dura e il ritorno di Josef ci apparve come un dono della Provvidenza. » Ben misero dono in verità. La chemioterapia gli aveva letteralmente avvelenato l'organismo. Aveva nausee continue che a volte gli impedivano di alimentarsi per diversi giorni di seguito, tanto da dover essere nutrito con fleboclisi di soluzioni glucosate.

Una sera, passando nel corridoio per controllare che tutto andasse bene, suor Ananda lo sentì piangere. Entrò in camera, si sedette sull'orlo del letto e gli prese la mano.

« Sorellina, ho paura. »

La religiosa non cercò parole rassicuranti. Gli anni trascorsi accanto agli agonizzanti di Calcutta le avevano insegnato che il contatto di una mano può placare le peggiori angosce meglio di qualunque discorso. A un certo punto sentì le dita del malato contrarsi sulle sue. Lo sguardo di Josef era insolitamente brillante. Simili cambiamenti d'umore non erano sempre di buon auspicio. A Calcutta aveva visto dei moribondi che un attimo prima di rendere l'anima erano bruscamente emersi dalla prostrazione e le avevano afferrato la mano per posarsela con forza sul sesso esprimendo così la loro riconoscenza.

« *I love you, little Sister* » mormorò soltanto Josef Stein. « *I love you so much.* »

Suor Ananda gli restò accanto finché, placato, non si addormentò. Poi piano piano liberò la mano guardando con tenerezza il viso smagrito corroso dalle macchie viola. Prima di allontanarsi in punta di piedi, si chinò sul malato per compiere un gesto davvero estraneo alla tradizione indiana. Lo baciò sulla fronte.

Una mattina che si sentiva meglio, Josef Stein tirò fuori da una valigetta un grosso album di foto e invitò la sua infermiera a sfogliarlo insieme a lui. Quarant'anni della sua vita sfilarono così, come un film al rallentatore, davanti agli occhi attoniti di suor Ananda. Nei tre anni che aveva passato al lazzaretto di Calcutta, non aveva mai visto i ricoverati se non sdraiati in uno stato di totale degradazione. Eppure quante volte se li era immaginati mentre aravano con fierezza i loro campi, correvano tra le stanghe di un risciò, si vestivano a festa per le loro nozze, facevano il bagno con i figli nello stagno del villaggio. Ora scopriva il passato di un morente, tutta una vita fatta di gioie infantili, di tenerezza familiare, di adolescenza ridente, di giovinezza vagabonda, con i suoi scenari curiosi e le sue situazioni insolite. Josef commentò le fotografie a una a una, cercando ogni volta di farne rivivere la realtà. Quando arrivarono all'ultima, l'americano dichiarò:

« Vorrei che tu scegliessi quella che ti piacerebbe conservare per mio ricordo. »

L'indiana sfogliò l'album e prese l'istantanea in cui aveva l'impressione di vedere l'esatto contrario di quell'essere distrutto che le stava davanti. La foto mostrava un giovane allegro, in piedi sul parapetto del Golden Gate Bridge come a sfidare il vuoto, testimonianza dei tempi in cui lavorava di notte al casello del celebre ponte di San Francisco per pagarsi gli studi di archeologia.

Il dottor Jack Dehovitz non credeva alle proprie orecchie. Era proprio Sugar che lo chiamava da Brooklyn.

« Dottore! Dottore! » si spolmonava il travestito tossicomane, « abbiamo vinto un terno al lotto! Ho letto sul giornale che finalmente hanno trovato una medicina che funziona! Voglio che tu me la spari nelle vene immediatamente. Salto in un taxi e arrivo. »

Le cure solerti di suor Ananda e delle sue compagne avevano permesso al pittoresco personaggio di superare la malattia e di ritornare a calcare le scene dei cabaret *burlesque* dove ogni sera trionfava, interpretando l'idolo della sua vita, l'attrice Lauren Bacall. Jack Dehovitz sapeva che quella rinascita era solo illusoria, che il sarcoma di Kaposi non era scomparso, che era semplicemente quiescente per qualche settimana o qualche mese, che le pustole viola sarebbero ricomparse certamente facendo screpolare il trucco, per poi estendersi ad altre parti del corpo e forse infiltrarsi nei polmoni, nel fegato, nel cuore, nel cervello.

« Era patetico » dirà il medico ricordando quella telefonata. « Sugar non aveva potuto certo sapere dell'AZT leggendo i giornali: era completamente analfabeta. Era stato il febbrile tam tam dei malati a diffondere la notizia. »

La gigantesca cartolina rappresentava la vecchia Gerusalemme stesa ai piedi delle antiche mura, con la sua profusione di campanili, di cupole, di terrazze, l'intrecciarsi delle scale, il labirinto delle viuzze. "Queste righe le ho scritte di mio pugno" annunciava Philippe Malouf, il monaco di Latroun. "Grazie a un'operazione ho recuperato completamente l'uso delle dita. Ti scrivo per dirti che stamani la nostra comunità si è riunita per inaugurare ufficialmente il museo dell'abbazia. C'è già una targa con il suo nome. L'abbiamo chiamato 'Josef Stein Museum of Palestinian Antiquities'. Io ho avuto l'incarico di accogliere i visitatori. Alleluia, Josef! Canta con me.

'*Leshanah haba'ah beyerushalayim*. L'anno venturo a Gerusalemme!'"

Il "Josef Stein Museum of Palestinian Antiquities", si estasiò Josef con il cuore che gli batteva e gli occhi pieni di lacrime. Di colpo rivisse i suoi anni di archeologo, l'emozione nello scoprire tra i vigneti le vestigia del passato portate alla luce dall'aratro dei monaci.

L'ingresso di suor Ananda interruppe le sue fantasticherie.

« Vieni a vedere, sorellina, quello che ho appena ricevuto dal tuo "fidanzato spirituale"! » esclamò sventolando la cartolina. « È Gerusalemme! »

La Gerusalemme celeste della Bibbia! La religiosa indiana era affascinata dalla prodigiosa babele del panorama. Josef cercò di farle immaginare i rumori, le grida, le voci, il brusio dei suk, gli inviti alla preghiera dei muezzìn, il suono degli *shofar*, tutto il frastuono che saliva perennemente da quel groviglio di uomini, di fedi religiose, di luoghi santi. Soffocava. La voce gli si faceva a tratti così fievole che suor Ananda più che capire indovinava le parole Golgota, Via Dolorosa, Ecce Homo, tutte espressioni che aveva imparato nei suoi anni di noviziato, inginocchiata nella cappella di Calcutta.

Jack Dehovitz interruppe il loro pellegrinaggio. Il medico ostentava un'aria di vittoria che non gli era consueta.

« Voglio essere il primo ad annunciarti la grande notizia! »

Josef alzò il braccio per interromperlo.

« Guarda prima questa foto » disse tendendogli la cartolina di Philippe Malouf. « Queste pietre non ti ricordano niente? »

Dehovitz ebbe un sorriso pieno di malinconia.

« Gerusalemme! Israele! I momenti più indimenticabili della mia vita. Ho tanto desiderato fare *alyà*, andare a vivere laggiù per sempre. Ma c'era la guerra del Kippur. I miei genitori mi hanno costretto a tornare d'urgenza in America. Non ho avuto il coraggio di oppormi. Dopo, era troppo tardi. »

Josef chiuse gli occhi per concentrarsi meglio sui suoi ricordi. Come per sfidare la prostrazione fisica, la memoria ritrovava scene virili, conturbanti.

« Se tu sapessi, dottore, come ho goduto laggiù! È stato il solo periodo della mia vita in cui me la sono veramente spassata. Come potevano essere belli i ragazzi, affettuosi, disponibili! Un cenno, e chiunque era tuo. Sulla spiaggia, in un giardino pubblico, nella toilette di un ristorante, nel tuo letto. Se a quell'epoca fosse esistito l'AIDS, credo che avrei contagiato da solo tutto il Vicino Oriente! »

La volgarità di quella evocazione lasciò stupefatto Jack Dehovitz. Il suo amico non aveva mai alluso alla sua omosessualità in maniera così cruda. Anzi, tutti quelli che l'avevano curato avevano notato il suo pudore e la sua discrezione. Il medico si chiese se quegli eccessi di linguaggio non fossero un segno dell'aggravarsi del suo stato, la prova che il virus gli aveva attaccato il cervello.

Josef rise con un certo cinismo e cambiò argomento.

« Allora, dottore, che cos'è questa grande notizia? »

Jack Dehovitz si tirò fuori di tasca un flacone di AZT che depose nella mano del malato.

« Finalmente hanno trovato qualcosa! »

Josef guardò le capsule bianche. Assomigliavano a quelle che aveva inghiottito quando aveva voluto farla finita con la vita.

« Quando comincio? »

« Fra una settimana o due. Appena avrò ottenuto l'autorizzazione a procurarmi le prime dosi del tuo trattamento. »

« L'autorizzazione? »

Jack Dehovitz spiegò che per il momento il farmaco poteva essere somministrato solo ai casi giudicati disperati. I medici curanti dovevano presentare una domanda in debita forma "per uso caritatevole".

« E tu credi, dottore, che io sarò ancora qui fra una settimana per ingoiare le tue capsulette offerte "per carità"? »

Tre giorni dopo, uno spettacolo sorprendente si presentò a suor Ananda quando aprì la porta della camera Nostra Signora della Speranza. Josef Stein l'aspettava nudo come un verme. Sembrava soddisfattissimo di esibirsi in quel modo.

« Nudo sono arrivato al mondo e nudo voglio andarmene » annunciò.

La religiosa non ebbe bisogno di spiegazioni. Capì che il virus aveva raggiunto il cervello del suo protetto e che lui deponeva le armi. L'effetto della resa fu immediato: nelle ore seguenti un nuovo attacco di pneumocistosi abbatté Josef Stein. Ogni attacco di tosse sembrava volergli dare il colpo di grazia. Le lesioni del sarcoma di Kaposi si erano diffuse sulle ghiandole salivari e nessun liquido poteva spegnergli l'arsura della gola, della lingua, del palato. Avvertito dalle suore, Jack Dehovitz era arrivato d'urgenza. Il medico si ostinava a sperare che sintomi così gravi non facessero necessariamente presagire il peggio. Delle flebo di vinblastina riuscirono a rinviare provvisoriamente la scadenza finale. Qualche giorno dopo, suor Ananda ebbe la sorpresa di scoprire il malato « tranquillamente seduto in poltrona, che assaporava golosamente un grosso gelato alla fragola ».

Ma il crollo delle difese immunitarie era ormai totale e la tregua non poteva durare. Ben presto l'organismo di Josef Stein non reagì più ai farmaci. Ricomparve la tosse, più secca e più dolorosa. La proliferazione delle pustole in gola finì per bloccare irrimediabilmente l'imbocco dell'esofago, impedendo il passaggio di qualsiasi alimento. Perfino l'ostinazione della sua infermiera indiana dovette cedere davanti a quella chiusura totale.

La situazione peggiorò rapidamente. I polmoni smisero di svolgere le loro funzioni. A corto di ossigeno, il cuore faticò sempre più a distribuire il sangue necessario agli organi vitali. A poco a poco la macchina s'inceppò. Una sera l'americano fece cenno a suor Ananda di avvicinarsi al letto. Le prese la mano.

« Questa volta è proprio la fine, me lo sento » mormorò cercando con lo sguardo la sua approvazione.

Lei annuì con un lieve cenno del capo.

Josef cominciava a soffocare. Quella "fame d'aria" che accompagna l'agonia di tanti malati di AIDS era impressionante. La religiosa tentò di applicargli la maschera del respiratore artificiale. Josef la rifiutò.

Quella sera, durante la visita, il solo gesto professionale che poté compiere il dottor Jack Dehovitz fu di posare lo stetoscopio sul petto del morente. Non lo sorprese il fatto di non rilevare niente di anormale. Sapeva che i virus dell'AIDS, come gli squali delle grandi profondità, distruggono in silenzio la loro preda. « In ogni modo non ero lì per fare il medico. *Ero semplicemente lì.* » Aveva sentito lo sguardo dell'amico seguire ogni suo gesto. « Non dimenticherò mai quell'espressione che sembrava dirmi: Non perdere tempo. Non serve più. »

« C'è qualcosa che vorresti che io facessi per te? » chiese Jack Dehovitz nascondendo la propria emozione.

Il viso di Josef si girò lentamente verso la finestra dove suor Ananda aveva incollato la cartolina di Gerusalemme.

« Sì » mormorò, « vorrei che un giorno tu portassi la mia sorellina Ananda al monastero di Latroun affinché conosca il suo "fidanzato spirituale". E che poi tu le facessi visitare Gerusalemme. »

« Ci sto, amico mio! » assicurò il medico cercando la sua mano sotto il lenzuolo per battergli sul palmo in segno di assenso. Si accorse che Josef si era strappato la flebo che doveva distillare ancora qualche goccia di vita. Voleva rimettergliela, ma Josef glielo impedì. Dalla medicina non si aspettava più niente.

In quel momento entrarono in camera molte persone che fecero cerchio intorno al malato. Nel vederli, i suoi occhi si illuminarono di una tale gioia che Jack Dehovitz ne fu sorpreso. Aveva notato che lo sguardo dei malati di AIDS si spegne progressivamente come si attenua la luce di certe lampade. La notizia della fine imminente di Josef Stein, che aveva un po' umanizzato i corridoi del Saint-Clare, era presto circolata nel vicino ospedale. Chi l'aveva amato e curato veniva a dirgli addio. Accanto a suor Paul, a suor Ananda e al dottor Dehovitz c'erano Gloria Taylor, Palma, Ron, Terry Miles, Jack Lekko, tutti i compagni di una lunga prova che avevano contribuito a mitigare con la loro generosità, la loro dedizione, la loro competenza.

Josef li guardò lungamente l'uno dopo l'altro, cercando in silenzio di esprimere a ciascuno la propria gratitudine. A fatica inspirò un po' d'aria e in un soffio sussurrò:

« Siete tutti anche più grandi dell'amore. »

Quello che gli restava di vita si spense su queste parole.

# Epilogo

Più di mezzo milione di persone hanno già condiviso il crudele destino di Josef Stein. Secondo l'Organizzazione mondiale della Sanità, da otto a dieci milioni di adulti e un milione di bambini oggi hanno contratto il virus dell'AIDS. Nessuno è al sicuro. Le statistiche sono terrificanti. Due milioni di donne e circa duecentomila bambini sono contaminati. In diverse zone del globo l'estensione della malattia assume proporzioni tragiche. In molte regioni dell'Africa è colpito il trenta per cento della popolazione adulta in grado di procreare. Secondo un rapporto della Banca Mondiale, l'aspettativa di vita nell'Africa subsahariana è destinata a calare da 50 anni nel 1985 a 45 nel 2010. Senza l'AIDS, a quella data sarebbe stata di 61 anni. Negli orfanotrofi di Haiti, più di un neonato su due è portatore di virus. Su duemilacento bambini rumeni, visitati negli ospedali di Bucarest e di Costanza dall'organizzazione *Médecins du monde* nel febbraio del 1990, più di un terzo è risultato contaminato in seguito a trasfusioni di sangue e all'uso ripetuto di siringhe infette. Davanti a una situazione così drammatica gli esperti non hanno esitato a parlare di una "epidemia di AIDS pediatrico". Nella sola città di New York si valuta che da cinquanta a centomila bambini siano o saranno orfani entro il 2000 a causa dell'AIDS. Se non si scopre rapidamente un vaccino, gli esperti dell'Organizzazione mondiale della Sanità prevedono, sempre per il 2000, circa quaranta milioni di persone contagiate. Alla fine del decennio, la malattia ucciderà da cinquecentomila a un milione di persone all'anno nei soli Paesi sviluppati. Nel corso degli anni Novanta, le madri o i genitori di più di dieci milioni di bambini saranno caduti sotto i colpi del HIV dell'AIDS. Come ha detto il dottor Michael Merson, responsabile del programma d'azione contro l'AIDS presso l'Organizzazione mondiale della Sanità, la tragedia assumerà rapidamente le proporzioni di «un'esplosione nucleare».

Sugar, il travestito tossicomane, fu il primo ricoverato del Dono d'Amore ad approfittare della scoperta dell'AZT. Nonostante episodiche ricadute che lo costringono a brevi soggiorni nella casa newyorkese di Madre Teresa, ogni sera continua a fare la parodia del suo idolo, l'attrice Lauren Bacall, nei cabaret *burlesque* di Manhattan. Ogni quattro ore, la sveglia del suo orologio da polso gli ricorda che deve prendere due capsule. Sugar è uno dei trenta o quarantamila malati di AIDS la cui prolungata sopravvivenza oggi può essere attribuita all'AZT.

La sostanza sperimentata da Marty St. Clare nel suo laboratorio della North Carolina è tuttora il solo farmaco efficace contro l'AIDS che si trovi in commercio. Nuove ricerche cliniche ampliano periodicamente il suo campo d'azione. Due sperimentazioni in doppio cieco effettuate nell'agosto del 1989 su diverse centinaia di soggetti - sieropositivi, ma che non presentavano alcun sintomo della malattia - hanno dimostrato che l'AZT ritardava o impediva il manifestarsi dell'AIDS.

Le critiche non sono peraltro mancate, in particolare quelle riguardanti il suo costo ritenuto esorbitante, o addirittura scandaloso. Negli Stati Uniti, dove diciotto milioni di cittadini non godono di nessuna assistenza sociale, la metà dei malati non ha i mezzi per pagarsi una cura che costa annualmente seimilacinquecento dollari, ovvero circa nove milioni di lire. Durante l'estate del 1989, alcuni attivisti dei movimenti gay si sono incatenati ai balconi della Borsa di Wall Street per denunciare gli spettacolari profitti della Burroughs Wellcome Co., le cui azioni raggiungono quotazioni altissime, giudicate immorali in quanto legate alla drammatica situazione creata dall'epidemia. A New York e a San Francisco, i contestatori hanno invaso le farmacie incollando su tutti i prodotti della Wellcome dei bollini rossi con la scritta "Sfruttatori dell'AIDS". Uno dei padri dell'AZT, il dottor David Barry, è comparso davanti a una commissione del Congresso «per essere sottoposto al fuoco di fila di domande talvolta ostili» e spiegare che il costo del farmaco è giustificato dall'entità degli investimenti richiesti per essere messo a punto e incessantemente sperimentato su migliaia di malati. Non tutte le polemiche si sono sopite all'annuncio che la Wellcome avrebbe distribuito gratuitamente il farmaco ai bambini colpiti dall'AIDS.

D'altro canto l'ambiente medico si è anche dovuto preoccupare del fatto che certi gravi effetti collaterali hanno costretto molti malati a interrompere dopo pochi mesi un trattamento che avrebbero dovuto continuare per tutta la vita. Una sperimentazione terapeutica con dosi sempre più ridotte ha fortunatamente dimostrato che il farmaco continuava a produrre i suoi effetti perdendo in gran parte la sua tossicità. Il 16 gennaio 1990, la Food and Drug Administration ha raccomandato una posologia di seicento milligrammi al giorno, ossia la metà della dose somministrata fino a oggi. Il costo annuale del trattamento verrebbe in tal modo ridotto della metà. Per quanto riguarda certi fenomeni di resistenza del virus all'AZT, che avevano a loro volta suscitato qualche preoccupazione, pare che i biologi della Wellcome abbiano risolto il problema associando il farmaco ad altri prodotti di cui è in atto la messa a punto. «Entro un anno i malati disporranno di una combinazione di AZT e di diverse altre sostanze» ha dichiarato David Barry nel dicembre del 1989. «Forse stiamo per fare dell'AIDS una malattia controllabile come l'ipertensione, grazie alla sinergia di diversi farmaci.»

Dopo un anno di accanite controversie tra retrovirologi, nel maggio del 1986 un comitato internazionale decise di porre fine alla battaglia di iniziali che opponeva il virus francese a quello americano. Per finire, il LAV e l'HTLV-III diventarono l'HIV, abbreviazione dei termini inglesi Human Immunodeficiency Virus, ossia virus da immunodeficienza acquisita.

Dieci mesi dopo, esattamente il martedì 31 marzo 1987, il presidente degli Stati Uniti Ronald Reagan e il Primo ministro francese Jacques Chirac firmarono a Washington un accordo in base al quale cessavano le ostilità tra i ricercatori dei professori Luc Montagnier e Robert Gallo. L'accordo riconosceva il contributo di entrambi i gruppi senza riconoscere a nessuno dei due la priorità della scoperta del virus responsabile dell'AIDS. Constatava inoltre la validità di ambedue i brevetti depositati separatamente per la commercializzazione dei test di sieropositività e stabiliva la spartizione dei considerevoli profitti economici che ne sarebbero derivati.

Lo scontro franco-americano era apparso piuttosto squallido, tenuto conto della tragedia che vivevano i malati e della necessità di scoprire urgentemente una terapia e un vaccino. La sua fine fu perciò salutata con sollievo, anche se certi francesi, come il professor Jean-Claude Chermann, uno degli scopritori del virus, ritennero che i loro compatrioti avevano «capitolato davanti al rullo compressore americano di Robert Gallo».

In una lettera pubblicata sulla rivista scientifica inglese "Nature" in data 30 maggio 1991, Robert Gallo riconosceva che il virus dell'AIDS, di cui aveva fino allora rivendicato la scoperta, apparteneva in realtà ai concorrenti dell'Istituto Pasteur. Dichiarava che il virus inviatogli dai ricercatori francesi nel luglio 1983 per i suoi esperimenti nel laboratorio di Bethesda aveva accidentalmente contaminato le sue colture. Questa confessione, che la comunità scientifica aspettava da sette anni, solleva lo studioso americano dall'accusa di "aver puramente e semplicemente rubato" il virus HIV ai ricercatori dell'Istituto Pasteur per attribuirsene la scoperta.

In un articolo pubblicato su "Science" in quello stesso mese di maggio 1991, Luc Montagnier e i suoi colleghi riconobbero da parte loro che una contaminazione accidentale si era prodotta nel loro laboratorio durante l'estate 1983. Questa notizia gettava una nuova luce sulla controversia che vedeva opposti Montagnier e Gallo in merito alla paternità della scoperta del virus dell'AIDS. All'inizio del 1991, i ricercatori del Pasteur riesumarono dai loro congelatori i diversi campioni su cui avevano lavorato nel luglio 1983. Si accorsero allora che il virus identificato con la sigla BRU (quello isolato da un ganglio dello stilista parigino Frédéric Brugère) era stato accidentalmente contaminato da un altro virus, proveniente da un malato affetto da sarcoma di Kaposi. In un'intervista che le feci nel giugno 1991, la dottoressa Françoise Barré-Sinoussi dichiarò che tale contaminazione si era probabilmente prodotta sotto la cappa a flusso sterile della sala BRU in cui l'équipe di Montagnier, nel corso di quell'estate, aveva manipolato campioni di virus provenienti da malati diversi. Provenendo da un malato affetto da AIDS dichiarato – e non da un malato in stato pre-AIDS come Frédéric Brugère – il virus era particolarmente attivo. Il suo nome era LAI, la prima sillaba del cognome della persona che ne era stata infettata. Quando Luc Montagnier, nel luglio 1983, accettò di inviare un campione del suo virus BRU al collega Robert Gallo, ignorava che stava di fatto inviandogli un contenitore pieno di virus LAI. Secondo Gallo, è stato questo stesso virus a contaminare accidentalmente le colture dell'HTLV-III, da lui in precedenza isolato nel suo laboratorio. Un vero rompicapo, con Luc Montagnier e la sua équipe parigina, da una parte, alle prese con un virus che credono essere il BRU scoperto nel febbraio 1983, ma che è di fatto divenuto il virus LAI; e dall'altra, gli americani di Bethesda, impegnati su un virus battezzato HTLV-IIIB che, a seguito della contaminazione, è ugualmente il LAI.

Questa doppia contaminazione spiega oggi perché i virus isolati a cinquemila chilometri di distanza da Montagnier e Gallo avessero la stessa identità genetica, quella che avrebbe poi scatenato una gigantesca polemica scientifica internazionale.

Senza perdere tempo, l'americano Robert Gallo volle dimostrare alla comunità scientifica che non riposava sugli allori. Alla fine del 1986 il suo laboratorio scoprì una nuova famiglia di virus dell'herpes, altro flagello frutto della liberazione sessuale. Le ricerche conclusero che il suo virus aggrediva gli stessi linfociti T4 dell'agente dell'AIDS, il che ne faceva uno dei possibili fattori che contribuivano al manifestarsi dell'AIDS nei sieropositivi.

In questi ultimi anni Robert Gallo e il suo laboratorio si sono inoltre prefissi di capire più a fondo i meccanismi dell'infezione cellulare in modo da poterli neutralizzare. In particolare, hanno fatto uso di una tecnica originale che blocca l'azione del virus dell'AIDS ricorrendo a esche molecolari. È noto che per penetrare nel nucleo di una cellula, il virus deve fissarsi su una certa proteina del suo involucro. L'idea di iniettare nel sangue dei malati grandi quantità di tale proteina per attirare su di essa il virus, distogliendolo al tempo stesso dalle cellule sane, rappresenta una promettente strategia su cui si sono concentrati gli studi di Robert Gallo e della sua équipe.

Oltre a dedicarsi a questo tipo di ricerca, l'équipe di Bethesda collabora con un eminente scienziato francese, il professor Daniel Zagury, per trovare il modo di stimolare le difese immunitarie dei soggetti colpiti dal virus dell'AIDS. Associata alla somministrazione di farmaci antivirali come l'AZT, l'immunoterapia potrebbe permettere di non superare lo stadio della sieropositività, il che sarebbe di per sé uno straordinario traguardo.

Robert Gallo e i suoi ricercatori sono anche riusciti a far crescere nelle loro provette delle cellule del sarcoma di Kaposi, arrivando così a capire come si sviluppi questo cancro della pelle. Hanno infatti scoperto che il virus dell'AIDS genera una proteina che fa bruscamente ingrossare le cellule dei tessuti dei vasi sanguigni. Tale stimolazione genera a sua volta altre proteine che si mettono a creare una rete parallela di arteriole, la cui proliferazione sulla parete dei vasi sanguigni provoca le pustole sulle mucose e sulla pelle. «Non si tratta forse di scoperte sensazionali» riconoscerà Robert Gallo, «ma credo che per debellare l'AIDS ormai non ce ne sia più bisogno. Siamo padroni di una tecnologia adeguata e di quanto è indispensabile conoscere. La vittoria è ormai solo una questione di tempo, di sperimentazione e di perseveranza nel seguire i numerosi metodi di ricerca che abbiamo a disposizione.»

Una delle strade da seguire è evidentemente quella che porta alla creazione di un vaccino. Incaricato nel 1988 dall'Istituto americano del cancro di dirigere una Task Force per la sua messa a punto, Robert Gallo ha lanciato diversi programmi di ricerca, sia nel suo laboratorio sia all'estero. Ai disfattisti, i quali profetizzano che nessun vaccino potrà essere disponibile prima del 2000, replica che «con ogni probabilità esso vedrà la luce entro cinque anni».

In questi ultimi anni, il noto incremento delle risorse umane e finanziarie ha fatto sì che si moltiplicassero ovunque i centri di ricerca. Il personale di certi laboratori ha quindi finito col disperdersi. Per esempio, alla fine del 1989 due dei più importanti biologi di Robert Gallo, la cinese Flossie Wong-Staal e il cèco Mikulas Popovic, sono andati a dirigere nuovi progetti di ricerca, la prima nella South Carolina, il secondo nel Nuovo Messico. Il padre del primo retrovirus umano ha minimizzato la portata del fenomeno. «Altri cervelli fertili verranno a colmare i vuoti» afferma, «e questo rinnovamento di materia grigia non può che dimostrarsi vantaggioso.»

Analogamente si sono dispersi i ricercatori della sala Bru dell'Istituto Pasteur di Parigi. Jean-Claude Chermann e Françoise Barré-Sinoussi si sono separati da Luc Montagnier. Dopo aver ricevuto la medaglia Louis Pasteur nel 1987, il professor Jean-Claude Chermann è andato a dirigere a Marsiglia un gruppo dell'INSERM, l'Istituto nazionale della Sanità e della Ricerca medica, che studia in particolare il ruolo del virus HIV nelle malattie associate all'AIDS, come un certo tipo di polmoniti e di forme di demenza, ed è inoltre specializzato nella sperimentazione di sostanze antivirali. Dal canto suo Françoise Barré-Sinoussi ha creato un nuovo gruppo di lavoro all'Istituto Pasteur di Parigi. Il laboratorio di biologia dei retrovirus da lei diretto approfondisce tra l'altro il confronto tra i virus dell'AIDS di origine africana e quelli di altra provenienza. I suoi studi si propongono anche la messa a punto di un vaccino. La biologa parigina è più che mai convinta che a tale scopo si debbano conoscere meglio le relazioni tra il virus e le cellule in cui esso si introduce. Poiché è impossibile sperimentare i vaccini direttamente sull'uomo e non vi sono scimmie in numero sufficiente per ricerche su vasta scala, insieme ai suoi collaboratori essa lavora attivamente per arrivare a creare un modello animale prolifico e poco costoso – topo o altro piccolo mammifero. Solo con una cavia del genere sarà possibile avvicinarsi allo scopo della ricerca: immunizzare l'uomo contro il virus dell'AIDS.

Quanto al professor Luc Montagnier, la sua notorietà mondiale lo obbliga ormai, come il collega americano Robert Gallo, a dedicarsi più che al suo laboratorio a tutta una serie di attività collaterali, come congressi, conferenze scientifiche, colloqui con medici e malati, per non parlare dei suoi interventi attraverso i mass media e della partecipazione a comitati di ogni tipo. In una lettera che mi ha scritto alla fine del 1989, Luc Montagnier dice: "L'AIDS è sempre al centro dei miei problemi... La ricerca avanza rapidamente e continua a richiedere l'attivo contributo mio e dei miei collaboratori, ma il contatto con malati destinati a una fine lenta e ineluttabile dà al mio lavoro una nuova motivazione. Ogni morto rappresenta un fallimento per la scienza, un fallimento che vivo in prima persona. Lo scopo essenziale delle mie ricerche odierne è quindi quello di capire la malattia e il ruolo del virus sotto tre diversi profili: *in vitro* nelle provette, *in vivo* con dei modelli animali, e infine tenendo conto del malato. Dalla comprensione nasceranno strategie terapeutiche razionali e dei vaccini. Nonostante l'apparente stasi attuale, sono ottimista per quanto riguarda un futuro non lontano. Spero di vivere il post-AIDS".

È una speranza che nessuno condivide più fervidamente dell'americano che nei primi anni dell'epidemia ha spronato senza tregua il mondo scientifico perché s'impegnasse a fondo nella ricerca di un farmaco. Nel 1989 il presidente degli Stati Uniti lo ha chiamato a dirigere l'Istituto americano del cancro, e oggi il professor Sam Broder coordina il più vasto programma mondiale che sia mai stato concepito, per prevenire e guarire *the dread disease* – la malattia terrore. La sua nuova responsabilità non l'ha tagliato fuori dal laboratorio dove nel 1985 aveva dimostrato per primo, in collaborazione con Hiroaki Mitsuya e Bob Yarchoan, l'efficacia *in vitro* dell'AZT, procedendo poi ai primi test sull'uomo. Da allora, Sam Broder e la sua équipe hanno passato diecine di altre sostanze al vaglio delle loro provette, mettendo a punto tutta una serie di strategie terapeutiche. Attualmente stanno sperimentando otto protocolli anti-AIDS. Sam Broder ha pubblicato più di cento relazioni e articoli scientifici sulle più prestigiose riviste specializzate internazionali. In quasi tutti i suoi lavori si manifesta quello che è il costante assillo dell'uomo sopravvissuto all'olocausto nazista: salvare delle vite.

Il dottor Michael Gottlieb, l'immunologo di Los Angeles che nel 1980 ha identificato i primi casi di AIDS, ha lasciato l'ospedale dell'università di California di Los Angeles alla fine del 1986 e ha aperto degli ambulatori privati nei sobborghi della città dove l'AIDS infierisce con particolare violenza per l'alta percentuale di omosessuali. Grazie alla sua esperienza nell'ambito della sperimentazione clinica di nuovi farmaci, Michael Gottlieb è stato chiamato a dirigere l'unità di terapia dell'AIDS all'ospedale di Sherman Oaks, dove prosegue alacremente le sue ricerche sull'efficacia di nuove sostanze.

Dopo aver tentato per tre anni di alleviare le sofferenze di malati che non poteva salvare, il dottor Jack Dehovitz ha invece preferito abbandonare provvisoriamente il campo di battaglia per occuparsi della prevenzione della malattia. Ha lasciato l'Ospedale Saint-Clare di Manhattan, e nel Centro di Sanità dell'università dello Stato di New York dirige diversi programmi di prevenzione riguardanti le innumerevoli minoranze etniche che compongono la popolazione di Brooklyn. Cospicue sovvenzioni federali gli consentono inoltre di promuovere vaste indagini epidemiologiche che intendono mettere a fuoco i problemi sanitari posti dall'estendersi dell'epidemia.

In Francia, il medico dello stilista di moda il cui linfonodo era servito a identificare il virus dell'AIDS, è rimasto invece al suo posto. Oggi, il reparto del professor Willy Rozenbaum all'Ospedale Rothschild di Parigi è uno dei centri francesi specializzati nel trattamento della malattia. Due pazienti di Willy Rozenbaum colpiti da infezioni opportuniste mortali, un sarcoma di Kaposi e una pneumocistosi, sopravvivono e conducono un'esistenza normale, uno da sette anni e l'altro da tre anni e mezzo. Il medico attribuisce tali risultati ai costanti progressi delle conoscenze terapeutiche. In attesa di una panacea o di un vaccino, è convinto che l'uso sempre più accorto e preciso di una combinazione di farmaci antivirali permetterà di prolungare la vita di un numero sempre maggiore di vittime, guarendone le infezioni provocate dal virus dell'AIDS.

Otto anni dopo aver lanciato i medici-detective del CDC di Atlanta sulle tracce del virus assassino, anche il dottor Jim Curran resta in trincea. Con i suoi collaboratori ha accertato una relazione diretta tra l'AIDS e la ripresa di infezioni praticamente scomparse, tubercolosi e sifilide in testa. Hanno identificato la maggior parte dei modi in cui la malattia può trasmettersi, e in un centinaio di numeri del loro bollettino settimanale hanno pubblicato la più impressionante lista di raccomandazioni che mai sia stata elaborata per potersi difendere da un'epidemia. Un impegno gigantesco che si è tradotto in programmi educativi per tutte le scuole degli Stati Uniti, campagne nazionali diffuse dai mass media, e iniziative di prevenzione appoggiate da innumerevoli associazioni. Jim Curran è più che mai deciso a battersi: «Siamo solo all'inizio dell'avventura. Non abbiamo scritto che il primo capitolo della lotta contro l'AIDS. Con un po' di fortuna potrò vivere abbastanza a lungo per raccontare ai miei figli la nostra vittoria sul flagello».

Dopo quattro anni al servizio dei malati privi di mezzi, suor Ananda e suor Paul hanno lasciato la sede di New York per andare a esercitare la loro missione di carità in Cina. Oggi lavorano nei sobborghi di Shanghai, dove nel 1988 Madre Teresa è riuscita nell'impresa di aprire un orfanotrofio per bambini spastici e handicappati mentali. Due volte all'anno, una lettera porta a Philippe Malouf notizie della sua "fidanzata" indiana alla quale resta legato attraverso la preghiera e che non dispera un giorno d'incontrare. Alla fine del 1986 il monaco ha lasciato l'abbazia dei Sette Dolori di Latroun per entrare in un'altra comunità religiosa nel suo Paese d'origine, il Libano.

Il legame spirituale tra lui e suor Ananda è uno degli innumerevoli anelli della catena di solidarietà creata da Madre Teresa tra coloro che soffrono e coloro che agiscono. Come lei desiderava, «questa catena è come un rosario di compassione che abbraccia il mondo». Gli schedari di Jacqueline de Decker, alla quale la malattia aveva impedito di realizzare la propria vocazione in India e che Madre Teresa aveva posto a capo dell'associazione dei cooperatori sofferenti, contengono oggi i nomi di quattromilacinquecento malati e incurabili che offrono la loro sofferenza perché abbia successo l'opera quotidiana di circa tremila Missionarie della Carità disperse in circa ottanta Paesi. Ogni mattina Jacqueline de Decker riceve nella sua casa di Anversa una quarantina di lettere scritte da malati che chiedono di far parte dell'associazione. Le domande sono così numerose che si è vista costretta a "sposare" collettivamente molti corrispondenti a una suora che lavora sul posto. Ha unito, ad esempio, i malati di un istituto psichiatrico belga a una religiosa che cura i lebbrosi in una bidonville della Tanzania.

A ottant'anni, Madre Teresa si accinge a compiere una nuova impresa che sarà il coronamento della sua opera: l'apertura di un orfanotrofio nel Paese che l'ha vista nascere, l'Albania. Nell'autunno del 1989 ha avuto un grave attacco cardiaco che ha suscitato emozione in tutto il mondo e ha rischiato di porre fine alla sua sfibrante crociata. Uscendo dall'ospedale ha saputo che l'autore di questo libro, cui mancavano ancora diversi capitoli, si era ammalato di cancro. Il giorno stesso dell'intervento chirurgico risolutivo, egli ha ricevuto un messaggio di conforto scritto personalmente da Madre Teresa: "Caro Dominique, nello stesso momento Cristo ha riservato a entrambi il privilegio di condividere la Sua Passione. L'accompagnano le mie preghiere e quelle delle nostre Sorelle e dei nostri Poveri. Ringraziamo Dio per il grande amore che ha per noi".

# Ringraziamenti

In primo luogo desidero esprimere tutta la mia immensa gratitudine a mia moglie Dominique che ha condiviso ogni istante di una lunga e difficile inchiesta ed è stata una collaboratrice insostituibile nella realizzazione di questo libro.

Tutta la mia riconoscenza va a Colette Modiano e a Paul Manuel Andreota che hanno passato lunghe ore a correggere il manoscritto aiutandomi con i loro incoraggiamenti. Ringrazio inoltre di tutto cuore la mia amica dottoressa Claudine Escoffier-Lambiotte, autrice di importanti studi medici, per la sua attenta e generosa consulenza scientifica. E insieme a lei ringrazio Jean Mariaud de Serre e il biologo Chris Marton.

Questo libro è frutto di pazienti indagini condotte presso innumerevoli ricercatori, medici, paramedici e malati. Senza la loro attiva e generosa collaborazione, sarebbe stato irrealizzabile. Negli Stati Uniti, vorrei ringraziare in primo luogo il dottor Sam Broder, oggi direttore dell'Istituto nazionale del cancro, per avermi dedicato tanto del suo prezioso tempo all'ospedale di Bethesda e nella sua bella casa di Rossmore Drive in compagnia della moglie Gail e delle due figlie.

Altrettanto calorosamente ringrazio il professor Robert Gallo per i nostri innumerevoli incontri al campus di Bethesda nel suo laboratorio dell'edificio 37, nella sua macchina sulle strade del Maryland, nelle trattorie di Washington con i suoi amici ricercatori giunti in visita dall'estero, nella sua casa di Thornden Terrace con la moglie Mary-Jane, i due figli, e le enormi quantità di pasticceria italiana di cui è particolarmente ghiotto. Lo ringrazio in particolare di aver organizzato appositamente per me una delle sue "messe solenni", in modo che incontrassi tutti i collaboratori del suo gruppo, in particolare la biologa Flossie Wong-Staal, Bill Blatner, Mikulas Popovic, Zaki Salahuddin, e tutti coloro che sono nell'impossibilità di citare.

Il CDC di Atlanta è stato uno dei poli principali della mia inchiesta e un grazie particolare va al capo della sua Task Force, il dottor James Curran, e ai suoi medici-detective, i dottori Harold Jaffe, Martha Rogers, oltre che a tutti i loro colleghi i quali mi hanno aiutato a ricostruire meticolosamente la loro incredibile caccia al virus che si supponeva responsabile dell'AIDS.

Tra i medici americani che dovettero affrontare sul campo i primi casi della terribile epidemia, sono soprattutto grato al dottor Michael Gottlieb per le lunghe giornate trascorse insieme a ricostruire nei minimi particolari i primi cinque casi che avrebbero messo in allarme la comunità scientifica mondiale. Ringrazio altresì vivamente i dottori Alvin Friedman-Kien e Joseph Sonnabend di New York, Marcus Conant e Paul Volberding di San Francisco, Peng Thim Fan e Joel Weisman di Los Angeles, per il loro prezioso contributo a questa parte dell'inchiesta. Con particolare calore ringrazio infine il dottor Jack Dehovitz per aver accettato di raccontarmi minuziosamente la traumatizzante esperienza vissuta all'Ospedale Saint-Clare di New York nell'esercizio quotidiano della sua professione di medico alle prese col terribile male.

Senza l'appassionato contributo del dottor David Barry e dei suoi collaboratori Richard Clemons, Sandy Lehrman, Dannie King, Marty St. Clair, e molti altri, non avrei potuto ricostruire i momenti d'angoscia e di speranza che caratterizzarono l'eccezionale messa a punto del primo farmaco attivo contro l'AIDS. Li ringrazio tutti per aver collaborato alla mia inchiesta nei laboratori Wellcome del Research Triangle Park. Ringrazio inoltre la dottoressa Ellen Cooper, rappresentante della Food and Drug Administration, per tutto il tempo che mi ha dedicato nell'alveare di vetro del suo quartier generale di Rockville, nel Maryland, facendo rivivere le vicissitudini che hanno preceduto l'autorizzazione a sperimentare l'AZT sull'uomo. Tutta la mia gratitudine va anche alla dottoressa

Mathilde Krim che nella sua residenza newyorkese mi ha raccontato pazientemente come dalla sua campagna per la distribuzione dell'AZT a tutti i malati, sia nata una prima speranza per coloro che l'AIDS aveva condannato.

Tra questi, la mia riconoscenza commossa e desolata va in primo luogo a Josef Stein. Non dimenticherò mai le nostre lunghe conversazioni della primavera 1986, quando all'ospedale lottava così coraggiosamente contro il virus implacabile. Non dimenticherò che il giorno prima di morire aveva fatto incollare sulla finestra, accanto al panorama di Gerusalemme che gli aveva mandato il suo amico monaco a Latroun, la cartolina che gli avevo spedito dalla mia casa di Ramatuelle, dove non è mai potuto venire in convalescenza. Al mio omaggio per Josef Stein vorrei associare tutti gli altri malati e tutti quelli che per loro si sono prodigati, in particolare l'arcivescovo di New York, Monsignor John O'Connor, e Monsignor James Cassidy, grazie ai quali è stato creato il ricovero del Dono d'Amore per i malati di AIDS privi di mezzi; il direttore dell'Ospedale Saint-Clare, Richard Yezzo; la dottoressa Deborah Spicehandler; gli infermieri Ron Peterson e Gloria Taylor; gli assistenti sociali George Lafontane e John Wright: il *clinic coordinator* Terry Miles.

Poiché gran parte della mia inchiesta si è svolta all'Istituto Pasteur di Parigi e in numerosi ospedali parigini, ringrazio vivamente il professor Luc Montagnier per aver accettato di dedicare un po' del suo prezioso tempo alla ricostruzione dei memorabili giorni dell'inverno 1983, quando con la sua équipe tentava di raccogliere la più grande sfida medica della fine del nostro millennio. Tra i suoi collaboratori, ringrazio in modo particolare il professor Jean-Claude Chermann e la dottoressa Françoise Barré-Sinoussi, i due ricercatori che insieme hanno scoperto il virus dell'AIDS. Nel laboratorio che ha visto la loro vittoria, si sono prestati a ripetere per me le innumerevoli operazioni di ricerca del famoso enzima trascrittasi inversa, che è poi risultato la "firma" grazie alla quale hanno potuto identificare il virus. Ringrazio di cuore anche il professor André Lwoff, premio Nobel per la medicina, che mi ha onorato dei suoi consigli; il professor Daniel Zagury, che ha trovato il tempo per rispondere alle mie domande mentre sperimentava su se stesso il vaccino che sta mettendo a punto; la dottoressa Françoise Brun-Vézinet che ha prelevato le cellule tumorali di cui ci si è serviti per isolare il virus; il professor Willy Rozenbaum, che durante diverse interviste nei caffè intorno all'Ospedale Claude-Bernard, ha ricostruito per me i drammatici momenti che lo videro a confronto con i primi malati di AIDS. Ringrazio inoltre la dottoressa Christine Rouzioux che mi ha raccontato come è stato messo a punto il primo test di sieropositività; il dottor Jacques Leibowitch per aver evocato il suo memorabile viaggio a Bethesda nell'estate del 1983, quando cercò di convincere Robert Gallo a "mettercela tutta". Questa serie di ringraziamenti sarebbe imperdonabilmente incompleta se non includesse Charles e Claudine Dauguet. Le ore passate in loro compagnia nello stesso laboratorio dove "Charlie" ha fotografato per la prima volta il virus dell'AIDS resteranno per me tra i ricordi più cari della mia vita di autore di inchieste e di scrittore.

La mia profonda riconoscenza va anche a coloro che non mi hanno mai fatto mancare il loro incoraggiamento e il loro affetto durante la lunga avventura rappresentata dall'inchiesta e dalla stesura di questo libro, in particolare mia figlia Alexandra, Rina e Takis Anoussis, il dottor Elie Attias, Chuck e Red Barris, Julia Bizieau, Bernard e Véronique Blay, il dottor Alain e Martine Bondil, Dominique e Ghislain Carpentier, Larry e Nadia Collins, Marcel e Reine Conchon, David, Fanny Drif, René e Thérèse Esnault, il dottor Michel Fouques, Laura Fry, Françoise e Pierre Gautier, il dottor Jean-Romain Gautier, Jean-François Gimond, Alain e Clémentine Gomez, il dottor Dominique Guyot de La Hardrouyère, Marie de Hennezel, Marion Kaplan, Jacques e Jannine Lafont, Jean-Pierre e Marielle Lafont, Jean Larbey, Robert e Marie-Ange Léglise, André Lewin e Catherine Clément, Michel Licinio, Claude e Lydia Lorin, Valérie Mayet, Didier Constancin e la loro équipe dell'Atalante a Sainte-Marie de Ré, Anne e Jean-Bernard Mérimée, Christine Monnier, Coco Mouret, Jean-Paul Paoli, Brigitte ed Edgar Pascaud, Alain e Chantal Pascot, il dottor Alain e Christiane Paul, Michèle Pavlidis, André Pradel, il dottor François Puget, Dora e Gilbert Rinaudo, padre Jean-Marie Roussel, Christiane e Léon Salembien, padre Sylvio Sandro, il dottor Gilbert Schloegel, Christian Serrandon, il dottor Elliott Soussan, Claire e Didier Teirlinck, Paule Tondut, Louis Valentin, il dottor Philippe Vialatte, André Vonesch, Heidi Wurzer.

Mi sia anche concesso un pensiero riconoscente per i miei fedeli compagni Bignolette, Preferida e Tara.

Ringrazio anche Philippe Béthoux e Richard Hermitte, della società Sotei Informatique di Fréjus, Bernard Tissot e Jacqueline Vivas della società Bureaumatique di Tolosa, che mi hanno fornito la loro assistenza tecnica per l'impostazione del testo.

Non avrei mai potuto scrivere questo libro senza l'entusiastica fiducia del mio amico e agente letterario Morton L. Janklow e quella, così antica e così fedele, dei miei amici editori. Siano qui ringraziati Robert Laffont e tutti i suoi collaboratori, a Parigi; Mario Lacruz, a Barcellona; Larry Kirshbaum, a New York, e così pure Anne Sibbald e Cynthia Cannel; Giancarlo Bonacina, a Milano; e infine la mia amica e traduttrice Kathryn Spink, autrice di eccellenti testi su Madre Teresa, frate Roger de Taizé, Jean Vannier, l'apostolo dei bambini handicappati. Vorrei ricordare e ringraziare anche il mio amico Claude Jean, troppo presto scomparso, che sarebbe stato così felice di poter terminare la lettura di questo libro. Il suo coraggio davanti alla malattia mi è stato di grande esempio.

A Madre Teresa e alle suore che hanno tanto contribuito alla mia inchiesta, a Jacqueline de Decker, a padre Céleste Van Exem, a François Laborde, a James Stevens, a frate Gaston, a frate Philippe, e al dottor Kumar Chanemougame vada l'espressione della mia riconoscenza, della mia ammirazione e del mio affetto particolari.

E infine, per avermi guarito da un cancro, desidero esprimere la mia calorosa gratitudine ai dottori Pierre Léandri e Georges Rossignol che mi hanno operato con rara competenza, e ai loro collaboratori della clinica Saint-Jean-du-Languedoc di Tolosa che mi hanno assistito e curato con perizia e dedizione.